U0147613

文學研究叢書・文學理論叢刊

比較文學與臺灣文本閱讀

古添洪　著

目次

第三輯　臺灣現代詩

第四輯　散論

附錄

自序

有緣。集子裡的東西，都是個人閱讀、交往、研討會等，因緣和合的產品。所以，臺灣文本閱讀，雖不代表臺灣的文學版圖，但大致代表筆者文學的偏愛與選擇，而有些文本，是我「結緣」後還沒動筆，現在專為這論文集而趕寫的，因為是趕寫，就採用自由一點的「文本閱讀」的書寫方式進行。這些作品是做為學者與評論者的我，認為應該論及的，這包括陳映真的《華盛頓大樓系列小說第一部：雲》、李敖的《北京法源寺》、以及原住民詩人莫那能與瓦歷斯‧諾幹的詩作：後者也是我向原住民文學的致禮；有了原住民作家，臺灣的文學變得更豐富多元。李昂可說是無論在社會性、本土性、批評性都堪稱最為深刻的女性作家了。李昂是我一直都留意的小說家，她大部分的作品我都看了。每一本小說都引人入勝，而且有所突破。說來好玩，我應該是最早知道她完成《殺夫》的人之一，蓋猶記某年某日，李昂對我說，我剛剛完成了一部恐怖的小說，還比著手勢在空中作「殺」的一揮。她晚近的《北京情人》，買來也是一口氣看完。也想寫個評論，但「緣份」尚未圓滿。

至於比較文學部分，卻標誌著我學術生涯的「遺憾」。我雄心勃勃時，想繼《記號詩學》之後，要寫一本《精神分析記號學》，現在只有〈中西夢詩研究〉的單篇作為「留痕」了。我也想要寫一本《中國古代文論的當代詮釋》，現在只落得〈詩言志〉、〈詩緣情〉兩條了。我也想些一本《文化記號學》，那更是水過無痕；也許，本書

「散論」部分的論記號學模式一篇研討會的小稿，以及三篇研討會的述評稿，算是曾經有過的小小的「熱身」吧！關於楊牧與葉慈的小論文，可說是「因緣具足」的結果；好友曾珍珍教授，為《新地文學》雜誌主編「楊牧專號」，邀稿，提供了我機會對這文學追蹤作一了結。

書中的方法學與閱讀模式，也是隨緣。隨著每篇「文本」的特質與曲折，我心底的文學理論訓練與文學經驗所孕育的文學思維，也隨緣而迴響，而終至「文本」中可感可知的「境」之產生。金剛經說，「無所住而生其心。」因無所住，故書中各篇「文本」閱讀，其方法學及閱讀模式，亦各有不同，展現不同的面貌。我希望我的讀者，不只是看這些論文的見解，而是注意一下其背後的方法學與閱讀模式。文本閱讀，可說是一種「境由心生」，而又「心與境合」的辯證過程。這「契合」往往是「山窮水盡疑無路，柳暗花明又一村」的歷程，也就是我寫這些東西的真實描寫與樂趣了。

這樣的一篇自序，我想聰明的讀者，應該知道我是向學術界、批評界告別了。是的，這應該是我最後的一本論文集了。徐志摩的詩吧，揮一揮衣袖，不帶走一片雲彩。

古添洪

二〇一四年十月三十一日

第一輯　比較文學

精神分析記號學與古典夢詩研究

一　前言——夢理論與夢文學

當代夢理論以西方的佛洛伊德（Sigmund Freud）的精神分析學說最具勢力，以夢為人類本能之壓抑所致，乃是「潛意識」在睡眠狀態下經由偽裝得以逃離禁檢而欲蓋彌彰的隱晦表達。[1]自佛氏名著《夢的解剖》（*Interpretation of Dreams*）於一九〇〇年發表以來，已有百年歷史，學界雖或有見疑，但仍為目前最具深度與權威之學說）。[2]繼承佛氏精神分析之傳統而特有開創者，當推拉岡（Jacques

1　本篇原載《慈濟大學人文社會科學學刊》第9期（2010年4月），頁141-162。

2　佛氏的 *Interpretation of Dreams* 自一九〇〇出版以來，先後歷多次修訂，其差異可見 Else Grubrich-Simitis的論文，收入Pick and Roper, eds., *Dreams and History: The Interpretation of Dreams from Ancient Greece to Modern Psychoanalysis* (East Sussex: Brunner-Routledge, 2004), pp. 23-36。根據 Grubrich-Simitis 的說法，初版以自解其夢所得而延伸為理論，富主觀與自傳色彩，而二版以來則朝向客觀化與理論上的深化。目前學界的英譯標準本為 James Strachey and Anna Freud 所編譯的全集中者，即 *The Interpretation of Dreams*. *The Standard Edition of the Complete Psychological Works of Sigmund Freud*, trans. and ed. by James Strachey and Anna Freud. Vol. IV-V (London: Hogarth, 1953)。那是根據佛氏生前最後的第八版，是一「多校合本」（variorum edition），並錄各版的差異及序文。本文即據此英譯標準本。同時，佛氏稍後為推廣其夢理論而出版有較通俗的《論夢》（*On Dreams*, New York: Norton, 1989）一書，而其《論創造與潛意識》（*On Creativity and the Unconscious*, New York: Norton, 1960）、《自我與伊德》（*The Ego and the Id*, New York: Norton, 1960）二書，其論說與《夢的解剖》，頗多互補互發之處。同時，其晚期的《文化及其不滿》（*Civilizations and Its Discontents*, New York: Norton, 1961），亦可用以加深其理論上文化壓抑的層面。

Lacan）；其雖無夢之專著，但透過對佛氏夢理論及夢機制的詮釋，散見其論著，雖說是對佛氏的回歸，但卻戴上某程度的拉岡的色彩。[3] 筆者以為，其學說對夢之理解，在某些方面有其獨特之貢獻，尤其是其最具影響力而意義深遠的「鏡子說」。拉岡謂，孩童自六個月面對鏡子而產生某種「認同」作用，以鏡中「形象」為自己，此即為個體「主體」（Subject）的始軔。同時，這鏡子形象的「認同」，正標幟著個體的「想像」機制，在日後不斷以此重建自己的主體。其中所涉及之「主體」與「認同」問題，「夢」與「夢者」之關係，提供了一個強而有效的當代視野。[4]其實，夢理論，在中西方皆可溯源至遠古之文獻。在西方而言，西哲亞里斯多德（Aristotle）對夢即有相當豐富而深入的陳述[5]；而對夢的論述與解說可謂歷久不衰，而佛洛伊德的夢理論，雖以其開創之精神分析科學為基礎，或兩者互為彰顯，但亦是對前人之觀念有所繼承、批判、開創而成者。佛氏的夢理論，雖最為深入與最具隻眼，但以一般「常識」之心態以觀之，或不免偏於精神分析之層面，而由於「潛意識」之非為「意識」所及，其夢之解析亦不免為析夢者之建構，其晦澀有時更有若謎底之若揭，而夢解釋雙

---

3 此特見其Ecrits: *A Selection* (London: Tavistock, 1977) 及*The Four Fundamental Concepts of Psychoanalysis* (New York: Norton, 1978) 二書。前者包括其與夢理論有關的名篇“The mirror stage as formative of the function of the I as revealed in psychoanalytic experience”（可複雜化夢的認同機制）與“The Agency of the Letter in the Unconcsious”（把夢「錯置/diaplacement」與「濃縮／condensation」機制與修辭學上的「旁喻／metonymy」與「隱喻／metaphor」相提並論），後者則有多處對佛氏的夢理論有所闡述而拉岡化。拉岡著作甚多，而前後見解頗不一，筆者撰寫本文時，亦大量參考Dalan Evans的經典之作《拉岡精神分析學導讀辭典》（*An Introductory Dictionary of Lacanian Psychoanalysis*, New York: Routledge, 1996）。

4 Jacques Lacan, *Ecrits: A Selection* (London: Tavistock, 1977), pp. 1-7.

5 參Mark Holowchak, “Aristotle on Dreaming: What Goes On in Sleep When the ‘Big Fire’ Goes Out.” *Ancient Philosophy* 16.2 (1996): 405-423.

向過程裏所產生的所謂病人與醫生的「移轉」(transference)，亦為一可疑之點。同時，其舉例有偏於精神病態者，於常人之夢或亦有所失也。這「常識主義」之對佛氏之夢理論之批判與置疑，對信服佛氏學說者而言，或不屑一顧，但仍或有可思考者，正如美國記號學奠基人普爾斯（C. S. Peirce）的「批評常識主義」指出，「常識主義」如能站於「批評」的立場，而非盲目於已有之所謂「常識」，實有其知識論上的價值。[6]同時，學者們也試著對佛氏夢理論及夢機制推向一般記號學，尤其是依循普爾斯及雅克慎（Roman Jakobson）傳統者，如把「象徵」、「濃縮」、「認同」等夢機制看作是一種「投射」(projection)，把意識層上的「類同」(similarity）投射到潛意識層上的「毗鄰」(contiguity)，而這「投射」實為普爾斯所界定的「肖象記號」(icon）的運作云云。[7]同時，Bert States（1989）更試圖降低夢的精神分析含義，而加強其與文學的共通性，把夢諸層面與機制，視作夢的修辭學。[8]誠如 Susan Budd 回顧夢解釋的潮流時，謂晚近「分析者不再常在夢的顯內容背後找尋隱藏的象徵義。我們會以為夢者會直接表達他們生命裏作為成年人的當下的諸種兩難困境」，而「事實上，佛氏《夢的解剖》所記錄的佛氏的夢，充滿著佛氏作為成年人的兩難困境：作為醫生的責任，以及政治上與知識上的雄心」，並謂「這詮釋上的改變，把精神分析的夢解釋靠近浪漫主義」，把夢視作創作的想像力的表達。」[9]有鑑於此，故本文所對「夢詩」的解釋，

---

6 中文可參本人所著《普爾斯》(臺北市：東大圖書公司，2001年)。

7 如Daniel Laferriere, *Sign and Subject: Semiotic and Psychoanalytic Investigations Into Poetry* (Lisse: Peter de Ridder, 1978), pp. 51-54.

8 Bert O. States, *The Rhetoric of Dreams* (Ithaca: Cornell University Press, 1989).

9 Daniel Pick and Lyndal Roper, eds., *Dreams and History: The Interpretation of Dreams from Ancient Greece to Modern Psychoanalysis* (East Sussex: Brunner-Routledge, 2004), p. 208.

避免萬事以「潛意識」作防衛的盾牌而陶醉於「若謎底之若揭」的詮釋陷阱而不覺，而是以記號學的詩學理論與精神分析學的基本視野與機制，在論述所及與可證的範圍內進行。換言之，本人之夢詩詮釋，與汲汲於「若謎底之若揭」的精神分析作業、務求切入夢者的「病態」領域、並以此為唯一的精神分析深度者，有所區隔。事實上，實際的「夢」與「夢詩」實有差別，此就一些實際的夢例與本文的夢詩相較即可看出，而即使是柯爾雷基（Coleridge）自稱為直接記下的夢詩名篇〈忽必烈汗〉（"Kubla Khan"），其定本亦經過二度的修飾。[10]

我們在此順道就互補互證的角度下，略述中國古典夢理論。總的而言，其貢獻可得三方面而論。其一，在夢分類上，《周禮》即有「六夢」之說，而漢朝王符更有「十夢」之說（王符著有《潛夫論》，其中之〈夢列篇〉為中國最早論夢之專論），為夢之領域提供了廣延的視野。其二，上述《周禮》及〈夢列篇〉所論，一方面固為夢之分類，一方面亦涉及夢之各要素；王符對十夢之詮釋更是如此，其中涉及夢因、夢環境、夢思、夢效等。其三，中國古代夢理論，有若干可與佛洛伊德之說相提並論而有比較之趣者。《荀子》謂「心臥則夢，偷則自行，使之則謀」。其意謂，「夢」之主體為「心」，於「臥」

10 本人曾對數位十八至二十五歲間的年輕男女作互動式的夢分析，長達半年之久，發覺他們的夢，其「顯內容」之表現機制，與佛洛伊德所界定的諸夢機制相若，但其「隱內容」則大都並非與「性」本能或libido關係密切。我認為這與佛氏的研究對象多為病人不無關係。這些實際的夢，顯然與夢文學類屬的「夢」，其表達亦顯有不同，缺乏文學的、修辭的再度修飾，也即較為粗略。關於柯爾雷基的的夢詩〈忽必烈汗〉，學者從發現的手稿上，看到了一些修改的痕跡（參 Stefan Ball, "Coleridge's Ancestral Voices." *Contemporary Review*, 278, 1624: 298-300）；因此，我們幾乎可以確定，其夢詩絕非夢的原版，而有二度的修飾在。David Jordon 在論夢象徵與文學的象徵時亦謂，柯爾雷基的的〈忽必烈汗〉與佛氏在其《夢的解剖》所記錄的夢相較，前者修辭遠甚於實際的夢，而後者修辭貧乏實難以視作文學；然而，夢與文學兩者在象徵手法上實有多項的平行對照可論云云（見其 "Dream symbolism and Literary symbolism." *Bucknell Review*, 30.2, 1987: 20）。

（睡眠）時則「夢」。「偷」應指「心」偷走不受制約之時，「心」則「自行」，有類佛洛伊德所謂白日夢或幻想（fantasy）之行徑。「使之則謀」之「謀」，應為思慮思考等，亦即「意識活動」。換言之，《荀子》所論，已對夢、幻想、意識活動作了分別，其分別與佛洛伊德學說同趣。上引王符之說，其中所論「病」與「夢」之關係，特有比較之趣。其謂：「內病夢亂」。佛洛伊德所闡述之「夢」，多為精神分析學上有所病態（廣義而言）者，亦即王符之所謂「內病」，無怪乎其夢結構往往「亂」而無章，《荀子》所謂「夢劇亂知」。同時，王符論及夢「象」時，謂「比擬相似」，這與佛洛伊德所謂「夢象徵」（symbolism）相若。佛洛伊德根據精神分析學所作夢之解剖與心理治療，其背後所依不外乎王符所謂「察其所夢」，以「觀其所疾」而已。

《墨子》說：「夢，臥以為然也」。許慎說：「夢，寐而有覺者也」。朱熹說：「夢者，寐中之心動也」。都以「睡眠」狀態為「夢」之條件，而「以為然」、「有覺」、「心動」皆意味著「夢」為某種精神狀態的活動，並以為真實，並有所覺。這與佛洛伊德所說：「最終而言，夢不外是思維活動的另一模式，在睡眠狀態中得以成就者」（前引《夢的解剖》，頁506）同一旨趣。明清之際的方以智，其說更貼近佛洛伊德的壓抑、禁檢說。其謂：「夢者，人智所見，醒時所制，如即絡之馬，臥則逸去。然即經絡過，即脫亦馴」。錢鍾書即以此說與佛洛伊德相較，謂「醒制臥逸」之說與近世析夢顯學而言「監察檢查制」眠時稍解，若合符契」。而可注意者，方氏以夢為人類心智活動之所現，夢中心智雖如馬之不受羈絡而逸去，但既曾受羈絡，亦必已有所馴服矣。換言之，夢中心智之活動仍為羈絡之痕跡所左右，而絡痕之累積，正反應人類底心志活動之愈趨文明與制約也，此說實對夢理論有所開拓。[11]

---

11 資料參傅正谷：《中國夢文化》（北京市：中國社會科學院，1993年）及其《中國夢

「夢文學」與「夢」實有所區隔。前者之素材雖為夢，但成為夢文學時，尚待得受制於文學諸原理及諸傳統的規範。換言之，文學原理與精神分析原理在夢文學裏互為投射而最終融合。記號學家雅克慎（Roman Jakobson）界定文學的最終原理為「對等原理」（principle of equivalence），而宏觀而言，筆者以為佛洛伊德所彰顯諸種的夢機制，即錯置、凝縮、加強、重複、象徵、認同等，不外是「對等理論」的表達。筆者願意在此重拾佛洛伊德在《夢的解剖》一度提及而其後棄之不顧的夢機制，此即「二度修飾」（secondary revision）。根據佛洛伊德，「二度修飾」所賴之心靈機制，「與醒時的思維活動相若」，其功能乃是把「提供給它的各素材鎔鑄為白日夢相若的東西」，乃是把「夢結構中的各裂隙以碎片破布縫補之」；同時，它與「禁檢的主體」有關，蓋這「禁檢者」不僅表現在「諸限制與省略上」，而亦表現於諸「加強與增補」上。（前引《夢的解剖》，頁489-492）。換言之，這「二度修飾」所作之縫補、加插、與增補，除了使夢更為合理與可識解外，尚與「禁檢」有關，蓋其目的亦在符合「禁檢者」之需求也。可注意的是，在佛洛伊德的精神分析學上，「文學」屬於「白日夢」、「幻想」的範疇，而這「二度修飾」即為把素材推進而成為「白日夢」的樣式。職是之故，筆者擬將「夢」重寫為「夢文學」的過程，視作為一種「二度修飾」，其功能為合理化夢素材並同時逃避禁檢。最後，在筆者把實際記錄的「夢」與夢文學中的「夢」相比較時，其差異性雖隨個例而異，而大致說來，差距頗大，即其「二度修飾」甚深也。

無論中外，夢文學都非常豐富，研究亦甚多。[12]英國中世紀的代

文學史》（先秦兩漢部分）（北京市：光明日報出版社，1993年）；鄭淑慧、吳紹釚合編，《中國夢話》（北京市：北京人民出版社，1986年）。

12 就英國夢文學而言，對歷代皆有所研究。通盤者有 J. S. Russel, *The English Dream*

表作喬叟（Chaucer）的 *Canterbury Tales* 中有豐富的夢故事，而文藝復興時期莎士比亞的《仲夏夜之夢》更是膾炙人口。中國的夢文化與夢文學極為豐富，此可見於傅正谷《中國夢文化》及《中國夢文學史》及鄭淑慧、吳紹釚合編《中國夢話》（本文所引用之中文原始資料，皆來自於此三書）。就文類而言，據筆者的觀察，小說中的夢，其夢品質往往稀薄（指從潛意識內容及夢機制而言），當「夢框」拿走即與一般故事無甚差異。即使是唐傳奇代表之作〈南柯太守傳〉等，亦復如此。長篇的「敘事詩」，因以故事為主導，與小說相彷，夢品質亦同樣削弱，即使是濟慈（Keats）的名詩 "The Fall of Hyperion: A Dream"，亦難逃此命運。至於戲劇，夢劇似乎不多，但前述莎翁的《仲夏夜之夢》，其夢內容則甚為豐富，涉及人類各種原始慾望與幻

Vision: Anatomy of a Form (Columbus: Ohio State University Press, 1988) 及 Pick and Roper, eds. *Dreams and History: The Interpretation of Dreams from Ancient Greece to Modern Psychoanalysis* (East Sussex: Brunner-Routledge, 2004)；中世紀有A. C. Spearing, *Medieval Dream-Poetry* (Cambridge: Cambridge University Press, 1976)；文藝復興則有Marjorie Garber, *Dream in Shakespeare: from Metaphor to Metamorphosis* (New Haven: Yale University Press, 1974) 及 Steven Kruger, *Dreaming in the Middle Ages* (Cambridge: Cambridge University Press, 1992)；十七世紀有Manfred Weidhom, *Dreams in Seventeenth-Century English Literature* (The Hague: Mouton, 1970)；浪漫時期論 Wordsworth 者，有Robert Philmus, "Wordsworth and the Interpretation of Dreams," *Papers on Language and Literature: A Journal for Scholars and Critics of Language and Literature*, 31.2, 1995: 184-205；論 Keats 者有 Hermione de Almeida, *Prophetic Extinction and the Misbegotten Dream in Keats* (Amherst, Mass.: U of Massachusetts P, 1978)；論Coleridge者有Marshall Suther, *Visions of Xanadu* (New York: Columbia University Press, 1965)與Jennifer Ford, *Coleridge on Dreaming: Romanticism, Dreams, and the Medical Imagination* (Cambridge: Cambridge University Press. 1968)及跨代並論Freud, Chaucer and Milton的David Aers, *Interpreting Dreams: Reflections on Freud, Milton, and Chaucer* (Oxford: Oxford University Press, 1999)。同時，哥倫比亞大學編有 *World of Poetry*（光碟版），以「夢」作「主題」搜尋，可得五百五十首。中文夢文學資料及通盤研究，則有傅正谷、鄭淑慧及吳紹釚的著述，前已述及。

想，而結構亦詭譎。夢與抒情詩的關係，似乎最為密切，蓋許多抒情詩都有如夢的品質，如濟慈的名詩〈夜鷹頌〉（"Ode to the Nightingale"）與李商隱的〈錦瑟〉皆是。這現象正標誌著「抒情詩」與人類「精神面」之「深層」相「結合」的特質，而同時推論，在「抒情詩」結構上，作為其主導的雅克慎的「詩功能」所在的「對等原理」，落在精神分析層面上，即為諸種夢機制。

二

論柯爾雷基（Samuel Coleridge）的〈忽必烈汗〉與李白〈夢遊天姥吟留別〉就古典文學的時代而言，英國的浪漫主義時期，與中國的唐代，其在夢文學上都標幟著新的發展。浪漫主義時期，「夢」成為思想界與文藝界的熱門話題，討論甚殷，而浪漫詩人亦有明言頗為夢所困惑者：柯爾雷基即在其「記事本」上記錄其夢，並在其詩如〈睡眠之苦〉（"The pains of sleep"）者，表達其為夢所困不敢入睡的心境。[13]在唐代，傳奇小說頗多夢文學，而重要詩人如杜甫、李白、李商隱者，都寫有夢詩。文學史論者，每以唐代文學為浪漫主義文學，此說雖有比附之嫌，但筆者就許多層面而觀察，英國浪漫主意與唐代文學頗有交會。就文類而言，兩者皆富山水詩（雖然中國山水詩始於魏晉）、夢詩、及讀藝詩（在中國，以題畫詩為主，在英國則為源於雕塑或畫像之詩作）。

在眾多中英古典夢詩中，當以柯爾雷基的〈忽必烈汗〉（"Kubla Khan"）及李白的〈夢遊天姥吟留別〉為最豐富的代表作。西方學界對〈忽必烈汗〉研究極多，不具列，而對李白詩該詩之研究，或以曾

---

13 參Samuel Coleridge, *Notebooks of Samuel Taylor Coleridge* (New York: Routledge & Kegan Paul, 1957)，以及前註提到的 Jennifer Ford 和 Marshall Suther 二人的論著。

珍珍的的詮釋最有創意。[14]今就二詩比較，以見中西夢詩及其背後文化差異之一斑。

〈忽必烈汗〉之為夢詩，其「夢框」見於詩前之「序言」，謂服了含有鴉片的藥劑，「讀及」忽必烈汗之故事睡去，醒來拿筆記夢中情事，中為人所擾，僅得斷章殘景，並以「殘章」(fragment）稱之。李白詩則從「詩題」中明言，但明言該詩兼「留別」之功能，而詩有夢前夢中夢後之順序結構。一以「讀及」為夢因，一為「聽說」(「越人語天姥，雲霞明滅或可睹」）為前事，兩者皆符合佛洛伊德所云，夢素材往往將該日或日前所經歷者。

〈忽必烈汗〉含有潛意識的性原始「母題」(motif)，此見於其對「峽谷」(chasm）之情色描寫，象徵著女性性器官。同時，這女性象徵，為浪漫「原始主義」所渲染，稱此「峽谷」為「野蠻的地帶，神聖而惑人」。另一原始母題則為「從生而走向死亡」，此見於詩中所述生死之河之流向「無陽光的海洋」與「無生命的海洋」。這意味著從「意識」世界走向「潛意識」世界；或者，據佛洛伊德的另一個精神分析觀念，從「有機體」的生命走向「無機體」世界的涅槃。[15]在詩中，詩人先與詩中之英雄忽必烈汗「認同」；其後，再與詩中天界的「詩人」相「認同」。所謂「認同」者，從拉岡的「鏡子理論」而言，即把自己生命主體投射到所認同的「對象」上，把它視作有如面對鏡子所看到的「鏡中形象」(Imago)，因而自己之「主體」有所改

---

14 本文所據柯爾雷基詩版本為 Samuel Coleridge, *The Complete Poetical Works of Samuel Taylor Coleridge*. 2 vols. (Oxford: Clarendon, 1912)。李白版本為瞿蛻園校注：《李白集校注》(臺北市：里仁書局，1984年)，三冊。曾珍珍論文，見〈龍沈——李白登基密典：〈夢遊天姥吟留別〉新詮〉,《中外文學》第23卷第1期（1994年6月），頁157-178。

15 佛氏此看法，見前註所提 *Civilization and Its Discontents* (New York: Norton, 1961) 一書。

易，彷彿成為該認同的「對象」。[16]在詩中，忽必烈汗與天界詩人之差別，用中國傳統的思維而言，即是「立功」與「立言」之別也。詩中忽必烈汗的宮殿建在水面上，而天界詩人的宮庭則在天空中，即代表著位階高下之分。身為詩人的柯爾雷基，以詩業高於功業，固為理所當然，而其自許為天界詩人之願望，亦明矣。當然，柯爾雷基在夢過程中與忽必烈汗相認同，亦可視作是柯爾雷基潛意識的政治慾望的表達，而其最終之與天國詩人之認同，則為其最終之選擇也。佛洛伊德曾言，夢為「夢者」願望之完成，誠是言也。就夢結構而言，「無陽光之海洋」與「無生命之海洋」，在不同詩行處出現，是「重複」與「加強」機制之呈現。詩人與忽必烈汗與天界詩人之關係，隱含著「認同」與「錯置」機制。「峽谷」之代表女性器官、無陽光與生命之海洋之代表潛意識與涅槃，乃是「象徵」機制無疑。至於各局部描寫之「濃縮」以及結構上的「跳脫」，亦不脫「凝縮」機制之範疇。顯而易見，上述各機制往往是兩兩對照或平行，其背後實以「對等原理」為其基礎。

在李白〈夢遊天姥吟留別〉中，夢內容的真諦乃是文化壓抑，即在君主制度裏李白未蒙君主重用而懷才不遇，而不得不在夢中宣洩其壓抑，並在夢中滿足其願望。曾珍珍以為夢境中為夢中主角（亦即李白，蓋夢者往往為夢中主角，而此詩中更以第一人稱「我」自述，而兩者之合一更明）之登基大典，但甚為隱晦，有若密典，而曾文詮釋朝向為建立在文學傳統上的「詩藝」天子。今筆者詳論之。就詩中「層顛」、「海日」、「龍吟」等詞彙，略有「帝王」之喻況，但更多的是「道家神仙」的詞彙，如「青雲梯」、「天雞」、「金銀台」等。然僅就象徵層面而言，實難以確定「帝王登基」詮解之正確與否。這「登

16 拉岡的鏡子理論，見前註所提“The mirror stage as formative of the function of the I as revealed in psychoanalytic experience”一文。

基」如為「道家聖帝」之登基，則殆無爭論。換言之，如解作「帝王」之登基，李白則可謂犯了天條，對封建帝制予以蔑視，而於夢中自登基以媲美抗衡，遂其封建帝制壓抑下之經緯天下的心願。如解作「道家聖帝」登基，則在封建帝制下尚可接受，但其中亦略有別出機抒之義，即略有「道家聖帝」優於「人間帝王」之義，蓋為一在天一在人間也；此與〈忽必烈汗〉詩同義。換言之，尋道成仙在封建帝王的社會文化環境中，有其異端分子的性格。最後，筆者再就「帝王登基」密典的詮釋層面申論。這表面是「道家聖帝」登天的情景，是否是一種「錯置」夢機制之呈現，其內容實為人間帝王之登基？即李白自認懷才不遇而後自立為王以濟世這一願望的滿足？其中關鍵的時刻與語句，最耐人尋味：「忽魂悸以魄動，怳驚起而長嘆」。我們會問，甚麼的「夢內容」使到夢者李白「忽魂悸以魄動」，因而「驚起」、因而「長嘆」？夢後所作道家的抒發，恐亦未嘗沒有遁辭的可能，蓋若夢境真如所描寫者為「道家聖帝」之登基，不足以魂悸魄動而驚起。若是「人間帝王」之登基，則大不相同，頭顱堪虞！就夢機制而言，除了上述「象徵」機制外，「海客談瀛洲，煙濤微茫信難求。越人語天姥，雲霞明滅或可睹」，含攝「錯置」機制：「海客」置換為「越人」，「瀛洲」置換為「天姥」，而「言談」終「置換」為夢境。同時，詩中亦有「重複」與「加強」的夢機制，此見於各詞義相近或象徵義相近的詞藻迴盪於全篇。夢機制以外，詩中有一特別的風格上的耕耘，即詩中進入彷兮彿兮的登基時分，用了楚辭體。這應有香草美人的喻況，而楚辭中所含的屈原形象，或亦成為夢者「認同」的對象，對夢境的政治含義有所輻射。

最後，拉岡「鏡子理論」的主體說，又為我們前述二詩中穩定的「認同」機制，變為複雜，有所解構。拉岡指出，當採納鏡中自己的「形象」（Imago）而以為即是自己，並以此規範自己的「認同」過程裏，實包含著「錯認」與「異化」。拉岡謂，鏡中的「我」只是平面、靜態、而顛倒，而實在的「我」（孩提）則是充滿本能的活力；鏡中的「我」呈現為統一體，而孩童其時實際上對身體各部尚無法有效指揮控御。故為「錯認」。同時，鏡中「形象」迫使「我」認同「它」，以「它」為模範，而「我」事實上不是「它」，而無法達到，而註定處在「異化」中。故為「異化」。從這個角度來看，柯爾雷基之「認同」於夢中的「忽必烈汗」與夢中的「天界詩人」，實是一種「錯認」，其最終不免是一種「異化」的失落。李白的例子更為明顯。他在夢中夢到自己登基，無論是人間帝王之登基，或道家聖帝之登基，皆是一種「錯認」，結果則是「異化」的失落，此「異化」與「失落」表現在「惟覺時之枕席，失向來之煙霞，世間行樂亦如此，古來萬事東流水」的悲涼詩句裏。筆者以為拉岡的精神分析學，帶有某種的「悲觀」色彩與「決定論」色彩。其實，從普爾斯的記號學而言，鏡中的「形象」（*Imago*）乃是「肖象記號」（icon），而在普爾斯的記號學裏，「肖象記號」屬於「現象學」諸範疇中的「首度性」（firstness），以新鮮、自由、可能、即興、不確定性為其特質。[17]就此視野而言，在「認同」過程裏，無論鏡中「形象」（Imago）與我的「主體」（Subject）都是開放的，自由的，在無止境的互動與各種「中介」（mediation）裏成形。普爾斯的記號學與「認同」觀，帶來新的曙光，李白與柯爾雷基在「夢詩」中所經歷的「認同」經驗，不純然是「錯認」與「異化」，也有積極的規範功能，並在其中享有自己「主體」的自由。

---

17 見其 *Collected Papers* 論 phaneroscopy 部分；中文則請參本人所著《普爾斯》（臺北市：東大圖書公司，2001年）有關部分。

三　拜倫〈黑暗〉（"Darkness"）——論夢詩與文類的關係

在目前的西方學界，拜倫（George Byron）非代表浪漫主義冥思的正宗，但其對夢之興趣與疑惑，一如其他浪漫詩人。拜倫在其詩〈夢〉（"The Dream"）的開頭，對夢的特質有所指陳，可謂是夢的理論。其謂：「生命是複合二重；夢有其／世界，居於誤名為死亡／的世界與存在之邊界；睡眠有它自己／的世界，有其遼闊的荒野世界。而夢在成長中有其呼吸，／眼淚，折磨，以及喜悅的火炬；／夢留給醒時的心智以負擔，卻把醒時的勞苦／拿走；它把我們的存在分為二。／夢是我們以及我們的時光的局部，／活像帶我們走向永恆的使者」。[18]簡言之，我們生活在「夢世界」與「現實世界」的雙重世界的隙縫裏，夢與醒對比，夢思為荒野，沒有醒時現實的勞苦，而夢醒時則不免為心靈的負擔，略有佛氏壓抑說的色彩；而夢為我們生活的局部，悲喜戚戚相關焉。故其有夢詩〈黑暗〉之作，亦非偶然。

拜倫的〈黑暗〉的寫作背景值得注意。該詩寫於拜倫、家庭醫生Polidprie、與友人雪萊（Shelley）及其新婚夫人馬莉．雪萊（Mary Shelly）於一八一六年夏天於瑞士日內瓦（Geneva）的 Diodati Villa 度假期間。其時，拜倫正撰寫其有名的 *Childe Harold Pilgrimage* 的第三章，並出示給雪萊夫婦。其間，雨天之際，他們躲在屋裏看法譯德國鬼故事消磨時間之餘，拜倫建議各自杜撰「超自然」（supernatural）性質的東西以作娛樂。馬莉．雪萊的驚人之作《科學怪人》（*Frankenstein*）即始軔於其時。事實上，拜倫也草稿了若干吸血鬼的篇章，但

18 本文所據版本為 George Byron, *Byron: Poetical Works* (Oxford: Oxford University Press, 1970).

沒發表，而 Polidprie 醫生則完成了《吸血鬼》（*The Vampire*）。[19]在這背景下，難怪〈黑暗〉一詩其內容詭譎而恐怖，有如惡夢。這首詩以「我作了一個夢，其實它不全然是夢」（I had a dream, which is not all a dream）開頭；接著全詩就是夢境的記述。這個開頭的句子有點模稜：「不全然是夢」可指雖為「夢境」，但直迫「真實」之境；但亦可視作賣關子的手法，說夢實非夢也，即為文學創作之意。持平而論，該詩應為介乎「夢」之「複述」與文學「創作」之間。

拜倫的〈黑暗〉的「夢內容」，就佛洛伊德夢理論而言，在某意義上反映著其夢前所閱鬼故事。而就文學傳統而言（最少就「聯想」而言，而佛洛伊德以「聯想」為夢「隱內容」之鑰），此詩的場景或可看作是拜倫版的聖經《新約》（*The New Testament*）末書〈啟示錄〉（Revelation or Apocalypse）：顯聖前大地燃燒毀滅。《新約》形容名城巴比倫（Babylon）焚燒時，謂：「他們看到煙升起而城在火燒中夷為平地」。[20]但拜倫版卻沒有宗教的顯聖的慰藉結尾。據前述佛洛伊德的觀察，夢的「顯內容」往往為夢者近日所經歷者，雖其「隱內容」則往往可溯及童年時所壓抑者。無論如何，〈黑暗〉中的啟示錄火燒場景，亦因「讀」而來（就西方文化的背景而言，聖經為大眾所必讀者），雖其「讀」未必在夢前近日；但其間拜倫正醞釀超自然之作以娛樂眾人，聖經《新約》中〈啟示錄〉的「超自然」場景亦很可能從腦海深處浮起，此亦「讀」之另一方也。再就拜倫所繼承的文學傳統與文類而言，拜倫以「諷刺」（satire）文類為其文學世界，而其時所專心經營的 *Childe Harold Pilgrimage* 即為「諷刺」文學，而〈黑暗〉

---

19 上述背景即見於馬莉・雪萊《科學怪人》成書時的〈自序〉以及企鵝版 Robert Spector 的導言。參 Mary Shelley, *Frankenstein*, Introduction by Robert Spector (New York: Bantam, 1967)。

20 *The New Testament.*, translated and prepared by Catholic Biblical Association of America (New York: Doubleday, 1972), p. 580.

一詩亦是以「諷刺」為骨髓。換言之，就〈黑暗〉為介乎「夢」與「文學創作」之間而言，〈黑暗〉可說是「諷刺」上置於「夢」而成。在筆者的觀察與思考裏，「夢」實與夢者的「主體」息息相關，而「諷刺」實已成為拜倫「主體」的一個結構（最少是文學的拜倫的主體），故其夢有著「諷刺」的特質，亦不足為怪也。換言之，〈黑暗〉也可能是夢的實錄，不過尚經過必然的「譯寫」，必然的文學的「二度修飾」而已。同時，根據佛洛伊德的理論，夢時的周遭也對夢的「顯內容」的形成有所提供。那麼，日內瓦雄偉遼闊的山水，是否仍在〈黑暗〉詩中有所作用？換言之，詩中「明亮的太陽熄滅，而星群／在無垠的太空黑暗裏遊蕩／無光無徑，而冰封的大地／在黑暗、無月中旋轉到發盲」，是否仍隱約含攝著天氣不佳、天色灰暗時的日內瓦遼闊的山水？

至於〈黑暗〉詩中的「隱內容」及夢機制，亦可略帶擬測性質而論之。如前述，「夢者」所處環境為天氣惡劣的日內瓦郊野，天色灰暗，而此即在夢中反映為宇宙籠罩在「黑暗」的大場景，而「夢者」於夢中祈求光（“pray for light”），甚至不惜焚燒房舍以求光；這符合夢的邏輯：夢為願望的滿足。就「夢機制」而言，夢中情節富戲劇化（dramatization），這特質正符合佛洛伊德在討論夢的「可表達性」（representability）時所闡述者，謂夢境往往以戲劇化的形式出現。這戲劇化夢境中最感人的情事，一為忠誠的狗守護主人屍體的一幕，一為兩個世仇在神壇餘燼中看到對方飢容醜陋遂驚煞而死。兩者都帶有拜倫式的憤世嫉俗與對人間的諷刺。

先看狗的一幕：「甚至狗也攻擊其主人，但有一隻例外／而他所忠誠的對象竟是一具屍體，把鳥、野獸、／以及飢餓的人群擋絕於外；／而飢餓緊抓著他們，倒下來的死人／誘惑著他們瘦削的下巴；這狗本身並不尋食物，／而以虔誠而持久的呻吟，／終而一聲短暫而荒涼的叫聲，舔著／那沒有以愛撫回應的手——死去」。對筆者而言，這情節提供了夢機制中筆者認為最重要的「認同」與「錯置」的複合。在此，我們得了解，「諷刺」必然含攝著與其相反的「理想」，以衡量人生百態。那「狗」對主人的「忠誠」竟及於其屍體，對人間慣有的冷漠與背棄，其諷刺不言而喻：即有人不如狗之嘆。就夢功能而言，「夢者」必然與夢中自己或其他人物「認同」，以該人物為自己的化身。在這裏，拜倫「認同」於此「狗」，以其「忠誠形象」為自己的「形象」，一若柯爾雷基於夢詩中之先後「認同」忽必烈汗與天國之詩人。然而，拜倫的「認同」作業尚牽涉到「人」置換為「狗」的「錯置」機制。

再看世仇相見而死的一幕：「諾大的城市只有兩人存活下來，／而他們為仇人：他們相遇於／祭壇餘燼之旁」。神聖之物大堆疊起以作非神聖之用途：燃燒生火。他倆以骷髏般的手播弄微弱的火的餘燼：「當餘燼微弱亮起／他們舉起眼睛以審視對方的顏容／看、然後尖叫、然後死去——／由於看到相互的醜陋而死去／不知道對方是誰／額上給飢餓刻鏤著鬼魅」。「世仇」的荒繆與悲劇，以如此戲劇化的醜陋場景表出，與夢境慣有的荒誕息息相關。換言之，亦夢之助也。「諷刺」的後面，其所企望之理想者，浪漫主義之「愛」也，東方之「恕道」也。

〈黑暗〉詩中的結尾：當山、湖、船隻、星星、月亮、風、雲等萬物沈寂消逝，「黑暗無求於萬物／——她黑暗就是宇宙」。就佛洛伊德的精神分析理論而言，這回歸於「黑暗」乃是從「有機」生命回歸於「無機」生命的涅槃境界，亦即佛洛伊德所謂「死」或「毀」功能（death or destructive dive）的正面陳述。用道家的話來說，即復歸於道。

四　結語——「夢詩」詩類的特色

一般而論，夢結構與文學結構，看來並沒有多大差異。舉凡「夢機制」所及的範疇，如錯置、濃縮、重複、加強、戲劇化、象徵、二度修飾、以及認同，都可見於文學。佛洛伊德把文學看作是「幻想」（fantasy）或「白日夢」（day dreaming），而與「夢」相接近，有其真知灼見的一面。在這個基礎下，雅克慎記號詩學領域裏所闡述的「對等原理」，應予擴大以包括上述「夢機制」，而佛洛伊德所揭示的「夢機制」，亦應附屬於廣義的記號詩學領域下的「對等原理」。筆者深信，「夢」實為「潛意識」或其他精神深層的經由「記號」（sign）的特殊型式呈現[21]，故「夢」及「精神分析學」應為「記號學」一重要領域，而「記號學」的一些概念，亦實有助於吾人對「夢」與「夢文學」的了解。

其次，「夢結構」與「文學結構」之重疊複合、「夢的隱內容」與「文學的語意世界」之高度結合，在「夢詩」裏最為顯著，蓋其為「夢」亦為「詩」也，而這就是「夢詩」在記號詩學與精神分析學雙重透視下的詩學特質。如以記號學家杜鐸洛夫（Tzvetan Todorov）的文類三元模式觀之[22]，「夢詩」中的語法／結構層（the syntactic），與夢的諸種機制相若；語意層（the semantic）即為夢的「隱內容」，也就是被壓抑的東西，無論其為與性或libido相關的「首度壓抑」

---

21 普爾斯曾把人類的「意識」比作一無底的湖泊，有淺處地帶，有陰影的深處地帶，而其陰影地帶實與佛氏潛意識相近；中文請參本人所著《普爾斯》有關章節。

22 杜鐸洛夫的文類三元模式，界定「文類」的三個互為牽涉的三個層面，即語法/結構層、語意層、及語言層。見其所著 *The Fantastic*, translated by Richard Howard (Ithaca: Cornell University Press, 1975)。

（primary suppression），或後起的文化壓抑皆是。至於夢詩的「語言層」（the verbal），則受到夢「隱內容」與「夢機制」所投射所影響，而富於象徵、詭譎、模稜等特質。

最後，本論文所的文學斷代，在英國為浪漫主義時期，在中國則為最具浪漫精神的唐代，我們不禁要問：「夢詩」與「浪漫主義」的關係如何？浪漫主義的面向頗多，論者闡述之紛紜與精闢，可謂蔚為學術之奇觀。David Hulme 在其經典之作〈浪漫主義與古典主義〉裏說，浪漫主義繼承盧梭（Rousseau）的樂觀的性善論，以為「人，那就是個體，是無限可能的儲藏庫」。[23]換言之，對浪漫主義者而言，人的本能是善的，人的潛能是無限的、而一切可能都是開放的，所有的人為的疆域都可跨越的。沿著這個視野，筆者願意指出說，「夢詩」所代表的正是「意識」與「潛意識」畛域的打破、「夢」與「詩」畛域的打破，而這「畛域」的「打破」也就是浪漫主義精神的呈現。總言之，「夢詩」與「浪漫主義」在精神上是一致的。

23 參其所著 “Romanticism and Classicism.” *Criticism: Major Texts*, edited by Walter Bate (New York: Harcourt Brace Jovanovich, 1970), pp. 564-573.

比較文學視野與中國文學

一　前言：比較文學中國派的提出

在傳統的定義上，「比較文學」是超越「國界」的文學研究，或作為「本國文學史的延伸」與「外來影響」的探討，或作兩國文學間的「異同」與「平行」的研究。前者為「法國派」的重點所在，以「實證」的方法為基礎，後者為「美國派」的領域，以「美學」及「綜合」的探求為旨歸。同時，美國派以為，文學與藝術或其他學科的跨學科研究，亦得視為比較文學的範疇。隨著「中西比較文學」在臺灣的開拓，也逐漸發展出一個「階段性」的方法與領域，也就是以西方較為有系統的古典理論與當代文學理論，來「闡發」中國的文學作品，甚或詩學／美學概念；此即為比較文學「中國派」的一個特殊內容。這比較文學「中國派」，是筆者於一九七六年趁編國內第一本中西比較文學論文集《比較文學的墾殖在台灣》之便，在「序」裏略帶宣言性質地提出的：

> 在晚近中西間的文學比較中，又顯示出一種新的研究途徑。我國文學，豐富含蓄；但對於研究文學的方法，卻缺乏系統性，缺乏能深探本源又平實可辨的理論，故晚近受西方文學訓練的中國學者，回頭研究中國古典或近代文學時，即援用西方的理論與方法，以闡發中國文學的寶藏。由於這援用西方的理論及

> 方法，即涉及西方文學，而其援用亦往往加以調整，及對原理論及方法作一考驗，作一修正，故此種文學研究亦可目之為比較文學。我們不妨大膽宣言說，這援用西方文學理論與方法並加以考驗、調整以用之於中國文學之研究，是比較文學中的中國派。[1]

其後，一九七九年，我在一篇文章裏對比較文學的「中國派」作了進一步的論述。[2]首先，我把前面所說的援用西方文學理論的方向界定為「闡發研究」，「闡發」的意思就是把中國文學的精神、特質，透過西方文學的理念和範疇來加以表揚出來。我並進一步界定「中國派」的內涵，認為在範疇上、方法上必須兼容並蓄，亦即我們要容納法國派所主要從事的影響研究、美國派所主要從事的類同研究和平行研究，加上我們所提出的、符合當前狀況的「闡發研究」。同時，在「法國派」、「美國派」的傳統領域與方法上，作了適當的調整，強調相異，戒慎浮泛的綜合，要求切入中西文化層面，要求影響研究從外緣的接觸進入內延的論證及美學架構等，以適合「中西比較文學」的研究。

當時，我雖未料到大陸的學者開放後對我們所提出的「闡發研究」有如此的興趣，並且毀譽參半[3]，但我已感覺到這種研究方法的

---

1 古添洪、陳鵬翔編：《比較文學的墾殖在台灣》（臺北市：東大圖書公司，1976年）。本篇原載於《中國文學新詮釋》（林明德編）（臺北市：立緒文化出版社，2006年），頁294-321。

2 古添洪：〈中西比較文學：範疇、方法、精神的初探〉，《中外文學》第7卷第11期（1979年4月），頁74-94。

3 大陸學界早期對我們的「闡發研究」的反應，可以盧康華與孫景堯的《比較文學導論》（哈爾濱市：黑龍江人民出版社，1984年），以及楊周翰與樂黛雲合編的《中國比較文學年鑑：1986》（北京市：北京大學出版社，1987年）為代表。自從比較文

危機，這種危機是我從當時學者們所發表的中西比較文學的有關的論文裏所隱約見到的。對此，我提出一個初步的試金石來質疑：在西洋批評理論下的中國文學或批評是否仍為中國式的？是否並未失去其固有的特質、固有的精神？想想，作為一個研究比較文學的中國學者，這是一個很重要的考量。這一直也是對我自己的期許與座右銘。

在最近的一篇文章裏[4]，我則強調這個特殊的方法與內容只是「階段性」的，但這個「階段性」的東西，筆者相信，會伴隨我們一段很長的時光，一直到我們的文學／美學／文化的「現代化」大功告成。當然。所謂「現代化」，不等同於「西化」，而是在本國原有的文學／美學／文化的基礎下，相互吸收，並在發展中的「全球化」過程裏，與西方相「融會」。

二　意象文字與中國神話的比較考察

在比較文學的視野裏，中國文學呈現了甚麼獨特的面貌呢？首先，作為「文學」媒介的中國文字（六書的文字構成，從而延伸出獨特的語音、語法、語意的層面）就已別開生面。就筆者的認知，六書文字蘊含了豐富的「肖象性」（iconicity），豐富了中國詩的肖象美學層面，甚至豐富了中國詩內外的形式。[5]就中外文學姻緣而言，亦可見其端倪。以龐德（Pound）為首的英美的「意象主義」（Imagism）為例，其主要理念與象形文字美學相契合，而意象主義其後的發展，

學「中國派」這個大方向晚近為大陸學界接受以來，開拓頗多。

4 參古添洪：〈中國派與台灣比較文學界的當前走向〉。今收入拙著《不廢中西萬古流：比較詩類及影響研究》（臺北市：學生書局，2005年）。

5 詳見拙著博士論文 "*Towards a Semiotic Poetics: A Chinese Model in a Comparative Perspective*" (San Diego: University of California, 1981).

更有著中國象形文字美學的滋潤，而電影藝術理論之祖的艾山斯坦（Sergei Eisenstein）所發揚的蒙太奇鏡頭重疊手法，也有著中國文字的啟發，如艾氏所謂「口」＋「犬」＝「吠」，即蒙太奇也。

「意象主義」的英美本土以外的源頭雖多，如論者所言，有古希臘抒情詩、法國象徵主義、日本的俳句，中國古典詩等，但中國六書文字所蘊含的美學，恐怕仍是龐德意象主義繼續開拓所賴之動力。龐德於一九一三年獲得了漢學家 Ernest Fenollosa 的夫人的委託，整理其漢學遺稿，對其中漢文字研究的手稿〈論中國文字作為詩的媒介〉（"The Chinese Written Character As a Medium for Poetry"），驚豔不已；於一九一八年為該文的發表作導言說，謂其文乃是「對所有美學根本所在的研究」，謂Fenollosa透過異國藝術的探討，實際已無意中「進入了西方成就豐富的新畫與新詩諸藝術的新思維裏」，並謂該文雖寫於其逝世的一九〇八年稍前，「但其後的藝術上的各種發展實與其理論所言相一致」。[6]這詩與藝術的新潮流當然包括龐德正在發展的意象主義了。就文學影響的心理層面而言，謂外來東西與本土東西相一致，實包含著「中介者」在「對等原理」的操作下對兩者的相互詮釋與相互融合。

龐德等於一九一二年提出「意象主義」的三大信條，即一、須直接處理「物」（thing）本身；二、每個字都得效力於「表現」（presentation）；三、追求音樂般的節奏。其後，龐德對第三條加以解釋，謂詩人不得不以「自由詩」（*vers libre*）為詩體者，乃是當「物本身建構出美於傳統詩律所能達到之時」，產生「更真」、更貼近「物」底情緒、更為親切、更富解說力之時。顧名思義，「意象主義」當然以「意象」為骨髓，而龐德謂，「意象乃是知性與感性複合

---

6 見其對該文篇首的註記。該文今收於 Donald Allen and Warren Tallman 所編 *The Poetics of the New American Poetry* (New York: Grove, 1973), pp. 13-35。

的情意結（complex）在剎那間得賴以呈現者」，而經由此「意象」的表達，長久積聚與內心身處的東西遂得以釋放而釋懷而解放。[7]這些觀點，顯然與象形文字所含美學頗有相通。中國文字中的象形字與會意字，可說是一「字」一「意象」，而字的每一局部，都效力於其所指涉的「物」與「意」上。我們不難想像，我們的遠祖每創造一字時，所獲得的驚奇、釋懷、與自由，較諸於龐德所描述者，實有過之而無不及。特別值得注意者，龐德「意象主義」強調「物」在美學上所扮演的角色，不但與中國意象文字共通，而實與中國詩學及詩歌本身相一致：六詩之賦比興手法、陸機的「挫萬物於筆端」、劉勰之「神思方通，則物無隱貌」，皆是也。

龐德自一九一三年與 Fenollosa 手稿「接觸」以來，其於一九一二年已啟動的意象主義運動，即相當地向中國象意文字美學傾斜。據龐德權威學者 Hugh Kenner 的看法，龐德於一九一三年末接觸漢學家 Fenollosa 的手稿後，即向中國求經以詮釋以解放「意象主義」，並於翌年初講「漩渦」（vortex）多於「意象」，以強調「意象」內部之動力，而成為所謂「漩渦主義」（Vorticism）；而於一九一五年，「意象主義」即重新界定，隸屬於「動力產生形式」一美學概念。[8]當然，龐德之疏遠「意象」而鍾情「漩渦」，除了詩壇之糾葛（「意象主義」運動於一九一四年大權旁落於 Amy Lowell 之手，而龐德隨即投入 Wyndham Lewis 的陣營以共創「漩渦主義」新頁），其美學上之轉移實為必然：當「意象」轉為「漩渦」之後，如龐德所言，「所有的意

7 見其 "A Retrospect" 一文。今收入 *The Poetics of the New American Poetry* (New York: Grove, 1973), pp. 36-48。

8 Hugh Kenner 的專著 *The Pound Era* (Berkeley: University of California Press, 1971)，對 Fenollosa 闡述之中國文字美學在龐德詩論（兼及詩作）發展上所扮演的重要角色，有詳盡的論述。此處所及，見頁159-162。

念遂得以不斷地從裏面奔流出來、奔流於其中、奔流進裏面」，長篇的意象詩作遂為可能」。[9] Fenollosa 在手稿中強調，六書文字美學及其延伸的句構，蘊含著有若「自然」（nature）的「程序」（process），「物」（thing）與「動作」（action）不可分割，而姿式（gesture）、餘音（overtone）、動能（energy）等諸元素，以並置（juxtaposition）、顫動（vibration）、黏連（cohesion）、相類（affinity）等微妙的關係（relation）而熔為一體。[10]這些理念都有助於意象主義的拓展，而衍為「漩渦主義」式的「意象主義」，並終而在其史詩《篇章集》（*Cantos*）裏發揮著重要的作用。

艾山斯坦從日本老師學習漢字。從其中，他領會到中國文字的美學原理，並用於其一九二五年創作的充滿革命動力的電影 *The Battleship Potemkin*。[11]在〈電影書寫原理與象形文字〉（"The Cinematographic principle and the Ideogram"）（1929）一文裏，艾山斯坦指出象形字其原始書寫最跡近物象，而會意字則更引人入勝。艾山斯坦謂，「會意字以其最簡單的序列把兩個象形書寫體組合一起，但所得不是其總和，而是不同層面、不同程度的語價；每一書寫體局部與其對象相應，但其組合則與概念（concept）相應；換言之，經由兩個可描述的東西的組合，終而獲得了非可圖象的東西的表達」。接著，即以漢字為例，謂「口」＋「犬」＝「吠」，謂「口」＋「鳥」＝「鳴」，「此即蒙太奇也」。中國文字的組合方式，艾山斯坦謂，「正與電影的鏡頭組合方式相若；諸鏡頭本身為可描寫的，並且各自意義

---

9 引自 Stanley Coffman 的 *Imagism* (New York: Octagon), 1977。

10 所列中國文字諸特質，則為筆者就 Fenollosa 手稿而羅列者，用意以簡明佐證兩者的關係。該文出處參 Donald Allen 和 Warren Tallman 所編 *The Poetics of the New American Poetry* (New York: Grove, 1973), pp. 13-35。

11 參Hugh Kenner, *The Pound Era* (Berkeley: University of California Press, 1971), p. 162.

獨立而內容中性，而最終則組合為知性的、連續體的文本」。事實上，一直以來，艾山斯坦都思索著電影如何經由鏡頭來表達、來敘述，而中國象意文字或即在此關鍵時刻提供了其「蒙太奇」思考的助力。艾山斯坦謂，象形文字與蒙太奇技巧乃是電影表達的必然，乃是「知性電影」的始步。[12]

有趣的是，Fenollosa強調的美學是語言底姿式、餘音、動能等諸元素，在詩歌裏經由並置、顫動、黏連、相類等微妙的關係而熔為一和諧體。龐德則強調其「漩渦」般的動力，在整體的「意象」裏滋生與吸納所有的意念與東西。艾山斯坦則強調「蒙太奇」的鏡頭間的矛盾與衝突，以符合他宣揚俄國革命時代之所需。誠然，他們閱讀中國文字背後的美學，除了其獨具隻眼外，更是各就其所需而有所變化，而他們獨具隻眼的解釋，也不免帶有某種發明創造，並同時帶給身在其中的我們不易看到的新的視野與思考。

作為原始的民族心靈原型表達的神話，當然值得在比較文學的視野裏觀察。在與希臘神話對照之下，我國的神話呈現了甚麼不同、甚麼長處或匱乏呢？在希臘神話裏，最使東方人感到怵目驚心的是反覆出現的父子的赤裸裸的權力爭奪。Uranus（意為「天」，乃是首位宇宙之主神），與大地（母）合而生出叛逆的獨眼怪物（Cyclopes），並囚之於地底的深處。而作為這些怪物的弟輩的巨人族（Titans），卻聯合起來把天空（父）閹割，而其血滴於大地而又孕出諸復仇女神（Furies）。這父子相殘而互奪帝位的故事卻又繼續下去，蓋其首繼為宇宙主神的Cronus，又怕其帝位被兒子篡奪，於是諸兒一出生便吞進肚裏，及至六子宙斯（Zeus）出生，母親以襁褓裹石頭矇騙而倖免。宙斯長大，遂逼其父吐出其諸兄，並終弒父而篡其位。這血腥暴力的

12 該文收入其 *Film Form* (New York: Harcourt, 1949), pp. 28-44。引文見頁29-30.

父子權力轉移，不見於中國神話，而代之者卻是晚起的堯舜的「禪讓」神話。這是否意味著遠古中國母系社會之深遠影響故（按：老莊思想及其所用象徵與寓言，有著母系文化深遠的烙印）？抑或中國神話傳播、搜集、寫定期間，父系社會與儒家的強勢文化影響故？顯然地，這些希臘神話代表著父系社會的崛起，以及「五倫」之首的「父子」倫理尚未建立穩固之時刻——事實上，根據希臘神話，「夜」這位三位一身的女神原統治宇宙，後把權杖交給前述的 Uranus（男神），論者即以此為母系社會向父系社會的過渡。[13]然而，這類父子暴力奪權的神話，卻一直活躍在西方文化的深層核心。也許我們並不認同與讚美這違反「人倫」的神話敘述，但我們似乎不能不佩服近代西方精神分析學對希臘神話的闡發。佛洛伊德（Freud）把伊底帕斯（Oedipus）神話詮釋為人類潛意識深處的「戀母弒父」情結（Oedipus Complex），並以此情結作為個體生命成長必經的父權介入。佛洛伊德把 Narcissus 神話詮釋為精神分析學上所發現的「自憐情結」，其後精神分析學大師拉岡（Lacan），更以「自憐情結」為生命個體健康發展所不可或缺者。[14]筆者這裏要說的是：我們中國的神話也需要這種精神分析學或其他層面的深度詮釋，才能發揮其原型、其精義，才能搬上世界舞台亮相。中國神話卻無緣獲得這種精神分析學的深度詮釋，其原型與精義不彰。女媧煉石補天、精衛填海等母性／女性神話，除了意味著母系社會的遺留與反映外，是否可詮釋為佛洛伊德所界定的與「毀滅動能」相對代的「愛動能」（Eros）？《山海經》中擁有雌雄器官稱為「類」的怪物，是否含有精神分析學上「雌

---

13 希臘神話部分參 Robert Graves 編 *The Greek Myths* (New York: George Braziller, 1957), 2 vols., pp. 27-44.

14 Freud和Lacan 的理論，為方便起見，參Dylan Evans, *An Introductory Dictionary of Lacanian Psychoanalysis* (New York: Routledge, 1996) 有關部分。

雄同體」(bisexuality or androgyny)的含義？而《山海經》中特多的人鳥同體是否意味著容格(Jung)所說的人從鳥演化的夢中常出現而為「飛翔」所象徵的「種族記憶」(racial memory)？《山海經》中眾多的怪異之獸，除有「圖騰」的意味外，是否也是潛意識的表達？這些都有待精神分析的臨床驗證。同時，大禹偷息壤治水、夸父逐日、刑天舞戟等中國神話，除了表達了父系社會的崛起外，是否可發揮為某種普遍的精神分析學上含意？[15]

茲抄《山海經》其例如下：

> 有獸焉，其狀如貍而有髦，其名曰類，自為牝牡，食者不妒(〈南山經〉)。
>
> 驩頭人面鳥喙，有翼，食海中魚，杖翼而行(〈大荒南經〉)。
>
> 有鳥焉，其狀如鵁，而白首、三足、人面，其名曰瞿如，其鳴自號也(〈南山經〉)。
>
> 刑天與帝爭神，帝斷其首，葬之常羊之山。乃以乳為目，以臍為口，操干戚以舞(〈海外西經〉)。
>
> 有神十人，名曰女媧之腸，化為神，處栗廣之野；橫道而處(〈大荒西經〉)。
>
> 洪水滔天。鯀竊帝之息壤以堙洪水，不待帝命。帝令祝融殺鯀于羽郊。鯀復生禹。帝乃命禹卒布土以定九州(〈海內經〉)。

15 袁柯綜合近人的研究，以《山海經》的眾獸為圖騰，以女媧、精衛等神話為母系社會的遺留與反映，而蚩尤、后羿、夸父、刑天等男性的神性英雄則反映著父系社會的誕生。見其《中國神話史》(臺北市：時報文化出版社，1991年)，第二章。又：本文所據《山海經》版本為袁柯《山海經校譯》(臺北市：明文出版社，1986年)。

三　史詩問題的再探討：抒情體文化史詩《詩經》

說到文類，在比較文學的視野裏，最熱門的題目莫如是：中國何以沒有與古希臘相對代或類似的史詩？劉大杰以為，可把《詩經》裏與古代民族起源、流徙、建國、典章創肇有關的詩篇視為史詩，即〈生民〉、〈公劉〉、〈綿〉、〈皇矣〉、〈大明〉諸篇，先後敘述了后稷、公劉、古公亶父、文王、武王的英雄故事。[16]楊牧則在其中理出與希臘史詩「尚武」的「英雄主義」相對代的「尚文」的「英雄主義」，並謂因此「尚文」的朝向，使到《詩經》的表達有所不同，如戰爭描述的省略等。[17]兩說都有所提供。就詩形式而言，我們不妨換個「莫若兩明」而「各得其所」的說法，謂希臘史詩其體制為長篇敘事詩（long narrative poem），由詩人荷馬根據已流傳民間的許多獨立的小情節（episodes）穿插敷衍而成（即在荷馬的敘寫處理過程中，終成為帶有傳說性質的民族草創期的英雄故事，有奧林匹克眾神的介入及命運問題，有故事從中間開始的敘事成規、有冗長的所謂史詩的直喻修辭等的長篇敘述體），而中國的史詩則「無」通篇的軀體，卻以「抒情詩」（lyrics）為體制，各英雄章節「散」見於《詩經》裏有關的詩篇，而還沒有經「荷馬」大詩人把他們編／改寫為「通體」之作。同時，隨著晚近「文化研究」的當時得令而比較文學也向「文化」傾斜之際，筆者在此卻願意提出更為石破天驚、也同時是最常識不過的說法：《詩經》就是周初而下及春秋期間（約為西元前一千一

16 劉大杰：《中國文學發展史》（臺北市：華正書局，1975年）。

17 詳見楊牧著，單德興譯：〈論一種英雄主義〉，《中外文學》第4卷第11期（1976年4月），頁28-45。

百年至六百年之間）集體創作的民族「史詩」[18]，蓋「史詩」的骨髓不必在於「英雄主義」與「敘事架構」，而是其放射出來的最富民族原型的「文化」義涵。一言以蔽之，如果希臘的史詩為敘事詩體的英雄史詩，中國的則為抒情詩體的文化史詩。

這民族史詩架構，就史詩的比較視野而言，則不妨以一、英雄史詩，二、文化原型，以及三、形式與藝術表現三層面探討之。

（一）英雄史詩層面

這層面與希臘的模式最接近，有神話性或神的介入（如大雅〈生民〉裏姜嫄履帝趾懷孕生后稷，反映母系社會的遺留及后稷為農神的個性）；有天命的問題（如大雅〈文王〉的「周雖舊邦，其命維新」及「天命靡常」），有民族始祖與英雄（先後有后稷、公劉、古公亶父、文王、武王的事蹟）；有敘事性（〈生民〉、〈公劉〉、〈綿〉、〈皇矣〉、〈大明〉諸篇分別以史詩之筆敘述了后稷、公劉、古公亶父、文王、武王的文治武略的事蹟）；有雄偉的辭章（擅用雙聲連綿字以狀聲或狀意，擅用比興、擅用排比、擅用簡鍊）；有文化原型（如〈皇矣〉中文王一怒而伐天下的正義之怒；如〈綿〉中古公亶父獲大姜之來歸，〈大明〉中摯仲氏任來歸於王季而生文王、莘女之嫁文王而得武王，皆是「宜室宜家」的文化原型）。

茲再細述其敘事性，蓋這部分為史詩的主要敘事（narrative）構成。〈生民〉述后稷之生、神子之考驗、成家立業（「有邰家室」）、其農神般使五穀生長而終而肇祀。〈公劉〉記公劉率族從有邰遷豳，配玉刀儼然族長之勢，相地之宜，夾澗而居，並「度其原溼，徹田為糧」，行其分田賦稅制，並「取厲取鍛，止基迺理」，以石基建造房

18 關於詩經的寫作年代，見王靜芝：《詩經通釋》（臺北市：輔大文學院，1968年），頁5-6。本文所引《詩經》，皆據此版本。

舍。〈綿〉諸篇中敘事最詳，記古公亶父從豳遷於岐下，大姜來歸而有家室。於是灼龜定居（「爰契我龜」），開疆闢土，作廟祀祖。其時工藝遠較公劉時進步，已有「其繩則直、縮版以載」的築牆製磚之法。古公亶父更對鄰近的「混夷」安撫而相安建國。〈皇矣〉記文王獲上帝之選，以「維此二國，其政不獲」故。「二國」謂夏商。其後記文王之明德，及先後征伐密須氏之國及崇國。兩次征伐，敘事出色。征密：「密人不恭，敢距大邦，侵阮徂共，王赫斯怒，爰整其旅」。征崇：則是「與爾臨衝，以伐崇墉」，是一場兵車圍城的大戰。前者文王之怒，與希臘史詩《伊利亞特》（*Iliad*）的「Achilles 之怒」（其怒為其同袍摯友被殺而復仇故）大異其趣，而後者幾可與《伊利亞特》之圍城屠城相提並論。〈大明〉記王季得娶摯仲氏任而生文王、文王得莘女之嫁而得武王，而武王終而伐商。這場大會戰敘事簡練中得其神韻：一方「殷商之旅，其會如林」，一方「檀車煌煌，駟騵彭彭」，戰事實況省去，而只點出周旅的「時維鷹揚」。

特別值得一提者，上述五詩各以一民族英雄為敘述對象，而在敘事結構上又各有特色。〈生民〉以后稷的神性為主軸，敘其神蹟誕生而終於五穀肇祀。〈公劉〉則每節皆以「篤公劉」開端，而於開端後敘述其遷豳的英雄故事。〈綿〉敘述古公亶父遷岐下的英雄故事外，結尾更對古公亶父的成功有史論般的評述，謂「余曰有親附，余曰有先後，余曰有奔奏、余曰有禦侮」。〈皇矣〉天命意味特濃，上帝以人格化的身頻頻出現（「帝省其由」、「帝謂文王」），籠罩全篇，彷若英雄故事背後的主導者。〈大明〉則更特殊，都以王季及文王婚姻迎娶為敘事主軸，佔全篇的大半，僅後兩章記武王伐商：〈大明〉可說是以「宜室宜家」的文化原型為敘事主軸的詩篇。

這五篇史詩連起來，展示了周民族史詩般的文治武略的英雄事蹟，展示了多采多姿的敘事面貌，以及豐富的文化原型與藝術風格。

如果我們補以大雅〈文王〉裏「周雖舊邦，其命維新」與「天命靡常」抑揚的感喟，作為全史詩通篇的低音，與命運相連，其氣勢則更為磅礴感人了。如果我們再加上大雅〈靈臺〉(靈臺為文王所建)，其散發出來的「麀鹿攸伏」、「於㲲魚躍」的萬物生息的自然和諧，「於論鼓鐘，於論辟廱」的和樂文化，更得見孔子所言「吾從周」的文化氣候。如果再附以「豳風」周公東征，以及「小雅」南仲征伐玁狁、宣王征伐蠻荊的英雄故事，周民族角逐中原的史詩篇章，則更為完備了。

最後，我們得補充，《詩經》三百尚有載於《商頌》的殷商民族的史詩。《商頌》相傳為正考父得（或校）於周之太師，論者以為殷商之後春秋時宋人所作，但其內容與體制，應或有所繼承。〈長發〉可說是殷商民族始韌與建國的簡賅的史詩，〈玄鳥〉較短，但其開頭的「天命玄鳥，降而生商」，即明確指出殷商始祖契的誕生神話。[19]這兩英雄史詩最耐人尋味之處，乃是「天命」母題頻繁的出現。其中「邦畿千里，維民所止」，這安居樂業的中原形象，已成為了中華民族心底不滅的圖象。

(二) 文化原型層面

周民族之文化原型在英雄史詩層面裏當然已有含攝，如天命、祭祖、禪讓、室家等，而植入民族心靈深處的眾多的文化原型與圖象，更在「國風」裏獲得豐富的藝術的表達。〈七月〉是從曆書的形式創造出來的古今絕唱，是一年十二月四季的豳國農村生活圖。「七月流火，九月授衣」、「無衣無褐、何以卒歲」、「同我婦子，饁彼南畝、田畯至喜」、「春日遲遲，女心傷悲、殆及公子同歸」、「嗟我婦子、曰為改歲、入此室處」、「為此春酒，以介眉壽」；這些農業生活圖象，已

19 二詩中的神話色彩及其細節，參拙著〈論詩經中有神話背景的詩〉，今收入《探索在古典的路上》(臺北市：普天出版社，1977年)，頁95-114。

深植民族心坎。而其中的「田畯至喜」、「言私其豵、獻豜于公」、「尚入執宮功」、「躋彼公堂、稱彼兕觥，萬壽無疆」，表現了農耕社會裏社群主義的原型，隱含了封建體制下的原始社會主義形式。

「國風」的情詩最為自然純樸，有如天籟。「所謂伊人，在水之方」(〈蒹葭〉) 的男女思念、「維士與女、伊其相謔、贈之以勺藥」(〈溱洧〉) 的男女歡謔、「求我庶士，迨其謂之」(〈摽有梅〉) 的男女及時、「窈窕淑女，君子好逑」(〈關雎〉) 的佳偶匹對、「桃之夭夭，灼灼其華，之子于歸，宜其室家」(〈桃夭〉) 的成家立室，「螽斯羽，薨薨兮，宜爾子孫繩繩兮」(〈螽斯〉) 的農業社會的多子多孫，合而表達了我民族愛情與室家的原型與圖象。

「我有嘉賓，鼓瑟鼓琴，鼓瑟鼓琴，和樂且湛，我有旨酒，以燕樂嘉賓之心」(〈鹿鳴〉) 代表了宴樂款客的禮樂原型，其中表達的高尚的文化氣質，真是我民族文化的驕傲。然而，這「鼓瑟鼓琴、和樂且湛」的宴樂傳統正在流失中。

「蔽芾甘棠，勿剪勿伐，召伯所茇」(〈甘棠〉) 代表了德政的原型，與其相反的「不狩不獵、胡瞻爾庭有縣貆兮，彼君子兮，不素餐兮」(〈伐檀〉) 代表了民眾不滿的諷刺原型；合和表達了人民與王室的現實關係。其餘如「蟋蟀在堂，歲聿其莫，今我不樂，日月其除」(〈蟋蟀〉) 代表了時間倏忽感的及時行樂原型。總之，我們生活上的許多理念、許多情感反應，都可上溯源於《詩經》，這裏就只能就其顯著者略述如此。

最後，以比較文學的式的小餘論作結。醉心於中國文字、文學、文化的龐德，曾以其富創作的譯筆，譯寫《詩經》若干首，都為一卷。龐德以為，史詩最重要的元素是歷史，並以《詩經》為中國史詩。其謂，《詩經》之為孔孟智慧之所賴有若荷馬史詩之對蘇格拉底，而其所表達之繽紛的民俗理念，亦一直為中國人所遵奉。[20]龐德在其先後歷四十年寫就的《篇章集》，即有敘寫中國的幾章。這幾章的中國章節，可謂是有為之作，論者以為，其寫於大戰瀕臨而於一九三九年返美，於國會上欲勸美國止戰之前後，而在中國章節中（共十章，LII-LXXI，敘寫自遠古而下及十八世紀。首章資料根據 Couvreur 法譯《禮記》，其餘所據為 Father Joseph de Mailla 以法文書寫的中國通史），刻畫中國儒家王道的政經與藝術文化，應有救世之用心。[21]龐德的《篇章集》為文化史詩，而中國章節即為有關中國史詩部分。這部分似乎以「漩渦主義」為敘事結構，把主導歷史發展的歷史文化事件視作歷史動力的「漩渦」而處理之。請以堯舜禹湯時期為例，在龐德筆下，堯彷若日神雨神，測定四季的至日；禹制十一之稅，並以物為稅；舜制樂，龐德以法語譯出「詩言志，律和聲」，富節奏感；成湯時旱災，開穀倉賑災，開礦鑄銅錢，以便民換糧，並銘刻「苟日新，又日新」以自勵。[22]這都充分表現出龐德史詩中國篇章的文化取向。

（三）形式及藝術表現層面

首先是抒情詩體。詩三百以抒情詩體寫就，「國風」更富如「重沓」等民謠色彩。每篇分為若干章，由於為抒情詩體，故除敘事詩外，每章內容往往重複而略異，此在「國風」蔚為特色。抒情詩體重在情感的宣發與共鳴，故敘事往往以省略之筆出之。

其次是賦比興的手法共用。賦比興為詩經之六義，源自「大序」，歷來解說甚紛紜。今本劉勰所說略論之。劉勰謂，「賦者，鋪

---

20 參 Hugh Kenner, *The Pound Era* (Berkeley: University of California Press, 1971), p. 520。

21 參 Peter Makin, *Pound's Cantos* (London: George Allen & Unwin, 1985), pp. 212-223.

22 見 *Selected Poems of Ezra Pound* (New York: New Directions, 1957), pp. 146-147.

也，鋪采攡文，體物寫志」(〈詮賦篇〉)。劉勰把原為「直陳其事」的賦寫，衍變為藝術的技巧，筆者以為其說雖為晚起的「賦」體而立，實亦切合詩三百藝術的實際。劉勰謂「比顯興隱」，謂「比者，附也；興者，起也。附理者切類以指事，起情者依微以擬議。起情故興體以立，附理故比例以生」(〈比興篇〉)。劉勰對比興所作差別，頗有理論上的提供。誠然，「比」乃是比喻，需經由「理」的作用把「喻依」與「喻旨」相連，而「興」則經由「意象」而起情，故「興」乃是興發、聯想、象徵之意。除此之外，「興」在《詩經》裏，亦為先言他物的山歌起頭。賦比興雖為三種藝術技巧，但達到最高的自然高妙時，恐亦能兼而有之而無所辨識。[23]「排比」的「鋪采攡文」為「賦」的藝術表達，特為出色之例見於「受小球大球，為下國綴旒。……受小共大共，為下國駿厖」(〈長發〉)，形容武湯之德政，頗有共主的儀式與色彩。比興之例，不勝枚舉，「苞有三蘖」(〈長發〉)兼得比興之趣，以狀助夏桀為紂的韋、顧，昆吾三國，伐而一並去之:「韋顧既伐，昆吾夏桀」。

其次為連綿字。連綿字根植於中國單字單音的特質，為現今尚流行的世界語言所罕有，而在語藝上發揮到淋漓盡致，於《詩經》如此，於《古詩十九首》亦如此。連綿字經由字音（兼及字義）相近者的連綿疊合，達到言外的、物外的、象外的「意」，連綿地進入心靈的深層。如「窈窕淑女」(〈關雎〉)、如「伐木丁丁、鳥鳴嚶嚶」(〈伐木〉)、如「昔我往矣，楊柳依依，今我來思，雨雪紛紛」(〈采薇〉)，如「赫赫南仲，玁狁于襄」(襄，除也)(〈出車〉)。或婉約或雄偉、或狀聲或狀意，皆能狀其不能狀者。筆者以為，連綿字代表著某種原

23 見拙著〈劉勰的賦比興說〉。今收入《探索在古典的路上》(臺北市：普天出版社，1977年)，頁，157-165。

始的莊子所謂未作界分辨別的心靈狀態，故其表義有其原始的況味，故近世則不復其盛也。

其次為「本事」意象與「景物」意象之二重架構，此為「國風」特有的藝術形式。原來，據筆者的觀察，在《國風》民謠裏，每一詩章篇都可分為居前的「景物」意象與居後的「本事」意象，前者營造氣氛，後者為所述情事，如戰爭、愛情等。在「本事」意象上，更是結構繁富，有循或迴環、或單線、或雙線、或話語、或與沓而發展者。[24]最後是「套語」的應用。我們在《詩經》裏，看到許多不斷重複的套語，如「言告師氏」、「言告言歸」中的「言告」及其句式的套用（〈葛覃〉），如「步彼崔嵬」、「步彼崔嵬」中的「步彼」及其句式的套用（〈卷耳〉）、如「王室如燬」句型在許多詩篇的套用（僅換改最後一同義字）等，這「套語」的應用反映詩三百的「口傳」文學特質。

《詩經》作為民族的抒情體文化史詩，除了上述三層面外，尚有多元文化與眾音並起的特色。裏面有祭祀詩（〈頌〉）、朝廷詩（〈大雅〉）、宴樂詩（〈小雅〉），及民間詩謠（〈國風〉），而十五國風更反映著多元的歷史、不同地域、不同的風土人情，更遑論其繁富的母題與多樣的反 應了。

最後，這部史詩，更有其社群性的特質。無論其英雄敘事、文化原型、甚或藝術形式（民謠、套語）、及其功能與影響皆如此。就其功能與影響而言，最為突出；孔子「詩可以興、可以觀、可以群、可以怨」之說，可謂一語中的，道盡了其社群的薰陶與認同，稱為「史詩」，可謂實至名歸。孔子說，「不學詩，無以言」，更點出了其語言的社群性；誠然，《詩經》乃是民族語言的精粹與原型，不學習它，如何能表達自己呢？。

---

24 見拙著〈詩經國風藝術形式的簡繁發展〉。今收入《探索在古典的路上》（臺北市：普天出版社，1977年），頁48-94。

四 唐代文學為浪漫文學的比較論證

論者往往以西方「浪漫」一特質形容唐朝文學。但由於借用時詞義浮泛，往往為比較文學界所譏，甚或嗤之以鼻。但經過多年的研究，筆者終於發覺前輩這直覺式的體會，實可以以嚴格的學術論證之。單就比較文類的角度言之，唐朝文學與英國浪漫主義即可相提並論。兩者都是山水詩、夢詩（柯爾雷基的〈「忽必烈汗」〉和李白的〈夢遊天姥吟留別〉為其代表作）、讀藝詩（中國以題畫詩的型態出現，而英國的讀藝詩則多源於雕塑品）蓬勃的時期。[25]這些「文類」都象徵著人類心靈的向極限延伸，打破人與自然、意識與潛意識世界、詩與他種藝術的界線。同時，英浪漫主義中的「超自然主義」（supernaturalism）當可與自六朝以來而下及唐傳奇中的「誌怪」部分，相提並論。同時，浪漫詩人代表的李白，其離經叛俗的行徑，迨近於與魯迅稱之為「摩羅」魔鬼詩派的雪萊（Shelley）與拜倫（Byron）者。當然，我們得補充說，唐朝文學的「浪漫」，其骨髓乃是所謂「魏晉風流」而有所變易者。即就比較文學視野觀之，就詩學而言，唐朝浪漫文學必得上溯源於魏晉，蓋劉勰《文心雕龍》的神思說，實為中國浪漫文學的美學條件，一若柯爾雷基（Coleridge）的「想像說」（Imagination）之為英國浪漫主義相表裏的詩學思維。

五 我國新詩的外來影響

說到英國浪漫主義，筆者就順理成章的轉入中國近代文學與它的

---

25 關於山水詩、及時行樂詩、讀藝詩的中西比較，筆者寫有個別專文，皆見拙著《不廢中西萬古流：比較詩類及影響研究》（臺北市：臺灣學生書局，2005年）。

因緣際會。根據筆者的研究，胡適的新文學運動乃受到英國浪漫詩人華滋華斯（Wordsworth）的詩學所啟發。胡適留學時，即修有英詩學程，其中並曾聆聽有某教授演講華滋華斯。胡適以文學為革命工具、提倡白話口語、作詩如作文等，雖有著本土的繼承，但皆可從華滋華斯中尋到蹤跡。筆者以為，受到外來因素的啟發而觸動本土原有但邊緣化的東西，乃是文學影響的通則。魯迅與胡適截然不同，也反映在其對英國浪漫主義的不同選擇上。魯迅所取者，為雪萊與拜倫所代表而魯迅稱之為「摩羅」（魔鬼）詩派者，乃採其離經叛俗的一面，以作為打破舊禮教的枷鎖。魯迅的散文詩集《野草》，其外來「影響」即為其所界定的英國浪漫主義的「摩羅」精神，並納入可謂同質性的尼采的「超人思想」與佛洛伊德的「潛意識」學說。至於臺灣現代詩的外來影響，就發展而言，近代西方詩潮也帶來一些積極的催化的作用。我們發覺，「外來」影響在我們「詩史」發展的許多「轉折」的關鍵處，都扮演著不容忽視的角色。無論在臺灣本土詩歌從「白話詩」過渡到內容與形式都具「現代性」的「現代詩」的旅程上，或在其後詩風的各種轉折或轉向上，如七〇年代初的「超現實」風潮與八〇年代中葉的「後現代」轉向等，在我們宏觀的敘述或微觀的案例裏，歐美的「影響」與「催化」都幾乎歷歷可陳。[26]

六　結語

中國文化正在再生、復興中，作為文化重要局部的中國文學要如何向世界發音呢？顯然地，比較文學是我國文學「再」發言最好的橋樑：透過中西文學實際的相互接觸、影響、比較、闡發，透過中西文

26 關於這三影響課題，筆者寫有個別專文，皆見拙著《不廢中西萬古流：比較詩類及影響研究》（臺北市：臺灣學生書局，2005年）。

學類似或共同的母題與文類以建構出兼及「同」與「異」的一般詩學，應是最豐富、最有效、最當代的「中國文學」的「再」發言吧！這個「再」發言，在某意義上，也是中國文學的現代化與全球化，也是中國文學繼續發展的方向與動力。這個急迫而富前景的事業需要外文系與中文系的學者的關心與參與，而後者更是責無旁貸。

中國古典文論的當代詮釋二條

一　「詩言志」條

《尚書》〈虞書〉說：「詩言志」。〈虞書〉大約成書於戰國。[1]後起的詩〈大序〉大約成書於漢末。《詩》〈大序〉說：「詩者，志之所之也。在心為志，發言為詩」。上述是「詩言志」說見諸文字的最早內涵，也反映並總結了先秦下及於秦漢的最根本的詩學理念，可說是中國古典詩學的源頭。「詩言志」說指陳著「詩」與「志」不可分割的關係：「詩」是「志」的語言化，而這語言化是「志」的一種頗為無可避免的朝向。從比較詩學及當代廣延的翻譯理論來看，從「志」到「詩」是一種從某一「媒介」到另一「媒介」的 *mimesis*（模仿）與迻譯：希臘語的 *mimesis* 原指用啞劇（mime）的姿式來模仿外界或內心的世界。

然而，「志」指陳著人類哪種心理活動呢？從字形來說，「志」從心從之，故《說文》解作「心之所之」。近人陳世驤以「之」為「足」之活動，為左右擺動的姿式，謂原有原始人祭禮舞蹈之意，故以為「詩言志」說遺留著「詩」與原始「祭禮」的密切關係（參其《陳世驤文存》）。陳氏之說，或不無道理。然而，隨著從遠古卜筮、典禮、神鬼的原始文明終於過渡到以禮治以人文為中心的人文社會，

1　首條原載《中外文化與文論》2000年第7期（2000年7月）。

並隨著以儒家為主導的人文精神的興起，「志」也轉化為帶有高度人文色彩的定義。而就士大夫階層而言，中國古代詩人多來自這個階層，其「志」也就是《論語》所表達的以封建社會為範疇的士大夫個體的生命意向。這個從原始社會到人文社會的過渡，主要的角色落在儒家身上：卜筮為體的《易經》經由〈易傳〉而哲理化；原始的「祭禮」經由《周禮》而轉為文物、憲章、制度的陳述；經由《禮記》而進一步人文化為社會倫理規範。當時的社會範疇也就是周朝高度封建社會瀕臨崩潰的社會，而這個儒家士大夫個體的生命意向也就帶有憂患救世、一展社會抱負的生命意向，而「仕」與「隱」的辯證動力也感人地含攝其中，此從孔子與弟子在《論語》裏各言其「志」中即可看出。中國文學之帶有強烈社會朝向，即淵源於此。事實上，稍早，當周朝封建社會高度穩定之際，社會階級不易更動，個體的生命意向不來得急迫，更遑論憂患意識及社會意識了。從馬克思主義的觀點來說，這生命意向與「仕」與「隱」辯證應與「異化」（alienation）的積極揚棄有關：封建社會及其遺留當然是一個「異化」的社會。有意思的是：詩歌是否可視為「異化」的積極揚棄？還是「異化」的消極揚棄？還是界乎兩者之間？值得我們思考。

從字源學來看，「志」猶「記」也，也就是「記憶」、「記載」之意。如此說來，「志」與「詩」是生命的記憶，也可以說，可與解構主義創始人德希達（Jacques Derrida）所謂的「痕跡」（traces）相提並論。「志」與「詩」是生命的記憶，留痕、記載。同時，「志」也是射箭時作為「鵠的」的標誌，故「志」與「詩」可說是生命「鵠的」的投影，遙遠的懸在生命的前方。當然，如果我們挪用德希達的解構式的字源學（etymology）方法，吾人得謂「志」既是動作中的「記憶」，也是記憶動作完成的「留痕」與「記載」，既是一種向前投影的「之」（往也），也同是這「之」的停頓的「鵠的」。同時，從「志」

字有關的眾多「複詞」來觀察，可看到一個複雜的畫面。「志氣」：假如「氣」被視作為與「體質」有關的「生命力」，則「志」經由與「氣」相密切連接而獲得「生命力」的「體質」的身分。「志向」：「志」是一個生命的方向、藍圖，是一個正在動作中的方向、藍圖。這幾可與存在主義者沙特（Jean-Paul Sartre）所謂人存在於其生命的藍圖同趣（見其《方法的尋求》一書）。同時，從某個層面來說，這個個人生命藍圖被投射於前方，又有點像心理分析學派大師拉岡（Jacques Lacan）所謂的「鏡象」（mirror-image），即有如周歲稍後的兒童從鏡中看到其將走向的「人」的形象，詩人從其「生命的方向與藍圖」中、看到了自己欲成的「形象」，甚或從其中看到人類類屬底先構的、原義的、朝向發展中的形象（見其〈在精神分析經驗裏所呈現的鏡子階段在「我」的形成中的功能〉一文）。這個「形象」，從馬庫色（Marcuse）的新馬克思主義來說，是人們所懷舊的、在幻夢中所瞥見的未經「異化」的人類形象（見其《愛與文化》一書）。「立志」：這「志」、這「方向藍圖」是「個體」底「主體」在特定「時空」裏所立的、所建構的，故為「時空」所著色，而非形而上的永恆真實。「意志」、「心志」、「情志」：「志」與心理的各範疇都有連接，「志」實可稱為一個心理的樞紐，一個多面連接、滑動的樞紐。尤其是「志」與「情」的連結，對「詩」的「發生學」有所提供：即「志」到達「情」的區域並產生作用，才能引發「詩」的創作。這裏或可預見「詩言志」與稍後的「緣情說」（源自六朝陸機〈文賦〉的「詩緣情以綺麗」），在以後的詩論或詩創作上的實際合流。最後，從當代批評視野特有的爭論來看，「志」並沒有被當代批評視野所攻擊的、不變的「形而上」品質，而是在特定時空裏不斷成形、投射、演化中，並不可避免地與其他心理場域交纏，故可免除了德希達解構主義以來對這方面的攻擊。

二　「詩緣情以綺靡」條

在中國古典詩學裏，「詩緣情」說是「詩言志」說以外的重要詩學理念。「詩緣情」說雖來自陸機〈文賦〉「詩緣情以綺靡」一語，但上可推及詩〈大序〉所謂「情動於中則形於言」一語，而究其實則是漢末六朝詩學新視野的一個總結。《梁書》〈庚肩吾傳〉謂：「齊永明中，王融、謝朓、沈約，文章始用四聲，至梁轉拘聲韻，彌尚綺靡，復踰於往時」，即是對這詩作方向的指陳。

「靡」據《辭海》引古籍有「細緻」、「輕麗」之義，並謂「綺靡，猶言侈麗也」。「綺」，《說文》謂「文繒也」。段注謂「謂繒之有文者也」。而「文」，《說文》謂「錯畫也」。段注謂「錯者，交錯也；錯而畫之，乃成文也」。簡言之，「綺靡」一辭，重認並表彰了中國文字／文化／文學之初，「文」所含的「交錯成文」的「美學」理念。從字根看來，「緣」、「綺」、「靡」等字，或從「絲」或從「脈」，暗喻著如絲麻之交錯成文的美學構成。而此交錯成文的美學構成，最顯見於詩篇並為六朝詩人所著力者，莫若詩語音上之押韻、平仄、陰陽之交錯成文了，而其時之駢文與賦，則更是在語法、語意、及字數上的「對等」經營。就當代記號美學而言，此交錯成文的美學構成即記號學大師雅克慎（Roman Jakobson）所表彰的「詩功能」（poetic function）所含攝的「對等原理」（principle of equivalence）。其說謂：「詩功能者，乃把選擇軸上的對等原理加諸於組合軸上。對等於是被提升為組合語串的構成法則。」（見其著名的〈結語：語言學與詩學〉一文）對雅克慎而言，「對等」，也就是「交錯成文的美學構成」，不僅見於詩語音的安排上，尚見於語法、語意等諸層面上，而成為詩歌的原理。俄國記號學大師洛德曼（Jurij Lotman）也同樣以

「對等」為「詩篇」的構成法則，並以此為詩篇所含資訊所以較他者為繁富的原因（見其《藝術書篇的結構》一書）。

「緣」，說文謂「衣純也」。段注謂「緣者，沿其邊而飾之也」。其義為衣邊之修飾，而其基本義應為「沿循」與「周邊」之意。故《荀子》〈正名〉篇謂「則緣耳而知聲可也，緣目而知形可也」。即使把「緣」解為「因」，而「因」，說文謂「就也」，《辭海》謂「相依就也」，亦非帶有形而上意味的「根源」之意。職是之故，「詩」與「情」的關係是一種「沿循」、「相依就」、甚或「修飾」的「中介」關係；故「詩緣情以綺靡」不能視為單純的「由裏及外」的「表達」理論。其實，西方浪漫主義以「情」為根源的「表達」理論，雖以「由裏及外」為基調。亦有複雜之處，請以英國浪漫詩人華滋華斯（William Wordsworth）為例。他雖說詩為感情之自然橫溢（the spontaneous overflow of powerful feelings），但他同時指出，這強烈的感情來自於寧靜的回想情境中（recollected in tranquility）（見其有名的〈抒情民謠集序〉），其視野實含有某種的正反辯證思維。同時，在其名詩〈汀潭寺〉（"Tintern Abbey"）裏，他指出詩人經感官從外界獲致到感官的素材（sentiments）；這些感官的素材，經有血液之流而內在化，達至心底，最終成為「感覺」（feelings）。兩篇並讀，可見其詩作時之感情橫溢，乃是長久沈澱後之泉湧。情感之「沈澱」為「由外及內」，而「表達」時仍為「由裏及外」。詩〈大序〉的「情動於中則形於言」是單線的「由裏及外」（也許符合先民的簡純吧！），而六朝的「詩緣情以綺靡」，「緣」一字可謂改變了整個格局。無論如何，「緣」含攝一種間接性的「中介」視野。「中介」理論在當代甚為重要，有沙特（Jean-Paul Sartre）所陳述以個體成長為著眼點而經過家庭等各種「中介」的視野（見其《方法的尋求》一書），有奧圖塞（Louis Althusser）所陳述的「義識型態」經由各種國家機器而及於個人的各種「中介」的視野（見其著名的〈國家意識型態機器〉一文），有普爾斯（C. S. Peirce）所陳述的無所不在的記號衍義（*semiosis*）的「中介」視野（見其《普爾斯全集》中的記號學理論，亦可參筆者所著《普爾斯》）。「中介」理論的價值，在於指出各種行為的產生都非直接的，而是經過多種「中介」，並因「中介」的「介質」的特性與時空性而產生必然的變易，而這個視野更能跡近事實的複雜構成。就「詩緣情以綺靡」整體而言，其「中介」之「介體」為語言，而「交錯成文」為其「介體」的美學特質，故「詩篇」之產出，其「情」之表達，受此語言美學之制約。

歧路花園與紅樓夢

——讀波赫士的〈歧路花園〉

「現代主義」其中的一個特質乃是「國際主義」(internationalism)。[1] 故自現代主義以來中國文字所蘊含的表義方式及中國文學所蘊含的某些特質，對西方起著某些啟發的作用，如前者對艾山斯坦的「蒙太奇」理論及對龐德的「意象主義」的啟發，已幾是耳熟聞詳的事了。剛去世的阿根廷文學大師波赫士（Jorge Borges）早期隸屬於德國表現主義旗下，是國際性的作家。他最初的一本短篇小說集於一九四一年出版時，使人耳目一新，而其中被他本人稱作「推理小說」的「歧路花園」，其主角即為一中國人，名為余尊；並且，這「歧路花園」是對《紅樓夢》「大觀園」的一個波赫士式的指涉與模擬。站在一個廣義的比較文學觀點裏，我們會問：波赫士這個選擇與處理表達了甚麼呢？

甚麼是波赫士式的對「書篇」的指涉與模擬呢？波赫士說，寫書是艱苦而奢侈的事，最經濟的方法莫如假設那些「書篇」已經存在，然後為它們作一個撮要，作一個評鑑。波赫士這個「虛構」書篇的作法，真是離經叛道。曹雪芹寫有《紅樓夢》，《紅樓夢》內有大觀園，而大觀園即為曹家故址，亦即隨園之前身。波赫士則虛構一個名叫崔本的人，說他原是雲南總督，後放棄世間的權慾而寫一本比《紅樓

1 本篇原載《中國時報》〈人間副刊〉，1986年8月1日。

夢》擁有更多人物的小說，並且建構一個迷宮樣的花園，讓眾人皆迷失於其中；他費了十三年的時光經營，卻不幸為一陌生人所刺殺，而後人皆無法找到他的歧路花園。兩兩觀照之下，我們是否可以說，波赫士用「歧路」來解釋了「紅樓夢」的世界，並擴大以象徵全人間：我們都「迷失」在人間底「歧路花園」裏？

這短篇小說底「迷宮性」與「書篇性」與其結構相結合，蓋該小說乃是由一個歷史性的「楔子」以及一個間諜的「供詞」構成。「楔子」以歷史的行筆簡短地說，哈特在其所著《世界大戰史》頁一二二裏說，英軍以十三個分隊以一千四百支大炮原訂於一九一六年七月二十四日攻擊德軍蒙塔班前線，但卻延到二十九日早上才發動，並認為這延誤是出於毫不足輕重的下雨之故。下面由青島某大學英語教授余尊所作並簽名的供詞，卻為這件歷史事件帶來新的訊息，並謂供詞中的前兩頁已喪失。在這「楔子」以後，即為余尊之供詞。在其中，余尊自供為德軍駐英的間諜，得知其伙伴的行動已被揭穿，而英方保安單位的馬登上尉正要拘捕他。但他有情報要告訴其上司，在苦無策略裏，他突然從電話簿上找到了靈感。他坐車去造訪一位英國的漢學家亞伯特博士，他是專門研究其外曾祖崔本的「歧路花園」。寒暄過後，這位漢學家滔滔不絕地談論崔本的生平、小說、及傳說中的「歧路花園」，並提出新近從牛津大學找到的崔本的手書短箋，解決了崔本一回說寫小說一回說建構花園的紛爭，證明了歧路花園與該長篇實二而為一，而兩者皆為「世界如迷宮」的象徵云云。就在這學術高潮裏，余尊發覺馬登上尉已出現在花園的小徑上，他遂要求再看看外曾祖所遺留下來的短箋，並趁這漢學家轉身去拿的剎那，拔槍殺死了他。全尊遂被控以殺人罪，但其使命亦得以完成，因為英軍要砲擊的德軍城市正與這漢學家同姓，而這「情報」將經由這位名漢學家之被余尊所謀殺而得以經由報紙傳播而得以到達其上司。這短篇由這麼的一個「楔子」以及這麼的一個「供詞」所構成，真有點唐人小說所謂的「史筆」。尤有甚者，波赫士更賣個關子，寫論文般似的在「供詞」不久處作了一個「註脚」，說「供詞」中一個小細節與事實略有出入云云（這不免讓我們想：其他地方是否也會有問題？）。無論如何，我們得知道，這「書篇性」帶來的「真實感」與其身的「虛構性」相對待，並同時被故事中的「迷宮性」所滲透，真有如《紅樓夢》裏太虛幻境所標示的：「假作真時真亦假，無為有處有還無」。

波赫士選擇了《紅樓夢》作為其「歧路觀」的指涉是有其相互詮釋的功能，但為甚麼要選擇一個中國人作為主角，而又讓這個中國人作為德國駐英的間諜呢？這種近乎「亂七八糟」的安排，是否意味著人生零亂的本質，像迷宮般不可解？是否進一步蘊含著中國在近代史上走入了「迷宮」般的命運？「歧路花園」一迷宮要待英國漢學家亞伯特來解開，真有點「禮失而求諸野」的可悲事實；余尊的心情是複雜的，一方面是感激，一方面也是頗有異樣。他作間諜的自白也是使人讀來心有戚戚焉：「我不是為了德國而做這事；不！這一個野蠻的國家，這對我而言真是無關痛癢，尤其是他竟把我淪為可恥的間諜。……我只是要向我的德國上司證明，一個黃種人可以把他的德軍拯救。」

波赫士用「歧路花園」來對譯「大觀園」，並借漢學家亞伯特之口，道出其心目中的「迷宮」哲思：歧路花園所含的哲思可從「時間」一角度來解釋。牛頓與叔本華認為「時間」乃「絕對與整一」，但崔本卻深信「時間」的無限組合、增殖、衍為分歧、相合、平行的時間之網。這一刻您來，下一刻您再跨進這園子來，也許我已不復存在。一切隨緣。從比較的角度來看，我們不妨謂《紅樓夢》也含攝著這「迷宮」的、「虛幻」的哲思；然而，「大觀園」底「大觀」二字，有綜覽人生之「迷」而從「迷」中醒悟而得以「不迷」的旨趣，內攝一正反合的辯證程序。「歧路花園」一辭未免囿於這「辯證」過程中之「反」，故波赫士早期短篇小說所蘊含的「迷宮」觀，雖說深得人生的三昧，雖說深得人生的「真實」，但這所謂「真實」不免是虛無的、不能賦予正面價值的；尤其是在積極的八十年代裏，我們更覺如此。

楊牧與葉慈

——我的比較文學小檔案

一

話說一九八七年，我為了探討臺灣現代詩裏的現代主義，曾對十一位前輩詩人作了問卷，請教他們與歐美現代主義之接觸與影響。[1] 楊牧的答卷說，「流派方面我幾乎未曾肯定追隨過，雖然我心目中的現代詩大師包括了葉慈、艾略特（後略）。這些詩人的觀念和技巧在多方面都或多或少對我產生了啟發的作用」。當問及吸納過程的可能改變時，楊牧說，「我一方面盡力捕捉現代主義之意識與精神，一方面絕難忘懷古典之美。這也許是『某些改變』所在」。我在問卷分析裏寫道，「楊牧在答卷中謂其詩或多或少地受到龐德、葉慈、艾略特、李爾克等人的影響，但可惜他沒有作進一步的提供。葉維廉在〈葉珊的傳說〉一文裏，曾提到葉珊可能觸及的西方傳統，提到葉慈與龐德。在我的目前初步閱讀裏，我找不到葉慈等現代詩人對楊牧的詩（到《傳說》為止）有任何重要的影響。這不打緊，楊牧的『或多或少』仍然為我們研究者提供了一些探索的可能性」。（見本人〈現代詩裏「現代主義」問卷及分析〉，《文學界》第24期〔1987年11月〕，頁85-101）。

在這背景下，賴芳伶《新詩典範的追求》一書（臺北市：大安出

---

1 本篇原載《新地文學》楊牧專號，卷10，2009年，頁313-317。

版社，2002年），使我眼睛為之一亮。其中的〈楊牧篇〉，探討楊牧的詩集《時光命題》（臺北市：洪範書店，1999年；收1992-1996作品）及《涉事》（臺北市：洪範書店，2001年；收1997-2001作品）。賴芳伶在討論詩集《時光命題》時，用力處之一是把楊牧詩與葉慈詩（根據楊牧的譯著《葉慈詩選》，臺北市：洪範書局，1997年）並讀；於是，楊牧詩中對葉慈詩的母題、意象等指涉，歷歷可見。就比較文學研究而言，「接觸」的層面已建立，廣義的「影響」已見端倪。接著就是看作者賴芳伶的比較論述的深淺與準確了。

二

該書出版時，我就有幸看到。初讀的感覺，就是驚豔之餘，終於可讓我看到楊牧與葉慈的關係了。事隔多年，燈下重讀，賴芳玲的文字太美了，女性的觸覺太細膩了，與「作者、作品的多維對話」，纏纏綿綿而又欲語還休。「語言」（詩作）與「後設語言」（meta-language；評論者用來討論詩作的批評語言）彷彿融會無間，葉慈與楊牧幾湊泊為一，讀來使我陷入其美、其心之流動，但覺其然，而不知其所以然。這罪在我。原因是近來系務接受評鑑，習慣於分項敘述與圖表。

三

以文會友，切磋之謂也。在此不妨提供一二，以作為賴芳伶大作之旁註。賴芳伶指陳楊牧的面具手法及詩中過去人物之召喚手法。對葉慈熟悉一點的學界都知道，此乃為葉慈詩的特色（此中或以 “Tower” 一詩最值得參照），更與其《靈視》（*Vision*）一書相通。

賴芳伶所引楊牧詩集《涉事》後記，謂「二十一世紀只會以即將逝去的舊世紀更壞——我以滿懷的全部的幻滅向你保證」。讓筆者在這裏指出，這一個重要引文，也含攝著葉慈詩〈二度降臨〉（"The Second Coming"）的情緒與思考方向，只是後移一個世紀而已。葉慈詩寫於第一次世界大戰後餘波的一九一九年。葉慈詩用鮮明而恐怖的形象表達，把正在來臨的世紀比作粗野的動物，正懶洋洋地垂首走向伯明罕出生："And what rough beast, its hour come round at last, ／Slouches towards Bethlehem to be born?"

四

賴芳伶著討論詩集《涉事》時論述到的「英雄主義」，對楊牧詩的闡發，誠然是一個重要的基礎。就我的觀察，這「英雄主義」也與葉慈有密切的關係。這「英雄主義」，或者說，楊牧在《涉事》詩集所表現的「英雄主義」，較諸於楊牧年輕時的學術論著〈論一種英雄主義〉所論及的中西兩種「英雄主義」，似乎有所推衍，較為繁富。

據筆者的觀察，葉慈的「英雄主義」，見於其沿著古哈嵐（Cuchualain）傳說而寫就的幾個劇本組合而成的《古哈嵐傳奇》（"*The Cuchualain Cycle*"）。《古哈嵐傳奇》最後一劇是〈古哈嵐之死〉（"*The Death of Cuchualain*"），稿於一九三八年秋而於當年聖誕節之前完成（此日期據 *W. B. Yeats, Selected Plays*, edited by A. W. Jeffares, London: Macmillan, 1964, p. 272）。然而，葉慈更於翌年一月十三日寫就〈古哈嵐的慰藉〉（"*Cuchualain Comforted*"）一詩（此日期據 *W. B. Yeats, The Collected Poems of W. B. Yeats*, New York: Macmillan, 1956, pp. 339-340）。其時，距葉慈之死已不遠（死於同年月二十八日），故在這一意義上，此詩可看作葉慈對古哈嵐母題的總結。

回溯十多年前，在師大英語系任教之時，在客座教授龍卓耀（Richard Londraville）教授指導之下，系裏學生演出了龍卓耀教授改編、帶有東方劇場元素的《古哈嵐傳奇》。稍後，我更譯出〈古哈嵐的慰藉〉一詩，刋於學生系刊《蘭園》上，並引介說：「誠然，此詩在劇情上與在思想上與在其前的古哈嵐傳說相較，都有所推進。在我個人的閱讀裏，葉慈似乎在詩中傳遞著一種新的訊息，超越了在古哈嵐劇中戰伐的英雄主義及其相關的悲劇命運，回復於富有人文色彩的溫柔敦厚的古訓以為生命之歸宿，而詩中即以縫製壽衣以裹身作為其象徵之表達」。

下面是我對該詩的英文翻譯，供有心人與楊牧詩作比較之參考：

那人有著六處致命的傷口，那人
暴烈而顯赫，在死人羣中大步而行——
許多眼睛從樹枝背後瞪視著，然後離去。

一些穿著壽衣的鬼魂交頭接耳、
來了又離去。　那人背靠著樹
彷彿正沉思著其傷口與血。

一個看來有著權威的穿壽衣的鬼魂
從鳥形的羣儕裏走來，放下
一束的麻布。　穿壽衣的鬼魂兩個三個地
匍匐上來，蓋那人沉默如昔。
携麻布的一個遂說：
「您底生命將更為甜美，

如您服從古訓縫製壽衣；
因為我們所知道的是：
武器的鏗鏘使我們心驚。

讓我們替你穿線入針孔，我們幹喲
就得一起幹喲！」完了，那人
拿起最近身的針線開始縫製。

「我們現在要歌唱，盡情去歌唱；
但請先讓我們道出我們的身分。
我們全是認罪了的懦夫，為親屬所懲殺

或驅逐離家而在恐懼中死去。」
他們歌唱。他們歌唱如常，但
唱出來的卻不再是人的音調與語言。

他們已經變換了其喉舌而有著鳥之喉。

五

詩的結尾也是詩的開頭。回到楊牧問卷的「某些改變」吧！把楊牧的主題詩〈時光命題〉和它的可能「源頭」，葉慈的名詩〈航向拜占庭〉（“Sailing to Byzantine”）並讀，看看楊牧所作的改變，卻是蠻有趣味。就讓我們從事這個小小的比較文學作業吧！

先引源頭的〈航向拜占庭〉：

那不屬於老人的國度。年青人
臂彎裏互牽，鳥兒樹上歌唱，
——那一一朝向死亡的世代——
鰻魚瀑布，鯖魚羣海，
魚、肉，或禽，於整個長長的夏季，讚美著
所有被孕、被生、然後死去的東西；
全被情慾之音所抓住，忽略了
永恆的智性留下來的紀念文物。

老年人只是沒用的東西，
一件破衣掛在手杖上，除非
靈魂鼓掌而高歌，
為人生滄桑的外衣的每一破片而高聲歌唱。
這裏沒有歌唱學校教我歌唱，只有供研究的
龐大於自身的紀念文物。
所以我航海而來至
拜占庭聖域。

啊！聖哲們，站在神的聖火裏，
一如教堂壁上黃金嵌畫繪出的圖象，
請自聖火下來，漏斗般旋轉下來，
作我靈魂的歌唱導師啊！

吃掉我的心吧！那心，病於慾望，
囚禁於死亡中的動物軀體；
它不懂得自己是甚麼。啊！請把我連結於

永恆的藝術形相中！

我一度來自自然，我就永不
從自然界裏塑造我軀體的形相；
除非如此的一個形相，
如古希臘的金工，用鎚煉精純的黃金鑄成，
好讓打盹中的國王醒著；
或者安置在金枝上歌唱，
告訴拜占庭的貴族與夫人，
甚麼已過去，正過去，或將要來。

（因行文之便，用本人的中譯）

在葉慈詩裏，老人是「一件破衣掛在手杖上」，在楊牧詩裏，卻是自憐的「燈下細看我一頭白髮」。葉慈詩裏，這可憐形象的老人，是可以重獲榮耀，只要他的靈魂為生命的「每一破片而高聲歌唱」。接著，楊牧在他的詩裏，用一個私我的愛情母題、一個難以忘懷的東方的婉約，去「置換」葉慈詩中以鯖魚禽鳥等為象徵的生生死死的情慾世界：「每次對鏡我都認得她們／許久以來歸宿在我兩鬢」。接著，楊牧更單獨把鯖魚挑出，並發揮鯖魚回歸產卵地的生物朝向，衍化為「在鯖魚游泳的海面／我在探索一條航線」。那航線，是生命的回歸、藝術的回歸。

葉慈詩中的「拜占庭」代表著藝術的王國，是「永恆的藝術形相」，他來之初是為了可教他靈魂歌唱，為生命的每一破片鼓掌歌唱（那代表著葉慈對現世生命的謳歌），但最終卻獲得更高的藝術真諦。對葉慈而言，藝術的真諦一如古代的預言者，穿透過去與未來。詩人是金枝上永恆的金鳥，他的歌唱是「讓打盹中的國王醒著，／或者安置在金枝上歌唱，／告訴拜占廷的貴族與夫人，／甚麼已過去，正過去，或將要來」。楊牧則用他慣有的婉約語調，說「珠玉將裝飾後腦如哲學與詩」，說「傾全力／將歲月顯示在傲岸的額」。

對藝術的高峰，人生境界的極致，楊牧有別於葉慈底知性的描述，說「再將盡未盡的地方中斷，靜／這裏是一切的峰頂」。「靜」，可謂得東方哲思之神韻。這些「置換」，可說是楊牧與葉慈的對話。

詩花劇草

——訪陳祖文教授的學術小園

陳祖文教授對學術寫作，投入不多。[1]沉吟於詩情劇意之中，要驟然醒來，用嚴謹的學術格式與詞彙來整理、來論述，總不免有點踟躕不忍去吧！總不免有點身在園林卻束裝待行的拘謹吧！誠然，在陳祖文的學術論文裏，散發著儒者的溫雅、詩人的深情、以及劇作家小小的穿插；這是這些論文學術成就外的迷人之處，也是陳祖文教授多年講授英詩及莎士比亞的一個旁喻吧！錯把「結論」作「前言」，讓我們不妨在此說，陳教授的論文，不但在其自身的價值與可讀性，更相當地反映出當時臺灣學壇的批評氣候與學術取向。

臺灣的比較文學，孕育於六十年代（蓋用西元）末，而以七十年臺大比較文學博士班之設立與《淡江文學評論》之出版，一九七一年第一次國際比較文學會議在淡水之召開，一九七二年《中外文學》之創刊，以及一九七三年比較文學會之成立，為其建立階段之里程碑。陳祖文教授的〈哈姆雷特和蝴蝶夢〉，一九七五年發表於《中外文學》，正反映著當時比較文學的草創本色。文辭雅馴，平行湊合，與晚近理論與作品的相互「闖關」到底以及用辭之專門與艱澀，頗異其趣。陳祖文教授把《莊子》書中的〈至樂〉、《今古奇觀》中的〈莊子

1 原載於《老瘸子與劊子手——陳祖文文集》（臺北市：文鶴出版社，1995年），頁430-433。本篇為紀念陳祖文教授之作。

休鼓成大道〉，以及傳奇劇《蝴蝶夢》，重新編綴，與莎士比亞《哈姆雷特》劇中兩個母題相比較，可謂用心良苦。用晚近的述語而言，即是重構中西兩者相關作品的「互文」（intertexuality）。這「湊合」與「互文」是建立在「女人在情愛的不貞」與「生死層面上的宗教辯論」二母題（motif）上。以局部的主題（即母題）作為討論中西文學的起點，也是草創時期的特色，其比較往往是選擇性的穿梭往來。然而，陳教授的文章有其突出之處，在形式上注意到「母題」出現的頻率所顯示該母題之成為母題的根由及其重要性，在內容上則延及中西兩者文化層面上的差異。

陳教授專攻莎士比亞，〈莎劇深義常隱在詩的底層——以《哈姆雷特》某些意象構型為例〉（《中外文學》第8卷第11期，1980年4月，頁138-147）一文，顯示出傳統學術研究的範疇，以歸納前人所述為主，但陳教授的選擇與發揮，也正反映著當時的批評氣候。「讀劇如讀詩」的態度反映著當時偏愛文類的模糊，這與美國新批評略有關聯，而意象的結構分析也反映著廣義的「意象主義」在臺灣歷久不衰（一直到結構主義引進臺灣而成為學壇上的主脈才改觀）的當時批評走向。陳文根據前人而重新分析了雲、服飾、戲演三個意象構型（image pattern）所表達的隱義，而其分析非止於單一的「意象」，而是貫穿全劇以重組其意象構型，這當然與美國新批評所強調的「結構」理念息息相關。同時，我們不難發覺，這些「意象構型」，亦可看作是劇中的幾個「母題」。總之，陳教授在從意象類型以讀讀莎翁一視野上提供了一個可喜的實例，穿梭於詩的意象與戲劇的情節之間。

如果陳教授對莎翁戲劇的研究走向詩化，那麼，他對李商隱的研究（〈試闡李商隱的四首絕句——人仙之間一段情〉，《中外文學》第6卷第12期〔1978年5月〕，頁26-35）則略有戲劇化的傾向了。陳教授在李商隱的絕句裏建構了人仙之間的一段情緣，彷彿陳教授把這些絕句串成莎士比亞的〈十四行詩詩組〉(sonnet sequence),從其中讀到了「詩組」慣有的若隱若現的愛情故事。當然,上述的話,只是筆者故意模仿陳教授的「詩中有劇」的態度而故意「戲劇化」地加以誇張吧?陳教授提醒我們說,讀義山「人仙之愛」這些絕句時,「不要一定把女仙降格為女入──把人提升為仙,倒是合乎義山詩的昇華作用」。這種美麗的心態,我在本文之初稱之為儒者的溫雅,可謂發揮了我國優美的人文品質。

陳教授對義山絕句研究一文引起我特別與趣的,是它與當時臺灣批評視野的湊泊一致。從文章的背後,我清晰地聽到美國新批評所提出的「內延研究」(intrinsic study)與「作者意旨還原之謬誤」(intentional fallacy),也彷彿聽到了顏元叔教授與葉嘉瑩教授關於新批評與歷史主義詮釋爭論的餘響。陳教授反對「與原詩毫不相干所謂箋注的方法」(沿這方向而大放異采的應是蘇雪林教授對李商隱詩戀情部分的「女冠」解釋吧!),而認為「應該就字面取義」、「直接而不曲求的說詩之道」,同時亦對「喻依」、「喻旨」的「還原」式的詮釋法加以置疑。用「新批評」稍後的赫爾希(E. D. Hirsch)的術語來說,陳教授是捨詩中的「義涵」(significance)而就其「語義」(verbal meaning)之所至。

似乎,陳教授的略帶唯美、唯情的學術小園,也隨著另一篇學術論著而颳起了小小的暴風雨。這篇「歧出」的論文就發表於一九八二年,命名為〈《暴風雨》中的大統治者頗若斯頗若〉。陳教授一改過去的「說書人」般的開端,開宗明義即指出他是把《暴風雨》當作是「政治劇」來處理;同時,其寫作方法,也非旁徵博引前賢之言,而頗有一家之言之氣勢。文中從現實與魔幻的角度分析了《暴風雨》劇中頗若斯頗若、愛瑞兒與卡力班三個主要角色。陳教授堅持其一貫的「直尋」治學態度(這使我聯想到寫《白話文學史》時的胡適先生)，反對寓言說或影射論一類的詮釋。略使我驚訝的是，陳教授在論文裏插入的一些可稱之為「旁白」的章句，這些章句是應歸入政治的普遍現實或政治智慧這一個範疇。正是經由這些「旁白」，陳教授得以把《暴風雨》演繹為「政治劇」吧！

一九八四年歲著寫成關於詩人穆旦的草稿應算是「劇本」時有的「尾聲」吧！在這「尾聲」的一個小註裏，我們得知陳教授年輕時，在大學期間，在抗戰時期的大後方，曾任當時文藝社團「南荒社」的第一任社長，可謂意氣風發。

莎翁、李商隱、蝴蝶夢、女人愛情忠貞與生死的思考、雲、服飾、戲演的意象，以及人仙情緣，組成了陳教授學術小園的主要樹木與盆景，使人玄思，使人遐想。然而，這唯美、唯情、唯思的小園最後為小小的「暴風雨」與一些插入的「現實」東西所微微搖撼著與顛覆著。在這些論文的背後，在各式各樣的旁白裏，我聽到一份悠長的抒情。

訴說我與西方文學與理論的姻緣

一 開場白

長久以來，我一直以為我的詩創作不受外界影響，我擁有完全屬於自己的風格與追尋，周遭的文學屬性進不來。我，總在風潮之外，最多只在其門庭駐足。我最近反思，發覺這個長久以來的自我認知，應該打個折扣。我與西方文學及當代理論的姻緣，無形地影響著我的詩作。我，作為一個在中國文學浸淫成長的我，彷彿是一個豐盈的東方土壤與空間，而這些姻緣和合而來的西方因素，散落在裏面發酵，然後交會、然後成形。

我在新詩創作之初，接觸到「笠」詩社，並蒙前輩詩人桓夫（陳千武）先生的青睞。幾十年來，我們都斷斷續續有所聯繫，而桓夫先生一直是我最敬愛的本土前輩詩人。桓夫先生成長於日本殖民的環境，孕育了批判與反抗的精神，強調臺灣現代詩「精神在家」的需要。我在殖民地澳門成長的經驗，孕育了我對中國深沈的愛與對人類的關懷，好像冥冥中已預約了這份文學姻緣。其時，在西元六〇年代中期，我拜讀他贈我的詩集《不眠的眼》（1965）以及他的中譯《日本現代詩選》（1965）。就某一意義而言，日本現代詩，可以說是日本土壤裏結合了歐美現代流派元素的再開花，而在這本譯集對詩人的簡介裏，有時更指陳其所接受之西方詩派與理念，以及詩人所作的變異。當時，這些西方現代詩理念引起我相當的興趣。現在回想起來，我詩創作之初或不免受到日本「中介」的歐美現代詩流派理論的洗禮，也包括陳千武先生這段時期現代詩作的「中介」。

事實上，在此間接「接觸」的同時，我對英美現代詩更有直接的「接觸」，蓋其時稍後的一九六八年，我正在聽顏元叔教授的現代詩。[1]猶記藍色封面的 *Modern Verse* 教本！其時，顏老師剛從國外歸來，意氣風發，每週從臺大騎腳踏車來師大兼課，他的講解往往帶有現實的、社會批評的色彩，是我每週期待的文學課程。也許，我一直有著現代人的情懷吧！至今我最喜歡的歐美詩人，仍然是當時顏老師課程重點所在的現代主義大師葉慈（W. B. Yeats）[2]和艾略特（T. S. Eliot），而最覺得耐讀而豐富的詩篇仍然是艾略特的〈荒原〉（“The Waste Land”）和〈四重奏〉（“Four Quartets”）。而艾略特名盛一時的〈文學傳統與個人才具〉（“Tradition and the Individual Talent”），仍然是「俄國形式主義」等當代理論興起前，我奉為圭臬的經典。[3]我對此論文的領悟是：前衛實驗之餘，寫作最終仍得回歸到歷久恆新的文學長河裏書寫。

二　剪裁：現代性與即物手法

請讓我從我的第一本詩集《剪裁》（1973）說起。書前引宋人徐

---

1 早此一年，我也聽余光中教授的英詩選讀，主要為古典英詩，雖講解風趣，有所啟蒙，但對我創作影響不深。本篇原為拙詩集《書寫在歷史的鞦韆裡》的序言。臺北市，萬卷樓圖書公司，2015年，頁1-46。

2 所以，後來我唸臺大外文系比較文學博士班時，我就選譯了葉慈的一些詩，在《大地》詩刊發表；同時，由於我對葉慈詩的了解已有定見，故在以後的對現代臺灣主要詩人問卷，當楊牧先生表示他深受葉慈詩影響時，我就誠懇地表示有所保留。

3 文中主要的觀點謂，個人的才具，須回歸到文學傳統的長河裏作對話，而傳統不是過去式的，而是在當下的、活著的東西，而這才是真正的歷史意識。

師川語，謂「即此席間杯拌果蔬使令，以至目之所及，皆詩也」。在〈後記〉裏，我說我抓住的是「意義」，並解釋說，或外象湧起而生「意義」，或心靈觸鬚浮游外界而生「意義」，或「意義」逼迫心頭而經營「意象」。就「主體」與「客體」接觸而產生「意義」的過程而言，略有「即物」的傾向。這「意義」說，這「席間」說，背後或隱藏著一絲我當時不自覺的德國「新即物主義」的色彩。這也許是我詩作的現代性之所在的一個基礎。

最富有「新即物主義」色彩與「現代性」的應該是〈木偶箱〉了：

買來一個四方盒
縱橫排列著整齊的空格
一空格一木偶
像許多零件鑲嵌在一件機器裏
隔版隔音
大家默然不講話

打開相片本
有一張宿舍的相片
竟然和這玩具箱相似
我趕快走向窗口
朝隔壁叫一聲阿惠
阿惠對我一笑
我就安心釋然

想想呀！

不用說，詩中「意義」所及乃是「異化」(alienation)。從「四方盒」並置到「宿舍相片」，再切回「宿舍」的實況，這「即物」過程裏，經由「錯置」(displacement)，經由其「熟悉」與「陌生」、「同」與「異」的辯證，帶來美學上的震撼感。誰要空格的、木偶的、隔版的、機件零件的生命呢？江湖一笑泯恩仇。阿惠的一笑，打破了現代的「異化」僵局。這小小的危機戲劇，就此落幕。

德國「新即物主義」(*Neue Sachlichkeit*)是一個複雜的現象，英文多譯作「New Objectivity」，也就是「新客觀主義」的意思。這藝術與文化運動蓬勃於德國二〇至三〇年代，也就是社會黨執政的威瑪共和國(Weimar Republic)時代。它反映著第一次世界大戰後知識分子對社會主義的狂熱信仰不再，以及隨之而來的對社會現實的冷諷，並同時尋求社會介入的積極心態，其藝術訴求則為其名所標誌的「嶄新的客觀性」。然而，這「嶄新的客觀性」實為何？必須從其所在的歷史脈絡裏認知。其時，在繪畫及建築藝術裏，「後期表達主義」(Post-Expressionism)、「達達主義」(Dadaism)、「建構主義」(Constructivism)等藝術流派，為當時之主導；各流派互有合作，而「新即物主義」畫家，與這些流派的關係，實糾纏不清，應帶有這些流派的背景影響。更宏觀地說，他們都屬於「現代主義」(Modernism)的大家庭，無論在精神上、在表現手法上，都共享「現代性」，以及隨之而來的其各徵兆與特質，如知性、都市性、異化等。「新即物主義」原為德國繪畫的風潮，後擴至建築、音樂、文學等類屬。畫評家哈特拉伯(Gustav Hartlaub)首創其名，並於一九二五年籌辦這流派的聯合畫展，以展示這「新寫實」的畫風。根據他本人的說法，「新即物主義」有其左右翼。左翼者為「真實派」(the verists)，右翼者為「古典派」，前者要把「當下的現實底外在面貌撕開，以表現在生存節奏發燒狀態下的現代的當下經驗」，後者則「在藝術的領域裏，更多地找尋永恆性的客體與物象，來具體化存在底客觀規律」。前者的「寫實」重點放於醜陋面，而其藝術往往以粗糙、招惹、諷刺為其特質，而慣用拼貼、蒙太奇、手術般的精確、對客體保持距離、達到超乎現實的「真」等。後者，論者以為，用佛朗茨・羅（Franz Roh）所述的「Magic Realism」理念來了解最為方便。對佛朗茨・羅而言，他們所做的是讓我們重新感受身邊的客觀世界的自足性，重新感受客體的物本身。換言之，其右翼的古典派要在日常事物裏，魔術般地突然呈現出一份奇幻與神奇的寫實。[4]

當然，我當時對「新即物主義」沒有目前的全盤理解，只強調「物」與「意義」的關係為「即」，而「詩」為心靈深處瞬間的「即物」。「意義」是從「物」「即」出來的，並且帶著美學的含義，如我稍後在回顧中國詩「即物傳統」時所說，「我們浸於美感經驗的一刻，是意義投射於物象而融為一體的一刻」。[5]源於傳統寫實心態的中國古典詩的「即物手法」，必然與外來的現代的德國「新即物主義」，有深刻的差異，而我這時期的一些詩作，如〈剪裁〉、〈晚餐〉等，可以說是兩者小小的交會。

〈樹與樹〉是我這時期最得意的詩作。那時，我在金陵女中兼課，下課休息時，舉目看過去，一排排的樹，映在眼前，不覺中，我意識深層的長久以來對人際關係的感觸與思索，宛然浮起，並與之湊泊為一，遂成此詩。這「視覺」的過程本身就是「即物」的明證。這首詩對中國「自然詩」傳統有所擴展與突破，「視境」裏加上了「思

---

4 上面對「新即物主義」的陳述，主要參考下面資料：http://en.wikipedia.org/wiki/New_Objectivity;http://www.arthistoryarchive.com/arthistory/neuesachlichkeit/arthistory_neuesachlichkeit.html?rnd=1851162191810079；http://www.monograffi.com/magic.htm.

5 見古添洪：〈寫實心態與即物手法的傳統〉，《比較文學・現代詩增訂版》（臺北市：萬卷樓圖書公司，2011年），頁173。

維」的軌跡，也就是英詩的特質，並與現代人最逼迫的問題——「人際關係」相連接，提出道家式的、美學式的解決之道。「視境」帶有一絲夢幻的「直覺」況味，或可勉強附會德國「新即物主義」右翼的古典派。詩抄引如下，

樹與樹
　　——優美的存在

琉璃之外
風過濾成靜態的流動

用甚麼來交流消息？
——沒有ㄓㄔㄕ的語言
舞動龍蛇獐鹿的身姿
於自身完美之中
以神秘的潛覺
意識自己　及
他人距離的存在

游離的餘緣
構成斑點、多變的空間
陌生而親切

樹與樹
如此對峙著

三　背後的臉：文化記錄、反諷、與形而上巧喻

《背後的臉》(1973-1974年間作品)是我第二本小詩集，更確實來說，小詩輯吧！從外國文學姻緣的角度看來，從我現在書寫的時刻回顧，其特色是「濁詩」(impure poetry)與「反諷」(irony)。這使我覺得蠻驚訝的！作為生活，我與「反諷」幾乎是絕緣的！把「清」(pure)與「濁」(impure)擺在桌面來討論的美國新批評主要人物韋倫(Robert Warren)，謂二者兩兩相對，「濁」的詩篇傾向概念、意義、知性、反諷、矛盾層面、邏輯結構、現實細節、語調繁複、語音節奏不和諧、戲劇性的呈現等。[6]他所舉羅密歐與茱麗葉樓臺會的對話很有意思：

「小姐，我以遠處的月兒為誓！」

「喔！不要以月兒為誓！那善變的月亮，它每月裏有圓有缺！」

羅密歐得其「清」，而茱麗葉得其「濁」，而莎翁則因而成其「濁」。顏元叔老師引進美國新批評，並提倡「濁」的美學；猶記顏老師一九七四年英國文學史課堂上講解到莎劇這段精彩對白時，其溫和而略帶一絲反諷的經典笑容。「不要以為女性只有清純，女士們也愛吃——零食」，引起哄堂大笑。(請注意「食」在儒家文化的聯想！)事實上，那時臺灣的批評氣候，其中重點爭論之一也就是詩的清濁，而我這時期的詩篇是與這批評氣候不自覺地有所牽涉。誠然，如我〈自序〉所說，「這是一輯文化的詩。在詭異甚或生硬的意象與象徵的背

6 見其 "Pure and Impure Poetry" 一文。收入於 *Critical Theory Since Plato*, edited by Hazard Adams (Berkeley: University of California Press), pp. 981-992.

後，您也許會尋到跌宕鬱抑的思維活動。這是我底心靈的小小記錄，記錄著文化如何在經濟、物質、社會等結構裏成形與變異。也許不該說記錄，而應說心悸的軌跡，因為這些記錄與我的心靈是緊緊地繫在一起的」。這就是我的「濁」詩世界：

討厭
防腐劑
不要戀著我
把我防腐成木乃伊

討厭
防腐劑
不要盯住我
把我防腐成好丈夫　（引自〈防腐劑〉）

一夜之間
所有的貨物都成了魚餌

麵包是斬為三截
仍蜿蜒啃泥的蚯蚓
千萬　千萬不要張開嘴巴
鉤子會把喉核鉤住　（引自〈漁翁〉）

庭院裏的小雞
也裝模作樣起來
翹起腳

作弓形步
側起頭
作抓耳態
吃米
也誇張得成
啄木鳥　（引自〈電視機〉）

清歌蛇腰綢浪
培植在
藥物味中化妝品裏

廣告終於使
薔薇失血　（引自〈櫻桃破〉）

在〈防腐劑〉中，以男人假設的「獨白」發聲，「防腐劑」轉換到男女的關係上作「喻況」，透過「獨白」中其他部分來表達男人對金錢、權力、女人的誇大的口吻、可笑的幻想，以及迂迴呈現作為其滋生土壤的眼前社會，以達到詩人「反諷」社會的效果。〈漁翁〉記錄了其時突然而來的通貨膨脹，〈電視機〉記錄了這現代物件帶給臺灣農村的文化改變，〈櫻桃破〉記錄了商業與情色的關係。這些「記錄」都帶有強烈的現代的「形而上巧喻」特質。就在我目前書寫的一刻，我發覺我這些詭異的意象與象徵，跡近英國十七世紀詩人鄧恩（John Donne）的「形而上巧喻」（metaphysical conceit）。所謂「形而上巧喻」，就結構層面而言，姜生（Samuel Johnson）的解釋最得其要，謂其乃是「把最異質的諸概念暴力地強拴在一起」（“the most heterogeneous ideas are yoked by violence together.”）。姜生的評述本負面，但艾略特在其〈形而上派詩人們〉文中引用之餘，論證鄧恩等人的「形而上巧喻」，謂其異質的元素獲致了知性與感性的統一。換言之，艾略特把它逆轉為正面，代表現代主義的困難的、異質的、複雜的時代風格。[7]其時正上顏元叔老師英國文學史，最讓我感新鮮的就是鄧恩的詩，此刻回顧，顏老師講述〈早安〉（“Good Morrow”）一詩中幽默反諷時的招牌笑容，仍歷歷在目。

四　歸來：模式、比較藝術、與性別問題

《歸來》期間（1981-1986），學術視野主要是源於「俄國形式主義」（Russian Formalism）、法國「結構主義」（Structuralism）、加上美國哲學家普爾斯（C. S. Peirce）現象學視野的「記號學」（Semiotics），及新興的「解構主義」（Deconstruction Theory）和「女性主義」（Feminism）。而記號學就是我當時及今主要的學術專業，其一脈相承的深層理念在於「系統」（system）一理念，而「系統」從普通層面來了解、落實，則可視為「模式」（model）。現在回顧，在我的創作裏不自覺地有所耕耘的就是這個深層理念，而非這學術流派其他局部的元素。在我的詩歌創作裏，這深層「系統」理念則落實為「模式」與「比較藝術」的結合。俄國形式主義認為，藝術本質為一，而各類藝術的差別，只是作為其媒介的「材質」（material）不同而已。俄國形式主義主要人物穆克魯夫斯基（Jan Mukarovsky）認為，各種藝術之所以相異，在於其個別的物質性，即語言記號用於詩歌，石頭用於雕塑，顏色與圖形用於繪畫，音調用於音樂，究其美學過程，則

7 “The Metaphysical Poets” 一文，見其 *Selected Prose of T.S. Eliot*, edited and Introduction by Frank Kermode (New York: Harvest, 1975)。

一也。[8]我刻意而明顯處理的媒介是「攝影」、「水墨」、與「油畫」，要抓住其「媒介」的獨特性及其所帶來的技術層面與美學效應。[9]

先說攝影，

所有的釣竿
都停住
（主光從天色來
淡濛濛的大氣剛好把它曝光成）
貓背般
弓向海
（經暗房加黑處理後應是）
一排粗黑繪成的
抛物線　（〈沒有入相機的攝影〉）

作為空間藝術的「攝影」，把基隆和平島清晨垂釣的活動「停住」為一個靜止的畫面。光源、曝光、黑房等攝影元件與美學效應，歷歷指陳，有如導演的指示，卻又一一融入靜態的詩情畫意裏，在詩篇裏開拓出一個攝影藝術的面向。這詩篇有別於攝影作品或傳統融入攝影視

8 參Thomas Winner, "On the Relation of verbal and Non-Verbal Art in Early Prague Semiotics: Jan Mukarovsky." *The Sign; Semiotics Around the World*, edited by Bailey, Matejka and Steiner (Ann Arbor: University of Michigan Press), pp. 227-237.

9 在學術上，詩與其他藝術媒介的關係，也是我興趣之一；其時我發表了論文"A Semiotic Approach to Ekphrastic Poetry in the English-Chinese Comparative Context,"今收入拙著 *A Comparative Study of Reception, Lyric Genres, and Semiotic Tools: Essays in Literary Criticism* (New York: Edwin Mellen, 2014), pp. 145-166. 中文版見拙著《不廢中西萬古流》（臺北市：臺灣學生書局，2005年），頁175-210。文中我根據唐朝題畫詩，如李白及杜甫的題畫詩，及英國浪漫時期詩人如雪萊、濟慈（Keats）等有關詩篇，比較異同，並據此建構此詩類的詩學。

覺的詩作，它在讀者面前，以「括號」剖示出它所賴的攝影機制與操作，符合「後現代」打破「彷真幻覺」（mimetic illusion）的傳統美學。

次說「水墨」，

以濕潤的墨色
寫濃淡
於空靈的畫面

用輕盈的長流筆鋒
滑過船
滑過天空
滑過海燕
然後被擋住於
（頓削而成的）
一巨大無朋的翠壁　（〈八斗子寫意〉）

水墨畫以寫意為主。墨色與用筆，與寫意相融。「過」得其輕盈，而「頓削」得其峭峻。詩篇末句「一個島嶼／任意地歪倒在那無涯的蒲蓆上」，則為此「寫意」塗上淡淡的禪意。詩一路讀來，就猶如看著一幅畫一路畫來。

如果前面兩首詩比作簡句，〈沐髮〉在「模式」上的處理，則好比是複雜的繁句了。先是，

妳們沐後的長髮
潮濕而柔潤
就這樣以豐腴而沈靜的排鋒

補住了李梅樹筆下家的臺灣情調

妳的臉在右
濃濃的油墨閃爍著迴照的黃昏光
垂裹著一個東方但汁好的鴨嘴梨
妳的臉在左
絲絲垂掛半濕還乾的油墨
推出一個頎而成熟的立姿身段

一對姊妹花沐髮後的場景，從「油畫」中沈靜推出。在「讀畫」的過程裏，詩中的「說話人」對法國「後期印象派」以及本土畫家李梅樹作了一些詮釋：以對光與油墨的特別處理，來點陳畫中「後期印象派」的況味；以「豐腴而沈靜」的筆鋒，詮釋李氏畫作及臺灣情調。接著，

妳們低緩的閒語
把整個塑成的畫面塗成剛暗的屋內顏色

「說話人」從畫中讀出「低緩的閒語」，經由視覺與聽覺的自然交會，謂這聽覺給「畫面塗成剛暗的屋內顏色」。有趣的是，「說話人」意識到這刻以前的描寫，是一個「塑成」的畫面。那麼，我們一直把這首詩作「讀畫詩」的解讀，就面臨挑戰了。它更可能是「說話人」身處的「實境」，只是以「油畫」的模式而重新塑造。是「實境」轉為「畫」耶？是「畫」轉化為「實景」耶？莊周之夢為蝴蝶之「謎」耶？

我這個「比較藝術面向」是我長期的藝術愛好與接觸而孕育的，

「俄國形式主義」的觸媒，只是使我更意識地作這方面的耕耘；遠在《剪裁》詩集裏，就有一首叫作〈敦煌壁畫室〉的「讀畫詩」（ekphrastic poem），那是我大學時期在臺北植物園歷史博物館敦煌畫室躑躅良久，在裏面即席寫成的。[10]

這個「模式」的創作理念，能否解釋詩集中我個人認為富有東方美學的〈鄉愁集〉及〈亂劍〉呢？歸國後無窮的寂寞與文化鄉愁，這份使人心悸的感覺，只有用屬於中國的古典的劍文化「模式」，無情地與現代場景拼貼一起，才能表達。在〈鄉愁集〉裏，俠骨與劍氣一氣呵成，貫通全詩三節，節錄如下：

> 當你把寶劍舞出千萬雲朵
> 把身姿舞成渾然的一片秋色
> 說中國是收斂的劍氣
> 抵住亘古的夕陽
> 你突然給／幾聲「哈囉」擊昏（引自第一節）
>
> 我要把秋煉成劍光
> 像殉情的壯士
> 從脖子橫切
> 止住絞痛　（引自第二節）
>
> 給臺北空氣污染久的劍光顯得歇斯底里。　（引自第三節）

處理極端的感情的〈亂劍〉也得靠這劍氣模式：

---

10 那時，位於植物園的歷史博物館闢有敦煌畫室，記憶所及，該畫室有若敦煌畫洞的仿製，飛天翩翩，置身其中有如置身敦煌畫洞。

妳突然反身亂劍而來
我沒有抵抗　（引自第一節）

妳又在我的潛意識裏
（佛洛伊德學說裏的夢）
浮起慘慘的笑容
我欲舉起那欲憐還恨
那心碎的久忘的劍鋒砍下去——

啊！我看著它
在空中停住　（引自第二節）

武俠傳統中孕育的劍的力度，加上一點佛洛伊德，才能表達現代的、久封的、愛恨交纏的情境。從影響視野的自省裏，這極端的情緒，背後應還隱藏著受著法國大革命鼓動的拜倫撒旦式山水的男女喻況。[11]

嚴格來說，當代西方理論每一流派都自成系統，自成模式，我在課堂常愛用「讀左傳則無易經，讀詩經則無尚書」，來說明我這方面的心路歷程。「系統」與「模式」對我詩歌創作的啟發，其影響脈絡內在而隱晦。然而，我對葉慈反諷式的「括號插句」技巧，倒是顯而易見。特別啟發我的葉慈例子，來自其〈給瘦削的鬼靈〉（“To a Shade”）。詩中的鬼靈是愛爾蘭政治英雄帕內爾（Charles Stuart

11 「此刻，湍急的Rhone河撕裂出它的路，／在兩岸峭壁之間，好比／一對情人，恨意中分手／恨意阻隔如礦深，心雖碎，／卻不可能相聚。……／歲月年年，留給他們只有冬天。」（*Childe Harold's Pilgrimage*, Canto III, No. 94）。整個詩節都沿著這男女情緒而鋪陳，撒旦式山水也就是撒旦式男女情緒。

Parnell)。[12]葉慈式「括號插句」，倒是我有意識的「挪用」，並成為我以後重複使用的技巧。我其時發覺這技巧正合我需求，能負載我的社會主義關懷，或提供美學上多層次面的置入：

假如
當妳決定要作某人的黑市夫人之前
（誰受得了金錢的誘惑？
買鐘點、買首飾、買郊遊
算是受過教育的企業家的語言？
誰能冷漠推開千年來家庭的概念
那文化人在說而妳是在經驗的
家的溫馨與責任？
那作女兒的心事？）　（〈屈原與黑市夫人〉）

寫墮落的天使吧！
（啊！我們多容易掉進語言的陷阱！
他們就從來沒天使過！）　（〈墮落的天使〉）

這些例子都透明得不用解釋，而第二個例子還帶有一點「解構」的色

12 在歷史脈絡裏，帕內爾是愛爾蘭的政治領袖，議會黨的建立人，土地改革的推行者。生前，初備受尊崇，後因婚姻醜聞備受責難，而葉慈以他為心中的英雄。詩中假設帕內爾的鬼靈重臨人間，想看看他死後塑造的紀念碑，而就在這裏詩人以括號插入：「我懷疑建築商有否已拿到了付費」。這「插句」帶有反諷，反諷死後人民紀念他未免虛偽與反覆無常，蓋詩接著指控都柏林政客與群眾連成一起（詩中稱帕內爾的政敵 William Martin Murphy 為「腐朽的臭嘴巴」，驅使著一群惡犬咬人），跟以前一樣無知，而今又對那坦開胸襟，誠心把其藝術典藏送給愛爾蘭收藏的收藏家 Hugh Lane 加以回絕，而葉慈詩中認為藝術品會帶給愛爾蘭世世代代高貴的思維、甜美的感性。按：葉慈及 Hugh Lane 同為愛爾蘭文化復興運動的推動者。

彩，與當時「解構主義」（Deconstruction）在學界的興起有關。

我和葉慈的接觸相當的深，但要界定葉慈對我的影響，除了「括號插句」的運用外，倒是很困難。這為我自己的自我審視或作為比較文學研究者的客觀審視，帶來有點無可奈何的納悶。也許，這影響是整體的，不易一一釐清。對於所謂整體，可等同為我對葉慈詩的通盤認知以及遵循。從影響的角度而看，對「客體」的認知，已帶有「主體」的作用與互動。我對葉慈詩的認知為何？現在回顧，是現代性、文化性、陽剛的意象與語言風格，以及現代性背後對資本主義、物質主義、商業主義、犬儒主義的鄙視，以及現代主義背後的啟蒙精神（enlightenment）及傳統人文價值觀，並與作為現代主義前鋒的「前衛」（*avant garde*）與「世紀末」（decadent）詩風有所區隔。我這個對葉慈詩的認知與遵循，也就是我詩篇背後的葉慈底色。當然，這對葉慈的「認知」大致上也含著艾略特與龐德（Ezra Pound）等所代表的所謂「現代主義盛期」（high modernism），但我的詩顯然沒有後二者的縱橫歷史的氣派。

五　擺盪在歷史的鞦韆裏：後現代實驗與詩類的繼起生命

終於進入本詩集（1993-2004）的世界了。從影響的角度，這時期的詩篇迴響著當代西方文學理論的一些流變以及美國後現代主義詩歌的餘音，這與我當時的學術研究方向，可謂互為表裏。是的，對我而言，學術研究並非外緣的知性思維，而是內在的活動，與我對現實的認知以及主體的塑造，息息相關。在詩篇裏，我有意識地把現代主義推進後現代主義的情境與理念，包括後現代的實驗精神。其中，性別十四行系列，是我對當代女性主義的對話；散文詩系列，是佛洛伊德夢與潛意識理論的文學再發揮。事實上，十四行詩及散文詩在後現代裏又活躍起來，與當下的情境相接，開拓出其後起的生命，成為後現代流行的詩類。[13]

性別，是後現代的關注所在。我的性別十四行系列，是我對當代女性主義的詩的對話，理念上的主要關注為「反父系主義」（anti-phallicism）及「雌雄同體」（androgyny）。[14]

Penis 與 pen 西文同攝同紐
於是詩歌與男性同樣不朽
梳頭或拉緊牙線對鏡卻無暇懊惱
理髮間在持剪纖手側影下纔暗自蒼老
祖字（去偏旁而不去勢）是男仕專賣店
長袍馬褂西裝領帶一律上吊如森羅殿　（〈不對鏡，也不想我的形象延續〉）

（按：同攝是韻腳相同，同紐是聲母相同）。

---

13 後現代詩以美國最為豐富、多樣、創新。Paul Hoover 所編的《美國後現代詩》（*Postmodern American poetry: a Norton anthology*, [New York: Norton, 1994]）相當完整地呈現了美國後現代詩諸貌，亦見證了本文所提到的詩類的再生。西方的十四行詩詩體自建立以來，其體制及內涵屢經變遷，及至泰德．貝里根（1934-1983）的《十四行詩集》（*The Sonnets*；1967），可說別創新局，推進了後現代詩學的境地。卡娜．哈黎曼（Carla Harryman）的散文詩，更帶有女性主義的格局。〈男性〉（"The Male"）一詩，傳統男女地位顛倒，極盡女性對男性的揶揄。

14 其時我發表了論文 "Man in Woman's Voice and Vice Versa: The Chinese and English Female-Persona Lyrics—A Response to Some Concepts in Feminist Criticism," 今收入拙著 *A Comparative Study of Reception, Lyric Genres, and Semiotic Tools: Essays in Literary Criticism* (New York: Edwin Mellen, 2014), pp. 121-141. 中文版見拙著《不廢中西萬古流》（臺北市：臺灣學生書局，2005年），頁141-174。文中我引用了中英古典詩中最雄渾的詩人李白及雪萊（Shelley），皆寫有婉約的詩篇，佐以當代法國女性主義理論，以論證「雌雄同體」主體的存在，論證男性詩人經由這婉約詩篇，掙脫男性主體的禁錮，釋放其女性主體的元素云云。

裏面以「反諷」的形式表達了「反父系主義」的思維，對男性服飾、生理、生活瑣碎的各層面加以揶揄。然而，我並不止於此，我體會到男性不一定如女性主義者所說的那麼霸道、專橫、得意。在〈No.1 我無意讓複製在我死後的鏡叢裏流轉〉裏，夢者的夢囈與夢者醒時的自我反諷交纏，不免使人心有戚戚然：

> 沈默與委屈像麻繩在我身體上到處打結
> 哀人類的形象有如颱風後蟻咬百孔的麵包果
> 在無窮的天空裏就讓生命的翅膀折吧
> 鏡叢裏飄過一些已淡去的鷹樣的英姿
> 我附和說世界本多樣就讓生命的翅膀折吧

在所謂「父系社會」裏，男性也同樣是受害者。說穿了，所謂「父系社會」就是男性的不斷複製。莎士比亞在其十四行詩系列裏，勸一位男性年輕人結婚生子，以讓他美好的樣子能延續下去，即為一例。不過，換過角度來看，看到自己的形象不斷複製，並且從自己的複製中看到自己及人類不可逃避的挫折、無奈、悲哀，也許選擇就有所不同。

> 我的縮影在鏡子的鏡子縫裏偷窺我
> 時光的鏡叢井然井然裏爆發一片混亂
> 玻璃切割臉孔臉孔鑲嵌玻璃如電如幻
> 許多面目在鏡子叢裏伸縮閃爍成壞　（同上）

如果這個表達還算不錯，不是我的功力，而是得力於《金剛經》的「夢幻泡影」。莎士比亞十四行詩的第一部分，是勸一位俊美的男士結婚生子，其樣貌得以藉此傳於久遠。第一首的開頭寫得很美，把個別的狀況轉化為美麗永恆不凋的願望：「願最尤美的生物不斷繁衍／那麼美底灼華永不殘凋」（“From fairest creatures we desire increase, ／ That thereby beauty’s rose might never die.”）。[15]這古典的願望確實很美，我不知道沈吟過多少遍，但在「異化」的現代／後現代裏，也許，另外的聲音會更扣人心：

> 流轉中美好的東西總是最委曲最快消逝
> 我不願意我的複製在我死後的鏡叢裏流轉　（同上）

調子似乎有點哀傷。那是男性囚於自我的聲音。美好而自然的結局當然是走向跨越性別藩籬的（有著精神分析為基礎的法國女性主義所提倡的）「雌雄同體」（androgyny）的生命主體。這「雌雄同體」理念在系列中〈No.8〉裏，以雄蕾、雌蕾、牡丹、向日葵、月陰等作象徵，回應了美化女性的「女兒國」的單邊女性主義，

> 今夕牡丹花內起了情色的革命
> 國色天香的雌蕾叢簇都膜拜月陰
> 讚揚女體讚揚母性讚揚弱道文化
> 有些要佔據中央有些要在邊緣看男戲

而結尾以修辭式的問號指向「雌雄同體」的本然如此：

> 而我體內的向日葵真的沒有雌蕾麼？
> 我體內的啼血的杜鵑難道都是雌蕾麼？

---

15 參William Shakespeare, *The Sonnets (The New Cambridge Shakespeare)* , edited by G. B. Evans and Introduction by Stephen Orgel (Cambridge: Cambridge University Press, 2006).

誠然，無論是男性敘述或女性敘述，都只是喻況語言，都不免失真：「其實山之陽也就是山之陰部／兩種喻況系統同真也同假」(〈No.2〉)。我的手法就是以山陰／山陽的「莫若兩明」，點出其各自的迷思。

在現實的層面，這十四行詩系列呈現出臺北異化空間的性別浮生繪。這系列可謂眾音並起，其中特種行業的女子、午夜牛郎、A片色情等，甚或知識分子，都得以特殊的聲音發聲，有時帶點反諷、有時帶點幽默，以呈現其背後特殊的異化的心理世界，而貫穿其中的則是通篇說話人底帶有抒情品質的人道關懷。這特別見於總結性別命題的系列的最後一首：

No.10 祝福他者愛與歡樂同為生命諦與性別諦

我歌唱屬於我身體我靈魂性別的憂鬱
我量度人類從野獸與花朵進化而深感挫折
以權以霸以力以私加諸於伴侶的性別
只是自己身體與主體的無限退化與閹割
心悸的寂寞晌午裏一片亮白亮白亮白
車站牌人群我站在其中疏離失實如虛幻
人生的荒涼如虛空請問虛空可思量否
少女的靈魂啊青鳥請為我去探詢去復活
我無意成為金枝上歌唱的金鳥那麼永恆
也不想像杜鵑或夜鶯那樣斷腸或繼續歌唱
跌在苦辣甜酸的大火聚裏實在不知如何選擇性別
因此所以身體與性靈具化烏有後無意再臨人間
然而這些悲觀與憂鬱傳統只合位於十三行
愛與平等與歡樂同樣是生命諦與性別諦

我的散文詩，是以「抒情記事本」的形式出現，而我特別喜歡的是〈焦距實驗〉與〈臺灣百年紀實攝影展〉。我的「抒情記事本」雖說是在後現代的場景出現，它的出現是經過魯迅散文詩集《野草》的中介。其時初細讀《野草》，確實震驚，我認為絕對可與魯迅的短篇小說如〈阿Q正傳〉、〈肥皂〉等相媲美，其中撒旦式、尼采式、佛洛伊德式的元素，與中國舊社會以及人性的黑暗的、潛意識層面相結合，無論何時重讀，都帶來震驚。[16]

〈焦距實驗〉確是親子生活點滴的抒情記事，那是親子互動、科學實驗、潛意識之流、佛學觀照下生命的虛幻的結合，調子是抒情的：

> 焦距實驗。凸透鏡。前置紙傀儡，拉出三線紅黃白。穿透，折射，再拉出三線紅黃白。喔，我們要會聚在哪裏？我們年輕時高歌，歌裏漂浮著屬於身體的慾望塵埃，以及瀕巖隕落的花之凋謝。年老時落花落雪落葉滿身滿地無人拾。這裏？延後2公分？推前1公分？孩子的手在虛空延擱著。穿透，折射，再拉出三線紅黃白。燈光昏暗，簡陋的實驗攝影機無端拉進我體內：三線紅黃白抵住我底腦、刺住我底心、捆住我底足裸。焦距到處流徙流徙流徙。小手很精明地把小黑木塊豎立在焦點上，等待光的來臨。至於我，只感到我底虛幻身。在孩子面前，我輕輕把虛幻身挪開。

---

16 所以，因此，我寫了一篇有關論文，這又是學術與創作相結合的一個例子。該論文為 "Satanism in Lu Xun's（魯迅）Prose Poems *Wild Grass*（野草）: Nietzsche, Freud, and Japanese Mediation," 今收入拙著 *A Comparative Study of Reception, Lyric Genres, and Semiotic Tools: Essays in Literary Criticism* (New York: Edwin Mellen, 2014), pp. 233-259。中文版見拙著《不廢中西萬古流》（臺北市：臺灣學生書局，2005年），頁241-268。

我喜歡裏面的幾何線條及其拉近拉遠的流動。我喜歡它的三原色紅黃白反覆重複，以及詩中輕微的對科技的反彈。人生的焦距真不好抓，但童真的孩子直覺地一把就把它抓住，並且等待光的來臨。真的抓住了？也許還是一個疑問。「焦距到處流徙流徙流徙」。帶有後現代的況味。從佛眼觀之，只是虛幻身！然而，「在孩子面前，我輕輕把虛幻身挪開」。走筆至此，我會詢問：虛幻身之「虛幻」是否真為「虛幻」？而童真的生命，能源待發的身體，是否在這時間之點上，已把「虛幻身」從內裏爆破？

〈臺灣百年紀實攝影展〉是在某百貨公司的畫廊展出，照片是黑白的翻拍，主要是五〇年代百色恐怖的紀實，受難人多是當時左翼的社會主義者。詩迻錄如下：

> 臺灣百年紀實攝影展。牆壁上流動著歷史。人頭與屍體經由黑白辯證而辨識。凝視久燈光變得黯淡，恍惚裏他們突然陷進壁內，而牆壁無限延伸，有如一片荒漠，在那兒偷窺、閃躲外面的世界，那外界洶湧的人頭與眼神。他們還是那麼習慣地偷窺那麼閃躲？甚至偷窺、閃躲他們自己的良心麼？其中有些必然意氣軒昂。他們的臉他們的身姿就寧靜地在這裏，苦心考古、發掘、重拍、翻印的花枝燦爛。我麼，只能低兩格靠側站著。我靜聽著廊外無數消費品無數商品昂貴的鏗鏘聲，重重包圍過來。

這首散文詩的特點，就像系列中大多數的詩篇，往往從現實慢慢或突然滑進潛意識或背後深層的世界。「恍惚裏他們突然陷進壁內，而牆壁無限延伸」。這「超現實」的視覺在心理上是絕對的真實。在這恍惚的視覺裏，相片中的人物「活」起來，活在他們驚慌的昔日，也活在此刻「洶湧的人頭與眼神」的會場。這「活」不是只依相片內容而「演出」，而是在敘述者的視覺裏與理解裏，「活」出他們昔日的現實與他們此刻與展覽廳觀眾的互動。然而，攝影展本質上也是攝影藝術的呈現，加上框裱、展場布局等等，與這深沈的紀實內容有所矛盾，我輕輕地用「苦心考古、發掘、重拍、翻印得花枝燦爛」來解構「現實」與「呈現」兩者的對立。我的抒情記事當然在詩的結尾啦！自從〈清明上河圖〉經由科技「動」起來，這「動」畫觀賞蔚為風尚。我想我的讀者會感受到這首詩的「超現實」的「再活」的處理，與這流行風尚的「動」畫本質上截然不同吧！

接著這「再活」的藝術處理，我就順理成章地切入我底詩的再試驗了。「寫給你／妳演出的詩篇系列」是借用後現代興起的「表演藝術」（performance arts）的理念，經由詩篇中人稱的變換，從抒情的第一人稱的「我」或客觀化的第三人稱的「他」，轉化為對話的第二人稱的「妳」或「你」，一方面把握「表演藝術」內涵的表演者與觀眾的互動關係（嚴格來說，在表演藝術裏，觀眾是涵蓋在表演場域內），一方面讓讀者從被動的閱讀，轉化到主動的演出，成為自己直接的經驗。換言之，是「經驗」詩，而非「閱讀」詩。舉下列兩個章節，

> 你想像（或者給鏡頭拉進去）
> 整個身體進入了螢光幕的虛擬世界
> 聲光色影碎粒以及各種物件
> 猛然向你身體拼貼、攻擊、穿刺過來
> 如果妳年輕時在西班牙浪遊過
> 妳會感覺到像一隻垂死的鬥牛
> 全身插滿了勇士們閃爍的刺鎗

妳趕快跑出來
說一聲好險　(〈說一聲好險〉)

妳想像妳是一片污泥
濕漉漉的黏黏的在水底
妳張開小耳朵迎向頭頂可及的距離
收集遊船馬達機械的旋律
妳身體的感覺是給槳浪衝擊
陣陣急促然後慢慢消逝
像記憶中愛的經驗
或情人遠去的心情
坦臥的薄薄的身體給水的流動
犁出淡淡的悠遠的波痕　(〈淡水夕照〉)

作為讀者的你或妳，可以根據詩篇所提供的「腳本」，隨著自己個性即興演出，而這演出可以是經由純粹想像的，也可以像「表演藝術」般以私下身體演出，或者兩者混合。我期待，你／妳演出自己的個性，並轉化為你／妳自身的經驗。在〈說一聲好險〉，是讓妳／你體驗手拿電視遙控器不斷轉臺的經驗，體驗媒體的機械、斷裂、與無義，以及他們對我們身心的闖入與摧殘。說一聲好險，說盡了這可怕的經驗。〈淡水夕照〉的一節，是夕陽裏從淡水坐馬達遊船突然的奇幻視覺，是女性身體經驗的特殊的隨機喻況。當然，如果這個「妳」是「你」，那就更有意思了。這個男性的「你」就可以透過想像與認同機制，跨越性別的藩籬，進入我前面一直強調的「雌雄同體」的主體，暫時地經歷女性身體的經驗。上面所引「表演」的腳本，無論在表達上與內容上，都有點離經叛道，這也符合當代「表演藝術」的特有元素。

「長詩」雖然不是後現代的專利，但後現代的寫法，尤其是結構的推其出新，使人驚嘆。[17]我要怎樣的長詩結構呢？〈在綠色天空下〉，我借用了 M. M. Bakhtin 的「眾音並起」（heteroglossia）的理念，讓各種表達形式、各種意識理念、各種人間聲音並起，構成多元的樂章。現在回顧起來，艾略特的〈荒原〉應該有著這「眾音並起」的況味，我在〈在綠色天空下〉創造了「魍魎」（源自《山海經》）這神秘角色，作為艾略特〈荒原〉中的歷陰陽界的雙性女巫泰瑞西斯（Tiresias）」（源自古希臘神話）的東方創新。有了「魍魎」，我詩中的相關詩節才有生命；有了「泰瑞西斯」，〈荒原〉中的男女沙發戲，才變得深度耐讀。

六　尾聲

我一直以臺北人自居，每次出國後歸國，都說回臺北。我的長詩〈在綠色天空下〉的尾聲，剛好是融合了我生命主體的臺北街道，就引作這文學姻緣的結尾罷！

---

17 凱茲（John Cage, 1912-1992）所創的「嵌字法」（mesostics），即為這後現代思考的實驗與產物。他在〈以 Ezra Pound《篇章集》入詩〉及〈以 Allen Ginsberg《吼》入詩〉二長詩中，或在單行裏嵌入大寫的 EZRA 或 POUND 這幾個字母，或在眾行裏依次嵌入大寫的 ALLEN GINSBERG 以成小詩節，其目的即在打破「必然性」，要獲致有如《易經》般讓各爻偶然互疊而成卦般的不確定性。同時，安汀（David Antin, 1932-）的「脫口秀詩」（talk poem）也是詩實驗的一大突破。他對詩歌原有的「口傳」與「即興」傳統作後現代的試驗。他即席對著聽眾作詩的脫口秀，純口語與即興的，而且內容往往是當今美國最日常生活的情事，看看是否能把這些日常情事在這日常口語與即席即興下的演出裏，轉化為詩的。在這「演出」的事後，詩人才再把「演出」迻錄為書寫的詩篇。請參本人為《海鷗》詩刊策畫的「美國後現代詩」中譯專輯所寫的〈美國後現代主義詩導讀〉（上、下篇），《海鷗》第24、25期（2001年）。

店鋪格格排列著街道，向東南
我蹓躂在摩托車與磚格間
紅綠燈高懸木臉如昨日
監視著胯下左壓線右壓線的車輛。
車廂格格排列著捷運，向東南
國語閩語客語英語纏著我清靜的耳根
窗外正框格框格閃著臺北都市的臉孔
臉孔複製著複製的臉孔玻璃體
乾咳一聲，我揮別魍魎
揮別詩的想像與不安的主體
揮別了表象下黏著不肯走的陰影[18]

18 至於幾乎每年寫的〈秋興〉，當然是詩集的一個主要構成，但在外來姻緣的透視裏，就無法列入討論了。這也許是這比較透視的侷限吧！我近年來對杜甫〈秋興〉八首，特別有感受，以其為杜甫最藝術、最深刻的作品。我寫的每一首〈秋興〉都對杜甫〈秋興〉刻意指涉；這是否也是艾略特所說的回歸文學傳統來書寫的企圖呢？談到影響，學術界有所謂「影響的焦慮」，意思是說害怕自己的作品，被指責為帶有外來的影響。我倒沒有這種焦慮，因為我認為，如我在前談及魯迅外來影響的論文裏所論證，在接受過程裏，在「拿來」裏，其創意、其功勞在創作者本身。

第二輯　臺灣小說

關懷小說：楊逵與鍾理和
——愛本能與異化的積極揚棄

一　關懷的理論基礎：愛本能與未經異化的主體

在當代西方人文思考裏，佛洛伊德（Sigmund Freud, 1856-1939）的精神分析理論，可謂是對人類種性持悲觀、負面朝向的再度深化，其論述幾可以冷酷無情稱之。[1]在這深化的背後，無疑有著其時代的

1　楊逵的著作，用中文書寫或譯成中文者，仍以前衛版《楊逵全集》二冊（《鵝媽媽出嫁》及《壓不扁的玫瑰》〔臺北市：前衛出版社，1985年〕）最為齊備。陳芳明編《楊逵的文學生涯》（臺北市：前衛出版社，1988年），除作品選外，尚收集了研究楊逵不可或缺的生平及背景資料。《台灣文學全集》中張恆豪主編的《楊逵集》，收於《台灣作家全集》（臺北市：前衛出版社，1991年），卷7，尚收錄幾篇前衛版以外的楊逵作品，並附有作品評論的引得（1990年前）及譯自河原功的〈楊逵生平寫作年表〉。此年表比前衛版詳盡，就本文所關注的〈模範村〉提供了較齊備的資料，糾正了前衛版及張恆豪版〈模範村〉文後「附註」的誤導，詳見本文註21。目前中研院文哲所正從事《楊逵作品全集》的編譯工作，事成對楊逵的了解與研究將能更全面。至於鍾理和，其著作仍以遠行版《鍾理和全集》（臺北市：遠行出版社，1976）最為完備，共八冊。晚近《台灣作家全集》中彭瑞金主編之《鍾理和集》，收於《台灣作家全集》（臺北市：前衛出版社，1991），卷2，則提供了一個眉目清晰的〈鍾理和生平寫作年表〉及一九九〇年前的〈評論引得〉。然而，這個選集有缺點，鍾理和本人自愛最深的〈夾竹桃〉，竟付闕如。同時，「年表」部分，有些細節應該補入，如（一）鍾理和概用中文寫作，一心想做中國作家，見〈薪水三百元〉；（二）其兄鍾浩東（即《原鄉人》中的兄長）赴日參加抗戰，返臺任基隆中學校長，於一九四九年因《光明日報》案而遭處死；（三）笠山農場的開墾到底何時終結？（四）鍾理和於北京時期曾草稿《笠山農場》四章。上述資料對鍾理和作品的了解，有一定的價值。此外，如可能，應適度地補入鍾理和的書齋研究，從其藏書以展示其思想狀況。據筆者與鍾理和長子鐵民兄電話詢談所得，鍾理和讀書頗多，晚

烙印與焦慮，最顯著的莫如當代資本主義所帶來的人類底心靈的挫敗，以及人類所共同經歷的史無前例、全球性侵略、嗜殺的第一次世界大戰。佛洛伊德晚期推出其擴及整個文化領域的《文化及其不滿》（1930），在其論述裏再度展現了這悲觀的基調。但結語裏，卻盡量持平，在焦慮中帶著期許：

> 在我看來，人類所面臨的決定性問題在於：人類文化的發展能對人類底侵略與自毀本能為人類共同體所帶來的動亂，能成功地作多少的控制。這個問題在當前尤其顯得特別重要。自然界的各種力量已為人類所掌握，人們可以利用這些自然界的力量互相殘殺，以致人類殆無餘剩。人們了解這點，而當代的不安、不快、與焦慮即主要源於此。我們可以預期，人類禀於天的另一面，也就是永恆的「愛本能」（*Eros*），將會盡其所能，站起來與他同樣不朽的對手相對抗。然而，誰能預知其成敗如何？結果如何？[2]

佛洛伊德在其論述中，首度明顯地突出一對新的機制，以解釋人類個體及類體的心理分析層面：也就是「愛本能」（*Eros*）與「死本能」（*Thanatos* or death drive）；前者也是「生本能」（life drive），其功能

年對社會主義頗有興趣。此外，對於美濃一帶客家人的背景了解，對鍾理和作品亦應有幫助，這方面的資料，或以〈台灣客家：歷史，革命和族群認同〉報導專輯（見《人間》第39期，1989年1月），最為草根與現場。大陸方面，對楊逵及鍾理和的綜合論述，以古繼堂《台灣小說發展史》（瀋陽市：新華出版社，1989年）為平實，但在資料上及視野上不免有些侷限。本篇原為中研院文哲所研討會論文，刊於其結集彭小妍編《認同、情慾與語言》（臺北市：中研院文哲所，1997年），頁45-83。

2 見Sigmund Freud, *Civilization and Its Discontents*, translated by James Strachey (New York: Norton, 1961), p. 92.

在於生命的維護，並把生命個體與更大的群體相聯為一體，後者也是「毀本能」（destructive and aggressive drive），其功能在於毀滅，並把個體、群體瓦解為無機體的非生命境地；而這兩種機制與本能在生命的過程裏既並存復相互對疊。（頁66-67）

佛洛依德的「愛本能」即是本文「關懷」一概念的理論基礎的一個構成，而另一個構成則是馬克思（Karl Marx, 1811-1883）人性或人文論裏所含攝的未經「異化」（alienation）的「種性」，未經「異化」的「主體」。馬克思對人類個體及種性的「異化」及「異化」之積極揚棄以回歸人性之本然的論述，也就是其對人性的論述。一般人以為馬克思不承認人底通性，但誠如埃里希·弗洛姆（Erich Fromm）所言，馬克思並不抹殺普遍的人性，蓋馬克思在晚期的《資本論》裏，仍說如果我們要批評人類的所為，得要處理「普遍的人性」與其「在某一歷史時空的塑造的人性」云云。[3]

馬克思的人類種性「異化論」主要是見其青年時代所撰寫的、富有德國哲學意味的《經濟學哲學手稿：一八八四》。這手稿的發現與出版，使到後人對馬克思學說作了重新的評估與定位，重新體認了馬克思學說所蘊含的豐富的人文精神。何謂人類種性的「異化」？弗洛姆對此有言簡意賅的闡述：

> 對馬克思來說，「異化」乃是指人無法經驗到自己是一個主動者來抓住這個世界，而是感到這個世界（包括自然、他者、以及他自己本身）對他疏離出去。這自然、他者，以及他自己本身卻好像物件般站在他上頭，反對著他，雖然他們可能原本就

---

3 Erich Fromm, *Marx's Concept of Man*, with a translation from Marx's *Economic and Philosophical Manuscript*, translated by T.B. Bottomore (London: Continuum, 1966), p. 25.

> 是他的創造物。「異化」乃是當主體與客體分離了出去，被動地、納受地經驗著這個世界及他自己（頁44）。

馬克思的「異化」理論始自對「勞動」的「異化」的分析以及其一體二面的「私有財產」的形成，並隨著這根源性的「異化」輻射到其他人文層面去。馬克思認為，只有在「異化」被「積極揚棄」（positive transcendence）的社群裏，才是「人與自然、人與人的衝突的真正解決，才是存在與本質、對象化與自我確認、自由與必需、個體與種屬的衝突的真正解決。」[4]這就是共產或社會主義的人文主義與真諦。

馬克思「異化」理論的提出，正反映著自工業革命以來，人類自我「異化」的駭人狀況：現代人對工作、對人、對社會、對自然、對自我、對人類底種性的高度異化。自我「異化」的「積極揚棄」，也就是「人的本質的真正實現（appropriation），經由人也同時為了人而實現，而最終導致人底自我回歸，回歸到作為社會的（也就是人的）存在生命；這是有意識的回歸，這回歸是在過去已有的發展中成就自己。此際，共產或社會主義、自然主義、人文主義已合而為一。」（頁135）換言之，「異化」的積極揚棄，就是人的解放，人之回復人的種性之本然，並在此歷史時刻裏實踐自己，這就是馬克思的人文精神。馬克思對人類底種性持正面的看法，殆無疑義。

當人復歸其種性之本然，是如何的一個境地？簡言之，是一個完整的人，從「私有財產」把人簡約到只剩下「去擁有」這一個意念（the sense of having）中解放出來。當異化給積極揚棄後，人以一種全新的方式出現，人的感官也如此，豐富而完整。「只有打開人底生命本體的豐富性，客體化地實踐出來，才能認證人底感性（sensibility）

---

4 Karl Marx, *The Economic & Philosophic Manuscripts of 1844*, edited with an introduction by Dirk Struik, translated by Martin Milligan (New York: International, 1964), p.135.

的豐富，無論這感性來自後天的培養，或來自新創。譬如說，音樂的耳朵，美感的眼睛；換言之，此際，我們的感官足以滿足人底歡愉，我們的感官足以確認本身為人底生命本質的能量。此際，不單是眼耳等感官如此，即使是所謂的思維的感性世界，如意志、愛等，換言之，人底感性，或者說，人底本質的感官，都得以誕生，而這誕生是經由與它們互動的客體、經由自然的人文化而獲致。」（頁141）換言之，也就是前面所說的主體、客體等相對組都失去了其對立面，而人類種性得以完整無缺無止地在主客等相容之下得其淋漓盡致的揮灑。馬克思對「性別」也持同樣的觀照，兩性在「異化」積極揚棄的人際關係裏，也應失其對立面，更遑論以一方壓凌另一方了。馬克思認為，

> 男人對女人的關係是人與人間最為自然的關係。職是之故，這個男女關係的實際表現，表露出人底「自然」行為已轉化為「人」底行為的何種程度，或者說，表露出「自然」在他身上已轉化為「人」的本質的何種程度；或者說，經由這男女關係的表現，我們可以判斷這個個體已發展為「人」底種屬的水平。從其特性看來，男女關係可以呈現了人底種性至何種程度，呈現了人成為他自己、領悟他自己至何種程度。」（頁134）

誠然，兩性關係是最根本的人性的實踐的試金石，不容有任何的退讓，不容有任何的異化。「性別」的異化，不啻是人類種性的「異化」：「拿婦女當作戰利品和社群共享的性慾發洩的婢女，是人底種性無限的沈淪。」（頁134）把佛洛伊德和馬克思放在一起，從我們的人文視界來定位，我們不禁莞爾一笑，因為兩者人性論的差距，不啻是先秦人性論辯的一個當代版本。前面佛洛伊德的引文，不啻是荀子「性惡與隆禮」（「文化」即「禮」）的再版，而馬克思的「異化論」，

則是孟子「牛山濯濯」又一鮮明的論證。當然，佛洛伊德的「文化」擁有「不滿」，而其「人性」亦含攝「愛」。當然，我們會隨著馬克思的辯證思維去問：佛洛伊德的「愛本能」與「毀本能」，在一個「異化」被揚棄的高度文明社會裏（馬克思謂積極揚棄異化時，保有異化到今天所發展出來的所有深度文明），是否會隨著「異化」的消失而失去其對立面？

「關懷」就是「愛本能」、「生本能」的表達，是個體的發展，是個體與更大的群體的融合；「關懷」是人類「異化」的積極揚棄，是人性的豐富活潑的復歸與實踐。這就是本文依循佛洛伊德及馬克思為「關懷」所建構的理論基礎。法蘭克馬克思學派的馬庫色（Herbert Marcuse）在《愛與文明》（*Eros and Civilization*）一書裏，即重新批判、表揚了佛洛伊德心理分析隱藏的「向善」的一面，並重新肯定了人類底「幻想」（fantasy）與「烏托邦」（Utopia）的追求，認為這些都是「愛本能」的表達，是人類靈魂深處未經「異化」的人類種性的「記憶」云云。[5]顯然地，文學與「關懷」密不可分，是「愛本能」、是人類種性，在「異化」的重重禁錮之下掙脫出來的實踐。

為了進一步了解「關懷」這個心理功能以及它在文學上的實踐，我們在此引進兩個概念：一是俄國記號學家洛德曼（Jurij Lotman）的「規範系統」（modelling system），一個是法國馬克思主義者阿圖塞（Louis Althusser）的「多元決定」（over-determination）。洛德曼指出，語言是首度規範系統，而文學等則是上蓋於這首度系統上，以對世界及作者自己作二度的規範，故為二度規範系統。[6]換言之，我們把「關懷」作為一規範系統，並可有首度、二度兩個構成。首度關懷

---

5 Herbert Marcuse, *Eros and Civilization: A Philosophical Inquiry into Freud* (Boston: Beacon, 1974).

6 參見拙著《記號詩學》（臺北市：東大圖書公司，1984年），洛德曼部分，頁31-56。.

系統，就是愛本能與積極揚棄異化以復歸人類種性的最原初的本能與欲望，二度關懷系統則是在特定時空裏、特別個體裏所擁有的關懷系統，較為時空化、個別化與理念化的關懷程式。談到「系統」，無可避免地含攝著「系統」的特質，以瑟許（De Saussure）的記號學模式為視野，則含攝關係化、記號化、二元對立、高下層次等。[7]要了解「二度關懷系統」的構成，上述阿圖塞的理論提供了一個門徑。"over-determination" 多譯作為「多元決定」；然而，綜觀阿圖塞理論的整個體系，其含義應為「從上、多元、結構性的決定」。阿圖塞謂，歷史在辯證的發展過程上，所產生的每一「矛盾」都非單純的演出，其演出所採取的樣式與特質，都是由這「矛盾」所處的歷史整體從上作多元性的決定，而這歷史整體的架構並非一個由下而上的二重架構。同時，討論歷史的辯證發展時，要討論「矛盾」的樣式時，要分析歷史整體裏每一結構、每一因素所作的有效影響，而非作抽象的、機械性的必然推論。換言之，歷史的整體自成一個結構系統，含攝著一個「高下層次」的結構，含攝著一個「主導」的結構，而每一「矛盾」的樣式與特質即是由這歷史整體的結構主義式的系統所「從上」決定。[8]移用於「關懷」，即是謂個別的「二度」關懷系統，為歷史的整體從上作多元性、結構性的決定，為各時空要素以不同的關係與強度所決定。當然，其中得透過「個體」在這「歷史整體」所實際經歷的各種「中介」（mediation），如家庭、工作等，這就引入了沙特（Jean-Paul Sartre）的「中介」理論。[9]同時，在文學作品裏所演出的

7 參見拙著《記號詩學》（臺北市：東大圖書公司，1984年），瑟許部分，頁31-56。

8 見Louis Althusser, *For Marx*, translated by Ben Brewster (London: Verso, 1969), pp. 87-128.

9 見Jean-Paul Sartre, *Search for a Method*, translated by Hazel Barnes (New York: Vintage, 1968).

「二度關懷系統」，尚得與語言、文學底原理與規範、文學與文化傳統等相交接而形成。

二　〈夾竹桃〉、《笠山農場》與鍾理和的社群理念

無論佛洛伊德的精神分析理論或馬克思哲學都以群體或社會，也就是「人與人的關係」為出發點，其「愛本能說」與「人類異化說」亦如是。本文的「關懷」論述視野即從「人與人的關係」這個層面來切入。我們發覺，每位作家都彷彿有著一個「未經異化」的視覺，而這視覺在「異化」的現實裏遭遇挫折，而源於人類種性的「愛本能」與「關懷」激發而出，卻同時受到挫敗。「關懷」底「激發」與「挫敗」，其複雜的「辯證」程序給予小說各種丰姿。

為了論證的方便，讓我們從鍾理和說起。鍾理和的中篇〈夾竹桃〉（1944）和長篇《笠山農場》（1955；鍾理和在北京時曾草稿《笠山農場》四章，後詳），恰巧為我們提供了一個「異化」與「未經異化」的兩兩相對的最佳例證。《笠山農場》富有「烏托邦」色彩。「別的山全是國有林，只有這是民有地」。[10]這句話一方面相對日本統治而言，有遺民的況味，一方面也帶有桃花源式的隱逸的烏托邦況味：日本殖民政治外的一個可以自主、自力更生的空間。烏托邦的條件，除了境內是一個未經「異化」的世界外，其周界必與外界相隔，這是烏托邦文學的公例，也是烏托邦內設的矛盾與侷限：「這地方三面環山，交通閉塞，與外界較少接觸」。（頁24）無論如何，他們進笠山時的險阻，以及對山中自然景物的描寫，魚蝦活躍，紅莓滿地，猿啼枝

10　鍾理和：《笠山農場》，《鍾理和全集》（臺北市：遠行出版社，1996年），卷5，頁13。

椏，即富烏托邦與隱逸色彩。[11]

「笠山農場」可說是一個「未經異化」的「社群」，人與人（包括地主與雇工、男與女）、人與自然、都是那麼美好的關係；所謂階級，所謂性別，都幾乎失去其對立面了。在未經「異化」的勞動裏，自然與人應是兩得其宜，充滿著歡樂：「他們用歡笑，談話和唱歌來推行工作，使得整個工作都充滿了明朗熱鬧的聲浪」（頁23）。在這個烏托邦的「社群」裏，「人」彷彿自然天成，沒有絲毫「異化」，而男女的關係也自然如天籟：

> 男人強壯、放縱，粗獷而大膽，喜歡說話，心裏有甚麼說甚麼，致平過去認為忌諱的事情，一到他們的嘴巴上就都成為特別有趣的材料。女人溫柔美麗，幽雅嫻靜，在人面前極容易害羞。但一經混熟之後，你又可以看見她們是怎麼地天真爛漫，有多麼好看的笑顏，全無那種忸怩作態的習氣（頁23）。

這個生存境地，貌似平凡，其實真可說是馬克思所謂的人類種性與自然界相湊合為一的境地。在這沒有「異化」的人際關係裏，人們享受到「群」的歡娛；「人」在「群」中如魚得水，「人」在「群」中獲得了自身與他者個性的體現與歡娛。這可以說是馬克思哲學裏「社群」理念的樸素的表達。「群」的歡娛，在《笠山農場》裏，除了表現在沒有「異化」的勞動、沒有「異化」的人際關係，沒有「異化」的「團隊精神」外（如趕種樹苗五萬株，頁93），更表現在加上藝術層面的男女山歌對唱上（頁113）。愛情，在這個烏托邦的視野裏，當然更不能有絲毫的「異化」，應與「人種」的「自然」合一。小說中

---

11 張良澤在《倒在血泊中的筆耕者》（臺南市：大行出版社，1974年）中，即指出《笠山農場》有中國式烏托邦的味道，頁102。

的致平與淑華所代表的美麗的愛情，是這個沒有「異化」的「社群」所不能缺乏的。誠然，一些不合「自然」的習俗，會為這最自然、最高形式的男女關係產生「異化」，瓊妹就是這「異化」下的犧牲品。

反抗，當然是「異化」的積極的揚棄。這激烈的揚棄模式，最易為大家所察覺。但似乎，鍾理和體驗到一種更有持久力、更為連綿不斷的韌力模式，以揚棄異化：「對生活不馬虎，不虛偽，隨時賦予生活以意義」（頁63）；這個異化揚棄模式出現在劉漢傑身上。前面我們徵引過，「異化」也者，也就是「被動地、納受地經驗著這個世界及他自己」。而劉漢傑的生活格調正與這「異化」相反，而「異化」與「異化積極揚棄」的過程，正如馬克思所言，是走同一條路，逆反之可也。對人類的種性而言，「始」於也「終」於「沒有異化」的勞動：笠山農場的開墾，本身就是「社群」的「實踐」與其相伴的「毅力」的鐵證般的表達。雖然，笠山農場是失敗了，但這「失敗」並不能抹殺「不馬虎、不虛偽，隨時賦予生命以意義」、積極揚棄「異化」的生命朝向。

在某些層面而說，《笠山農場》與〈夾竹桃〉是互為對立、互為因果、互為辯證的。我們不妨說，鍾理和寫作〈夾竹桃〉時，心裏已有著《笠山農場》。《笠山農場》有四章草稿於北京時期[12]，而在〈夾竹桃〉裏曾思勉緬懷他所來自的南方，可說正是《笠山農場》所表達的沒有「異化」的「社群」：「富有熱烈的社會感情，而且生長在南方那種有淳厚而親暱的鄉人愛的環境裏」。[13]再從「自傳」層面來說，鍾理和在北京時期，心裏應懷著他在一九三二至一九三八年間美濃笠山農場的生活經驗吧！我們不難想像，這經驗經由時空的推移而發酵，

---

12 鍾理和：〈函致鍾肇政〉，《鍾理和書簡》，《鍾理和全集》（臺北市：遠行出版社，1976年），卷7，頁47-48。

13 鍾理和：〈夾竹桃〉，《鍾理和全集》（臺北市：遠行出版社，1976年），卷1，頁15。

而烏托邦化。

相對於《笠山農場》而言，〈夾竹桃〉所刻畫的北京大雜院，可說是一個完全「異化」的空間。首先，也是最關鍵的，「是這院裏人的街坊間的感情的索漠與冷漠」（頁15）。在這大雜院裏，「漾溢著在人類社會上，一切用醜惡與悲哀的言語所可表現出來的罪惡與悲慘」（頁3）。在這大雜院裏，「看見了宇宙間的一切惡德的堆積，看見了滾動在動物的生存線上的人類的群體」（頁13）。實質言之，這個大雜院裏充滿了自私、貪婪、懦弱、懶惰、無知、偷竊、吸毒、賣淫等。「群體」已完全「異化」，「異化」為「動物」，在生存線上滾動掙扎求活。這個「異化」的「群體」，與鍾理和心中已漸漸發酵的、後來表現在《笠山農場》的未經「異化」的生存境地，彷彿判若天地。這個「異化」，更在這個大雜院的女性身上成為習性：「吝嗇、自私、卑鄙、貪小便宜、好事、多嘴、吵罵，……等等，這是她們的特性。對別人的幸災樂禍，打聽誰家有沒有快人心意的奇殃，是她們日常最大關心事之一。」（頁9）比諸於《笠山農場》裏婦女們所表現的淳樸與互相關愛，相距又何止千里；換言之，鍾理和對北京大雜院的視覺，除了有其現實性外，也與原蘊藏在鍾理和心中並已發酵的社群理念、那就是「異化」已被相當揚棄的笠山農場經驗，互為辯證，使一方朝向懷舊、朝向烏托邦，一方朝向使人更不堪忍受的、更為冷酷的「異化」空間。

> 這所院子裏證實了研究北京人生活風景的各種文獻。也就是說，這所院子典型地代表著北京城的全部院落（頁1）。

> 幸而他們是世界最優秀的人種，他們得天獨厚地具備著人類凡有的美德；他們忍耐、知足、沉默。他們能夠像野豬，住在他

> 們那又昏暗、又骯髒、又潮濕的窩巢之中，是那麼舒服，而且滿足。於是她們沾沾自喜，而自美其名曰：像動物強韌的生活力呀！像野草堅忍的適應性呀！（頁3）

> 是幸是不幸，不知道，事實上這樣的女人，要算中國最多，最為普遍。吝嗇、自私、卑鄙、貪小便宜、好事、多嘴、吵罵，……等等，這是她們的特性（頁9）。

面對這民族性的病理式的、反諷的觀察，我們會不由自已，但卻不必以為作者缺乏關懷心，缺乏同胞愛，因為從文學傳統來說，鍾理和可說是繼承了魯迅《阿 Q 正傳》以來的「民族性」批判以及與其相隨的「反諷」手法（鍾理和少讀魯迅等大陸作家，並「熱愛之餘，偶爾也拿起筆來隨便畫畫」，見其〈我學習寫作的經過〉），只是由於作者在淪陷區裏的北平所看到的心繫已久的「原鄉」，與作為作者生命主體的前已多次述及到的「社群」理念成強烈的對比，加上作者所處空間的「疏離」，使作者的「主體」有所「異化」，筆端更為「冷酷」而已。魯迅的《阿 Q 正傳》，有強烈的「典型」（type）人物的傾向，而鍾理和筆下則不再是「典型」人物的製造，而是在「疏離」與「冷酷」的觀照下的「異化」的人生百態，讀來使人更為不能自已。鍾理和曾表示他不喜歡妥斯杜也夫斯基的作品，因為妥氏「不關心地上的生活。我們是否過得好，是否受迫害，是否真理被歪曲，他似乎全不管。」[14]〈夾竹桃〉反諷的背後，應有著鍾理和的社會關懷吧！同時，我們不難想像，鍾理和是費了多大力氣，把他底與生俱來的「愛本能」與「關懷」壓抑著，以達到這冷酷的寫實的效果。就社會功能

---

14 鍾理和：《鍾理和日記》，《鍾理和全集》（臺北市：遠行出版社，1976年），卷6，1957年12月4日日記，頁210。

而言，也許鍾理和的期望是透過這冷酷、反諷的寫實，以喚起讀者對「現實」的重新審視與認知。

〈夾竹桃〉的主人翁是曾思勉，前面所徵引的對北京大雜院底病理的、反諷的視覺，主要也是他的。曾思勉面臨了一個心理危機：

> 曾思勉對院裏的人，甚為不滿與厭惡，同時，也為此而感煩惱與苦悶，有時，他幾乎為他自己和他們的關係，而抱起絕大的疑惑。他常狐疑他們果是發祥於渭水盆地的，即是否和他滲著同樣的血、有著同樣的生活習慣、文化傳統、歷史、與命運的人種（頁13）。

對曾思勉的病理式的反諷的視覺，對上引文可能含攝的認同危機，論者頗有不同的見解。[15]在這個骨眼裏，我們必須更仔細的審視。首先，這個所謂「認同」危機是由文化層面而擴及血緣層面，而血緣層面事實上是不可移易的，故實質是對大雜院所見的痛心疾首的表達而已。其次，這只是「危機」，並非一定沿這個「危機」方向發展：曾思勉只是因為原鄉的現實和他原有的原鄉的期待所產生的「落差」而引起「疑惑」、「狐疑」而已。也許最值得探討的是：我們能否把作為小說「主人翁」的曾思勉等同於作為「作者」的鍾理和呢？這牽涉到一個很複雜的、牽涉到作者「主體」的複製、衍化、甚至異化的問

15 張良澤對〈夾竹桃〉這病理式的反諷式的批判，並沒有把它看作是鍾理和對原鄉的認同危機，見其著〈鍾理和作品中的日本經歷和祖國經驗〉(《中外文學》，第2卷第11期，1974年4月)。陳映真則著眼於這認同危機，稱之為原鄉的失落，見其著〈原鄉的失落——試論鍾理和夾竹桃〉，收於《孤兒的歷史／歷史的孤兒》(臺北市：遠景出版社，1984年)，而古繼堂則以為〈夾竹桃〉是對日本統治下的北京的異化生活，有其批判的積極意義云云，見《台灣小說發展史》(瀋陽市：新華出版社，1989年)。

題。如前面已經徵引，曾思勉「由南方的故鄉來到北京」，他「富有熱烈的社會感情，而且生長在南方那種有淳厚而親暱的鄉人愛的環境裏」，就某種意義而言，曾思勉確是鍾理和的化身。但這個「化身」層面，只是「複製」而已。小說裏的哲學家，被曾思勉諷為無用的「人道主義者」的黎繼榮，可以說是鍾理和「衍生」出來的「化身」：他反過來也反諷曾思勉「才是個道地人道主義者」。我們不妨認為，曾思勉與黎繼榮的論難，正是鍾理和內心的掙扎。有意思的是，曾思勉之被反諷為「人道主義者」，正洩露出曾思勉病理式的視覺，實含著人道的關懷。最重要的是，曾思勉除了「複製」鍾理和外，更是鍾理和從自身疏離出的一個「異化」的我。鍾理和自言，〈夾竹桃〉是他「自愛最深的一篇」，他曾為白己創「作的主人翁而墜淚」，[16]正反映著「主體」既「複製」復「異化」的複合現象。曾思勉是鍾理和在北京時期因生存境地的「異化」而從鍾理和生命的主體（一個未有異化的主體，一個愛與關懷本能活潑的主體，一個有著烏托邦式經驗與理念主體）而「疏離」出去的一個「異化」的我：鍾理和用第三人稱寫曾思勉，就好像一個未經「異化」的「我」看著一個從自己「疏離」出去的「異化」的我。這淚墜自鍾理和生命的主體。從自傳的資料來看，鍾理和更與曾思勉及黎繼榮迥然有別，蓋在〈夾竹桃〉翌年的一九四五年的日記裏（鍾理和現存日記始於一九四五年九月九日），他關心香港問題，謂如英人「自動交還庶幾可在中國人心裏消除積恨。蓋中國人無一不知英人以何種手段，由中國手裏奪去此塊土地」（十月五日）；在觀賞「緬甸戰線裏祖國的勇士們活躍在砲煙彈雨之下的英姿」新聞片段，大呼「祖國呀！起來吧！」（同月四日）；並

---

16 鍾理和：〈函致鍾肇政〉（1959年4月3日），《鍾理和書簡》，《鍾理和全集》（臺北市：遠行出版社，1976年），卷7，頁65。

深刻了解到「在淪陷區間的文化只是征服的文化，是虛偽的非文化」（同月三日）。[17]

我們把佛洛伊德的「毀本能」一直懸擱，現在讓我們把它帶進來吧！「毀本能」是「愛本能」的相反，「毀本能」把個體、群體瓦解為無機體的非生命境地，如果把它與馬克思「異化論」相結合，「毀本能」也就是「異化」的表現：「異化」的最終結果將是人類的「種性」盡失，人不再是人，人類這一個「種屬」就死亡消失。北京大雜院所表現的「異化」的空間，也就是「毀本能」活躍的空間。人們在生活線上掙扎求存，但如曾思勉批評的視覺所見，是一步步走向破滅的民族（也就是人類）的命運的影子（〈夾竹桃〉，頁60）。

文學作為一個規範系統，有它自己的結構與原理。從我們目前的視野來看，文學的表達形式也與其朝向「毀本能」抑或朝向「愛本能」密切相關。烏托邦式的抒寫當然是朝向「愛本能」，而我們發覺「反諷」卻是它的相反，朝向「毀本能」。鍾理和選擇了「反諷」，讓「反諷」主導了曾思勉的視覺，主導了全篇的結構，正洩露了鍾理和「主體」的「異化」，蓋我們不妨認為「愛本能」與「毀本能」互為消長，「主體」的「異化」，正洩露在其「毀本能」作為了其對「主體」的主控上。採取「反諷」模式，對生命的主體而言，恐怕不是一

17 《原鄉人》的結尾說：「我不是愛國主義者，但是原鄉中的血，必須流返原鄉，才會停止沸騰！二哥如此，我亦沒有例外」。「我不是愛國主義者」這一句子來得突兀。在研討會上，我指出〈原鄉人〉雖是敘述舊事，但其寫作年代為一九五九年，而這句話別有意義，正反映其批判著當時肉麻的反共愛國主義。鍾理和說：「但是現在的風氣都在要求你這篇也「愛國」，那篇也「反攻」，非如此便不足以表示你確像一位愛國者，非不如此便不為他們所歡迎，想起來真是肉麻之至〈一九五八年十二月廿四日致鍾肇政函〉，收於《鍾理和全集》（臺北市：遠行出版社，1976年），卷7，頁58。事實上，在大陸時期的日記裏，鍾理和也痛恨那些本是漢奸而搖身一變的愛國分子。在研討會上，呂正惠教授指出，這句突兀的話，也許也含攝著自二、二八事件及其兄浩東因〈光明日報〉案於一九四九年被國府處死不滿。

件快樂的事，因為它是與「異化」與「毀本能」掛勾的！

總結而言，貫穿〈夾竹桃〉與《笠山農場》卻形成迥然不同的風貌者，乃是蘊含於鍾理和生命主體的「社群」理念，也就是對人類未經「異化」的種性的復歸的堅持。鍾理和謂，「原鄉中的血，必須流返原鄉，才會停止沸騰！」(《原鄉人》)。這是以「血緣」相繫的「氏族」式的「社群」定義，也是最原始的、最種性的、最無法妥協的定義。〈夾竹桃〉裏的曾思勉，「富有強烈的社會感情，而生長在南方那樣有淳樸而親暱的鄉人愛的環境裏」；因此，初進北京，住進院裏，「他最先感到院裏的，街坊間的感情的索漠與冷漠」。「社會感情」與「親暱的鄉人愛」，即是鍾理和在「氏族」層面上「上置」的「社群」理念的中心，也就是「異化」揚棄、「愛功能」充分發揮、人際間的「自然」關係、屬於人類種性的「自然」關係。鍾理和對人類種性充滿期待，堅持人類原有「道德的判斷力與人性的美麗和光明。」(〈夾竹桃〉，頁13）我們可以想像鍾理和的「社群」理念如何在這大雜院裏受到重重的「挫折」。這「挫折」正反映著源自他底種性的「愛本能」與「關懷」：沒有「關懷」，何來「挫折」？「反諷」的選擇，正洩露這「挫折」，以及這「挫折」所帶來的「異化」與「毀本能」。換言之，鍾理和是在其「社群」理念的架構裏來關懷、批判、甚或反諷他所見到的「原鄉」的現實吧！與「社群」理念中心相表裏的，則是「實踐」與「毅力」，這是〈夾竹桃〉裏北京大雜院所缺乏（也是曾思勉為他們所指出的救藥），(頁59）卻是在「笠山農場」裏以完美的型態出現：農場的開墾，異揚棄話的勞動，以及「群」之歡娛。

另一個與「社群」理念相表裏的「主體」架構，則是「異化」後所產生的「疏離」感。「社群」之內得以打破「疏離」感，但「社群」之所以成為「社群」，則必有疆界繞之，而自身又不免成為「疏離」的空間。這點，與鍾理和的生存與主體經驗密不可分，也就是鍾理和生命主體最關鍵之處。美濃的客家無論是從空間（美濃小鎮）、氏族（客家人）、與文化傳統（客家文化）都與其所在的「大空間」阻隔，有著相當的「疏離」。另外一個上蓋於此的「疏離」，當然是日本在臺灣的殖民統治。在反映這段時期的〈原鄉人〉，「福佬」是當為「非我族類」的人類學標本以名之。同時，鍾理和以身奔向「原鄉」（大陸），除了打破禮教的「異化」枷鎖，追求自由戀愛的直接因素外，內心深處也未嘗不是企圖打破這二重的「疏離」感（福佬與日本的大環境）吧！但我們得注意，無論從實際的美濃鎮而言，或從《笠山農場》來看，美濃所代表的客家空間，無論從氏族、經濟、文化而言，是一個「疏離」但尚「自足」的「社群」（尤其是它因阻隔及偏僻，得以相當地削減因日本殖民統治而帶來的疏離感），故雖在「疏離」的空間裏，其心態仍然是「安全」的，而非「傷殘」的。同時，就鍾理和而言，美濃生活上的富裕自足（有所持）及笠山農場的墾拓（有所作為），「社群」理念得以孕育，也得以經實踐而擴展。

但到了偽滿州的瀋陽、淪陷區的北京所代表的「原鄉」，到了這前面稱之為廣大的「非文化」空間，不再是「氏族」般群居一起的美濃與笠山了。於是，成為他生命主體最重要環境的「社群」理念在北京的「現實」裏被重重封鎖，被深深壓抑，生命之流也為之阻滯。於是，「疏離」感以傷殘性的形式出現，腐蝕著鍾理和的生命史。在社會生存環境，從上、多元、結構性的決定下，他的「主體」疏離出另一個「我」，一個「異化」的我，也就是作為〈夾竹桃〉主人翁的曾思勉，透過他底「疏離的」、「異化的」，也就是「反諷」的視覺，來觀察、來批判這大雜院，這代表著他「原鄉」的大雜院。這對鍾理和來說，真是殘忍莫過的事了。鍾理和自言，〈夾竹桃〉是他自愛最深的一篇，並在寫作中為其所創造的主人翁墜淚（見前徵引）。曾思勉在某意義上是鍾理和的「複製」，但如前面分析，曾思勉只是他主體

「異化」後疏離出去的「我」，而這「淚」應是未經「異化」的鍾理和「主體」的自傷吧！

三、〈模範村〉和「殖民」與「封建」複合的異化架構

在楊逵底作為「二度規範系統」的文學世界裏，人類種性的我，也就是人類的愛本能，是在怎麼一個「從上、多元、結構性決定」的架構裏，受到複合的「異化」而掙扎、呼喊、但仍看到曙光？換言之，在楊逵的作品裏，人與人、人與自然間原本自然、和諧、積極的關係，如何因為某些自外於人類種性的體制與霸權而結構性地被「異化」？我們不妨以臺灣農村為主體的〈模範村〉作為討論的起點。

〈模範村〉裏的農民社會，如果我們假設原是符合人類種性的、人人皆發展其積極生命的空間，那麼，從上蓋於這空間而結構性地使這空間「異化」的是甚麼歷史體制與霸權？讓我們在這裏開宗明義地說，是封建體制的延伸及日本殖民統治的複合。小說的開頭不久，我們看到一幅勞動者的形象：

> 「喔！唏唏！」添進焦急地吆喝著。小牛好像善解人意，用力拖著，黑土大塊地被翻起來。可是太陽曬得這麼厲害。連水牛都耐不住在這炎日下劇烈勞動，呼呼地喘著氣。
> 添進還不時用水瓢子打水，潑在牛背上為牠消暑。可是潑上去的水一沾背就乾了。添進自己活像一隻落水狗一般，渾身都是汗水淌流。
> 「喔！唏唏！」他用手臂拭拭流進眼睛裏的汗水，繼續吆喝著。
> 乞食伯越看越過意不去，忍不住大聲地喊了起來：「傻孩子！

歇歇再犁吧！會中暑的！」[18]

這個勞動者的形象，可說是未經異化的。尤其是在勞動的背後，尚有著人與人（父親與兒子）的溫馨。這勞動的「自然」背景是艱辛的，並非詩情畫意的春日暖和；然而，這並非「人」與「自然」的對立，而是「勞動」本身要把「自然」與「人」的對立面消除所含攝的動能。然而，當這神聖的「勞動」置在其所處脈絡裏，它的「異化」就立刻顯露出來的。那是因為前兩天「他們奉命放下剛剛開犁的水田，把自己的活計擱下，去替公家修築公路，以致把工作耽誤了」，故不得不在大雨來臨前趕工（頁69）。這條新開的「保甲路」，號誌著這〈模範村〉的不公平的現代化，也標誌著這地區的「殖民化」：只要殖民政府的一個命令，村民就得為這「保甲路」勞役。這個「殖民統治」的「異化」，上蓋於原有的「封建制度」的遺留上：乞食伯是佃戶，這塊耕地是租來的（頁94），而乞食伯勞苦一生，他底夢想要蓋一所「和別人差不多的房子」，給兒子們娶媳婦，卻永遠無法做到（頁77）。在「異化」的架構裏，「勞動」本身仍然可以獲得純然未經「異化」的片刻（這片刻正反映著勞動本身對非異化的堅持及龐大的動力），但這「片刻」卻不免淹沒在「異化」的大架構裏：我們可以想像乞食伯及其家「異化」的生命，消極的、被動的、沒有尊嚴的，在生存線上喘息的生命。事實上，篇末裏另一次的勞動，學生們為陳文治修屋，充滿溫馨，更是一次沒有異化的勞動的純然演出，而這沒有異化的勞動，正是為要打破卡在「勞動」上頭的「異化」架構的，要回復陳文治及他們生命的主體性。

---

18 楊逵：〈模範村〉，《鵝媽媽出嫁》，《楊逵全集》（臺北市：前衛出版社，1985年），頁69。

在〈模範村〉裏，「殖民統治」的「異化」架構已上蓋在「封建體制」的「異化」架構上而融為一體。憨金福的案例，是最好的證明。請看他怎麼說：

> 他媽的，掠了我的鷄，又不讓我種那塊地，我拿了那麼大的雞去進貢，好肥的一隻大母鷄喲！足足有三斤二。我求他把崖子那邊那塊地別收回去，仍舊租給我。但他還是收了回去，租給糖業公司。老子開墾那塊地，父子兩代，費了多少工夫，下了多少本錢！家裏的東西全都賣光了不說，還要天天到鎮上去挑大糞，載垃圾來作肥料，好不容易把這塊滿是石頭的荒地弄成了熟田，那麼好的水田，你看，那些甘蔗長得多麼好（頁91-92）。

農民對自己付出了「勞動」的土地的愛是多麼深厚與真摯啊！在封建體制下，「封地」慢慢演變為「佃地」，建立了佃主與佃農的「異化」架構。臺灣可以說是沿襲了封建制度延伸出來的土地關係。現在，在「殖民統治」的另一個架構裏，由於日本殖民政府要憑糖業賺外匯，便在殖民地的臺灣推廣甘蔗種植，威迫利誘地使佃主向佃農收回佃田，好種甘蔗，以致許多農民失去耕地與生活無依。為了要把這個村子成為「模範村」以向日本主子國邀功，以木村警長為首的殖民統治階層，用欺詐同時是強迫的手段，要村民裝鐵窗、鋪水泥。結果，憨金福因付不了錢被保甲書記怒斥而逃了出去，最後失蹤而死亡。「不過，這個村中無關宏旨的憨金福，就這樣在人們的心中消失了」（頁129）。換言之，「異化」已經腐蝕了村民的「愛本能」，人與人的最自然最親密的關係已瓦解。

在楊逵的作品裏，也在日據時代的現實裏，「糖業公司」可說是日本殖民統治最明確的毒爪，擒住了這塊大地的脈絡，是更進一步「異化」農村的架構。「保甲道」應該改稱為「糖業大道」吧！結果，封建體制與殖民統治結合為一個牢牢的共犯組織：「糖業公司便要交結地主，共同來壓迫農民。至於地主，自然是站在糖業公司一邊較有利。因為和擁有資本的糖業公司聯絡，不論在土地的灌溉上、金融上，或者其他和官府有關的事情上，總可以多佔便宜」（頁93）。「地主」事實上與「土地」已經「異化」，沒有感情，「土地」只是用來移轉、交換的「商品」而已。在這個複合的架構裏，兩個「異化」架構的主子階級互相疊合，而其中弱勢的階層受到更進一步的壓迫。在原來的土地主、中農、佃農的階級結構裏，阮大爺所代表的地主階層向殖民政府的統治階層靠攏，而劉見賢所代表的中農則往下滑，因為「近年來各色的捐派，攤在他頭上的是越來越多，壓得他喘不過氣來」（頁78）。地主們「所納的捐款都比他多得多，但他們有辦法從別的地方撈回更多的錢（同上）」。而佃農就生活得更為艱苦（如蕭乞食），甚至變為失業人民，走向死亡之路（如憨金福）。至於代表著鄉村裏的知識階層的陳文治，在這個架構裏，無法再講授漢學為生，即使通過日本的文官考試，也無法在公學校教日語，生活潦倒，飽受雜貨店老闆娘的奚落，不得不讓老闆娘到家裏來捉小鷄以償還賒欠的三塊五毛錢。

「異化」從勞動，從經濟分配上，更推展到這「模範村」中的各個層面裏。譬如說，雞屎叔叔攏下賣粽的擔子，看到一隊日本兵向這邊來，「他害怕會招惹是非，手忙腳亂想把擔子收走，一不小心，竟把一籃粽子全弄翻在地上」（頁72）。猶有甚者，連農民裏所信奉的佛像，也被當局強迫搬家，換為日本式的神牌和寫著「君之代」的牌幅，只得把媽祖和觀音「藏在骯髒的破家具堆裏」（頁127）。

在這個為雙重「異化」架構所罩住的模範村裏，我們看到生活在其中的人民的呻吟和掙扎（即使是作為主犯的阮大爺及木村警長恐怕也不例外），我們尚看到「愛本能」所散發的薪火與曙光。這可以從陳文治與他的農村弟子的「異化」被積極揚棄而回國到的「人底自然」的關係看到，陳文治不收分文，但學生們卻主動地帶了些肉、鹹魚米等來，並暗地裏為陳文治儲蓄了一些錢；陳文治從教學裏獲得安慰，而學生們在主動求知的驅使下，獲得了知識。學生們一起勞動和陳文治修屋，而引動了陳文治體力勞動的本能及再生的熱情，是最感人的「愛本能」的呈現。在這「異化」的空間裏，是多麼暖人心扉啊！

阮新民的「愛本能」的甦醒，得歸功於留日時受到左翼社會主義的思潮與運動的啟發。當他回到這「模範村」的鄉土，所見所聞，使到「他所學的理論得到更充分的理解和證實」。「為了真理與正義的一股很大的力量，使得他再也不能苟安於目前舒適的生活了」（頁93）。在這裏，愛本能、社會主義、社會正義是連成一線了。結果，阮新民就站在這執行著這雙重「異化」架構的對立面去了。他不惜在家庭裏鬧革命，雖被逐出家門，但我們可以想像，他所代表的正義將隨著他所到之處發芽。陳文治與阮新民象徵著異化架構裏不滅的愛本能，不滅的人類種性的曙光。陳文治代表了本土的、儒家以來的舊知識界，而阮新民則代表了受到當代社會主義洗禮的新知識界，他們的結合將無可置疑為打破「異化」架構帶來希望。[19]同時，「模範村」這個篇名帶著複合的含義，對日本殖民統治階層而言，這個村落已完全遵循殖民的規範：殖民架構與封建架構的複合、警官與地主富人的勾結、糖業的發達，以及隨之而來的產業道路，以及各文化面的腐蝕、媽祖與

19 葉石濤同樣注意到本土儒家思想和外來社會主義的結合，說：「楊逵的日本經驗導致他接受了馬克思主義的結果，但是馬克思主義在實踐中呈現了複雜的民族性格的風貌，見其著《台灣文學的悲情》（高雄市：派色文化，1990年），頁70。這個本土與外來思想的結合，在〈鵝媽媽出嫁〉一短篇裏更為顯著。

觀音被日本式的神牌的取代。但這在日本「殖民」的「模範村」裏，孕育著「反殖民」的、令人鼓舞的標準的模式，也就是「反殖民」的「模範村」:「反殖民」的實際行為已是一觸即發。

〈模範村〉所蘊含的「殖民」與「反殖民」的模式，與楊逵早期的力作〈送報伕〉(一九三二年寫於高雄）一脈相承，而是更為本土化，更為平實，裏面幾乎可以看到楊逵所參與的農民組合的影子與雛形。楊逵於一九二七年歸國參與農民組合，並起草臺灣農民組合第一次全島大會宣言，而〈模範村〉則以原題〈田園小景〉發表於一九三六年，其時楊逵已有十年的農民組合經驗。〈送報伕〉原有的強勢的、超越國界與種族的、全球性的社會主義運動的國際視野，在〈模範村〉裏雖然有所減卻，但仍然有所迴響：阮新民在東京學到的理論在臺灣本土得到實證，並獲日本友人的鼓舞。但阮新民離家後的選擇卻是奔向大陸，是值得注意的。

透過〈模範村〉的分析，並旁溯〈送報伕〉，對楊逵作品裏所表達的「二度規範」世界已很清楚，不必再逐篇分論了。現在讓我們回到作者楊逵本人來觀察。楊逵的主要作品，除〈模範村〉以外，大都以第一人稱的書寫出現，主人翁的理念與性格，都很容易回歸到楊逵本人，尤其是在〈泥娃娃〉、〈鵝媽媽出嫁〉等稍晚的作品裏。如果作品裏有兩位主角，如〈鵝媽媽出嫁〉裏的「我」以及社會主義經濟學者「林文欽」，可以說是作者的同時「衍生」與「複製」。〈模範村〉裏的「阮新民」與「陳文治」則是新舊知識分子的結合，是「反殖民」的結合，在臺灣社會裏有較多的客觀基礎，也許「類型」(type）刻畫的傾向多於作者的自我規範與投射。最後，讓我們討論一下楊逵當時所面臨的「殖民」統治下對「反殖民」作品的檢禁(censorship)，以反過來看出楊逵不屈的愛本能與正義。〈送報伕〉得賴和之推薦於一九三二年刊載於《台灣新民報》，但後半部遭禁，而於一九三四年在東京獲獎，才得以在《文學評論》全文刊出。但請注意，目前經楊逵本人增添的中譯本的某些反殖民的強烈辭句，為原日作所無，但楊逵認為時移世易，他有權增添。[20]換言之，即謂日文寫作時，他實有所顧忌，即查禁之顧忌也。〈模範村〉原題〈田園小景〉，於楊逵負責主編的《台灣新文學》刊出（1936年），後半部遭查禁。該稿於一九三七年，楊逵避居於東京近郊時，改題為〈模範村〉，經日本文學界人士之推薦而本擬刊於《文藝月刊》，但因日本文化界大整肅而退稿。[21]嗣後，自一九三七年蘆溝橋事變始，中日進入全面戰爭，臺灣本島內皇民化積極展開，其後一九四一年太平洋戰爭爆發，翌年殖民政府更徵召所謂的自願兵入役。在這麼一個比以前更險惡的環境下，在數度親嘗檢禁經驗的楊逵，如何繼續文學的「反殖民」鬥爭？一九四二年，在日本總督府情報課發行的《台灣時報》的約稿下，他發表了〈泥娃娃〉及〈鵝媽媽出嫁〉。據楊逵自言，〈泥娃娃〉是諷刺日本帝國主義，而〈鵝媽媽出嫁〉則是指責日本所謂的「東北亞榮圈」的虛偽。[22]與〈送報伕〉及〈模範村〉相比，我們可看出為了迴避殖民政府檢禁，楊逵用了迂迴的手法。在〈泥娃娃〉裏，把現實的場景轉為小孩的泥玩世界；小孩所製作的作樂的戰車大砲等，一夜大雨裏化為爛泥。在〈鵝媽媽出嫁〉裏，故事由兩條軸交錯，讓人沉醉在院長的假公濟私、強迫鵝媽媽出嫁給院長的公鵝的笑謔裏，而暫時拋開當時林文欽在窮困裏撰寫「社會主義共榮」的經濟哲學以與「假共榮」作對比的主脈。「真共榮」與「假共榮」的對比

20 見陳芳明編《楊逵的文學生涯》（臺北市：前衛出版社，1988年），頁29。

21 此據張恆豪編《楊逵集》所附河原功〈楊逵生平寫作年表〉。按：前衛版及張恆豪編《楊逵集》〈模範村〉文末「附註」，謂原題〈田園小景〉，一九三七年八月寫於東京近郊鶴見溫泉，又謂中譯改題為〈模範村〉，而張恆豪編〈模範村〉文末，襲用前者的錯誤。

22 見其著雜文〈寶刀集・光復前後〉，《壓不扁的玫瑰花》，頁194-195。

是在笑謔裏隱藏著。楊逵雖用了迂迴的手法，楊逵雖因日本文化界對殖民的之同情而得以發表這兩篇「反殖民」的作品，但《台灣時報》事後即受到日本警察方面的干擾，並且當楊逵於一九四四年把這些短篇結集為《萌芽》時，印刷中被查扣。楊逵作品在殖民時期一再被查禁，正反映著其時的殖民「異化」架構，正反映著「愛本能」與對社會正義的「關懷」在「異化」架構裏的掙扎與不屈。楊逵以他個人的熱情，以他對社會主義理念的信賴，以他在農民組合運動裏對農村的了解，他的作品永遠帶著希望：這是人類底種性不滅的曙光。

四　結語

「關懷」是人類的天性，它屬於我們種性的「愛本能」，源於「異化」的積極揚棄以達到人類種性之回歸，回到積極的、創造的、自由的、平等的、正義的主體的生命。人類可能有的「毀本能」正在歷史上扮演著霸權的角色，「異化」的架構正重重枷鎖著人類，而「愛本能」即在其中呼喊、掙扎、抗拒、永遠發出不滅光芒，而人類的歷史就在這辯證過程裏步步升高，終至於「愛本能」的最終勝利。在文學作品裏，我們最能看到「愛本能」在「異化」架構裏的運作。不同的「異化」架構，從上「多元」結構性地決定著這「愛本能」的運動；因為正如馬克思所言，「異化」與「異化的積極揚棄」是走在同一條的路上。有些小說，關懷及愛本能的運動，最為其骨髓所在，而鍾理和與楊逵的作品，即為其中的佼佼者。

鍾理和在客家族群所孕育並加以烏托邦化的社群理念，楊逵所認同的一九二〇年代的國際社會主義思潮，都是他們在其歷史與生存空間裏，「關懷」與「愛本能」的具體朝向與旨歸。鍾理和的社群理念，是「富有熱烈的社會情感」以及「那種有淳厚而親暱的鄉人愛」。這社群理念是他在客家社群裏，在笠山農場墾拓的經驗中孕育，而稍為加以烏托邦化的產物。這烏托邦化的心理過程，可以從帶有烏托邦傾向的《笠山農場》寫作的時空距離來解釋：鍾理和在生活疏離的北京時期裏曾草稿了四章，我們不妨認為他那時已有整個腹稿，而正式寫作時的一九五五年，美濃笠山農場已不復見了。於是，這「疏離」與「懷舊」，為《笠山農場》披上烏托邦的色彩。鍾理和的〈夾竹桃〉與《笠山農場》應兩兩對讀，讓他們對話，才能充分獲得欣賞，了解其意涵。對「原鄉」期待的失落，生活上的「疏離」，從笠山農場孕育並正在發酵而烏托邦化的社群理念，相當地決定了鍾理和在〈夾竹桃〉裏下筆寫北京大雜院的走向。從文學傳統而言，鍾理和採取了自魯迅以來的民族批判的反諷形式，更進一步決定了〈夾竹桃〉在內容上及形式上的走向。因此，在這冷酷的寫實、批判、與反諷的背後，我們仍可認為有著鍾理和的關懷；而這點，在他的日記等資料看來，他對原鄉的關懷與愛是無可置疑的。誠然，鍾理和的愛與關懷，作為鍾理和生命主體的社群理念，在疏離的北京生活裏，在「異化」的原鄉裏，是受到重重挫折的。〈夾竹桃〉是這麼一個感人的見證。相對之下，《笠山農場》是帶著無限的懷舊與溫馨的記憶，是鍾理和「社群」理念的具體表達，在其中刻畫了群的歡愉，勞動的樂，人際間親暱的關係（包括男女間、女子間、主僕間等）、堅毅與自力更生：簡言之，一個「異化」被積極揚棄了的空間。只可惜，封建餘留下來對婚姻的「異化」架構，仍在這烏托邦、自力更生的空間裏作祟、而篇中男女主角之毅然出走，也就是對這殘餘的「異化」架構的致命一擊。

如果鍾理和的「社群」理念代表著純樸的、孕育自客家農業社群的「社會主義」，那麼，楊逵在作品中所秉持的則是馬克思的「社會主義」視野，而以「反殖民」作為主導，作為切入點。楊逵作品裏，最能代表本土空間的，是〈模範村〉；而其中的「異化」架構是「封建體制」與「殖民統治」的複合；或者，更準確地說，是「殖民統治」上蓋於「封建體制」之上，而把「封建體制」吸納於其中而成為複合體。在這個「複合」與「吸納」過程裏，兩個「異化」架構的有利階級互相勾結（木村警長、糖業公司、阮大爺的勾結），而使其他階級（如中農、士紳、佃農）進一步向下滑去而越來越貧窮、異化。在糖業興隆（為日本殖民主子賺外匯）、產業道路新闢的現代化過程裏，其他階層則越來越陷於萬劫不復的境地，而「異化」更推衍到人與人間，及宗教層面上（代表本土宗教的觀音與媽祖像也得躲在雜物堆裏避難）。然而，人類種性的「愛本能」並不因「異化」架構而泯滅，阮新民與陳文治所代表的新舊知識分子的結合，以及阮新民與學生們的「非異化」關係，正象徵著其不滅的火焰，並且，正一觸即發。故事是充滿前景、充滿希望的。這正代表著作為作者的楊逵「愛本能」的怒放，對「異化」架構積極揚棄的追求，對社會主義理念的信賴，及其在農民運動裏所孕育的信心。楊逵的作品屢遭查禁，正反映著其反異化、反殖民的品質，正反映著「愛本能」永遠不屈這一事實。

鍾理和的「關懷」結構以其「社群理念」為骨髓，而其「社群理念」以「愛本能」與「反異化」底最純樸的樣式出現，沒有在經濟、政治、及意識型態的層面上作進一步的規畫，更遑論以其當前的歷史空間及國際視野上作具體的規範與落實。這相當地決定了其主要著作〈夾竹桃〉及《笠山農場》在內容上及形式上的寫實走向，或帶反諷或帶烏托邦色彩的寫實走向，沒有特定意識型態及分析架構的寫實走向。這個走向有其侷限，也有其魅力。相對而言，楊逵的「關懷」結構是在源於人類種性的「愛本能」與「反異化」的基礎上，上蓋一個「反殖民」的一九二〇年代的「社會主義」架構。楊逵小說中的「異化」架構，楊逵小說中的「愛本能」與「反異化」是在這個「社會主義」視野裏進行。誠如〈模範村〉中主角之一的阮新民所言，他在東京所學到的理論在這村子裏得到實證，楊逵在農民運動裏所得到的實際觀察與經驗，使到他所認知的「社會主義」本土化而對農村的「認知」也「社會主義」化，是理論與實踐的高度結合。換言之，楊逵的「反殖民」作品裏，隱若有著一個「架構」，一個「模式」，但這個「架構」與「模式」與他所描寫的「本土」，是結合在一起，而這「結合」使到楊逵的作品帶著鄉土的氣息走向國際視野。

讀陳映真《雲：華盛頓大樓第一部》

一　夜行貨車：奔向異化的積極揚棄

〈夜行貨車〉是一部帶有「意識流」手法的現代主義作品。故事的主要脈絡與當下周遭，不斷給「往事」所闖入、干擾、淹沒。[1]這些「往事」，往往以戲劇性的場景與對話出現，壓倒了「敘述者」的聲音，而這些闖入的「往事」並不久遠，只是「剛纔」，對當下主角的心理狀況，有著決定性的作用。從這個角度說來，這些敘述者的往事「回溯」，這些現代小說慣用的打破時間順序的手法，幾乎可以說是「往事」的餘波，「創傷」的留痕，帶著「意識流」的特質，在主角的意識裏流動。[2]

---

1 我於一九九七年參與中研院文哲所舉辦的研討會，撰寫〈關懷小說：楊逵與鍾理和：愛本能與異化的積極揚棄〉一文時，原計畫把陳映真一併列入，但由於時間不足而恐篇幅會過長而放棄。目前改以比較自由的「文本閱讀」的方式書寫，以償心願。除了新添電影理論外，所賴西方理論以拓展閱讀深度者，與前文大致相若，並已於前文有所鋪陳，故此處行文徵引多簡約。本文所據小說版本為遠景版（臺北市：遠景出版社，1972年）。本文專為本書而寫。有緣之故，本書發排前，刊於《國文天地》362期（頁88-95）及363期（頁89-94），2015年。

2 在文體分類上，「小說」屬於「敘述體」（narrative；第三人稱小說為其典範），而「敘述體」由「敘述者」（narrator，即傳統「說書」中的說話人）與其所敘說的「故事」（story）所構成，而「小說」的「藝術」建立在「敘述者」敘述故事的各種策略、以及「敘述者」在其敘述及品評中表現出來的人格上。我想讓我的讀者注意到小說的基本原理，而事實上，終究而言，我的「閱讀」，在藝術層面上，離不故事的開端是臺灣馬拉穆電子公司總裁摩根索先生下班驅車離開，林榮平經理獨處辦公室。這時，即切入「剛纔」兩人在摩根索先生辦公室談及與日本分公司鬥法的對話，對話中切至他臨窗看著劉小玲坐交通車離開，又切回剛才的對話場景、結束、回到自己的辦公室。這時，敘事脈絡才接回它的開端。在接著的小節裏，「剛纔」更強勢地不斷地闖入、交纏，而且時段不斷往後移，「意識流」的況味更濃。這小節的敘事與時間脈絡只是上接林榮平下班開車往溫泉區的路上；中間切入該天下班前他與摩根索先生的另一對話，其中摩根索先生向他試探劉小玲有沒有告訴他被調戲，而他不敢哼聲；切回往溫泉區路上；切回當天更早劉小玲到他辦公室訴說被調戲的場景，而在訴說中，她埋怨他告知摩根索先生她欣賞他夏天度假留的鬍子來討好上司；切到時間更往後移的他們的幽會，其中談到她喜歡摩根索先生鬍子的對話；然後又切回她訴說調戲的主脈，其中林榮平提及詹奕宏闖入的三角關係，並提議在老地方細談；最後切回這小節開頭的駛往溫泉區的路上。

我一直用「切」（cut；鏡頭切換）這個電影術語來陳述這小說的敘事架構，也就表示我感覺到它的電影手法，或者說，與電影手法雷同，蓋其中絕大部分的「回溯」皆沒有類似「回憶」的連接詞帶出。事實上，整個敘事架構可看作是一個把時間順序打破，用蒙太奇手法割裂、連接、再呈現，獲致蒙太奇節奏與美感效果的形式處理。在剛才討論到的第二小節裏，蒙太奇節奏應該是建立在秘書劉小玲的處理上，敘述者把所有與她有關的情節切割為許多蒙太奇片段，以「鏡

開這些小說構成的基本要素，故在這小註裏作此簡述。對「敘述體」的經典著作，當推 Robert Scholes and Robert Kellogg 合著的 *Nature of Narrative* (Oxford: Oxford UP, 1966)，其二〇〇六年增定版增加了 James Phelan 撰寫的當代的各種「敘述體」理論的補述一文，作者增為三人，仍由哈佛出版，並有 Robert Scholes 的再版序。

頭」闖入敘事脈絡裏，形成某種節奏：每一「片段」，內部略有相疊之處，表現著劉小玲的個性與心理以及跨國公司內女性弱勢的地位。「片段」出現的頻率以及間距，就形成了所謂的蒙太奇節奏。這讓我聯想到艾山斯坦（Sergei Eisenstein）的「蒙太奇」經典之作〈石階上的屠殺〉，〈屠殺〉的某些片段，以稍微差異的樣式，節奏地反覆出現，打入觀眾的潛意識裏，使人無名地感動。[3]這種「蒙太奇」的節奏，用佛洛伊德的話來說，也就是夢機制中的「加強」（reinforcement）功能。

在這現代主義的敘述手法裏，時間的顛覆與意識流轉，有時會讓讀者茫然不知所措，失去故事的線頭。換言之，作者，也就是敘述者，挑戰著讀者穿梭於時間之流的能力。在閱讀過程裏，我有時也得前後反覆翻閱。也許，由於這「艱澀性」，不符合「寫實主義」傳達信息的旨歸，似乎，陳映真在以後的作品，有意地削弱了這個現代主義表現手法的力度。

在閱讀過程裏，往往使我眼界一開的是敘事中出現的語言的「純粹性」。「月亮有些偏西，整個溫泉區已在淫蕩後的疲乏，滑落深沈的睡眠。」（頁19）「她在他嘔嘔的、懷舊的敘說中，走進他的記憶。在那記憶中，到處是舊時照片的霉黃的色調」（頁29）。第一例中，敘述者對北投溫泉區午夜的描寫，自然省淨，已進入了人間與宇宙相融的「禪境」。第二例把「敘說」與「記憶」熔在一起，把「同情」的境界寫透了。這些例子，讀來都帶來一份突然使人心底一亮的感覺，因為他們都從表面的世界滑進了表象背後的實相。

〈夜行貨車〉的主題當然是「覺醒」（awakening）了。這裏，主角就落在詹奕宏身上了。「我不是甚麼他媽的 James，我是詹奕宏！」

---

3 艾山斯坦蒙太奇理論，參其 Sergei Eisenstein, *Film Form: Essays in Film Theory*, edited and translated by Jay Leyda (London: Dobson, 2009) 有關章節。

（頁18）這是身分認同的覺醒。就這麼一句話，長期的內心壓抑就不言而喻了，跨國公司這一異化空間也就躍然紙上了。在近結尾處，酒醉的摩根索先生「And you f….ing Chinese think the United States is a f…ing paradise」的話，傷害了他的民族尊嚴，點燃了他長期壓抑的火藥庫。「Fucking」也就是「他媽的」。這一身分與民族覺醒更與愛及婚姻的覺醒纏結，這使詹奕宏成為貨真價實的英雄。他為劉小玲戴上景泰藍的戒指。離開了這異化的空間，人是怎麼樣的呢？敘述者告訴我們，「他看來疲倦，卻顯得舒坦、祥和的這樣他的臉，即使是她，也不曾見過的。」（頁56）

作為小說名稱的夜行貨車，橫過平交道，轟隆轟隆地奔向南方的故鄉，是一個勞動本位的、回歸本土的、陽剛的、生命力沛然的、勇往直前的人生象徵。這一個象徵一直牽引著詹奕宏的內心深處，也將長久地迴響在讀者心底。

陳映真決定把早作〈夜行貨車〉放進這《華盛頓大樓第一部：雲》裏，作為系列的首篇，我想並不只是為了題材的性質相同。〈夜行貨車〉的主角林榮平堪稱為從時代出來也同時領航新時代的人物，是盧卡奇（Georg Lukacs）寫實主義視野裏，所歌頌、所雕塑的革命型的典型人物。有了這些革命型人物，世界才有了曙光，有了動能。[4]在故事結尾，詹弈宏從時代的禁錮裏覺醒、掙脫出來，但前程仍然是未知的。也由於未知，更適合作為系列的開首。聽眾諸君，欲知後事如何，且聽下回分解吧！

4　盧卡奇的寫實主義理論，參其 Georg Lukacs, *Studies in European Realism* (New York: The Universal Library, 1964) 的緒論。

二　上班族的一天：沈淪的鄉愿主義

在閱讀過程裏，我最高興看到〈上班族的一天〉主角黃靜雄是一位電影藝術的沈迷者；他一直想拍一部紀錄片，但因工作耽擱著。在創作的心理機制上，角色的局部，有時是作者的投影。這似乎間接佐證了我上面〈夜行貨車〉所作的電影視野的詮釋。在〈上班族的一天〉，敘述者多次直接用了「鏡頭」來表述，如「一度伸手可及的那個空出來的副經理室，忽然像一個急速調遠了的鏡頭，遠遠地離去。」（頁62）事實上，電影這二十世紀初的科技新貴，這史無前例的強勢媒介，自從誕生以來，就闖入我們的潛意識，牢牢地盤踞著。從這個意義來說，現代小說無寧是電影視野的。我們的主角的專注，雖然是法國新電影理論家巴桑的電影論，義大利新寫實主義，如羅塞里尼、安德烈、安東尼等人的電影藝術，但我前面所闡述的蒙太奇節奏，是電影藝術的根本，對現代主義作品，尤有詮釋能力而已。

在敘事結構上，敘述者把故事時間壓縮為一天，而且是特地休假的一天，透過敘述者以及主角的回溯，把職場及職場外的有關情節連結起來，成為一個統一體。在這裏，主角是單一的，而主角的「回溯」，往往經由「他想起」等敘述者的表述帶出（如頁60；頁67；頁69），緩和了〈夜行貨車〉的現代主義手法，於是避免了情節把握上的困難。然而，這篇小說另有創新，可說是一個 Kristeva 所界定的「文本交錯」（intertextuality）作品，上班族的文本和電影藝術的文本（兩者都佔有旗鼓相當的份量）交錯著、對峙著。前者是鄉愿的，眼前的，沈淪的，後者是理想的、懷舊的、掙脫異化的。「在真實被視同某一種政治性的象徵而受到排拒，驅逐的世界裏，義大利電影在它所描述的時代裏，發出了改造世界的人道主義底光芒」，主角黃靜雄翻到巴桑《電影論》，巴桑如此說（頁71）。在創作的心理機制而言，作品中的某些話語有時也代表了作者的心聲；我想，這裏就是一個例子。誠然，臺灣，甚至更廣的資本主義主導的批評界，把陳映真歸入某種作家而相當地加以排斥。真正的藝術，包括文學，應該是使人走出異化的深淵與墮落式的自滿吧！

「對於上班族，家無寧只是一個旅邸吧！他想。」（頁68）主角對生活的的喟嘆，一語中的地抓住了上班族的生活節奏。在故事裏，上班族的工作場域，更上置了一個跨國公司的國際層面：結黨營私，你虞我詐，物質利誘，權勢追逐，情色誘惑，養就了他們鄉愿的個性，怯於改造，並且沈淪在那裏。當然，這是指中產階級的上班族而言，而終於升到會計處報表組主任的主角黃靜雄即是。他和〈夜行貨車〉的主角詹奕宏截然不同，積極的電影藝術可能給他覺醒的微光，一下子就給鄉愿主義所淹沒了。

陳映真筆下的女主角都帶有革命人物的氣象。無論是〈夜行貨車〉的陳小玲或〈上班族的一天〉的 Rose，不但是善良的女性，而且有個性、敢堅持，敢愛。筆下的男性，無論是職場上或愛情上，就表現得鄉愿可恥了。在〈夜行貨車〉裏，「一定是你告訴他的。公司裏的男人，沒有一個不是奴才胚子」，陳小玲怒斥林榮平（頁7）。林榮平用「可安排」這種人事處理，來處理這帶有「性騷擾」本質的「婚外情」（性騷擾的定義是利用職務優勢形成的性關係或騷擾），大大地激怒了陳小玲。她與詹奕宏的交纏裏，她要為自己莊嚴的愛情與懷孕負責，而終獲致對方的覺醒與攜手。在〈上班族的一天〉裏，Rose 罵得好，「中國的男子比較聰明，但都是三流的 lover。他們不敢愛、愛起來條件又多。」（頁83）陳映真絕對不是一個種族歧視者，即使在他要揭穿虛偽的跨國公司的時候。在〈上班族的一天〉，他側寫了在愛情上勇敢的總經理 Mr. McNell，為他的中國同性伴侶 Mr. 趙而犧牲而出走而自殺，而他的同性戀居然是在他下屬的中國經理的圈套裏被識破的。外國人就不一樣了，Rose 信中說，Paul 明知 Rose 的職業，懷著別人的孩子，但依舊愛她、娶她。但讀者不要忘記，小說中的這些中國男子，這些中產階級，都是洪流般淹沒一切的鄉愿主義的產物。

〈上班族的一天〉有陳映真小說難得的幽默。對照於〈夜行貨車〉中經理林榮平的有秘書為情婦，組長黃靜雄就不得不降格從風塵裏找知己了。這也許會讓讀者莞爾一笑。最幽默的莫如在家裏對著妻子與兒子面前播放自己拍攝的八釐米的一幕。他的情婦 Rose 突然出現在鏡頭，「現在它側身坐在藤椅上，自然的光線照著她冬衣下豐美的體態。她似乎執意不看鏡頭，輕輕地晃動著疊在左腿上的她的右腿。然後忽然間，她嗔怒地隨手抓起一本厚厚的雜誌，向鏡頭用力擲來。片子也在那一霎時斷了，留下空白的銀幕和細細切切放映的聲音。」（頁92）孩子問她為甚麼把書丟過來，「因為她不喜歡唸書，我猜」，他回答。其實，當時是我們的電影大師要她對著鏡頭慢慢地脫光或脫剩內衣入鏡。這是他忘記抹掉的一段錄影／footage，而他卻偽稱是學生借他攝影機的實驗之作。讓我們就帶著這份喜劇心情進入系列中下一部嚴肅之作吧！

三　雲的象徵：和平、友愛、挽著、抱著

現在上場的女角不再是劉小玲與 Rose 這類人物了，而是純真、富有熱情的工廠工人了。從馬克思的角度而言，她們是進步的階級，她們是時代進步的動力。這裏，表面的主角是帶有知識分子個性的張維傑，實際的主角卻是被騙去組織新工會的一群女工，其中靈魂人物為處事沈穩的何大姊與愛好文藝的小文——後者更是這流產的工會運

動的記錄者，也應是陳映真心中的工人作家罷！

七〇年代鄉土文學論戰時，陳映真等提倡工農兵文學，被右翼作家視為牛鬼馬神，毒蛇猛獸，大肆撻伐。我想，陳映真在這裏以文學的形式，塑造了小文這位工人作家，具體呈現工農兵文學的典範。工農兵文學是人的文學，是和平的文學，如果借用楊逵的話，是一路相扶持走下去的文學。作者是工農兵，素材是屬於他們的經驗，但內容最深處卻是人的普世價值，是愛、和平、扶持，與快樂。陳映真經由小文，溫柔地、詩意地表達出來。工運被跨國公司臺灣分部總經理艾山斯坦先生戲劇性出賣之後，在火車的歸途上，在張維傑無力的安慰聲中，小文移目窗外，沈思著：

> 「實在說，我方才一直在看著那些白雲。看著他們那麼快樂、那麼和平，那麼友愛地，一起在天上慢慢地漂流、互相輕輕地挽著、抱著。想著如果他們俯視著地上的我們，多麼難為情。」她說（頁215）。

> 「像這樣的天，這樣的雲，和這樣的心，如何去寫呢？」他獨語似地說，「我寫不來的。」（頁216）

然而，小文在她的日記裏，努力地、相當地記錄了她親歷的友愛與相互扶持，相當地呈現了工人階級樸素、真摯的世界，與雲的象徵靠近。在目前的歷史階段裏，工人作家在是視野上、文字能力上，必然還是有所侷限的。這在這一點上，考驗著陳映真的功力了。陳映真必須把小說中敘述者所做的藝術性的敘述和工人作家小文樸實的日記表達區隔。寫得最精彩的莫過於投票現場了。這時，敘述者把握住工運的氣氛、節奏、與詭異的勞資對奕，但使用的不再是蒙太奇的割裂處理，而是緊湊地、一波波湧動，但卻是流暢的順時敘述。從電影藝術的發展而言，這表現手法的變化，有點像從俄國艾山斯坦以鏡頭操縱與割裂的蒙太奇轉移到四〇至五〇年代義大利及法國所提倡的「新寫實主義」及其對自然敘述的回歸，而其理論大師為法國的巴桑（Andre Bazin）。巴桑的電影論，在表現手法上，是對艾山斯坦電影藝術的反動，要求調回歸於事態的自然敘述，不再操縱事態與觀眾，其配套包括綜合的「場景」呈現（*mise-en-scène*）以獲致現場感及視覺感，長時段鏡頭（long shot）以獲致事態連續性與流暢，深距鏡頭（deep focus）以獲至寫實的多層次與深度等。巴桑理論所參照的電影為義大利「新寫實主義」，其靈魂人物羅塞里尼（Roberto Rossellini）在一次的訪問裏，拋下他的名言：「事態以真實的型態存在。我們為甚麼要操縱？」（“Things are. Why manipulate?”）評論者解釋為與艾山斯坦電影美學的分道揚鑣。[5]這寫實的新潮流，也就是〈上班族的一天〉的主角黃靜雄所鍾情的電影藝術。然而，充分發揮這新寫實主義的自然敘述於小說敘事的，尚須等到〈雲〉的出現，雖然現在回想起來，〈上班族的一天〉中的多元架構，可比擬作電影上的深距鏡頭，讓現實的前、中、後景，同樣清晰，同樣在焦聚內。

誠然，這義大利與法國「新寫實主義」的自然敘述，也是一種藝術經營，本篇小說也是如此。從張維傑一進工廠所感到的緊張與不尋常氣氛，到廠方爪牙張清海對工運壓制（寫著「投票箱」幾個大字的紅紙條，被撕去了一半）以及對張維傑的暴力阻擾，到工運領袖何春燕於關鍵時刻重回現場的高昂片刻（前一刻被騙說母親重病雇計程車

---

5 巴桑的理論，參其原著 Andre Bazin, *What is Cinema?* Selected and translated by Hugh Gray (University of California Press, 1968)。至於艾山斯坦、巴桑，以及羅塞里尼的名言等，參 K.J. Shepherdson and Philip Simpson, *Film Theory: Critical Concepts in Media and Cultural Studies* (London: Routledge, 2003), pp.153-156.

返家），到危急時（何春燕被圍困）工運幹部尤魚戲劇性地突然扯開上身衣服（「她的一對豐實的乳房，隨著她不易抑遏的怒氣，悲憤地起伏著」，頁209），為何春燕開出一條解圍的路，到宋老闆及廠長出現的打哈哈（「投票的問題，改天再說。上工，上工，哈哈、哈哈」（頁211），到復工中小文毅然搬出一個票櫃站了上去，懇求不要撇下她們，到收場的草坪、宿舍、工作間飛舞著的、象徵著支持的、各色的工作帽子的抒情浪漫，一方面是高潮迭起，一方面是瞬間變化，但皆不失其自然流暢。工運一直為女工所主導，但隨著一波波的鎮壓與鬥爭，男工們被感動，被吸納，終於站在同一線上，展現了性別與工運的大團結情懷。在小說藝術裏，敘述者所扮演的角色並不限於故事的鋪陳，而有時更出色地表現在他對事情的觀察、反省、與智慧。〈雲〉的敘述者表現出深刻的寫實洞察力，使人激賞。「宋老闆與廠長的出現，彷彿使一個膨脹的氣球，刺破了一個細小的穿孔，全廠的氣氛，開始緩慢地、卻也持續地消降」（頁211）。老闆與廠長長久塑成的權威與工人在淫威下養成的馴服與退縮，不落言詮地象徵出來，現正主宰著工運的節奏。事實上，在工運最高亢的時刻剛過，在老闆的爪牙們鎮壓而萎縮之際，老闆與廠長之及時出現，毋寧是計算好的，小說表現了歷史的真實脈絡。我們應該注意到，陳映真筆下的是溫柔的工人，深刻地表現臺灣人美好的特質，脫離了「介入文學」的刻板反應式的憤怒與暴力訴求。

這系列小說的特殊空間是以美國為主導的跨國公司，是西方資本主義與意識型態在亞洲等國家的延伸。現在是對這特殊性討論的時刻了。在〈夜行貨車〉裏，故事主要脈絡並不在此，外國主子與本地高層雇員的「異化」圍繞著「性騷擾」而發展，而最後及於主角「民族尊嚴」的覺醒。〈上班族的一天〉對這特殊空間著墨更少，主角的墮落，並非源於這跨國公司的特殊性，而是上班族孕育著的鄉愿主義，但對跨國公司的人際背景，倒是得其歷史之真實，總部的總裁Mr. Bottmore 自韓戰退伍，從五角大廈轉戰軍火公司，而他的戰時老友榮將軍，順理成章成為中國股東；好一個中美合作資本範例！兩個故事都牽涉到報帳問題，也就是私用公報與漏稅這些伎倆了，而主角獲得重任也就是因為是報帳的小主管，如此而已。只有到了〈雲〉，這個跨國資本與文化議題才上正式登場，但仍侷限於企業管理及工會，而這卻是在外國主管與本地高層慘烈鬥爭的脈絡中進行的；此回，外國總經理與本地高層的關係不再是〈上班族的一天〉的兩相好了。陳映真不顧慮讀者對小說的傳統品味，大膽地打破小說的格局，故事中置入一本全球化與跨國公司的理論書籍。總經理艾山斯坦要培養這一位立志向上的張維傑成為他的種子員工，要改造他成為認同跨國公司的本土幹部，除了要求他閱讀西方經營的文章外，更請他研讀其著作《跨國性的自由》。小說中以多於四頁的篇幅，以張維傑筆記整理的形式，綜述各章節的精華，闡述美國跨國公司在第三世界推行行政管理與西方文化理念合一、以美國主導的全球化中美國與當地國利益相融合，以自由、民主精神的貫徹以促進當事國現代化與生產的經營模式。這學院性的小小書篇，從一般的小說體制中歧異出去，考驗著讀者的知性耐度。這理念化的的雄偉敘述，深深地吸引著我們的主角，讓他欽佩不已。我們的敘述者，並沒有加以理性的置疑，沒有點破他的冠冕堂皇，而是讓他漏氣。艾山斯坦請張維傑負責發動工人，組織新工會，以作為這全球化浪潮中的新經營模式的前鋒，但投票的那天艾山斯坦神隱了；翌日在辦公室才淡定地說，宋老闆向總公司告了狀，總公司要求停止投票。「不過，麥伯里有一句話，說對了，我想，」艾山斯坦先生說：「對於企業經營者來說，企業的安全與利益，重於人權上的考慮。他說的。」（頁217）「突然間，一陣反胃，他衝到洗手間，哇，哇地吐了一地。」（同上）這一幕讓我想起法國結構主義大師巴爾特（Roland Barthes）的話，意識型態是無法經由批評而去掉，只能經由嘔吐吐掉。[6]張維傑留下辭呈，理由是 very sick（病重）。英文 very sick 的相關語義「嘔心至極」，艾山斯坦應該知道吧，他想。

張維傑的故事，代表著本土知識界之不免跌入了西方全球化敘述的陷阱，同時，也代表著中產階級上班族為鄉愿主義所淹沒，即使佼佼者也難逃此厄運。「——曾經為了別人的苦樂，別人的輕重而生活的自己，變成了只顧著自己的，生活的奴隸，大約就在那時開始，也說不定。他對自己沈吟地說。」（頁132）詹奕宏的覺醒，帶給我們積極的未知未來，而張維傑首度覺醒而自立門戶，搞出口貿易，現又因讀到小文的工人日記勾起往日情懷而二度覺醒，又會帶給我們怎樣的期待呢？故事的結尾有點模稜。他留下字條，約女秘書到臺北吃飯，離開辦公室時是帶有浪漫的夜空，心裏沈吟的是「這兩年來，為甚麼我只是把她當作效率很高的打字、打雜的機器……」，而敘述者對他的的敘述是：「他對自己皺著眉，搖搖頭，輕輕地喟嘆起來。」（頁222）有一點傷他悶透（sentimental）。在敘述者的筆下，張維傑這個角色毋寧是帶有一點兒喜劇成分；作為一個讀者，我微微感覺到揶揄的況味。

四　萬商帝君：全球化集體潛意識的乩童象徵

系列中居前的三個短篇，各有特殊的切入處，但究竟還是有所侷限，到了〈萬帝商君〉，才是大戲上場。大戲融入了臺灣的民俗，轉化乩童為象徵；結合了文學傳統中的精神病患策略，以反面鏡子倒映

---

6 參其Roland Barthes, *S/Z*. Translated by Richard Howard (New York: Hill and Wang, 1974), p206。巴爾特原指陳腔濫調的文化語碼，我想氾濫的意識型態更是。

現實的暗流，而其結構上的「主從」顛覆，則從內部刺破了現實的表層。哈瑞．布契曼、陳家齊、劉福全等管理層角色，在全球化策略的研討與推進中的派系鬥爭與融合，雖是小說表面鋪陳的主幹，林德旺這個瘋子，這個萬商帝君，才是真正的主角，故事的「主從」結構就這樣被顛覆。乩童化身的萬商帝君象徵了這全球化與跨國公司陰森的集體潛意識，也是對當代資本主義津津樂道的管理科學的莫大諷刺。所以，小說開頭後，林德旺這個公司裏的小職員就以精神病患的身分，在故事主幹的隙縫裏突顯出來。

這場大戲很豐富，作為故事主幹的跨國公司管理層的派系競爭與融合，卻交叉著其底層公司裏精神患者林德旺的「異化」歷程，交叉著臺灣起乩民俗及素香的鄉土情懷，交叉著公司裏 Rita 所代表的臺灣在地基督徒的虔誠與純真取向與無助，而最後以臺灣被迫退出聯合國這歷史大震撼作為大戲的落幕，使這部大戲迴盪著深刻的歷史氛圍。

一反前面的外籍總裁與本土主管的權力鬥爭，無論是劉福全所代表的新潮的理念派或陳家齊所代表的傳統的實幹派，都在哈瑞．布契曼領導與調停下，服膺於以美國為首的跨國公司的雄偉計畫，向美國凌駕亞洲的所謂全球化交了心：「以『世界的管理者』自許的興奮和嚴肅的責任感和自我期許，逐漸瀰漫在臺灣莫飛穆國際公司的每一個經理室中。」（頁234）經由巧妙的角色安排與描寫，陳映真把劉福全塑造成「吹台青」（會吹捧的臺籍青年才俊），而把陳家齊描寫為握有實權的外省籍的國民黨菁英。劉福全在故事中，扮演的是講師、計畫報告人等「嘴」的角色。他用臺灣話來拼他的英文名字，簡寫為K.K.，大家樂得戲謔為「從香港來的」，「香港的，很會蓋啊」，而他毫不顧忌地宣揚他的臺獨論述，主張把臺灣國際化。陳家齊恰恰是他的反面，他最早驚覺對手的「危險思想」。他父親是退伍將軍，他歸國服務是「報效國家」；在正常狀態下，看到「中國一定強」的大字報，會感動得流淚的人，而他在臺灣莫飛穆國際公司幾乎宗教狂熱的實幹，原是為了「從臺灣伸向以全球為舞台」（頁249）。這角色配置，帶有寓意的功能，映照著整個當時的臺灣實際政治環境；而諷刺的是，兩股政治力量與其菁英，都不自覺地為莫飛穆跨國國際公司（象徵著美國）而效力，跌入了全球化陷阱裏。我想，陳映真寫這小說的目的之一，就是要點出這些所謂臺灣菁英的思想貧乏與受騙。

陳映真一針見血地把「全球管理者」這一魔鬼概念點了出來。這概念可說是資本主義集體潛意識的骨髓，是資本主義侵入並擁有了「人」的靈魂與肉體之後，人的「權力的慾望」經過「理性裝飾」後的再呈現；這理性修飾也就是佛洛伊德夢機制中的所謂「二度修飾」，「自我」對「潛意識」隱藏的東西作合理性掩飾與偽裝；「自我」不敢面對它魔鬼般的原始面貌。[7]「管理」的深層意思，正如我們的 K.K. 所說的，「在一個 Marketing 的時代，需要，是可以創造、可以操縱、可以管理」（頁253）。在哲學思考上，達希德打破直線的因果關係，謂兩者互為表裏，「果」已預攝著「因」。[8]那麼，「管理」已預攝著「需要」的炮製，而這也是後期資本主義內攝的魔鬼法則。劉福全與陳家齊等公司高層，原沒有「全球管理者」慾望的需求，現在浸淫在全球化的宏偉雄辯中，給創造出這需求，並且為這雄辯所操縱、所管理，而這操縱與管理則落實為對臺灣莫飛穆國際公司忠誠的效勞中。哈瑞・布契曼所採取的策略，不是外在化的強制，而是經由研習、報告與講評、國際性學術會議等阿圖塞（Louis Althusser）稱之為「意識型態國家機器」（ideological state apparatus）中來進行。阿

7 本文所涉佛洛伊德理論，皆參其 Sigmund Freud, *The Interpretation of Dream. The standard edition of the complete psychological works of Sigmund Freud,* edited and translated by J. Strachey & A. Freud, vol. IV-V (London: Hogarth, 1953)。

8 參 Jonathan Culler 的 *On Deconstruction: Theory and Criticism after Structuralism* (Itheca: Cornelll University Press, 1982), pp.86-88。

圖塞以為學校、家庭、學校等皆為國家的意識型態機器，洗腦群眾，為統治階層服務，而運作過程裏，在意識型態與個體的的呼喚與回應中，個體意識型態為個體建立了他的主體，而個體就這樣成為了意識型態的帶原者。[9]在目前，在臺灣莫飛穆國際公司內，在全球化的跨國經營浪潮裏，這些研討會也就是他們帝國的「意識型態國家機器」，為他們的帝國統治而服務。於是，在這些意識型態機器運作下，這些實際為傀儡的劉福全與陳家齊等，誤以為自己是意識自主的主人，在其中自發地成為全球化與跨國公司的信徒，以成為「全球管理者」為榮耀、為己任。就在這些研習與交鋒中，隨著其中的雄辯、攻防、挫折、失敗、勝利、妥協，與融合，這「全球化」與「跨國公司」意識型態的諸多因子，在激盪中一步步滲進當事人的骨髓，並誤以為是主體自動自發而來的。他們再造的「主體」於焉成立。

陳映真以不同場合與書寫形式來鋪陳這全球化雄辯論述，首先是研習會上開場白式的開宗明義的陳述、繼而是劉福全與陳家齊在業務會議上的爭鋒論辯、最後是劉福全在國際學術會議期間以日記形式書寫的整理與心得，而開首劉福全主講的管理訓練課程反而從人事糾葛、派系抗衡處來著墨，幾乎沒有涉及內容。在此，全球化論述的正反面都呈現，讀者在這裏踏踏實實的上了一堂課，理解到臺灣及亞洲各國在跨國公司全球布局下的意識型態與有利的土壤。總裁哈瑞．布契曼的開場白代表著全球化的雄偉敘述，確實是迷人的，尤其是對渴望著現代化的第三世界的所謂菁英們而言：

像莫飛穆公司這樣一個多國籍企業，是人類有史以來，頭一次

9 阿圖塞的理論，參其 Louis Althusser, "Ideology and Ideological State Apparatuses." *Lenin and Philosophy and Other Essays*, translated by Ben Brewster (New Left Books; 1977).

> 有能力藉著現代組織、科技、資金和理念，把人類所居的地球，當做一個整體，加以管理、經營、並且卓然有成的機構。先生們，我們賣的不只是各種產品。更重要的，我們賣的是一種理念、一種文化。進步的、合理的、舒適的、享受人生的理念和文化（頁232）。

有點使人不解的是，愛鄉土的本省籍的劉福全居然說出要把義大利原裝進口的 Rolanto「向著廣泛的臺灣農村市場滲透」（頁252）而毫不赧顏，而他在廣告中設計的、作為推銷對象的「田園風」臺灣，與臺灣現實可謂相隔千里，結果給對手陳家齊狠狠地修理一番，可謂一大諷刺。好笑的是，劉福全在這行銷策略報告中，提到鄉土文學論戰，而他的著眼點居然是利用「鄉土」這一「最流行的時髦語」（頁254），要把「商品」與「鄉土」聯繫起來，以推銷 Rolanto。這點更被陳家齊無情地冷諷一番，說劉福全「把他最珍貴的東西，例如鄉土文學；例如他的臺灣情感，也拿出來交換」，真是一個不惜以任何東西來交換以獲得產品行銷的企畫人才（頁260）。就在這裏，陳映真沒有忘懷他經歷過的鄉土文學論戰，冷諷這些整天把「鄉土」掛在嘴邊的人。

而這位忠黨愛國的外省籍高層陳家齊也不遑多讓。在與對手爭鋒中，居然揮灑自如地說出下面一段話而毫無感覺：

> 作為一個跨國企業的管理者，應當深刻地理解到我們跨國企業體正在全世界範圍內，進行一項和平、無聲的革命：相應於我們跨國企業商品在品質上的統一性，我們創造了一個沒有文化、民族、政治、信仰、傳統的差別性的，統一的市場（頁265）。

他懂得批評對手的出賣靈魂，為甚麼不能自省呢？除了共同患了「思想喪失症」外，這自省與批評能力的喪失，也得歸功於哈瑞・布契曼的操縱藝術之高超，利用「爭鋒」的心裏機制，利用「目的」（行銷）的內部制約，兩人只能在這圍起來的「行銷」場域裏廝殺，埋著頭向「全球化」意識型態裏鑽，甚至不惜比爛，不可能有跳出來的反省與批判的可能。

林德旺是這小說的靈魂人物，也是整個系列裏讓我們最感到戚戚不安的人。我在前面三篇小說的閱讀裏，沒有對角色分析特別關注，我現在打算在這裏對林德旺多著墨些。首先，林德旺不是盧卡奇寫實主義中的革命人物，而是它的反面；他不是帶來社會前景的曙光，而是「異化」的結晶。同時，他不是小說評論者所津津樂道的性格多元的「立體人物」（round character），而我這裏要提供的評論觀點，以為這是陳映真源於現實整體的「立體」描繪，以及獲致這「立體」描繪的小說敘事藝術的經營——就是因為「角色」的描繪源自「現實」的「整體」，我們就可以反過來從其中窺見「現實」的「整體」，這就跡近盧卡奇對「寫實主義」所表彰的歷史「整體」（totality）的呈現。首先，陳映真沒有意識型態地把林德旺的病因單線地歸咎到跨國公司身上，否則就不堪閱讀了，有違「寫實主義」的真義了。在小說裏，林德旺的精神病患在青少年期就發生，源於某種鄉間或有的「霸凌」，以及源於鄉下封閉、無出路所引起的恐懼情緒。其後，根據小說中的最早敘述，他的「恐懼」是「派系忠誠」這觀念在作祟，而「派系忠誠」在臺灣的現實裏，可說是「官僚主義」的延伸；小說中安排他歸於隱喻為國民黨體制的陳家齊的屬下，實有所本。他神經質地觀察陳家齊對劉福全到來的反應，他擔心和劉福全握手會引起陳家齊的不悅，自言自語，「陳經理，我只是捏捏，這樣子地捏捏」，並在空中比畫手勢。「可惜的是：陳經理沒有看到我不甩他的樣子，他想。」（頁227-228）。他神經質地把一切都歸咎到「忠誠」來解釋：「反正，他們就是要這樣，慢慢整你，折磨你。他獨自說：——考驗我的忠誠嘛，陳經理……在幽暗的檔案室裏，他流淚了。」（頁230）他私下以為：「我是他最忠誠的人，我是他派下唯一的秘密的幹員啊！」他鼓起勇氣寫信給陳家齊。當他給陳家齊訓斥一番回到辦公室後，這「忠誠」魅影又作祟了。他想著陳經理的話：「你給我省省！省省！——省省！省省！他把Rita打好的文件裝進公事包裏，想著：其實，『省』，就是『升』。升升。升！升！他的意思，就是要升我。升我做經理啊！他感激得想哭」（頁238）。陳映真可謂把「派系忠誠」寫到入骨、入神。

層層推進，終於進入了病因的最深處。「升我做經理啊！」這林德旺神經質般的自語，也可說出自那隱藏於集體潛意識深處的惡魔，那要作為「全球管理者」的權力慾望，那全球化與跨國公司所製造出來的神聖的「需要」——其端倪早見於因沒資格上劉福全管理課程而覺得「很羞恥，很懊惱」（頁234），而在他發病的高潮，「馬內夾」（Manager）發揮著「咒語」功能（頁307）。故事自此轉入這全球化魔鬼與林德旺精神病復發這一深層旋律，並緊緊地與臺灣基督教與鄉土情懷兩個支旋律纏結一起。就在這接著的第三、第四、第五章裏，陳映真再度發揮他前已耕耘的意識流與電影鏡頭藝術相結合的「現代主義」手法，為「寫實」效勞，而且更成熟、更流暢、更逼真。林德旺精神病患的感官症候及意識流滑動，與小說敘述者第三人稱的客觀敘述，交互配搭，獲致某種敘事節奏。「往昔」情景與「當下」情景有緩有急地變換、而又內在地連結著。主角「當下」在街道看到的一條「拖著骯髒的鍊子的、被人遺棄或者自己走失了的、形容悲哀而又邋遢的某一種外國狗」（頁275），想到他國中時與鄰居「阿倉哥」到遠處溪潭間玩耍，給對方霸凌，把頭壓到水裏、被遺棄、恐懼的情景

（頁276-278）接著，敘述回到「當下」坐在圓環一帶的公車上的林德旺，而四周原本熟悉的街景卻突然完全陌生，兩旁建築物，「都像是童年的那夜色低垂的鄉下的相思樹林：陌生、黑暗、幢幢獨立，滿懷著無可測度的惡意。」（頁278）就在此刻，敘述者突然插入一個鏡頭，紅燈前「也停在一旁的一個騎電單車的女子，忽然看見公車窗口上滿臉淚痕的林德旺，詫異得睜大了眼睛。」（同上）他回到住處，服了安眠藥，軟弱無力，看到雙手顫動起來。注視中，他彷彿聽見了他姐姐素香「呔！呔！」的叫聲。於是，敘述者順勢倒敘素香乩童昔日作法的情景；其中，她身體的顫動、她「呔！呔！」的叫聲，內在地與主角頃刻間的感官錯覺自然連接。敘述者就這樣藉著以第三人稱的客觀聲音，倒敘他向姐姐素香經濟求助與決裂的往事，帶出素香土根性的鄉土情懷，土根性的對全球化的抗拒：「外國人，怎麼體面，都是外莊人」（頁286）；「弟弟你壞了。我知道。」（頁283）「我們究竟是做田的人，要造田才會心安」（同上）。這草根性的鄉土論述與抵抗，毋寧是無力的，但忠實地反映著低下層樸素的鄉土情懷與觀點，與臺灣菁英劉福全行銷管理的鄉土論，卻是相映成趣。進入第四章〈荒蕪的河床〉，隨著精神病狀之加重，感官症候也變得更強烈了。吃晚餐點菜時，「他定睛一看，頓時間整個人都嚇僵住了。他看見那些粉紅色的豬頭皮中，竟而摻雜著人的耳朵和指頭」（頁302）。這精神病患的視覺，正指向「病」的根源：人吃人的世界。在魯迅的時代，「人吃人」的世界，被看作是舊禮教的遺毒，在陳映真的當代，卻換作後資本主義的全球操縱了。主角的意識流活動，也相應地推向潛意識的更深層，「夢」成為焦點；青春期發病時與醫生對話講述的「光有窗子，卻沒有門的，藍色的屋子」的固定的夢，與最近反覆出現的、他不小心窺見的、老金與女秘書偷歡的夢，以及故鄉銅鑼沙漠般的河床的夢。陳映真在此似乎用了電影的實驗鏡頭，來表達其夢魘性，或者說，這夢魘的表達讓我們聯想電影初期帶有潛意識意涵的實驗鏡頭：「然後這裸的、侷促的乳像一個高塔一樣，向他倒塌下來。他恐懼地掙扎，而那乳房卻一直慢慢倒壓下來」（頁293）。「然而，整個河床卻只像輪盤一般，慢曼地轉動，使他耗盡力氣，就是怎麼也無法逃脫整個惡意而燠熱的、荒亂，而又令他羞恥的河床。」（頁294）同時，敘述者對主角昔日身世與心路歷程的敘述，也相應地切入較深的層面，如成為債主養子的身分，與鄉土疏離的情緒等，在這裏才抽絲剝繭地倒敘出來。在夢魘的背後，我們看到夢慣有的男女性象徵，香蕉與河床，而香蕉是腐爛的，河床是荒蕪的，把象徵意義更推進一層，象徵著個體生命與大地生命之凋零。「方才睡時作夢，滿鼻子都是酸掉的香蕉味」（頁293），原來是上鋪擱著一串爛香蕉，就這樣把香蕉的男性象徵帶進來。在這兩章節裏，陳映真以主角目前的精神病患為主脈，經由主角意識流般的聯想與自語，以及敘述者圍繞著他身世而對他成長的故鄉的各種情事的敘述，為我們點點滴滴地描繪出臺灣這片鄉土。陳映真筆下的臺灣鄉土，由貧窮自殺的農民祖父、無力升學的兄弟們、女乩童姐姐素真，土流氓的債主養父、帶有酒家性質的龍宮，以及像主角一樣出外工作的年輕人構成，一反傳統的、理想化了的田園風情或樸素自然的農家生活，而是社會寫實的、表達農村在變動中的現實困境。如果陳映真在〈雲〉以女工小文的書寫，試圖勾畫出「工人文學」的雛形，在這兩章節裏，也許我們可以從主脈的隙縫裏，窺見陳映真心目中「鄉土文學」的一斑。

接著的第五章〈小天使〉，從精神病患的故事脈絡分叉出去得更遠，自成小故事，母題則為在地基督教的純真與無力。在此，陳映真繼續發揮他含有電影元素的現代主義敘述技巧。Rita 在探訪林德旺的途中，她不斷的回想片段，像電影鏡頭切換般切割著街景的變化，敘述者就這樣回溯了 Rita 往日校園團契的日子，引出最美麗、最聖潔、最虔誠的好友瓊，以及瓊不久後道出的發人深省的話：「上主一定不是要我們只做個甚麼事都不懂，只會問他要棒棒糖的那種乖寶寶」；「許多世上的苦難，是我們這兒的教會和信徒所完全不理解的」（頁316）。瓊最後落腳南美洲的玻利維亞，離開時送給她一本她至今一直還沒讀的英文書《Church and Asian People》。似乎，陳映真要用這本書來佐證他對在地基督教的觀察與批判。到章的結尾處，Rita 終於找到林德旺的住處，看到他所畫的一幅坐在太師椅上、穿西裝、結領帶的「帝君太子林德旺繪像」。「順著光圈的弧度，……赫然是 MANAGER 這個咒語一般的字」。「哦主，我的上主，哦，主啊」（頁320-321）。本土基督教信徒的虔誠與純真，使人感嘆。

這篇中篇小說的結尾，節奏上可稱得上疾風驟雨，而以日記形式記錄著這重大時刻的卻是劉福全。一方面是莫飛穆跨國公司在豪華飯店召開的國際行銷會議的學術大拜拜、劉福全對這些跨國性的全球化觀點的五體投地，一方面是黨外首次參與的地方選舉的轟轟烈烈，一方面是美國卡特總統承認中共而我們退出聯合國的歷史時刻，一一交叉著。就在劉福全稱為值得一記的「插曲」裏，我們的靈魂人物林德旺以「乩童」與「萬商帝君」太子的姿態出現了，「黃襯衫上寫著血紅的、斗大的英文字：MANAGER」，嘴裏吟嘆地說著：「我萬商帝君爺有旨啊……你們四海通商，不得壞人風俗，誑人財貨喂……」（頁335）。這流行在商場坊間的道德套語，在小說裏當下的全球化推動環境裏來個「插花」，雖使人啼笑皆非，卻散發著濃濃的臺灣鄉土氣息。

結尾處，當劉福全驚覺陳家齊竟是師出同門，並沈醉於與他一唱一和地在轎車裏引用管理大師 Peter Drucker 的警語時，「也不知為了甚麼，那個把自己裝扮成萬商帝君的青年的清癯、憂悒的臉，這時卻驀然閃過我的眼前」（頁352）。我讀完陳映真《華盛頓大樓第一部：雲》這系列小說，最使我戚戚不安的仍然是我們乩童般的精神病患林德旺。他是不會消失的，只要這後資本主義、這厚顏的全球化跨國掠奪還魅影般地在大地上游蕩。陳映真在他的小說裏，盡到了作為作家的責任，以現代主義的藝術寫實形式，在我們的歷史時空裏，在臺灣的鄉土上，以平和的語氣，為人類底未經異化的生命主體發聲。這是我對陳映真最簡單的讚美。

讀李昂的《殺夫》

——譎詭、對等與婦女問題

一

大部分的讀者都會為《殺夫》一小說所塑造的「譎詭感」所抓住，對小說中發生於「林市」身上的各種怪異的情事，猶豫於「超自然」與「自然」二解釋間，跌落在「可信」與「不可信」的模稜猶豫裏。[1]當代結構主義大家杜鐸洛夫（Todorov）稱這種猶豫奇幻的感覺為「譎詭感」（fantastic feeling）。在歐美，尤其是美國，譎詭小說（the fantastic novels）於坊間最為流行。李昂的《殺夫》雖在許多層面上遠勝於流行的譎詭小說，但仍可歸屬於這個文類；它之所以有相當的讀者，也就是相當的流行度，是否也與這個譎詭體的吸引力有關？

《殺夫》中的譎詭感有它屬於中國的本土性，它可說是中國古典小說裏「超自然」一小傳統的延續，這小傳統含攝了因果、報應、冤孽等母題；而這小傳統正反映著古典小說的民俗性：佛教在中國民間裏產生「俗化」而散播著報應冤孽等觀念。在《殺夫》一書篇裏，除卻開首裏作者仿製的新聞數則（這可說是繼承了唐人所說的所謂「史筆」）外，即劈首而來說：「陳林市謀殺親夫這件事，在鹿城喧嚷了許久。儘管報紙與辦案人員強調奸夫指使，整個鹿城卻私下傳言，是林市的阿母回來報復的一段冤孽」。「冤孽」二字即洩露了小說背後這一

1　本篇原載於《中外文學》第14卷第10期（1986年），頁41-49。

個小傳統，而「鹿城」二字即指陳了這傳統所含攝的民俗性所賴的鄉土。

然而，我們二十世紀裏的讀者不會毫無條件地相信林市謀殺親夫是林市阿母來報復的一段冤孽。事實上，鹿城的居民也並非完全信任這超自然性的冤孽解釋，「傳言」二字的猶豫本質正符合了杜鐸洛夫為譎詭小說所界定的語言特質。並且，鹿城有三種關於林市母下場的傳說：(一) 沈江；(二) 趕出鹿城；(三) 與那強暴她的軍人私奔。只有第一個傳說屬實，「冤孽」的解釋才能有著落。因此，讀者不免躊躇於這「冤孽」的解釋以及其他理性的解釋之間。小說中的譎詭性雖在篇首作了這麼一個開端，但真正的展開是在阿罔官上吊未死之後：

> 自那夜裏看她臉色脹紅的昏跌在地上後，阿罔官不曾到井邊洗衣，也不曾在鄰近走動，不知怎的一陣陣陰寒的戰慄湧上，身子不能自禁的起了雞皮疙瘩，腦皮轟的一聲痠麻麻的腫脹起來。阿罔官是背著光走來的……身子卻挺得筆直，頭也高高揚起……

這個局部帶有使人寒慄的超自然色彩；我們會問：阿罔官是人還是鬼？是否吊死鬼已經附上了阿罔官的身？整個視覺只是林市的幻覺還是真是那麼恐怖！但「一陣陣陰寒的戰慄湧上，身子不能自禁的起了雞皮疙瘩」是敘述者的敘述，我們不得不信是真的。當讀者處於這譎詭的猶豫裏，阿罔官「隨後哼一聲道：來看妳拜甚麼好料」這一句貌似尋常的話，就不得不帶上超自然性的恐怖了；吊死鬼來看林市為她準備了甚麼。接著，在林市的視覺裏，阿罔官越來越變得帶有超自然的恐怖性：「不知怎的想到這回阿罔官講話，音調中盡是雜音，嘰嘰軋軋作響，像喉管被切了洞漏風，聲音四出外洩」。阿罔官像一個吊死鬼；或者，吊死鬼纏住了阿罔官而經由這阿罔官的身體來講話。然而，當我們讀者理性一醒，從超自然的幻覺中翻過來，我們也不免試作自然（理性）的解釋：這只是林市的錯覺吧！這只是林市先受了吊死鬼會報復這個迷信觀念而有此錯覺吧！我們讀者也受了前面的故事及理念的安排而跟隨了林市的視覺而產生了這超自然的恐怖吧！

故事的譎詭情事一波又一波發展下去，並且有越來越恐怖之勢，讀者遂為一波比一波強烈的譎詭感所迷住，真可說是恐怖的魅力啊！甚至是故事裏最關鍵的問題，關於林市殺夫的動機，讀者終篇以後，仍不得不徘徊於自然與非自然兩解釋之間。小說一面說：「林市定定的凝視著那目光，像被引導般，當月光侵爬到觸及刀身時，閃掠過一道白亮亮反光。林市伸手拿起那把豬刀」。讀者在此刻多遵從超自然的角度，以為林市殺夫是被鬼引導的（但「像」字又得不使讀者產生某些猶豫）。同時，殺夫前的一幕，陳江水「幹妳娘」的話也可看作相關語，林市超自然地成了她的娘；而殺夫後林市端起祭拜的飯菜猛然吞起，也未嘗不讓人把林市看作林市母的化身。然而，從超自然的視覺裏醒來，根據故事前的「幾則新聞」及「殺夫」所本的陳定山〈春申舊聞〉，林市在警察局時，說陳江水待她太兇、太殘暴，每日喝酒賭博後，回來打罵她作樂云云，我們又不得不重估我們的超自然的解釋。換言之，這譎詭結構一直延伸到故事的結尾，尚無法得到確實的答案。

許多讀者都會為殺夫這一幕所迷住、所震撼。它的魅力與震撼力在那裏呢？這一幕有著林市母的冤孽（「黑暗中恍然閃過林市眼前的是那軍服男子的臉，一道疤痕從眉眼處直劃到下顎」），有著林市夫陳江水的冤孽（「再一閃是一頭嚎叫掙扎的豬仔，喉頭處斜插著一刀豬刀」），有著林市少女時扭曲的佛洛伊德式的夢（「而那股上揚噴灑的血逐漸在凝聚、轉換，有霎時看似一截血紅的柱子，直插入一片黑色的漆黑中」)，有觸犯死鬼帶來的超自然的恐怖（「林市伸出手去掬那腸肚，溫熱的腸肚綿長無盡，糾結不清，林市掏著掏著，竟掏出一團團纏在一起的麵線，長長的麵線端頭綁著無數鮮紅的舌頭，嘰嘰軋軋吵叫著」)。這一幕總結了故事裏所有的主要脈絡，以強烈的蒙太奇的重疊手法演出，作為全篇中的高潮是無愧的。林市一刀揮去，所有的冤與孽都了斷，受凌者終以英雄的形象出現，就好像蒙太奇的建立者艾山斯坦（Eisenstein）所塑造的無產階級的英雄一般。

這把事態割裂然後把各精要的局部重疊以產生震撼力的蒙太奇手法更與譎詭的美學連在一起。小說中一再重複了「一定又是作夢了，林市想」，深得譎詭小說體特殊視覺的三昧，使人有是耶非耶、現實耶夢幻耶的贊歎。林市分屍的一段，其「魅力」所在，也可以譎詭美學來解釋，那就是人與動動的易位。換言之，敘述者描寫殺「夫」時，是把它當作殺「豬」來描寫，才會這麼歧異，這麼有魅力：

> 一定是作夢了，林市想，再來該輪到把頭切下來。林市一面揮刀切斬，一面心裏想，一定是作夢了，否則不會有這麼多血。林市繼續揮刀切斬，到腳處，靠身體的部分有大塊肉塊堆纍，而且豬一定還沒有熟，才會中心處一片赤紅，血水還猩紅猩紅的涎滲出來，多切幾下，即成一團沈甸甸模糊的肉堆。

二

當談及一篇小說的結構時，一般的分析往往只注重故事發展的順序與倒敘；這種分析顯然是表面而不足的。如前面所論述的，在《殺夫》裏，譎詭美學實與結構相結合而成為了結構的主導。除了這個譎詭結構外，《殺夫》裏尚有甚麼結構特色呢？我們發覺記號學家雅克慎（Roman Jakobson）所界定的「詩功能」（也就是文學功能）所在的「對等原理」（principle of equivalence）在小說裏成為了另一個相當有主導性的結構，換言之，撇開了故事的發展順序軸不管，我們看到《殺夫》裏有許有情事朝向了「對等」，朝向了「平行」。

林市母被「強姦」的時候，「嘴裏正啃著一個白飯糰，手裏還挑著一糰，已狠狠的塞滿白飯的嘴巴，隨著阿母唧唧的出聲，嚼過的白顏色米粒混著口水，滴滴滿半邊面頰，還順勢流到脖子及衣襟」，「褲子退至膝蓋，上身衣服高高拉起」。林市在初夜裏，肚子餓了，被要後幾乎昏去，陳江水把豬肉往其嘴裏塞，兩者的模式相同：「林市滿滿一嘴的嚼吃豬肉，嘰吱吱出聲，肥油還溢出嘴角，串延滴到下顎，脖子處，油濕膩膩」。在另一回合裏，敘述著更迂迴地作了平行的安排：「林市在飢餓中吞嚥下有記憶以來吃得最飽的一餐飯……林市低下頭來，發現下身衣褲褪到足裸，自己竟是赤裸下身吃完這碗飯的」。飢餓與性連結在一起，而各描寫局部朝向了對等：或塞得滿嘴而食物兼唾液流向臉頰，或下半身裸著。

林市及陳江水在故事直轉而不吉利的時候，敘述者都同樣地讓二人回想到近似於此刻的不吉利往事。當陳江水酒醉不滿林市養鴨而把鴨子砍殺，看到滿地「血肉模糊」的鴨屍，「全然不似殺豬時的刀口整齊劃一」時，昔日好表現以求早日出頭而殺了一隻懷孕的母豬，開腹後「裏面赫然整齊排著八隻已長大成形但渾身血汙的小豬」底不吉利與恐怖的形象都活現在他眼前，「一陣寒戰」「傳遍陳江水全身」。（書中說那是「毀及天地間母性孕育生物的本源」。（這理念與英國小說家高汀（William Golding）在〈蒼蠅王〉（*Lord of the Flies*）裏以母豬象徵大地相似；當母豬被這群文明的孩子強姦似地殺後，這些孩子裏的惡根性便一步步擴張，並因而獲致殘忍的報復。）平行地，當林市因陳江水不再帶食物回家時，她飢餓後終於在櫃裏找到好幾束發霉的麵線並煮而吃了。然後林市才想起，這些麵線是阿清為答謝救阿罔官,「和著豬腳送過來燒金的麵線」。於時,幼時因飢餓而犯忌吃供鬼飯食的恐怖遂又喚醒:「林市拔下一碗米飯上三根已燃燒的線香腳,並吃了小碟上的一塊肥豬肉……雖然吃前林市不忘朝地上連連吐十來次口水,回家後仍連連瀉吐發高燒,眼前儘出現青面紅臉的各式鬼怪,一隻隻全往嘴裏鑽」。

小說中另一使人震撼的對等,是「殺豬」與「性交」的對等:「下肢體的疼痛使林市爬起身來,似乎一觸摸,點滴都是鮮紅的血……血塊旁赫然是尖長的一把明晃晃長刀,是陳江水臨上床時隨手擱置的豬刀」。殺豬時的刺殺與性交的衝殺同等,而豬血與人血同等。這有著象徵作用的對等,敘述者在另一場合裏,更用稍帶有後設語言底解釋功能的話說:「這就是陳江水的時刻了,當尖刀抽離,血液冒出,懷藏的一份至高的滿足,就像在高速衝擊的速度下,將體內奔流的一股熱流,化作白色的濃稠黏液,噴灑入女性陰暗的最深處,對陳江水來說,那飛爆出來的血液與精子,原具有幾近相同的快感作用。」

綜合整篇小說來看,這種「對等」的安排,有相當的密度,但也不至於密到使小說中故事底順序發展產生障礙。如果我們遵循雅克慎的看法,這「對等」的安排是使文學成為藝術的原理;用我們喻況的語言來說,沒有「對等」安排的小說,就像一幅沒有紋理的布匹垂直地展開下來,而有著「對等」安排的,則是在布匹顯出了一些紋理、一些圖案;當然,這些紋理與圖案,需與內容相銜接;同時,我們也可進而論其丰姿。

三

如果我們僅著眼於超自然(冤孽)的一面,這篇小說毋寧是不甚健康的，即使它有著相當的寫實，表達了民間所傳播著的有關迷信。但如果我們願意強調知性的解釋，看作女性為男性所虐待所迫瘋、並且為民間的迷信觀念所束縛時，這小說就展示出了「女性主義」的一面了。就與傳統相連這一面而言，《殺夫》這一個篇名，不啻是元劇〈殺狗勸夫〉的一個帶諷的相關語（pun）。傳統是殺狗以勸夫，現在是把丈夫當作狗來殺；這兩者的差距，不正顯出了傳統與現代的差距嗎！

要進一步了解《殺夫》裏可能有的對婦女問題的訊息，我們不得不採用「局部喻況」的角度來閱讀這小說。事實上，所有的「喻況」都是局部的。我的愛人像一朵玫瑰花；只是說我底愛人與玫瑰花有著局部的喻況，同樣豔麗而已。所以，抽出某些局部作喻況性的閱讀，在理論上是不會產生窒礙的。

受過了當代思想與經驗洗禮的人，都不會忽略社會裏的經濟或物質結構。「飢餓」正是這問題一個濃縮的記號。小說裏一再地強調「飢餓」這一個問題，並且那麼冷酷無情地把「飢餓」的形象演出。所有對婦女問題有所留心的人，都知道經濟獨立是婦女獨立的先決條件。英國女小說家吳爾芙（Virginia Woolf）曾對一個婦女團體演講，題目是〈女性的職業〉（“Professions for Women”），談論她的寫作職業，行文裏就一再暗示著物質這一個男女關係的癥結。林市在陳江水以經濟封鎖的手段來要她屈從、要她唧唧唉唉地叫春，以滿足他底大男人主義的征服感時，她決定去養鴨！「林市開始一得空，即四出到田裏、溪邊找尋蚯蚓、小蟲、蝸牛、田螺，各種可以餵養小鴨的食物，看著小鴨爭相吃食，黃絨絨的羽毛逐漸褪去，長出尖硬長短不齊的新毛，林市臉面上有了笑容」。除了經濟獨立這一個象徵外，其言外之義，也包括了生態之美以及勞動的精神價值。當然，這種爭取經濟獨立企圖跳出大男人的魔掌是不會為大男人所接受的：

「哦，妳是嫌我飼不飽妳，還要自己飼鴨去換米？」陳江水陰慘慘的瞅著林市問。

「你有時候不帶米回來，我……。」

陳江水的話不正洩露了男女不平等的祕密嗎？在大男人裏，甚麼才是女人的職業呢？請看看下面的對話：

「妳不餓？要不要吃一口。」

林市盯著晶白的米飯，一口口吞著口水。

「攢食查某要有飯吃，也得做事，妳要做嗎？」

「做甚麼？」林市遲疑的、怯怯的問。

「妳先像過去哀哀叫幾聲，我聽得有滿意，賞妳一碗飯吃。」

放在一個廣延的場合裏，「哀哀叫幾聲」不就是賣春嗎？在小說裏，後車站的風化區不正是一個表面自然、豔麗但背後卻是扭曲、陰森的「職業」底肖象記號嗎？作者安排一個從農村來的粗壯妓女與讀者會面，而非幾成了妓女標準類型的年貌美的小姐：

她的身體強壯，是勞動過的草地婦女體型，還有一雙硬大的手，這些年來由於不再勞動，加上年齡，整個身體鬆肥了起來，但肥重中仍留有過往工作支架起來的強健，因而變得十分安適，皮膚依舊是原有的日曬成的棕褐色，整個身體像一片秋收後浸過水的農田。

這種安排，除了作為藝術上的一個「歧異」外，不是也可能含攝著某些意外的訊息嗎？我們雖不諱言最後的一個比喻來得過分突現；但不正由於這突兀，我們的喻況讀法更為可能嗎？

許多讀者也許會讚歎這小說對「性」的描寫大膽。事實上，把《殺夫》連結到有關的古典小說裏，如《金瓶梅》、《醒世姻緣》等，這些描寫就不覺得怎樣的驚人了，不過《殺夫》加入了佛洛伊德的「象徵」以及前述的與「殺豬」相連而已。敘述者對「性」這一個問題，《殺夫》似乎有點交代不清楚：

> 然後林市看到被壓的阿母，阿母的那張臉，衰瘦臉上有著鮮明的紅艷顏色及貪婪的煥發神情。

然而，我們讀者會問：這鮮明的紅豔顏色及貪婪的煥發神情，是由於「性」的獲得？還是食物的獲得？阿罔官顯然持前者的看法，說：「我有甚麼說不得，女人要貪男人那一根，妳們也都知道」；又說：「笑破人的嘴，妳聽過給人強姦，嘴裏還一面唧唧哼哼？」但我們讀者看其女林市在這方面的反應，「性」實是一種男人要表達其征服感的簡捷有力的記號，林市壓根兒就沒有嚐到甚麼樂趣。阿罔官的觀點可說是為佛洛伊德鼓掌，而林市的態度又不啻為當代受佛洛伊德影響而強調「性」的人士打了一耳光。

「故事」前的「幾則新聞」，可說是敘述者或作者根據〈春申舊聞〉改寫的，應算作《殺夫》一小說裏的局部。用當代批評術來說，這「局部」可看作是一個小小的「後設書篇」（meta-text）或「二度」（double），上置於在正文上。這「局部」一方面可作為讀者閱讀殺夫故事的諮詢，一方面又可與殺夫故事相牴觸而產生弦外之意。筆者特別欣賞這一段「新聞」模擬；與故事正文相對照之下，我們可以看到「新聞」藉「輿論」的名義（為應社會輿論、民俗國情），以戴帽子（說林市有神經病，有恐懼症）、栽贓（把罪惡歸到上洋學堂、婦女運動的萌芽等）以陷「異端分子」（殺夫破壞傳統也可看作是異端者）的伎倆。「新聞」企圖打出一個類型化了的女性形象，以「有道無奸不成殺」作為教條，把林市的確實招供置之不顧，以掩蓋女性為男性壓迫以致產生悲劇一事實。

讀者會覺得陳江水及林市這兩個角色都不免是扁平而單向，缺乏想像（將我心比作他心）、反省的能力，以致行為及思考上甚至有點機械化。正因為這樣，他們之間並沒有溝通的可能；而事實上，他們也沒有努力嘗試過。林市勸夫不要賭博數語所表示的溝通嘗試顯然是不足，而溝通是雙向的。除了這角色造型的因素外，故事不讓他們有溝通，是否暗示在該時空裏雙方尚沒法溝通？《殺夫》故事源自發生於敵偽時期的上海的〈詹周氏殺夫〉，現地點雖已移到臺灣的鹿城，時間仍然是那個舊時代。然而，我們不得不問，假如雙方有著足夠的「對話」（dialogue），是否可以產生相互的了解與適應而避免對立以及這場悲劇的產生？這一個詢問在婦女問題而言是有其意義的，因為它將為我們開放一個新的領域。

總結來說，《殺夫》這小說對婦女問題，尤其是在傳統社會裏男性相對待下的婦女問題，有「震撼性」的演出，但沒有帶來甚麼能使婦女問題與婦女運動向前推進的東西；我們甚至可以說，即使回到這故事的時空點來看，仍然看不出甚麼進步之理念。也許讀者會問，《殺夫》是否還有超越「婦女問題」的社會層面呢？那就要看我們的讀者是否願意把「局部喻況」的讀法運用到其他層面去了。

挪揄與解構

——讀李昂的《北港香爐人人插》

忙忙忙。面對一群學生監考。眼睛閒逛書的好機會。[1]逛了前面的一、二頁，覺得文字風格出岔得有點突破，《殺夫》的文字就典雅多了。間間歇歇再逛它十來頁，我喜歡的後現代的「解構」味道居然出來了。棒！性，解構得很夠味——辣辣鹹鹹濕濕。用「爛」的話來說，是把女人的那個東西解構得爛遢了。爛爛遢遢的，有點沙特式嘔吐。不對，是與沙特式嘔吐（厭惡通俗）剛逆反的爛爛遢遢的嘔心感。解構民進黨？解構臺獨？出自李昂的手？過癮！過癮！已成為「迷思／myth」（偉大化、神話化）的「民進黨」與「臺獨」終於還其政黨化、通俗化、人化的面目。這種「剔破」（用針刺破？男性工具？不要胡思亂想！）完全符合我一直提倡的後現代的「反省」精神。

我終於有時間坐下來戴上評論者嚴肅的臉譜。「香爐」的象徵富有李昂自《殺夫》以來的民俗風格——陰森、迷信、性。人人在香爐裏插香這一個民俗的、大眾化的宗教行為，大膽地挪用為性放肆的象徵。在臺灣這個對神靈多少有著避諱的社會，李昂居然不怕觸犯神靈，冒此大不韙，也算是有膽量——君不見《暗夜》裏的主角不就是在神桌前造愛而終受到神靈懲罰嗎？這篇短／中篇把台灣的政黨政治

---

1 本篇原載於《臺灣日報》〈臺灣副刊〉，2000年8月30日。本文原隨機撰寫於本人網頁，故行文與經典論文大異，可謂是網路風格。

敘述、女性主義者常掛在口上的女人的「執政權」與「身體」，統統淪落／熔為一體。李昂在這方面的神來／八卦描述，比比皆是：

> 管他的。不管喜歡從正面，背面幹……。
>
> 中間獨大、就好比臺灣島到獨大於臺灣海峽，臺灣不就獨立了？建國不就成功了？同志大夥共同打拚、出生入死，真的能「兼善天下」嘛！

作為批評者，總得賣弄一下能耐。於是提醒（有時是洗腦）讀者，說「同志大夥共同打拚、出生入死」，是在「香爐人人插」的「性」氾濫的喻況裏產生其意義，而「出」、「入」等字的性喻況就更不用提了。同時，我用「……」刪去那些「色情」描寫，是因為我覺得這個短篇的精華，不在於女人的方寸之間，而是其「揶揄」、其「解構」。讀者們，不要因為這些「精彩」的描寫，過癮得樂不思蜀，或者因為這些描寫太「嘔心」而錯過其從後腦過來的「當頭棒喝」。其語言的「揶揄」與「嘲諷」能力是不錯的，我想孟子也會莞爾一笑，無法獨善其身了。最後就得是提醒「民進黨」的朋友，把它看作文學作品，開懷閱讀，過癮過癮，不要誤讀為民國三十八年以來迄今不斷的「反共」作品，更不必想甚麼手段來「反制」這「政治」的「不對」了。

李昂的語言能力確是不錯。請看：

> 以一個扭肩晃臀的動作轉過來白肉裸背，她接續道：
>
> 「看透明化的歷史。」

我不是說請大家看白肉裸背，而是看李昂如何把政治敘述與女性身體如此「彈指可破」地傳達出來：如此簡練！

有人說，小說中的女主角「影射」某文化名人。李昂的身體描寫確實入木三分。不過，作為愛護李昂的批評者的我來說，寧願沒有這一回事！並且警告說，下不為例！換個角度來說，李昂也實在不會寫小說。人物要「模特兒」，但「模特兒」宜「拼湊」；此古有明訓。讓我唸一段古羅馬兼詩人與批評家於一身的 Horace 的詩行吧！「文學的模特兒不免雜湊／女人脖子上鑲嵌個馬頭／手腳一伸竟伸出各色翎毛／比例不均豈不妙／繆哉！」這是網路式的即興意譯，學子不宜引用！

讀李敖《北京法源寺》

一

讀這本小說，開頭甚為過癮。氣氛上有「鬼邪」的陰森神秘，情節與人物有武俠小說的引人入勝。[1]「一個健壯的黑衣人謹慎的走向北京西甘石橋，……他一邊自背上解下大麻袋，在月光下，把木柱下的一具死屍裝進袋裏。」（頁3）給人有武林中仇殺秘密收屍的推想。接著，康有為和寺裏住持佘法師的對話，辯論知與行、善行與善心、憫忠與法源的倫理哲學，可謂儒佛爭鋒，放在武俠傳統裏，有華山論劍的況味。「和尚不像和尚，倒像一位彪形大漢……他夠不上菩薩低眉，但也不是金剛怒目，他是菩薩與金剛的一個化身。和尚的造型，使這青年人一震。和尚直看著青年人，心裏也為之一震。這青年人氣宇不凡。」（頁18）這是武林高手惺惺相惜的場景（按：這類對峙「場景」是這部小說的主要技巧）。我後來讀到譚嗣同與大刀王五幫派部分，甚為高興；足見我此處的閱讀「推衍」，並非無據。這部小說確實含有這個武俠小說傳統。小說裏說：譚嗣同自幼習武，有俠氣，幾個人都近不了他的身。通篇而言，譚嗣同實是「俠骨柔腸」（寫給妻的訣別書，淒婉動人）最美的象徵。這「俠骨柔腸」更與菩薩精

1 本篇專為本書而撰寫。有緣之故，本書發排前，刊於《觀察》，24期，2015年，頁84-86。

神合一。「他們與其附託在木雕像上，還不如附身在志士仁人身上，以捨身行佛法呢？」譚嗣同在法源寺裏菩薩面前如此說（頁133）。譚嗣同的「殺身成仁」，是佛門的真捨身，也是他心中佛法的力行。

二

小說從倫理與歷史深度的善行與善心的論辯開始，而且以對話式的正反辯證、層層推進的儒佛思辯展開，可謂精心動魄，其企圖可與希臘哲人柏拉圖（Plato）所著《理想國》（*The Republic*）相提並論，後者的哲學雄辯以人類最基本的倫理「公平」（fairness）作為開端。從我個人的解讀裏，善行與善心之辯，其深層架構為知與行的關係，而整部小說也就是知與行的文學探討，譚嗣同一生行徑就是知行合一的化身。在康有為與寺廟主持的論辯裏，知行的問題與善行與善心、忠與奸、夷狄與華夏等命題相掛勾；在譚嗣同與梁啟超的對話裏，知與行則與心與物（其中對佛法的左翼詮釋，可謂驚心動魄，而就學術發展而言，筆者以為是以儒解佛是也；見頁130-133）、死事與死君的問題相連接；因而觸及知與行的各種曲折，對王陽明知行合一學說有所推衍。對我這個知性的讀者而言，讀起來是一大享受。這些相對組，是歷史哲學深層架構，也是歷史哲學不可或缺的根基。《北京法源寺》作為歷史小說，其根基就在這裏。康有為和佘法師的對話裏，開頭有「爭鋒」的機趣，但不久論述就由康有為主導了。這點我想是作者忠於事實之故，因為這些理念，與康有為思想跡近，不宜假住持的話道出。從小說的美學結構上來說，這不免是小小的遺憾。

三

歷史小說的另一重點，也就是歷史想像。所謂歷史想像，高一點的要求，就是把歷史賦予架構，並賦予這架構靈與肉。這部小說，有兩個結構構成，一是圍繞著法源寺這個歷史空間，始自康有為初訪法源寺，而終於往事如煙後康有為之重訪與告別，中間有梁啟超與譚嗣同之相知於法源寺，外圍以袁崇煥與石達開的故事（袁崇煥屍骨作佛事於法源寺，而其忠僕後人現今住持佘法師為石達開舊屬），而此歷史空間已成為死亡的歸宿。唐太宗哀悼東征失敗戰死的回民而建此憫忠寺（按：北京法源寺原名憫忠），而袁崇煥、譚嗣同先後行刑後忠僕收屍骨而偷作法事於此，佘住持捨身救舊日同袍王五而成仁也在這裏。故事中的另一結構，是循著當下人物情節以及其論辯的哲學與歷史命題，回溯歷史中有關情事，如建寺的唐太宗父子兄弟間之愧德，曹娥之尋父沈江、謝枋得的絕食題詩、史可法之探獄等，就這樣把整個歷史網羅過來。如果我們說，盧卡奇（Georg Lukacs）的「寫實主義」要呈現社會現實的「整體」（totality），李敖在此則透過這縱貫結構，企圖獲致歷史現實的整體。用結構主義的語言來說，雖同為「整體」，前者（盧卡奇）是「並時」（synchronic）的，而後者（李敖）卻是「異時」（diachronic）的，但這「異時」（不同時空）卻又壓為一個「並時」的平面上呈現。這麼一個「整體」，這部小說內容是否蕪雜？往往見仁見智，全看讀者是否可以把眾多內容籠括為一體而定。就我個人閱讀經驗無言，後三分之一部，歷史事件有時只見粗幹，未生枝葉，即置於故事中，不免有點蕪雜。

四

作為歷史小說，「歷史詮釋」攸關緊要了。李敖透過梁啟超與蔡鍔的對話，釐清了其中死君與死事、革命與君主立憲、擁滿與忠漢的問題。在歷史的漩渦裏，譚嗣同一生行事，表面上是死立憲、擁滿、死君，但事實上已從骨子裏逆反（以自身犧牲證明其失敗），因而最終得以超越其二元對立，死君與死事合一。這裏，李敖發揮了他的史學見解。這部小說，尚有一個小小而饒又趣味的人文層面，也就是詩詞的抒情解讀，與故事中人物與母題連結一起，這當然是《紅樓夢》的寫作傳統了。特別有趣的是對譚嗣同〈絕命詩〉的多重詮釋，尤其是「去留肝膽兩崑崙」一句。「兩崑崙」可指譚嗣同與梁啟超，可指譚嗣同兩個忠僕，可指譚嗣同與王五（頁306-317）。這些詮釋在小說裏雖出自他人之口，應是李敖歸納前人並加上已見的多元解讀。李敖愛搞笑。似乎，在結尾之處，昔日康有為初訪法源寺結緣的小沙彌，竟成為了北大赫赫有名的「唯識論」大師李十力；有點學養的讀者，一看就知道是指熊十力。這雖然或可以與歷史即將降臨的五四及共產黨活動牽個線頭，也未免有點搞笑。

五

歷史小說，可說是一個雜種，可以偏歷史，也可偏小說，而西方則以後者為多。李敖的《北京法源寺》，可說是傳統的「文史哲不可分」的高度發揮。這也未嘗不可是歷史小說的一個可能的模式。我寫這個文本閱讀，其原因不僅此，而更多的是有感於我們此間的文學作品，感性刻畫細膩，而哲學的思維，卻往往付之闕如。我希望我們的文學，知性與哲學多點些，而讀者也能在他們的閱讀裏，要求多一點的知性，並且懂得欣賞這特質。

六

來個餘話吧！話說二〇〇〇年春，我逛臺北市衡陽路擺地書攤上，看到「北京法源寺：諾貝爾文學獎提名珍藏版」字樣（李敖出版社出版，即為本文所據之版本），眼睛為之一亮。結緣了！回家一口氣把小說唸完，可見其迷人處。其時，在個人網站上，就打上讀李敖《北京法源寺》字樣，並以網路風格寫了幾行；一晃眼，到今竟十幾年了。二〇〇〇年夏，訪北京，也就專程到法源寺一遊，並在附近回民區一家清真小麵店，吃了生平最便宜的一碗蕃茄青菜素麵，與店中不適應深圳特區生活而折回的小伙子閒話深圳。多年了，這碗陽春麵、這回民小伙子，腦海裏竟抹不掉！

小說與詩的美學匯通

——論介葉維廉《中國現代小說的風貌》

一　楔子

二十世紀似乎真的不是詩的年代了。[1]詩集的銷量，讀者的愛好程度等，都顯示著詩不再為人羣所熱衷了。除了看電影外，一卷在手的，恐怕是小說了。我們能不說這是一種危機嗎？也許不！這種危機一方面可以迫使詩人們重新出發，一方面可以刺激小說藝術的成長。那就是說，如果小說家能在小說裏容納了詩質，把小說藝術提升到詩的領域，即使「詩篇」沒人問津，「詩」仍活在我們的閱讀大眾裏。葉維廉先生《中國現代小說的風貌》一書的最大貢獻，也同時是它特具的時代意義，莫如用詩的藝術（主要是語言與視境）來討論小說，迫使小說進入高度的藝術領域。在該書裏，作品的實際批評與理論的探討是相互印證的，一方面顯示了中國現代小說的風貌，一方面顯示了小說的藝術本質。在整個實際批評的背後，我們發覺是有著一套完整的美學觀念的。這一套美學觀念，我們名之為小說與詩的美學匯通。葉維廉用詩的藝術來討論小說，把詩和小說放在兩個平面上相互比較，發覺兩者實互通表裏，肯定了「技巧」（源於語言與視境的本質）本身的廣泛應用性，對克羅齊理論中文類共通性提供了一具體的支持。本文主要是論介小說與詩的美學滙通，試圖從迸發的山泉怪石裏，勾出其系統來。至於葉氏在該書中對諸小說家（如王文興、白先

1　本篇原載《出評書目》，1979年9月號。頁43-57。

勇，於梨華、聶華苓、王敬羲等）的精闢分析及意見，因不在本文的論述重點內，僅在此提而不論了。葉氏一書，最初以《現象、經驗、表現》為書名，於一九六九年由香港文藝書屋出版。其後，以《中國現代小說的風貌》，於一九七〇年由臺灣晨鐘出版社出版。現於一九七七年由臺灣四季出版公司再版。再版序中，葉氏再度強調思想性與藝術性的融滙無間，在強調思想性的目前，更不可忽略其藝術性，否則會流入口號化與公式化，因此，「有再版的必要」。同樣地，葉著自初版以來，雖備受注意，但真正作深入探討者尚付闕如，因此筆者也覺得趁此專著再版之際，有執筆論介之必要。同時，葉氏最近為陳若曦選集作序，序名為〈陳若曦的旅程〉（〈聯副〉六十六年十一月七日），頗有要實現其思想性與藝術性融滙無間的批評諾言。本論介也想為葉氏將來的小說批評文字催生，為小說批評帶來更燦爛的花朵。

二　融匯與飛躍

批評家一著手便碰到的難題，往往是一元論、二元論的困擾。究竟主題結構與語言結構是可分還是不可分呢？葉氏說得好：

> 為了便於討論，我們把小說的結構分成「主題的結構」和「語言的結構」兩方面。但一篇好的作品的起碼條件應該是：「主題的結構」就是「語言的結構」，「語言的結構」就是「主題的結構」（頁25-26）。

那就是說：從「主題」的演出作考慮，我們得到「主題結構」，從「語言」的演出作考慮，我們得到「語言結構」，兩者實是一物的兩面。葉氏就如此調和了一元論、二元論的爭執。

「主題結構」是主題演出時的結構，它並非指靜態中的主旨（如果我們討論此靜態中的主旨的好壞得失，我們是作思想性的探討），而是指「意義採取了不同的方式所展開的態勢」（當我們討論此態勢時，我們是作藝術性的探討）。這展出的態勢，是多采多姿的，有如舞蹈者於臨空的鋼索上演出的種種姿式，一一得其平衡，一一自成豐姿。在詩裏，最通常見到的，就是兩種經驗在進行，這兩種經驗或平行，或交割，或逆轉，葉氏先從李白〈胡關饒風沙〉的分析入手：

> 胡關饒風沙，蕭索竟終古，木黃秋草黃，登高望戎虜，荒城空大漠，邊邑無遺堵，白骨橫千霜，嵯峨蔽榛莽，借問誰陵虐，天驕毒威武，赫怒我聖皇，勞師事鞞鼓，陽和變殺氣，發卒騷中土，三十六萬人，哀哀淚如雨，且悲就行役，安得營農國，不見征戎兒，豈知關山苦，李牧今不在，邊人飼豺虎。

這首詩中有兩種經驗在分別進行，而這兩經驗面又互相交切，而結於一點。那兩種經驗面即是自然世界的殘暴與人類的殘暴：時間為切膚之秋，於塞北，朔風擾亂了大漠，謀殺著草木，奪其生命之顏色（綠）及肌膚（葉）。另一面是暴殺，慾望衝倒城墻，奪去人身的肌膚，致白骨遍野，致「發卒騷中土」。朔風水不停息，殺戮永不停息（頁7）。

進而指出司馬中原的〈荒原〉也是有著兩種經驗同時在進行：人為的暴力（土匪、鬼子、八路）及自然的暴力（水淹、瘟疫、火災、乾旱）是互為表裏。

兩種經驗在進行是中國舊詩中的一特色。在葉氏所舉的例子裏，一是自然界，一是人事界，這種自然界與人事界互相平行或交割的情形更是普遍。此傳統始軔於《詩經》，《詩經》中景物層次與意義層次的諸種關聯，構成了其藝術特質（詳見拙著〈詩經國風藝術形式的簡繁發展〉一文，收於《探索在古典的路上》，普天，一九七七）。這種景物層次與意義層次的關聯，一直在傳統詩中靈活地應用。葉氏剖釋白先勇的小說時，引用了王昌齡詩「閨中少婦不知愁，春日凝妝上翠樓，忽見陌頭楊柳色，悔教夫婿覓封侯」的逆轉手法，來討論白先勇底「在激流中為側影造像」的特質。眾例中之一說，在〈安樂鄉的一日〉裏，白先勇先作安樂窩式的外在描寫，蠻不經意似的，突然轉入寶莉與母親間「我是中國人」、「我不是中國人」的強烈爭執；就是用了王昌齡詩的逆轉去支配這小說的脈搏，使人驚覺與戰慄。毫無疑問地，這是主題演出的一逆轉姿式，但我願意指出，這「陌頭楊柳色」，這「安樂鄉」的外在描寫，仍不失是《詩經》景物層次的一種靈活應用。當然這兩種經驗並非限於一為自然界、一為人事界，如「可憐無定河邊骨，猶是深閨夢裏人」，如「朱門酒肉臭，路有凍死骨」，是兩種人事經驗的交錯。小說裏的情形，更不乏此例。

於是，我們發覺，構成小說藝術之一的乃是主題演出的姿式。葉氏一再強調主題演出的姿式，是切中時病的，多少讀者與作者真正能注意到姿式的欣賞與耕耘？葉氏對姿式有極佳的描述：

> 所謂「思想的形態」，我們用一個比喻，海濤，潮湧，漩渦，漣漪，同為動水，但動姿全異，現代作家要抓住動姿本身，不問動因（如果牽及動因，亦以標出動姿為主）（頁87）。

「語言結構」大概可分兩個層次來講。一是就語言本身，如音調、語彙、修辭、文法及其影響於其語言結構的演出而言。一是把語言與視境（perception）連起來討論。語言與視境互為因果，視境帶動意象的活動，他同時帶動語言的活動，而歸結於視境、意象與語言的三位一體。前者是語言學的範疇，後者是語言美學的範疇。葉氏的「語言結構」的討論當然是指後者了。

葉氏首先討論文字所引起的意象。當導演要把「內在的獨白」於銀幕上模擬出來的時候，他們發覺從語言到銀幕上的演出過程裏，有許多困難要克服，因而辨別出兩種「象」，即「映象」和「心象」。映象是呈現於眼前的，心象則是回想時呈於心幕的。葉氏謂文字所引起的象為「意象」，是介乎「映象」與「心象」之間。小說家似乎企圖在努力突破「意象」的侷限，而進入電影的「映象」或「心象」世界。葉氏舉了司馬中原的〈黎明列車〉作為前者的代振，白先勇的〈香港〉作為後者的代振。在〈黎明列車〉裏，男主角注視著她，出現在車廂，落在他所想的位置上，燈亮著，車窗玻璃上面映著七盞燈都亮著。車廂的影子，他和她的影子，重疊，流動著旋轉的原野的風景。顯然地，這些意象的演出，一如在銀幕上。在〈香港〉裏，訴諸思維的內在的進行多於映象的交替，且看下面一小段的內心的獨白：

> 我只為眼前這一刻而活。我只有這一刻。懂嗎？芸卿哭出了聲音，說道：至少你得想想你的身分，你的過去啊。你該想想你的家鄉。你是一個有身分的人，個個都知道你的名聲。你是說師長夫人？用過勤務兵的，是吧？……。

在這內心的獨白裏，所有的活動是在主角的內心進行。這些意識流般的對話，也許是過去曾發生，而此刻主角在內心內重現，也許僅僅是主角內心的產品。無論映象或心象，構成其魅力的是其「節奏」問題，這節奏顯示出主角的情緒的波瀾。節奏不同，況味就不同了。這種情形在電影上最能看出來。但詩歌及小說也如此。在詩歌的例子裏，試把李白的「噫吁嚱危乎高哉」和柳宗元的「獨釣寒江雪」並排，其節奏的高低緩急便不言而喻。好的小說，讀起來也會有其節奏感，如上述白先勇的例子便是。當然，這種全篇重在映象節奏或心象節奏的，只能在短篇裏發揮，「進入長篇以後，就只能溶入某些『剎那』的刻畫中」（頁19）。

語言不單憑藉其所引起的意象及其動速模擬著內心世界的波瀾，事實上，好的語言在描述裏都暗藏著主觀的感受，而諸意象間也有著內在的應合，這情景交融與呼應是舊詩中的基本條件。好的小說也能達到這個領域。葉氏引王文興的〈母親〉為喻：對岸碾石工廠單調的馬達聲，呼應著母親神經質的囈語式的獨白。帶病的母親逆對著豐滿身段的吳小姐。母親不喜歡與這離了婚的女人來往，而他的兒子貓耳在樹蔭下等著一個人——吳小姐。葉氏指出該小說中，如何利用光、色、觸覺意味，律動的複製，使原來是並置而在在敘述上不相連的經驗面應合起來。外在的景物衝入內在的世界，而成為主觀經驗的一部分。

舊詩除了要求情景交融裏應外合外，尚要求所謂韻外之致、弦外之音，是指詩中的音韻、意象在微妙的組合裏帶領讀者到此音韻、意象以外的世界去。正如我們前面所述的，語言、意象、視境是三位一體的，這韻外之致、弦外之音是賴於其通體的合作及微妙的蘊含。據葉氏的觀察，這現象通常或賴於轉折或賴於凝縮：「一種是語法的轉折重疊自然的轉折而使讀者飛躍文字之障，一種是文字的凝縮和簡略而使讀者突感景外之景」（頁59）。（按此處的語法實包含了意象及視境）後者，葉氏舉了王維《使至塞上》中的「大漠孤煙直」為例，前者，葉氏舉了王維〈終南別業〉為例：

中歲頗好道，晚家南山陲。

興來每獨往，勝事空自知。

行到水窮處，坐看雲起時。
偶然值林叟，談笑無還期。

葉氏謂第一、二聯是供給我們「剎那飛躍」之前的時機與場合，最後一聯是飛躍後的效果陳述。「行到水窮處，坐看雲起時」是「韻外之致」的句子。據葉氏的分析，我們似乎應該強調弦裏弦外的互為條件，沒有弦裏便沒有弦外。我們願意說，如果沒有「結廬在人境，而無車馬喧，問君何能爾，心遠地自偏」，那麼「采菊東籬下，悠然見南山」，仍然是「采菊東籬下，悠然見南山」底事態的陳述，采菊就是采菊，南山就是南山，如此而已。只有在前者的投照之下，這一「采菊東籬下，悠然見南山」才有自然之趣。而在「此中有真意，欲辨已忘言」的迴照下，其趣更盎然。簡言之，只有他弦之投照下，這一弦才迴蕩著弦外之音，有剎那的飛躍。當然，除了前後的投照而使它產生迴蕩外，此產生「弦外之音」之弦的本身，也有其獨具的佳勝處。葉氏說得好：

> 「行到水窮處，坐看雲起時」的趣正是因為它們在詩裏的進程的轉折與自然的轉折符合（隨物賦形），所以，雖然，意象本身不含有外指的作用（譬如槐樹暗示死），但由於文字的轉折（或應說語法的轉折）和自然的轉折重疊，讀者就越過文字而進入未沾知性的自然本身（頁57）。

我願意在這裏重複一次說，語法的轉折也就是意象的轉折（隨物賦形），也就是視境的本然（未沾知性的自然本身）。在語言美學裏，語言似乎是不能與意象及視境割裂開來討論的。葉氏的美學是致力於語言與視境，引文中單標出語言者，不過就語言為著眼處，事實上，引文中所作的討論，是熔語言、意象、視境於一爐的。

這種的「韻外之致」的經營，在小說中是不容易的。在詩中的「韻外之致」或「弦外之音」，往往是指超越了意象本身，而指向恆久的律動，得其自然之趣，人事之趣；那就是詩中的小世界向無窮顫動而使大宇宙迴鳴。正如葉氏所說的，他用王敬羲的小說作例子是不盡恰當的，「昨夜」一小說並沒經營出「韻外之致」來。但詩中的所謂「弦之外音」不但提供了小世界掀動大宇宙的幽微效果，也同時提供了諸弦的相互關係。這相互關係就是所謂主賓。前引的詩裏、顯然的，前二聯及末聯是處於賓的關係，而第三弦（那產生「韻外之致」的一弦）是主弦。王敬羲的例子卻闡明了這種諸弦的關係。葉氏的分析指出：

> 至此我們有兩個事同時交錯著，一個是「弦裏」的故事，即以金劍霞為中心的故事，一個是「弦外」的故事，即是杜梅娟與柏青的故事；金劍霞的故事只有骨幹而無肉體，杜梅娟的故事雖然是一刻的、片斷的顯露，但正是金劍霞故事的肉體，而金劍霞的故事也正是杜梅娟的故事的骨幹（頁69）。

如果我們改「骨幹」與「肉體」為「肉體」與「靈魂」也許會更清楚些。杜梅娟的故事是片斷的顯露，但卻是精神所在，我願意指出，這卻又近於《文心雕龍》所謂的隱秀。我個人的了解，隱處也就是秀處，也就是精神所在處。對於所謂「弦裏」、「弦外」的關係，葉氏有很好的 見解：

> 當我們進入那近乎抒情的一刻時，我們實在是不斷的在「弦裏」「弦外」來往——而我們所要求的小說的對象，不在金劍霞的故事裏，亦不在杜梅娟的故事裏，而在兩者之間（頁70）。

三　經驗的回歸

上面我們就不同的著眼處，而把「主題結構」及「語言結構」分別開來討論。事實上，兩者實不可分，所謂練字，也就是練意，所謂文字結構的經營，相對地，也就是主題結構的經營。在此，我們不再把他們割裂而論了。所謂經營，不可思議地，往往竟是回歸到經驗本身，回到自然本身，姜夔所謂「自然高妙」是也，是謂詩之最高境界。從自然到斧鑿而又回歸自然，似乎我們一直是迷途的羔羊呀！然而，自然就是自然，經驗就是經驗，好不簡單，為何須回歸才能回到自然，回到經驗本身？原來，我們從文化中成長，不知不覺為許多限制所囿，打破這些限制，才能回歸到經驗的自然本身。我們的視境被我們的思維習慣及文字的內在限制歪曲了。舉個最簡單的例子，在很多的場合裏我們本身不察覺行動者是我們自己，但當我們用文字表達時，還得把我自己不察覺的「我」加進去。譬如說：「我走」。如果我單是說「走」，恐怕人家以為我下逐客令哩，葉先生把這些限制歸納為三種，即（一）語言的限制；（二）感受性的限制；（三）時間的限制（頁146）。事實上，根據葉著中的諸種分析，尚應包括（四）空間的限制；及（五）真幻的限制。簡言之，就是名理障及文字障，而這兩者又實是互為表裏的。要回到經驗本身，就得打破這些障。

西方的繪畫強調一角度下的觀察，故有所謂透視法；同樣，西方的某些小說，也強調一角度下的觀察，故有所謂統一觀點（point of view）。當然，我們無意說這不是某些經驗的本身，但這些經驗顯然是局部的，僅是從某一角度觀察所得。中國詩與畫卻能超越此空間的限制，能從各角度觀察，而把觀察所得迸發呈現。葉氏分析王維〈終南山〉為例：

> 太乙近天都（遠看——仰視）
> 連山接海隅（遠看——仰視）
> 白雲迴望合（從山走出來回頭看）
> 青靄入看無（走向山時看）
> 分野中峯變（在最高峯時看，俯瞰）
> 陰晴眾壑殊（同時在山前山後看，或高空俯瞰）
> 欲投人宿處
> 隔水問樵夫（下山以後，同時亦含山與附近環境的關係）
>
> 終南山的重量感，它的全面性都在我們視境及觸覺以內。（頁73-74）

小說裏也可作此經營。《羅生門》近於此，但這小說是由四個人去看同一事物，而非由一人從不同角度下觀察。當然，無論一人從不同角度觀察或多人同時去觀察，都有利於該事物全面性的把握。把王維〈終南山〉一詩移到小說裏，可有兩種啓發，一是從多方面觀察獲得事態的全面性，一是讓不同時空的事態同時呈現，而呈一彫塑體。葉氏所舉的王敬羲〈開花的季節〉是一個不盡恰當的例子，它只能闡明了後者。蓮麗與其妹梅麗（兩人互無來往）在港臺二地交錯經歷的愛情滄桑在全書六章中往還演出，其結果「就好像現象多線的延展，偶然結為一個八面玲瓏的光球」（頁79）。我想，這種不同時空不同事態同時呈現而能歸結為一彫塑之全體，也可用於某種結集，白先勇的《臺北人》就是一個例子。

關於打破真幻的限制，葉氏有很好的例子。所謂打破真幻的限制，就是葉氏所謂：把所謂的「主觀的現實」和所謂的「客觀的現實」重新融合為一，或者不分賓主的對待（頁161）。他用了余光中

〈食花的怪客〉為例子。

> 一個陌生人建議在草地上上課。突然笛音揚起，自杜鵑花叢背後。雲的悠閒，流水的自在。笛音一變，行板變成諧謔調，高瘦的青年從花叢背後站了起來揚起一管笛子：「這才叫春天」。他隨手採了一束杜鵑花一朵一朵的嚼了起來「怎麼樣？你們哪些明喻，暗喻！」跟著學生也嚼起來，冒思莊也嚼起來……。那年青人長出兩隻角，毛茸茸的手臂正圍著寧芙雅的腰和背……。

那真是最好的例子了，那小說著實地超越了真幻的限制。如果硬要說它真或幻，正如葉氏所說，就「好比朱自清硬要說『采菊東籬下』目的在下酒一樣的掃興」（頁163）。此故事真有「周之夢為胡蝶與，胡蝶之夢為周與？」的韻味。這是小說中上乘的境界，「詩」真正在小說裏了。

打破這些限制，其目的為一，就是回到事態或經驗的本身，回到事態或經驗的原有姿式。葉氏對現象持樂觀的看法：

> 現象（由宇宙的存在及變化到人的存在及變化）本身自成系統，自具律動。語言的功用，在藝術的範疇裏，只應捕捉事物伸展的律動，不應硬加解說。任事物從現象中依次湧出，讓讀者與之沖激，讓讀者參與，讓讀者各自去解說或不解說（頁142）。

既然現象或事態自具律動，我們就應該讓我們的視境如待虛的明鏡，納入現象或事態的活動，而不應由文字作主動，而讓文字去接近它。

葉氏從於梨華《又見棕櫚》中取出三片斷來討論語言、視境與現象的自然演出。茲更簡化地迻錄如下。

> 第一例
> 燕心到洛杉磯的時候，真是舉目無親……。
>
> 第二例
> 她站起來，懷裏的皮包掉在地上，一支口紅，一副近視眼鏡，一張揉縐、印著兩圈大紅嘴的衛生紙，藥瓶的三面小鏡子一起滾出來。一面菱形的跌壞了，裂開許多條細痕，像一張裂了縫的臉，她的臉。
>
> 第三例
> 她抬起頭來，耳墜子晃了好幾下，正要說話，天磊帶點粗暴地說：「把它拿掉，那對東西。」
> 她愣愣的望著他，然後把杯子放了，取下耳墜，放在皮包裏，又手足無措地端起杯子來，卻沒有喝。

三者迹近視象的差距是顯而易見的。在第一例裏，我們本身就沒看到現象，只聽到作者概括性的敘述。據我的意見，如果把「舉目無親」改為「一副副陌生的正面、側面豎著」，也許就比較迹近視象。第二例末句的說明，破壞了現象本身的活動，蓋現象只演出。第三例就迹近現象了，男女主角的內心就躍然現於紙上了。他們昔日的戀情，遺留的默契，此刻相對時不可分析的心境，尚用言詮嗎？

然而，值得注意的是，葉氏對現象雖持樂觀的看法，但他提醒我們，回到現象本身，是要掌握明澈的一面，揚棄造成傳達上障礙的由特定某時空形成的事物。把司馬中原〈紅砂岡〉的片斷與李白的〈鳳凰臺〉拼在一起，便不言而喻了：

> 早在夏天裏，石二就暗中找過劉駝，托他過湖帶根「獨子拐兒」後膛槍（註：原始步槍之一，無彈匣，每次衹能裝一發，打一發——〔作者原註，以下括號以內俱是〕。）石二曉得，買賣槍枝槍火的事，在周圍附近，除了劉駝找不出旁人。劉駝面上是個猥瑣人物，骨子裏走黑道兒，早先扒灰挖窟起家，後來也過湖拉過馬子（註：陸上大幫強盜）……

> 鳳凰臺上鳳凰遊
> 鳳去臺空江自流
> 吳宮花草埋幽徑
> 晉代衣冠成古丘
> 三山半落青天外
> 二水中分白鷺州
> 總為浮雲能蔽日
> 長安不見使人愁

前者，需要「注解」來重造當時的「文化氣候」，「讀那小說時就是一種努力，一種費勁」，「拍擊力當然也就遽然銳減了」（頁150）。後者雖出自特定時空的典故，「但都沒有干涉到經驗的本身（頁153）。因此，在作者的美感活動裏，揚棄這干涉經驗本身事物的能力，往往就是藝術的尺度。在談論「鄉土文學」的今日，葉氏的忠告特具意義，「鄉土文學」在發掘鄉土的精神之際，如何揚棄造成傳達上障礙的事物，實是值得作家們注意的。

要獲得現象或經驗的明澈一面，衝破「文化氣候」造成的障礙，要視境及文字透明地活動起來，則有待於出神的一刻：

> 在這一種「出神」的狀態下，觀者與自然的事物之間的對話用的是一種特別的語言，其語姿往往非一般觀者的表達語姿所能達到的，因為他所依的不是外在事物因果的程序，而是事物內在的活動溶入他的神思裏，是一刻的內在蛻變的形態（頁106）。

這出神的一刻近乎就是美術家克羅齊（Benedetto Croce）所謂的直覺。只有在這出神狀態裏，虛明如鏡，萬物才森然以具生長的姿態呈現於我們虛以待之的視境裏，而語言偶或就在此刻相應地在唇間溜出。葉氏最欣賞王維所代表的純然境界：

> 人閒桂花落
> 夜靜春山空
> 月出驚山鳥
> 時鳴春澗中

這種純然的境界尚未為小說家所追求。這種純然的境界在小說中真不易達到，但「這並非不可能，我們的小說家如能從王維脫出，始可稱真正的前衛」（頁116）。葉氏這一挑戰似乎是值得小說家應招的。

四　結語

我們把葉氏評論小說背後的理論大致勾出如上，可見在這實際批評的背後，是有著一套完整的美學觀念。在這一套美學觀念裏，我們可以看到中國詩學中的重要品質，我們可以看到語言及視境與現象的綜合關係，我們可以看到克羅齊理論中的某些精神。當然，最重要的是，提出了小說與詩的美學匯通的可能性。

究竟諸文類是否可以共通呢？克羅齊的答案似乎是肯定的。他把諸種藝術、諸種文類歸於統攝一切的直覺的階層。也許，我們不願意抱著絕對的一元論，而願意持一元與多元的子母關係。換言之，我們承認諸文類有其共通的本質（母），也同時承認在此本質上因諸文類的個別要求而發展成諸種面貌（子），然而，這共同本質如何？也許就是克羅齊所謂的直覺階層。緊接著直覺階層的，恐怕就是源於語言及視覺的諸種技巧了。文學上應用的技巧，就猶如所謂的科技，有其自身的獨立性，可應用於不同的領域。詩是文學的最高藝術，也是一直在詩人的耕耘中，幾千年下來，許多的技巧在試驗中成熟。小說開始時，是有如於梨華的第一例，只是概略地說故事，當小說在小說家手中不斷耕耘，其表現技巧便漸趨藝術化。於是，小說與詩在美學的階層裏，就有著合流的狀態。葉氏在本書中所作的分析，充分證明了兩者美學上的匯通。如我們前述所分析的，詩中的某些境界，如弦外之音，如眾角度的同時呈現，如純然的境界等，小說中似乎尚未成熟。小說要更進一步，除了在其文類自身作耕耘外，求教於其他已經高度發展的文類（如詩），是一可行的途徑。用詩的藝術來論小說，能促進這一發展。葉氏成功的分析，實有其時代的意義。在此套美學的照明下，小說的藝術奧妙清晰如清潭裏山林的倒影，一一呈現於我們眼前。我們發覺現代小說有著高度的藝術，小說不再是茶餘飯後消遣中的閒東西，而是真正的藝術。在這嚴肅的、藝術性的小說批評裏，我們的小說才會走入正途，走向藝術的領域。

也許有人會詬病，葉著偏重了藝術技巧方面的討論，忽略了思想性的討論。但我們得注意：葉氏專談藝術技巧，並非意味著技巧至上論，只是時人多忽略了這方面的思考，而葉氏特長於此而已。正如葉氏於二版序所說：「所謂小說藝術及小說藝術的基礎的語言的藝術，在當時很少人注意，談論者更少，而進一步討論小說的結構及該結構與外在現象，經驗程序及其間作何種選擇和表現的關係，可以說沒有。」葉氏於該序中許諾說，如果他寫第二本評論集，他將會「加強討論思想性與藝術性的溶匯問題」，讓我們拭目以待。此外，我也無意說思想性的討論較易。冒昧點說，在目前的評論界裏，在思想性的討論上，使我驚心動魄的文字似乎尚不易見哩！思想性的討論，是需要睿智的，一方面要在傳統的長河裏討論這一刻的時代意義，一方面要把「將來」加入考慮，一方面還得討論其超越時空的永恆性智慧。究竟有沒有「永恆性的智慧」本身是一大疑問，把「將來」加入考慮，就有點預言家的姿態了。在這懷疑論相對論繁衍的二十世紀，似乎大家都怕談「批判」，但我總覺得真理還是存在，批判還是需要，雖然得萬分兼容並蓄、謹慎、客觀、客氣地進行。

第三輯　臺灣現代詩

讀莫那能的《美麗的稻穗》

一

猶記二〇〇八年某月某日，盲者詩人莫那能，應我之邀，由王津平陪同，遠道從臺北到花蓮來，參加慈濟大學英美系舉辦的年度中英詩歌發表會，當莫那能以雄渾而沈鬱的聲音，朗誦〈鐘聲響起時〉時，大部分的人都哭了。[1]事前我也讀過這首詩，亦有所感動，但當這首詩從作者口中深情地唸出，給我的震撼與感動之深，實不可同日而語。每次的詩歌發表會，都有錄影，可惜那次的錄影，失誤洗了，真是遺憾。事後，我一直想著這美學問題。莫那能的現代詩裏，應該帶有一份吟誦文學的「歌」的特質，我想。阿能從事詩創作是一種偶然。根據莫那能與現場友好的回憶，一九八三年，莫那能與一些友好喝酒高歌之際，突然唱自己的歌，唱出自己的心聲，而阿能唱的歌，給友好抄錄下來，稍事整理修改，詩人阿能就這樣誕生了。（請參臺北市：人間出版社，2010年，頁6-7）誠然，阿能的詩帶有「歌」的性質，也就是說，最適合詩人自己吟唱與朗誦，而在吟唱與朗誦中，詩裏「歌」的成分，詩裏「聽覺」的魅力，就充分發揮出來了。事實上，〈鐘聲響起時〉結構上也帶有類似歌謠「重沓」的重複技巧。每

1 本篇專為本書而撰寫。有緣之故，本書發排前，刊於《觀察》，20期，2015年，頁78-80。

一小節，都含有「鐘聲」的聽覺意象。這首詩，看似簡單，其實已觸及整個社會結構，原住民社區的三大支柱：學校、教會、家庭，都失去了功能，都無法挽回原住民少女國中畢業時，即等待著她們被賣去作「雛妓」的命運：

> 再敲一次鐘罷，牧師
> 用您的禱告贖回失去童貞的靈魂
> 再敲一次鐘罷，老師
> 將笑聲釋放到自由的操場
> 當鐘聲再度響起時
> 爸爸、媽媽、你們知道嗎？
> 我好想好想
> 請你們把我重生一次　　（終章）

二

當我們確認莫那能現代詩中「歌」的元素，他的兩百七十七行長篇敘事詩〈來，乾一杯〉，幾乎就可比擬為昔日「吟遊詩人」吟唱的民族史詩了。這「史詩」結構特別，是作為第一人稱敘述者的莫那能，敘述接到訊息回部落看好友撒即有時，卻驚覺面對的竟是靈堂前的遺像，而接著的「文本」是他的追思──「來，乾一杯」，對著好友遺像，是反諷、是悲淒。這追思形式的「史詩」，從好友撒即有一生漂泊，往西部做苦力、跟船遠洋捕魚、因召集令當兵、退伍後失蹤十年，最後在南非的開普頓被謀殺；從敘述者歸鄉的路與故鄉的山村的抒情的描述；從他們共同的成長記憶，赤腳從村子走路幾小時到學校、唱國歌、學國語、五族共和的思想教育、以及撒即有在校叛逆的童年；從敘述者倒敘撒即有可憐的家庭，母親第一任丈夫「在林班鋸木時／被滾落的杉木壓死」，第二任丈夫酗米酒酒精中毒，「睡死在後山的溝渠」，第三任是剛領退伍金的支那人，說要建新厝照顧她全家，卻把大妹賣掉；多層次地輻射出整個民族的共同命運。詩中寫實卻又有傳奇性質、流浪、歸家，十年又十年，使到這首敘事詩帶上「史詩」的個性，而第五節的巫師招魂，更是「史詩」慣常擁有的民俗與宗教性。這「史詩」一直寫到現代，整個部落的摧毀、流散：「百步蛇般的威猛」的排灣族男子，「被工廠、礦坑的老闆／視作最便宜的人力」，而「白雪一般的柔情與純潔」的排灣族女子，「肚皮／不再為村裏的男人生育」，而是賣到私娼寮，或者其他色情行業。「史詩」的終章，可說是安靈歌，也是敘述者向好友的鬼靈的呼喚與求助：

撒即有啊撒即有
你靈魂一定要回來
帶著山地人的悲哀
到我們祖先那兒去
告訴他們
百步蛇已經死了
雲海變成喧囂的紅塵
滾落到地心和海底去了
告訴他們
山地人只剩下身體和歌
像野豬和麋鹿
在平地被人圍剿、販賣

詩中不落言詮地把排灣族信仰（百步蛇）、周遭（雲海）、和狩獵（野豬和麋鹿），與族人當下的悲傷命運鑲崁在一起，真使人感嘆。雖說是向祖靈稟告，實際是向族人呼喊，要喚醒族人，這毋寧是帶有文學「介入」的功能。安靈歌以高亢的音響作結：

> 讓我們的交臂變成彩虹
> 給山地人架上一座
> 通往故鄉的
> 美麗的橋樑

也就是族人團結的訴求，也就是原住民運動中「回部落去」的訴求。莫那能的「介入」文學走向，是個人的、抒情的、真摯的。

三

詩集中最個人、最抒情、最有部落況味的莫過於寫給他妹妹的〈歸來吧，莎烏米〉了。檳榔樹、圓月、柴窗、背蔞、彎刀、小米種子、芋頭、豐收、小米酒、彩虹、泉聲，在詩中此起彼落，原住民部落的生活景致重活在我們眼前。「背上背蔞喲」、「束緊腰頭喲」，「上山去喲上山去／莎烏米喲莎烏米」，「喲！喲！」的聲音，帶給這首詩豐富的「歌」的元素──名字也是唱著的。這首詩本身彷彿就是一首歌，再度佐證我闡述的莫那能詩中「歌」的元素。

這首詩沒有任何對社會的控訴，只插入淡淡的一句：「啊！被退伍金買走的姑娘」。我們會為這伊甸園般的原住民生態、人與自然的和諧、兄妹的親情（就像最純情的亞當與夏娃），產生無窮的嚮往，而它的失落，帶給我們無限的惋惜。就原住民運動而言，它是對一直給輕蔑的原住民文化與生活方式的重新肯定。這重新肯定是原住民主體的建立所必須的。原住民是有能力建立他們的家園的。歸來吧，莎烏米，這歸來的呼喚，是向所有原住民青年發出的：

歸來吧，莎烏米
讓我們一齊合唱豐收的歌
歸來吧，莎烏米
讓我摘下一片亮綠的芋葉
盛滿晶瑩的露珠做聘禮
讓我釀一甕甜美的小米酒
用傳統的共飲杯和妳徹夜暢飲
莎烏米啊莎烏米
哥哥帶著彎弓和火種
懷著不滅的愛和希望
一山又一山地
一遍又一遍地唱著妳的名字
歸來吧歸來
歸到我們盛產小米和芋頭的家園吧！（末章結尾）

莫那能以卑南族傳統民謠〈美麗的稻穗〉作為詩集的名稱，並在〈自序〉的開頭引用，再度印證我要論證的他的現代詩的「歌」的特質。「那黃金色的波浪／是我們美麗的稻穗／歡喜呀歡喜／大家一起來歌頌／趕快寫信給遠在南洋的兄弟／一起來慶賀」。莫那能在〈自序〉裏敘述，「每當我唱起這首歌的時候，彷彿就隨著那時而雄渾、時而纏綿的韻律，回到祖先的身邊，心中就有一種要向他們訴說族人遭遇的衝動」。莫那能對「歌謠」的感悟特深，這首民謠裏「無私的歡喜與謙卑的情愫，正可以產生一種生命的力量與文化的信心，讓原住民在絕望中找到希望，在悲憤中獲得喜悅」，他說。在我個人的文本閱讀裏，〈歸來吧，莎烏米〉就是莫那能版的〈美麗的稻穗〉，其結尾與〈美麗的稻穗〉何其神似。前者是傳統的民謠，而莫那能卻是帶有「歌謠」元素的、帶上個人生命元素的現代詩。

四

我在閱讀過程裏，我一直想尋找屬於排灣族的母系文化，尋找莫那能《一個台灣原住民的經歷》書中祖母形象的蛛絲馬跡，但總是找不到。我一直對母系社會感興趣，因為父系社會帶給我們太多的災難了，也許我們可以從母系文化裏獲得一些啟發。書中祖母的形象，有著族長的幹練與風采，但又有著母性的呵護情懷，而她與族孫莫那能的相處，有別於父系社會中祖孫的模式，使人感動。但，這已是餘話。

讀瓦歷斯・諾幹的兩首詩

我在這裏只讀瓦歷斯兩首詩。[1]〈山櫻花：1901〉是瓦歷斯《霧社事件》詩輯中最為婉約淒美的一首。這輯詩可說是作為泰雅族人的瓦歷斯，對其民族的英勇事蹟的詩敘述，而每一首都附有「本事」，幫助讀者了解其歷史背景。詩人在〈山櫻花〉中，雕塑出一位使人心疼的、蔑視殖民者的少女形象。詩人透過前三節七歲的 Hajun 與末節多年以後的她，輕描淡寫地暗示出時間的推移，事件（人止觀之役）過後，面對「所有櫻樹下都站著日本警察」的嚴肅情境，「如常刮山鹽青」，不予理會，Hajun 淒美不屈的少女英姿不變。詩內涵是 Hajun 上山採山鹽青為家人治病的情境。這情境的選擇，深得歷史的要素，表達了當時日本殖民者「鹽禁」以控制被殖民者生活的事實，同時表達了原住民山野的求生能力與治病習慣：鹽可以消毒傷口，似乎暗示了事件中原住民抵抗中的受傷。詩中並沒有一字對殖民者的直接控訴，而是以 Hajun 不理會他們的少女形象來襯托殖民者的不義闖入與良心上的荏弱。詩人以近乎民謠迴環式的詩節結構來鋪陳詩境，而藝術經營最深的則是與此結構相呼應的象徵處理。前三節都以「三月的櫻花樹怎麼××了？」開頭，

三月的櫻花樹怎麼開花了？七歲的Hajun來到溫泉刮著山鹽

1 本篇專為本書而撰寫。有緣之故，本書發排前，刊於《觀察》，23期，2015年。

> 青，一包芋頭葉的山鹽青要為家人的脖子消腫。一回頭，山腳下的櫻樹都開花了。

接著的兩節，「開花」則代之以「爆炸」、再代之以「流血」，節奏地呈現著花與事態的發展。「爆炸」與「流血」產生了煥發的、力感的、動感的視覺效果，層次地表達了櫻花的開放。由於詩中沒有時間移動的指陳，都是三月，時間似乎濃縮了，彷彿從花之開放，到燦開得像爆炸，到燦之極而爛如流血，就這樣層次地在此刻的眼前展開。在這花之開放中，詩人尚賦予某種屬於少女的淒美的美感：

> 三月的櫻花樹怎麼爆炸了？Hajun 的眼睛看著爆炸的櫻花，一片一片的花辦乘著風飄下來。撿起一片花辦，別在胸口上，Hajun 覺得疼！

應該是美得使人心疼！也應該是花落使人心疼！為甚麼花瓣突然飄落呢？而「疼」，痛也，而「爆炸」的聯想，其象徵意義就在字裏行間隱約可見，也就是象徵著「戰爭」的情境。如此，接著下一節的「流血」，便有著落，而呼應著這象徵的情緒也相對加強：「找不到路的眼睛焦急的對空中喊著：我要回家！」櫻花的燦爛，與「爆炸」、與「流血」相結合，巧妙地喻況了「本事」中所指涉的「人止觀之役」。在此戰役中，泰雅族勇士大敗了日本軍隊；然而，在以後的戰役裏，在戰力懸殊的狀況下，還是敗於殖民者的現代軍隊，而被迫遷移山下，以便殖民者管理。

下一首我們要閱讀的是發表於一九九六年的〈回部落囉！〉。「回部落」是原住民運動的一個主要號召，呼喚大家回部落去建設自己美麗的家園，那是對自己的文化傳統（Gaya）的重新肯定，對祖靈與山地的愛的回歸。廣義而言，〈回部落囉！〉屬於「介入文學」，但詩中一反「介入文學」慣有的、悲憤的「受害化」陳述；詩裏並沒有著墨於原住民在都市被歧視，著墨於被壓倒在社會的底層，而決心回部落去的四位主角，都是在職業上還過得去的人，諸如當國小老師的Bihau，歌手 Giwas，走鷹架的 Wadang，麥當勞領班的 Hajuong。相反地，那是一種民族自覺運動，那是一種像鮭魚一般源於種性的游向原生地：「像疲倦而遍體鱗傷的鮭魚，我們的族人／啊！都市的族人通通要回部落囉！」

就結構而言，全詩五節，配合四位歸鄉主角的心路歷程，加上一節做總結，可謂工整。每一節都以「發覺自己一寸一寸地消失」開頭，而中間則是「族人問他回來做甚麼？」。這「詩節」內部的基本結構，顯示了部落內外經驗的矛盾，也表現出現實的落差與無奈。Bihau 作為國小老師，整天用國語上課，漸漸失去了母語的能力。Giwas 作為歌手，夜夜粉墨登場，原有的「黧黑的臉蛋」不見了。她回部落，是要「找回一張臉」。走鷹架的 Wadang，矯捷無比，回來，是要「上山打獵啊！」，恢復獵人的英姿，而在麥當勞當領班的Hajuong，卻說要「仔細地看部落還在不在？」，因為在「異域」太久了。他們的關切，恰如其分，切合他們在異鄉的工作經驗。部落裏的族人不了解，而族人不屑的回話，不僅僅是經驗不同的關係，也點出了現實的無奈。這些原住民的聲音，無論發自是有著身分認同危機的生活在都市的原住民，或發自無奈的待在部落的族人，都是誠摯的、豐富的，都有著現實的支撐。從「介入文學」而言，這樣的「介入」，不是意識型態的，而是富有現實意義的。詩中都市青年的覺醒，帶有原住民對自己文化與族群自我肯定的特質，從原住民運動而言，它是不可或缺的正面能量。

在美學上，如果〈山櫻花〉以櫻花的層次盛開與戰爭的象徵連接為特出，〈回部落囉！〉則是以精粹的白描手法與心理描寫相結合取勝。當一天清晨，Bihau 接到部落來的電話，發覺居然無法發出母語對答，「他只好讓淚水的聲音流進聽筒／彷彿電話一端是接受告解的神父」。「告解」兩字，深得精神狀態的神韻，也指涉到山地以天主教為主的宗教朝向。「這一天午夜，Givas 扭亮室內的日光燈／慘白的膚色掩住了黧黑的臉蛋。我們健康的 Givas 就像奔下山的孩子／一張屬於泰雅的臉一寸一寸地消失」。夜夜粉墨趕場，午夜對鏡卸妝的情境與認同危機，躍然紙上。「我們矯健的 Wadang 在摩天大樓的窗玻璃上／終於看見一隻迷惘在都市裏的無尾猴子／牠左右搖擺，彷彿困在巨大的機械裏／甚麼時候，部落的獵人變成走獸了」。從玻璃上的「反影」看到自己殘缺的形象，左右搖擺如無尾猴子，在自我凝視中慢慢滑進拉岡（Jacques Lacan）鏡子理論所指陳的心理機制，「認同」危機就深深地抓住了 Wadang。「我們的 Hajuong 從資本帝國營造著亮麗磁磚的反影中。終於，終於看見一個消失國籍的可憐傢伙！」在所謂全球化的推進裏，麥當勞是一個得意的傑作，成功地執行著西方資本帝國所策劃的國籍的泯滅，以便跨國經營暢通無礙，並在第三世界中以其亮麗、潔淨突出其優越性；這些都含蓄在詩人精粹的白描中。一如 Wadang 的例子，我們的 Hajuong，從「亮麗磁磚的反影中」，走進了「認同」的危機，發現了失落的自己。瓦歷斯的心理描寫，以原住民的「認同危機」為骨髓。根據拉岡的理論，面對「鏡子」的「Imago」（鏡子中看到的自我形象）所引發的心理機制，也圍繞著「認同」為其基礎，詩中三位主角「認同」危機的啟動，皆以「玻璃」的「反影」為媒介，為「觸動」，實非無因。詩人精粹的白描，與之結合，可謂相得益彰，同時獲致心理層次的深度與玲瓏剔透。

我選擇這兩首詩，因為它們感人地呈現出瓦歷斯對泰雅族英勇歷史史詩般的敘述與對當下原住民運動的關切，以及其藝術表現。從文學經驗來看，「藝術表現」並非僅是「文學內涵」的附庸。恰恰相反，正如記號詩學大家洛德曼（Jurij Lotman）所言，文學是二度規範系統，而其特色則為「內容」與「形式」的互為滲透；職是之故，文學底「藝術表現」在互為滲透裏，規範了其「內涵」的架構與品質。瓦歷斯詩的藝術表現，其民謠式的迴環詩節，象徵手法，以及滑進心理層面的白描，使到他的現實「介入」不是直接的、憤怒的、受害式的，而是婉約的、是詩般的民族覺醒與自身文化傳統的再肯定。這對原住民運動而言，是正面能量的發揮。

與簡政珍的長詩〈失樂園〉對話

詩多長才算長詩？[1]讀完這三百行之譜的簡政珍的〈失樂園〉，還意猶未盡，想再讀多一點，這樣算不算長詩的經驗？長詩在詩歌創作上有甚麼特殊意義？在後現代有甚麼特殊意義？話說從頭，去年歲暮，簡兄與夫人探我於病榻，談及詩壇最近似乎颳起一股短詩風，相對莞爾一笑。西方詩人無法忘情於史詩——史詩蓋為長詩中之最長者。大詩人依次如米爾頓、華滋華斯、龐德者，終其一生都要寫一部史詩才覺得滿足，而在史詩中之追求及寫法各有不同。美國後現代詩的佼佼者，也往往寫有傑出的長詩，John Ashbery的長詩詩集，《凸透鏡前的自我素描》（1975年同時獲普立茲獎與國家書獎），即為一例。當然，中國沒有史詩傳統，沒有這個壓力。

但寫篇長詩，把複雜的世界與心境用帶有敘述性質的、淋漓盡致的加以表達發揮，應是不可或缺。殷鑑不遠，在臺灣現代詩的初期，長詩並不缺席，葉維廉的〈賦格〉、洛夫的〈石室的死亡〉即是。其實，我們的所謂長詩並不長，只是我們一般的詩太短而已。現在讀到簡兄在《聯合文學》發表的長詩〈失樂園〉，不免喜上眉梢。事實上，病榻閒話以前，我在電腦上已經key in〈祖屋〉二字，準備寫一首長詩，為我的故鄉「古勞村」；只是我的生活總是慢兩拍！

---

1 本篇原載於《海鷗》詩刊，22期，2000年。原題為〈讓我們一起寫長詩〉，副題則為本篇之標題。其時，我為《海鷗》之主編。

長詩的最困難、最考驗詩人、也是美學關鍵所在的是：「結構」。嘿，要把很多東西拼在一起，不機械化、不混亂，不容易啊！何況產生美學結構、美學效應？其美學結構可以是一氣呵成，可以是波瀾起伏，可以是一波三折，可以是前後回溯，可以是外設敘事框架、內設敘事人物等，更有眾音並起，不一而足，而美國某些後現代詩甚至嘗試廢敘述論說、邏輯的事構，採取機會率的偶然的機械的結構成章。簡政珍這篇長詩的美學結構又怎麼樣呢？我讀了三遍，看來是兩條線在發展，而兩者明暗相襯、不舒不緩而略有張力。我喜歡這「不急不緩而略有張力」的感覺。張力太大，就神經繃緊。太緩，就睡著了！

簡兄〈失樂園〉的結構是一個二重的互疊架構。用更為前衛的術語，也就是由兩個「書篇」交疊而成：作為「現實脈絡」的書篇和有點「後設書篇」（meta-text）性質的「書寫脈絡」的書篇。詩人是語言的使用者；他需要不斷對詩語言的美學功能、詩語言的真假性、詩語言是否能戰勝時間的凌虐，以及詩語言對現實的關係等等基本問題加以思考、反省。這牽涉到語言及詩歌的可能以及詩人書寫的可能（幹嘛要寫？）。古典的詩人都把這些思考寫入詩論、詩序、充其量是寫成「論詩絕句」（東方）或「以詩論詩」的「*ars poetica*」（西方）裏，而晚近自「後設書篇」這概念普及以來，則在詩中頗有應用。「我應該寫下／文字對時間倨傲的姿容／讓標點在空白裏／滑溜、翻滾成／堤防崩塌的流水／我應該／在槭樹被拔起武竹被砍除後／所殘下的空地上／畫一條長長的破折號／之後，加一個一個虛點」。這個對於語言的思考，以及語言對正在發生中的「現實」的纏葛所構成的書寫脈絡線，斷斷續續的反覆出現，以及於略帶「自我解構」意味的結尾：「這時微風拂動／文字的微粒降落在／電腦螢光幕上／似乎告訴我：我並沒有／失樂園」。詩中的「現實脈絡」書篇始自如作者註中所說的「這一切都從後花園變成建築工地開始」，也就是詩中首段所敘述的情節。詩中「失樂園」的象徵雖從「後花園」變為「建築工地」開始，但很快就給接著而來的驚心動魄的政治洪流所淹沒——也許，這才是「失樂園」的真正開始。

詩末謂一九九八年八月二十三日定稿。詩中主要的政治洪流應是稍前的總統大選：「而這裏／心情一直是蠢蠢欲動的章節／有人在翻轉街頭／在人群包圍下／以嘶喊演練瘖啞的手勢／背後拉長的身影／集結了夏日慣例流行的病毒／黃昏將至／有人仔細清點旗桿／為了晚間電視新聞的演出／這是八月／一個水溝即將暴漲的季節」（注意「章節」與「季節」的呼應，亦即我所謂的兩個「書篇」的覆疊進行）。於是詩中進入一個小小的高潮：

但是
閃電並不能
阻止那個人以金錢去購買危機
人們去觀賞他招引對岸
在海上
以飛彈製造萬種千情的水花
那時我們看到
過去那些難以調理的情節
都在強光中反白
已寫成的文本
要在那一行折頁？

（請再度注意「書寫」與「現實」兩脈絡的重疊」

我讀詩，常常留意並且欣賞我寫不到的部分。我讀艾略特（T. S. Eliot）

的長詩〈荒原〉（“Wasteland”）時這種經驗最多。簡兄的〈失樂園〉，我最鍾情於下面的詩行：

> 這個題目也只能寫下
> 一個沒頭沒尾的句子
> 「一個沾染各種異味的人
> 怎能決定我們的命運」？

這個「沾染各種異味的人」是誰，就心照不宣，或者自由心證好了。

簡兄的〈失樂園〉尚另有一個隱藏的小「書篇」：信箋架構。詩中的「我」、「你」、「我們」很有意思。它美學上隱含著一個「說話人／受話人」的對話結構，但其中又沒有「書信」的明晰身分，雖詩中曾說「成疊的書信」。最耐我尋味的是這「我」「你」的關係，而這「我」、「你」又有時稱為「我們」！這雖可能有某程度的客觀指涉，但就文學的內延而言，就得被認作是詩人微妙的心理狀態下的產品，而這詩人微妙的心理狀態在美學上、在精神分析層面上的興趣，倒是很突出。在男性的有著「濁」的政治層面的詩篇中出現個紅粉知己來對話，使詩篇為之生色不少。傳誦千古的蘇東坡的〈赤壁懷古〉如果沒有「多情應笑我／早生華髮」，就大打折扣了！

我國文人中晚年都往往有點愛好佛理。簡兄詩中引用了《楞嚴經》的「如一井空、空生一井」，以及「若無所識，云何意生？／若有所識，云何識意？」似乎不足為奇。奇就奇在它出現在詩快結尾處。我最心儀的艾略特的長詩〈荒原〉，在描寫現代文明如廢墟之後，在快要結尾處，引用並用詩重寫了佛祖對三界問道的梵語回答：Datta, Dayadhvam, Damyata, 漢譯即為：施捨、律戒、慈悲，以作為救贖的一種可能。唉！比較文學的幽魂，總是揮不掉！至於《楞嚴經》的井空／空井、無識／有識，云何把海峽兩岸的我們從目前險惡的政治洪流裏解脫出來，就讓讀者自己來參悟罷！援引《金剛經》曰，「須菩提，汝意云何，東方虛空，可思量否？」

解構主義創始人德希達（Jacques Derrida）曾說，書的結束，也就是另一書的開始。我自認敝鄉，沒有這個腦力，因此對話的結尾，也只好是對話的開頭。當詩壇瀰漫著寫小詩的風氣，讓我們部分愛詩的詩人努力寫寫長詩吧！像長篇小說一樣，長詩也是可以分期連載的！最少，在《海鷗》是如此！

讀陳明台〈遙遠的鄉愁〉五輯

——從對等及語意化論其語言所形成的詩質

一

陳明台繼其第一本詩集《孤獨的位置》(1972)之後，以「遙遠的鄉愁」為總名在《笠》發表了五輯詩，共二十首。[1]這五輯詩是陳明台在一九七四至一九八二年留日時代部分作品。筆者曾為其第一本詩集撰寫評論〈從「孤獨的位置」到「陌生的人」——論陳明台的兩組詩〉。[2]現細讀〈遙遠的鄉愁〉五輯，深覺陳明台在詩藝上更上一層樓，其屬於自己的詩質得以進一步的披露與肯定。

二

無可置疑，詩是語言的藝術，假如語言包括語音、語法、語意及其相關之層次。故討論詩，必得討論詩的語言、特質、詩的內容等，都可以從語言入手。本文討論陳明台的〈遙遠的鄉愁〉五輯，即從其語言入手，以進入其他詩篇內的範疇。筆者在此打算應用記號學家雅克慎(Roman Jakobson)及洛德曼(Jurij Lotman)對詩的語言的考察所得，也就是應用詩語底二條件，即對等原理(principal of equivalence)

1 本篇原發表於《笠》詩刊，113期，1983年，頁47-55。

2 原發表於《大地》詩刊，今收錄於《比較文學．現代詩》增訂版(臺北市：萬卷樓圖書公司，頁227-236)。

和形式語意化（semantization）來討論詩的語言。現對此詩語二條件簡介如下。

記號學先驅瑟許（Ferdinand De Saussure）指出語言的表義過程賴於兩條軸的作用，即語序軸或水平軸（syntagmatic or horizontal）與聯想軸或垂直軸（associative or vertical）。語序軸即是講出來的一串語言。但語義的表出不僅賴於這實在出現的軸，而尚得依賴那隱藏著的聯想軸，才能全面。要了解一個字的全面意義除了這字在語序軸的位置外（即與其他字的關聯），尚得放在這字和這字有聯想關係的諸字所構成的聯想軸去界定。用筆者的比喻來說，要了解神字，尚得與神字有聯想關係的祀、祟、申等字所構成的隱藏著的聯想軸去界定。事實上，一字的聯想軸（那就是一字與其他字所構成的 paradigm）在理論上可無限延伸。職是之故，語言的意義並非是定型的，而是繁富而有動力。雅克慎在其 *Fundanentals of Language*（1956）一書中，沿用這兩軸的看法。他指出一幅的語言的構成及基於選擇（selection，從隱藏的聯想軸中取一字）及組合（combination，把選出之諸字依時間順序排起來），而選擇乃基於類同（如雅克慎所言，類同範疇很廣，從同義詞的對等性一直到反義詞背後的共通性。用筆者的話說，黑白為反義詞，但同為顏色則為其背後之共通性），組合則基於鄰近（毗鄰關係實即語法關係及上下文義關係）。雅克慎並根據語言喪失症（aphasia）的兩種狀態，或失去同義詞的辨別能力，或失去組織片語及句子的能力，以佐證這二語言軸。其後，雅克慎在其最具影響力的“Closing Statement: Linguistics and Poetics”（1960）一文中，指出語言的六面及其相對方功能的模式，以解答「甚麼東西使到一話語成為一語言藝術品」一詩學根本的問題。詩歌者，乃是「詩功能」（poetic function）佔據著最高層而佔有最優勢地位的話語。雅氏的詩功能即據其語言二軸觀以界定之：

> 詩功能者乃把選擇軸上的對等原理加諸於組合軸上。「對等」於是被提升為組合語串的構成法則。

雅克慎底「對等」一詞，實統攝相類與相異，同義詞性與反義詞性，已如上述。所謂對等原則應是把組合軸上的兩單元作一等號，然後探求其平行（類似）及對照（相異）。關於這「對等原理」，俄國目前最享盛譽的用記號學以研究文化及詩學的記號學家洛德曼有很淋漓盡致的發揮。其鉅著“*The Structure of the Artistic Text*”（1976）可說是這原理的充分應用。但他同時提出了形式語意化一原則，溝通了形式與內容二面，得以脫離俄國形式主義（Russian Formalism）之拘泥於形式。他認為，在詩裏，在語言的各種層次上（即語音、韻律、辭彙、語法等層次），都朝向對等的建立。對等也者，即將兩單元或以上作一等號，以見其平行及對照。在某一層次上，兩單元可能是平行，但在另一層次上，卻可能是對照；因此，產生錯綜複雜的張力。最主要的，這形式上的平行與對照，都可以連接到內容層上，而作語意的解釋，此之為語意化。而詩之成為詩者，乃由於詩中諸語言層上的形式皆語意化，容納更多的資訊（information）。其實，如果我們從反過來的角度來看，洛德曼的形式語意化，也就是語意（內容）的形式化：詩的語意（內容）朝向形式的建立。但從形式入手也許是方便法門。同時，關於雅克慎對等原理在中國古典詩的應用，可參梅祖麟、高友工合著，黃宣範譯〈唐詩的語意研究〉。見黃宣範《翻譯與語意之間》（臺北市：聯經出版事業公司，1976年）。

三

中國現代詩大體上是用自由詩體（*vers libre*）；那就是說，沒有固定的格律形式（包括韻腳、韻步等）。在這種情況之下，筆者認為對等原理更形重要，可挽救了固定規律的消失所帶來的散漫，也可避免固定格律的僵化及束搏。那就是，對等原理在語言各層次上的作用，使得各層次上朝向對等化，隱然成為了詩底內在形式，能容納豐富的多變性的內在形式。自由體與格律體的分辨，其基本上的美學特質可認作是：前者（自由詩體）是視覺的分行而後者（格律詩體）是聽覺的分行。讀格律詩，由於韻步、韻腳、或平仄的固定性，我們可以憑聽覺即可知其分行所在。但讀自由詩，我們則必須用眼睛去看，才能知其分行所在。自由詩體的分行，已不如格律詩體之全賴於音節，而是賴於語言的諸種層次（語音、節奏感、語法、語意等）而作分行的抉擇。分行朝向意義的充分發揮，甚至朝向具體詩的方向；這些在我們的現代詩裏已有很出色的表現。從媒介的角度來看，中國象形文字及語法非常有利於此種經營。從此角度來論述陳明台的詩，或可以進入其特具的詩質。我們且看下面幾個例子：

> 靜靜地躺在散亂的灰燼裏　白色的骨的碎片
> 靜靜地躺在散亂的灰燼裏　白色的骨的碎片
> 靜靜地躺在散亂的灰燼裏　僵硬的骨的碎片
> 靜靜地躺在散亂的灰燼裏　僵硬的骨的碎片
>
> ——〈骨（一）〉

這是對等原理的運用。如把引文中的前兩行看作ＡＡ，後兩行看作是ＢＢ，則Ａ與Ａ、Ｂ與Ｂ是重複，重複也就是對等的一種。同時，ＡＡ與ＢＢ有壓倒性的共通點，如每行分為兩截，長度相等。事實上，ＡＡ與ＢＢ的差別，只是一個形容詞的差異，那就是在其中「白色的」換作了「僵硬的」。如果我們應用對等原理在ＡＡ與ＢＢ之間作一等號，ＡＡ與ＢＢ的平行與對照便更形清楚。ＡＡ與ＢＢ是相等的，其意義是相等的，「白色」之換作「僵硬」可是一種代換，而代換也就是對等的一種。由於ＡＡ與ＢＢ的出現，這自由詩體原屬的散漫性得以有某程度的形式。這形式在詩篇裏與內容有密切的聯繫，蓋「骨的碎片」乃詩篇的主體所在。這兩組對等的ＡＡ及ＢＢ以其長長的垂幅（這幾行是詩篇中最長者）前後擺在那裏，就這樣地把主體擺在那裏。在這ＡＡ及ＢＢ組以外的詩行，稍有動作性，是描繪及敘述著火化的親友。我願意說，詩人雖以視覺面對著這周遭及產生一些冥想（如：「死去我魂魄的陰鬱的影／隱藏在碎片背後的透明的生」），但ＡＡ及ＢＢ組所陳列的卻與這周遭的活動及冥想有意識層次上的距離，是最直接的切入視覺裏而永恆地放在那裏。那是說，ＡＡ及ＢＢ組與詩篇中的各詩節同語言的品質不同，形成了意識層上的不同層次。而ＡＡ及ＢＢ是最具有直接性及視覺性的。如果我們把ＡＡ及ＢＢ組與其他詩節作一等號，我們對它們之間的差異與這些差異之連接於諸不同意識層上之現象便更形清晰，故對等原理乃是一詩的基本結構，同時也是討論詩的一方便法門。下面請看另一例子：

滿街步行著貪孌的男人的都市
滿街步行著輕佻的女人的都市
掀起心頭的騷癢的誘惑的都市
這個已經是春天的繁華的都市

——〈都市〉

如果我們把這四行分別看作ＡＢＣＤ，我們立刻可以在其間各作等號，因為在詩行的長度而言，它們是對等。在此意義上，我們不妨把這四行標記，為 A1 A2 A3 A3。作了等號之後，我們看它們在意義上是否相等呢？在它們都是描寫都市這一意義上它們是對等的。這一相等意義同每一行都以「都市」二字作結而加強。這就是詩人語言能力發揮之處了。試想，如果 A1 與 A2 換作：「都市裏滿街步行著貪婪的男人與輕佻的女人」，那因「都市」二字的重複而獲致的對等便無法獲致了，但在 A1 A2 A3 A4 裏，除了每詩行的個別對象（即「男人」、「女人」、「誘惑」、「春天」等）不同外，語法上則在共同的基礎上有其差異：A1 是「滿街步行著——」，A2 是「滿街步行著——」，A3 是「掀起心頭的——」，A4 是「這個已經是——」。「著」、「的」、「是」這幾個虛字就已經顯示著諸詩行的內在語法差異了。這種差異很重要，完全的重複是沒有意義的（除非另具目的），必須在重複裏又有差異，以構成變異（variations），這樣在內容上才有發展，在美感上才有貢獻。設想〈骨（一）〉詩中的 A A 與 B B 完全相同，其詩質就大受影響而給人機械感了。重複裏有變異才有形式的因，否則，只是機械的重複或來回擺動而已。上面說「貪孌的」等等乃是副主體，而事實上這些副主體都是諸詩行中分別指陳的主體，由於語法的作用，「都市」成為語法上的主詞，而僭有了主體的地位。可見語法（形式的一部分）影響著內容。在這 A1 A2 A3 A4 的詩段裏，詩行的長度相等，而共有「都市」作為其詩行最末的主詞，故相當地有形式感與整齊感，與詩中的前兩節的每一節為一敘述單元（敘述一小情節：疾風起及女子用手掩著裙子）及不整齊的詩行成為對比。然而，在這整齊 A1 A2 A3 A4 詩段裏，是隱藏著慾念之蠢動：貪婪、輕佻、騷癢的誘惑、與春天（慾望滋生）。那就是說，在這一詩節裏，如果把形式（整齊的詩行及語法上的共同基礎）與內容作一等號，我們可以看到兩者的對照，內容在整齊的形式裏蠢蠢欲動。把這點聯到詩人在異鄉的生存處境，在貪孌、輕佻、騷癢、春天的日本都市裏，在其鄉愁以及人際交往斷絕的處境下，是洩露了詩人作為人的諸種慾望，被壓制並同時被挑逗之蠢蠢欲動。

四

詩行的安排朝向圖象的表達，則走向具體詩的方向。但具體詩也不一定要把詩行排成圖象，以圖象表達主體，如 George Herbert 的 "Easter Wings"（〈復活節的兩翼〉）所為，把詩行排成兩翼，以表達復活的再生。詩人可以用較不圖象的排列（這樣可以不必過分扭曲詩行的排列），通過對等原理的運用來陳列主體的內在結構。下面是一個蠻成功的例子：

長長的手指捏著長長的箸
從臉的位置撿拾白色的骨的碎片　排列起來
從腰的位置撿拾白色的骨的碎片　排列起來
從手的位置撿拾白色的骨的碎片　排列起來
從脚的位置撿拾白色的骨的碎片　排列起來
長長的手指捏著長長的箸

堆砌起來的生的幻影的塔
空盪盪的　死的位置
陰慘慘的　死的位置
寂寞的　　死的位置
堆砌起來的生的幻影的塔

——〈骨（三）〉

先看第一詩節。首行與末行是對等的，我們可分別用 A 來標記。中間的四行也是對等的，而對等中含攝著變異，我們可用 B1 B2 B3 B4 來標記。B1 B2 B3 B4 之對等，可以從長度、語法、中間的隔斷、字彙之幾乎相同來界定。從「臉」到「腰」到「手」到「脚」可以看作是代換（臉、腰、手、脚皆為身體的一部分），而其代換同時又依著一定的次序而進行（身體的次序）。從形式以進入內容，我們很容易看到A A與 B1 B2 B3 B4 的構成二部，前者是火葬場工人著長箸撿火化後的骨片，後者是被撿起的火化後的骨片。在 B1 B2 B3 B4 裏，中間的一個空位（注意，詩歌裏的空位是有功能的，得看作詩組成的一單元，就猶如中國山水畫中的留空白，空白得看作畫中結構的一部分）是一個很有效果的記號，使全等重複的下半部（「排列起來」）和重複中在變異的上半部劃分開來。從動作來看（或者說，從火葬場工人的角度看來），是全然的重複，是一再的排列起來；從遺體來看，則是遺骸的重組，是有形的重現。這 B1 B2 B3 B4 之上下二分正表達著這兩種觀點或感受。重要的是，遺骸從灰燼的重組的脈絡可以不必走向表面的圖象化，不必把詩行排成一副屍骨，而是經由相當節制的詩行排列，經由詩行排列與諸語言層次的對等原理的經營而獲致。

第二詩節也是由A A及 B1 B2 B3 所構成。而 B1 B2 B3 也分別由一「空位」而分為二。如果我今把上半部與下半部作一等號，「死的位置」語意上的深沈感及其三次的全然重複（無替換的可能），顯然地使得上半部的三個替換著（可替換性與不可換性的對照）的形容詞的形容詞性更明顯。「空盪盪的」、「陰慘慘的」、「寂寞的」只是詩人的一些情緒，一些加入的形容詞，與不可替換的「死的位置」，實不可同日而語。那就是說，它們屬於不同的意識層。「死的位置」一語的震撼力在與前面懸空的諸情緒語的對比之下，固如磐石。不用贅言，這些效果的獲致，其背後部由對等原理及語意化原理支持著。

五

如前所說的，「現代詩」打破了詩行的聲韻格律，故詩行的視覺安排便有了其嶄新的重要性與特質。由於現代詩隨著格律的消失而帶來的無政府狀態，某些內在或外在的傾向於形式的建立，便形成了重要的領域，成了藝術性中重要的一環。而對等原理在語言各層次（包括詩行及其他外形上的安排）上的表出，使得現代詩在沒形式裏有著形式，而這形式是富變化、富動力，並且是內化、語意化的。故上面諸節皆就詩行的對等原理的安排與這詩行的安排與語言各層次（語音、語法、語義諸層次；但本文將不會討論語音層次）的對等作用而進行。上面的剖釋，一方面目的在於學理的闡發，一方面也是論述陳明台在〈遙遠的鄉愁〉五輯中在這方面的風貌。筆者願意說，陳明台五輯詩中對這方面有著力的經營，也有卓越的成就；也由於這種經營（加上其他因素，後詳）而導致其特有的詩質。

所謂詩的結構，也可就對等原理來進行。前面所提到的用記號學來研究詩學的雅克慎，曾指出詩篇的結構發展，或沿比喻軸或替換軸（metaphoric）發展，或沿毗鄰軸或事構軸（metonymic）（原指毗鄰的借喻，但在此處指事件之發展言）發展，前者為抒情體所依歸，後者為敘事體所依歸。當然，〈遙遠的鄉愁〉五輯基本上（「故事一闋」為例外，正如其詩題所標記，為敘事體）乃抒情體多於敘事體，是沿者比喻軸或替換軸發展。本文上面所徵引的詩例，皆是如此。現在筆者打算從意象的替換來討論詩的語言，要論證意象的對等原理的經營或可避免語法上及語意上不必要的扭曲，以及這扭曲所造成的意義不清以及不合邏輯。這點筆者認為是相當重要的，因為詩歌畢竟是語言行為，是資訊交流行為（communication），要獲致說話人（addresser）

與受話人（addressee）的資訊交流。請看下面的例子：

夕暮的殘照裏
冰冷的一張臉孔
暗鬱的一株杉
陰森的一柄劍
威脅著天空美麗的顏色

——〈黃昏〉第三節

這詩節可以用 A1 A2 A3 A4 B 來表達。前四詩行是可以用一個等號連起來，那就是把「殘照＝臉孔＝一株杉＝一柄劍」，而「夕暮＝冰冷＝暗鬱＝陰森」。在時間順序來看，這四個意象是毗鄰或事構（metonymic）關係，一個接一個；但同時，它們有著隱喻（metaphoric）的關係，有著相互喻況的關係。這正如雅克慎所言的，在詩歌裏，所有的毗鄰或事構都帶上隱喻的色彩，而所在的比喻也帶上毗鄰或事構關係。這個現象在對等原理的解釋之下，就很清楚了。同時，我們可以看到，「冰冷」之觸覺，「夕暮」、「暗鬱」等視覺，在對等原理下連起來，而達到了象徵主義的五官之交錯溶合。但我們得注意，在這例子裏，沒有任何語法上或語意上的扭曲，前面所述的美感效果是透過對等原理而獲得。想想在臺灣流行的現代詩語法，也許第一、二行就很容易被寫成：「冰冷的一張臉孔暗鬱成一株杉，陰森成一柄劍」。這種流行的句子，在語法及語意上都產生了扭曲。「成」字在中國語法裏，如果前面是一個形容詞而變成的動詞（如「暗鬱」、「陰森」），則後面也往往是一個形容詞或描述詞：如「他冷成這個樣子！」，「天空染成紅紅的一片」。如果前面是一個名詞或動詞，則後面往往是一個名詞；如「他成了眾矢之的」，「他變成了佛」。所以，在上面改寫的詩句裏，語法是稍有扭曲的。語意上的扭曲則嚴重些：一個臉孔是不會成為一株杉，成為一柄劍的；同時，「冰冷」、「暗鬱」、「陰森」這三個五官詞彙在這改寫的句子裏，同時屬於「臉孔」，在語意上也未免帶有扭曲；因正如前面所說的，這三個五官辭彙是以其隱喻的關係而並置，但如果把隱喻的關係去掉而直接強迫它們隸屬一個主體（臉孔），那就帶有扭曲性。當然，筆者無意說扭曲就一定不好，因扭曲也是一種歧異（deviation），而歧異在詩的語言裏也有其地位。但如果一個詩人不知此為扭曲，而習以為常地以為這就是詩的語言，那未免是一種錯誤。同時，如果一個詩人尋求準確的溝通，避免（或非全免）扭曲是應該的，而用對等原理下的意象或其他元素的並置可避免某些扭曲。事實上，在〈黃昏〉一詩中，上列詩節的意象在其他詩節中出現，作了安排，故諸意象的對等關係及其帶來的隱喻關係，是與其他詩節有著幅射的作用。A1 A2 A3 A4 與 B 的關係，是一種對照的關係，這對照的關係詩中用了非常出色的「威脅著」三字。如果我們把〈黃昏〉一詩帶回「鄉愁」這一主題來討論，筆者以為〈黃昏〉一詩是鄉愁最出色的寫照，而上引的一詩節會在詩的幅射裏，更形絕色。〈遙遠的鄉愁〉五輯詩裏，就筆者的觀察，除了最後兩輯寫逝去的女人及〈懸崖〉一詩寫殉情事件外，其他詩篇根源處都有著鄉愁。

六

〈遙遠的鄉愁〉五輯裏，慣用「××是××」一繫詞句子及「××的××」一名詞詞組，作為詩句的句型，這樣一來，許多本是動態的事件被靜態化了。舉例說，在下面的詩行裏，

翻飛的巨大的黑色的旗
死去的魂魄的陰鬱的影
隱藏在碎片背後的透明的生

——〈骨（一）〉

第二行用名詞詞組是必然的，它不能被改寫為帶動詞的句子。第三行則可改寫為帶動詞的句子：「透明的生隱藏在碎片背後」。但「隱藏」二字這裏恐非動態的隱藏（如人隱藏在衣櫥裏），而只是位置上的前後問題。故原來的名詞詞組式的句型和改寫後的帶動詞的句型，也許改變並不頂大。然而，首行改寫為帶動詞的句型「巨大的黑色的旗翻正」與原來的名詞詞組型差異較大，而帶動詞的句型或比較接近動作本身。但三個詩行都用了「××的××」一名詞詞組，而使整個事境靜態化了。就對等原理而論，我們不妨認為，文法上的對等使得詩人用了名詞可組成為三行的句型，把原可以用其他句型的表達方式排除。當然，詩人寫作時有沒有這個自覺性是另一問題。下面是另一例子：

從斬斷的頭顱　噴濺的鮮紅的血
從切開的腹部　噴濺的鮮紅的血
從貫穿的耳朵　噴濺的鮮紅的血
從飛落的手足　噴濺的鮮紅的血

——〈閉上眼睛就看得見的東西〉

改寫為以動詞為主的句型，將會是：「鮮紅的血從斬斷的頭顱噴濺」（餘下推）。對比之下，原句型所獲得的靜態的詩質實是彌足可貴。

下面的例子是運用繫詞句子。在這例子裏，其把動態加以靜態化的現象更為強烈，那就是內容上原有的動態與形式上（語法上）的靜態所產生的詩質更為強烈：

持著劍的是
板著陰沈的臉孔的哀傷的男人是
魂魄隨著雲一般輕飄飄地盪在狂風中的男人是
不斷撲殺著躺在前方的自己的影子而活著的男人是
包圍於看不見的敵人一般的錯落的孤岩的神經質的男人是
潤濕於異國的雨的寂寞的男人
——〈黃昏〉

（按：第四句在《笠》發表時，把「男人是」另成一行，據陳明台表示，乃由於版面長度不夠，故今改正。同時，第五、第六行是逼不得已的跨句，因句子太長之故。同時，接著上引詩節的「佇立著的是」(誤植作「佇立著是的」) 同時指稱這「潤濕於異國的雨的寂寞的男人」及另一節開頭的「烏鴉」，因與我此處討論無關，故沒有列於引文中。）

一共有四個「——是」，共享著一個受詞：「潤濕於異國的雨的寂寞的男人」。如果不用繫詞句型表達，則詩節大致是：「潤濕於異國的雨的寂寞的男人持著劍，板著陰沈的臉孔，魂魄隨著雲一般輕飄飄地盪在狂風中，不斷撲殺著躺在前方的自己的影子而活著，包圍於看不見的敵人一般的錯落的孤岩的神經質（似的）。」改寫後則完全是動態的敘事，這樣一來在語法上的對等（四個「——是」句型）就沒有了。其詩質上的喪失是可見的。這四個「——是」句型是靜態的，卻藏著非常動態的動作；那就是說，動態的事件被語法強為靜態化了。

詩輯中有時用了倒裝句而使動作得以某程度的靜態化：

靜靜地躺在散亂的灰燼裏　白色的骨的碎片
靜靜地躺在散亂的灰燼裏　白色的骨的碎片

這介乎兩詞組間的「空位」一方面標記著倒裝，一方面在某程度上負荷著形容詞詞尾「的」字的功能。但如回復到非倒裝句，則是全然動作性的直陳了：「白色的骨的碎片靜靜地躺在散亂的灰燼裏」。

無庸贅言，筆者引證諸例子的目的，是在闡述這形式（語法）上的經營，產生了靜態的詩質，而這靜態的詩質在〈鄉愁〉五輯裏相當特色，但如此說並非意味著陳明台詩中沒有全動態詩篇（〈故事一闋〉、〈懸崖〉即為其例）。並且，這靜態的詩質，如上面所闡述的，是動作的靜態化，本身是蘊含著躍躍欲動的語意（內容）世界，有時幾乎是橫衝直撞地在其中狂闖。

光復後臺灣詩壇的再墾拓與詩版圖（1945-1964）

一　概述：兩個根球及其溶匯[1]

臺灣新詩自一九二三年始軔之初，可說是漢文與日文雙軌進行[2]，而在光復前後兩次因政治環境的影響而有不同的中斷。大致說來，漢文白話詩與中國大陸淵源較深，而其興起可謂始自張我軍等留學大陸人士的導引，而日語白話詩則與日本詩壇有著若即若離的關係，即受

1　臺灣現代詩兩個球根之說，源自陳千武。見其〈台灣的現代詩〉（1980）；今收入其《台灣新詩論集》（高雄市：春暉出版社，1997年），頁39-50。陳千武認為，這兩個球根，一為受日本近代詩精神啟發的「跨越語言的一代」本土詩人所代表的詩潮，一為從紀弦從中國大陸帶來的戴望舒、李金髮等所提倡的「現代派」（頁42）。這個說法略有把「現代詩」狹化為「現代派」的危險。本文的兩個球根，則總指光復前台灣本土漢語及日語白話詩壇的整體，和光復以來紀弦等前輩詩人及鄭愁予等新生代詩人所帶來的大陸詩風（兼大陸詩人在台灣詩壇投稿所作的灌溉）。平心而論，白話詩自誕生以來，都以不同的格局與步調朝向現代化，也就是朝向「現代詩」而推進，而帶有前衛色彩的「現代派」充其量只是其佼佼者。本篇原發表於《海鷗》詩刊，23期，24期，25期，2001年，分三期刊出。

2　李南衡編：《日據下台灣新文學——詩選集》（臺北市：明潭出版社，1979年）搜集並選輯了光復前發表在各報章雜誌上的漢文白話詩，而陳千武、羊子喬編：《光復前台灣文學全集》9-12冊（臺北市：遠景出版社，1982年）則同時輯錄了漢文及日文白話詩（譯為中文）。從這兩部選集裏，即可略窺其時詩壇的概況及漢文、日文白話詩相軌進行的原貌。

其影響，啟發而又設法落實到本土的時空現實裏。無論如何，除了一些描寫自然景物、戀情、人生感喟等詩歌底一般領域外，無論是漢文或日文白話詩，當「介入」現實時，皆大致上共享日本本土及中國大陸反帝反殖民的左翼基本視野，雖其「介入」程度或有深淺之別，雖其詩技巧與形式因詩淵源及詩人的個性而有差異。換言之，臺灣的白話詩，相當強度地肩負著本土的反殖民鬥爭的歷史使命，也同時造成了臺灣詩歌中反抗與批判的特質。

但當中日戰爭風雲日緊之際，日本殖民政府為了防範臺灣人歸向中國，遂於一九三七年頒布所謂皇民化運動，不惜採取高壓手段，禁絕漢語漢文，漢文白話詩便不得不戛然而止。日文白話詩自此則承擔著臺灣詩壇的重任，從鹽份地帶詩人群的日文詩作裏，充分見到這反殖民視野之延續，雖然就中日戰爭及歸向中國這一命題上有所約束甚或模稜[3]；即使是前衛派的「風車」詩人群，在超現實帷幕背後，仍可嗅到這時代的氣息，楊熾昌〈毀傷的街〉即為一例（後詳）。然而，許多日語詩人又不得不因臺灣於一九四五年回歸中國而中斷日語書寫，重新學習用漢文寫作，此即有所謂「跨越語言的一代」的詩人的由來。

回顧光復之初，臺灣民眾對回歸祖國帶著無比的歡欣與期待，但惜乎中國大陸境內國共內戰方酣，國民黨中央政府接收臺灣，未能妥善規畫，未能起用本土精英治臺，又採用高壓手段，故給人有「外來

---

3 《廣闊的海》所收鹽份地帶詩人的作品，即相當地印證了這個反帝反殖民的左翼視野，如郭水潭〈故鄉的書簡〉、〈斑鳩與廟祝〉、〈世紀之歌〉，吳新榮〈故鄉的輓歌〉、〈煙囪〉、〈疾馳的別墅〉、〈混亂期的完結〉，徐清吉〈桅上的旗〉即是，更遑論林精鏐〈在原野上看到的煙囪〉了。同時，在中國情結上最不含糊的日語詩作，當推巫永福〈祖國〉一詩，細節請參古繼堂《台灣新詩發展史》中〈熾熱的愛國詩人巫永福〉一節（頁52-57）。並請參古繼堂：《台灣新詩發展史》（臺北市：文史哲出版社，1997年），頁42-47。

政權」之嫌，加上戰後百業凋弊，生活困難，社會失序，終於兩年後的一九四七年爆發了「二・二八事件」，造成本土最大的傷痛，影響最為深遠。及至一九四九年國民政府落敗遷臺，並沒獲得臺灣人民真正的認同，而蔣介石復職後更實施反共戒嚴體制，臺灣與中國大陸的文學交流完全禁絕，而臺灣與日本文壇的往來亦有所禁忌。

面對這殘酷的歷史現實，年事稍長者的本土詩人，無論其原用漢文或日文寫作者，大都意興闌珊而輟筆。由於自一九三七年日本殖民政府的皇民化運動禁絕漢文，二十歲前後的年輕人，都在日文教育下長大，此時這新生代的詩人又不得不跨越語言，學習用漢文寫作。故「跨越語言的一代」，實指一九三七年漢文焚絕後在日語教育長大的年輕詩人，包括「銀鈴會」的成員，以及陳千武等其他日語詩人。當時，這個「語言」及「政治現實」的跨越，除了年輕人熱好詩歌這一天生的詩的衝動，以及向前開拓的心懷有以致之外，尚有賴楊逵、張深切等積極的前輩作家的勉勵與奔波，以及《新生報》副刊〈橋〉（歌雷主編）等中文刊物的中介與促成。[4]同時，要討論這一個臺灣現代詩的日語根球，尚待接觸一個問題：用日文寫作算不算臺灣詩？我個人的認知是，當時的日語詩人們並沒有認同日本殖民政府，並沒有在內心裏歸化為日本皇民，而其所擁有的是臺灣的閩南傳統文化，而其所寫為臺灣的現實與自然環境，其中甚至隱含反殖民甚或回歸中國的情懷（最不含糊的詩作，當推巫永福〈祖國〉一詩），故其用日文寫作，乃是歷史之使然，無損其為臺灣詩源流裏的一個局部，其已譯為中文書寫者，更不在話下。

---

4 「跨越語言的一代」這個說法來自林亨泰，見其〈跨越語言的一代〉（1985）一文，今收入其《見者之言》，頁230-236。前輩詩人的提攜及《稿》副刊的催生作用，參林亨泰《見者之言》（彰化市：彰化縣立文化中心，1993年），頁203；及陳千武有關答卷（《海鷗》千禧年秋／冬雙季號，頁92-93）。

光復後隨著中央政府遷臺及其前後的大陸移民，臺灣詩壇又增加了生力軍，接枝了來自大陸的根球，此即紀弦、覃子豪、鍾鼎文所代表的年齡較大已成名的詩人，以及楊喚、鄭愁予、羅門、余光中等所代表的年輕人詩人所帶來的大陸詩傳統，不過，這個所謂大陸根球，須加以補充說明。首先，這並非意味著大陸詩人與詩傳統與臺灣本土的首度接觸，因為兩岸詩歌交流在一九四九年反共戒嚴體制橫行以前，都一直有所交流，而光復後至戒嚴前尤其熱絡[5]，更遑論所謂從大陸帶來火種了。其次，紀弦等前輩詩人所帶來的詩歌，只是大陸詩壇的局部與流派，而且並非大陸詩壇的主流，而鄭愁予等年輕詩人雖有所繼承但仍在摸索階段中。再其次，就現代詩的角度而言，即接受西方自法國象徵主義以來的各種流派以促進臺灣白話詩的現代化而言，紀弦等亦不得獨居其功，因為「跨越語言的一代」的本土詩人，即已經由日本的「中介」而接受了西方前衛詩歌之影響而成就卓然，而其前更有前衛詩風的日語的「風車」詩社。

紀弦原屬大陸詩壇中以戴望舒及以李金髮所主導的現代派，一九四八年來臺，並於一九五三年一人獨自創辦《現代詩》季刊，一九五六年更在這個基礎下作號召，成立現代派，加盟者先後超過百人。覃子豪一九四七年到臺灣，與鍾鼎文等原大陸詩人於一九四九年借《自立晚報》版創《新詩周刊》，更於一九五四年共創「藍星詩社」，借《公論報》副刊版面辦《藍星詩頁》。同時，隨國民黨軍隊移臺的青年詩人瘂弦、洛夫、張默於一九五四年共創「創世紀詩社」，並發行詩刊。這個詩社、詩刊藍圖，必須等到一九六四年「跨越語言的一

5 對其時兩岸詩歌之交流，目前尚缺乏深入的研究。據施善繼的研究，上海詩人迦尼即在《橋》副刊上發表了新詩四十五首，可見熱絡的一致之。見其〈呼喊迦尼〉一文。《復現的星圖》（臺北市：人間出版社，2000年），頁279-292。又根據林亨泰的答卷，他於日據時代透過日譯閱續到聞一多、王獨清等大陸詩人的作品。見《海鷗》第22期（2001年春秋號）。

代」主導下的本土詩人的大結合的「笠」詩社的成立，並出版《笠》詩刊，方告完備。這個詩社、詩刊藍圖和《橋》副刊及其他文藝刊物，構成了當時的實際詩壇狀況及各股詩壇勢力之抗衡與消長。[6]

在這個詩社詩刊版圖上，在這個草創與重新出發的階段裏，以紀弦的《現代詩》季刊及「現代詩社」之成立，最為重要。「現代詩」這一個概念與流派之提出，正足以從當時官方提倡的「反共文學」的禁錮裏解放開來，同時正符合臺灣詩歌走向現代化這一個無可避免的路向，故許多當時有創造力的詩人都往往在《現代詩季刊》發表有現代感的作品，故「現代詩社」成立之後加盟者先後超過百人，得到大多數的本土與大陸籍的詩人的響應，尤其是「超越語言的一代」的林亨泰、錦連、黃荷生及當時本土新生代中創作力最充沛的白萩的支持，象徵著兩個詩根球的大結合，或者最少代表著兩個最有「現代」傾向的大陸與本土根球的大結合。「藍星」詩社及「創世紀」詩社的主要成員並沒加入，這是可了解的，一方面由於其時他們所提倡的詩風與這個「現代派」朝向不同或有差距，一方面是不便跨社結盟，而事實上後來繼覃子豪、余光中之後成為「藍星詩社」的靈魂人物，同時也是「藍星詩社」裏至今最為現代的詩人羅門，卻是現代派的結盟者與追隨者。雖然紀弦所提出的六大信條，如發揚「自波特萊爾以降的一切新興詩派」，以新詩為「橫的移植」、「知性」的強調，以及詩底「純粹性」的追求等主要內涵，立刻遭到來自「藍星」的覃子豪的相當理性的駁斥，雖然紀弦本人以後對此現代派的這些信念有所修正甚至放棄，雖然紀弦本人的詩也與這些信念有相當落差，但這證諸事

6 更完整的詩版圖尚應加入以陳錦標為主導的發源於花蓮的《海鷗詩社》（1955～），以及以文曉村為主導的《葡萄園詩社》（1962～）等詩社。這兩個詩社走平實的詩風，歷久長青以迄今。《海鷗》詩刊自2000年（千禧年）改組改刊後，則改提倡前衛與寫實相溶匯，並富有社會內涵的詩風。

實的發展，這些現代詩信條或深或淺，主導著此後的詩壇，一直到七十年代現代詩被強烈批判、傾向寫實、鄉土、關懷，而詩風朝向明朗的各新生代詩人及詩社之成立，詩壇才展開了新局面。《現代詩》季刊因經濟的因素，於一九五九年三月停刊，而自創社以來就以「新民族詩型」為號召的同仁雜誌《創世紀》，卻反而接受了現代派的基本態度，詩風大變，適時改版及擴大版面，但可惜《創世紀》把現代詩導向了「超現實主義」的狹門，並把詩的「純粹性」引向了失根的晦澀之途。

詩版圖的另一大更動乃是一九六四年六月由「跨越語言的一代」的詩人所主導並結合其時的本土的新生代如白萩、趙天儀、李魁賢等的「笠」詩社。本土詩人之歸隊與自立陣營，衡諸當時的詩壇版圖是無可避免的事。「笠」的主要成員曾與紀弦的「現代派」或曾取得相當程度的和諧與調協，但隨著「現代詩社」解體，以及「現代派」大融合的結合熱潮過後，本土詩人與獨佔詩版圖的「創世紀」（尤其是改組後）及「藍星」的差異性就越來越突出了。

用這麼多的篇幅來討論詩社詩刊的版圖，那是因為臺灣現代詩的發展，確實與詩刊、詩社版圖的分劃、抗衡與盛衰，有著密切的關聯。

本篇所敘述的兩個主要的根球，一是自日殖民時期以來的本土根球，一是紀弦等原大陸前輩詩人及其時遷臺的鄭愁予等新生代大陸詩人所帶來的大陸根球。本篇即從「跨越語言的一代」上推至殖民時期的日語詩社「風車」、「銀鈴會」，而下及「笠」詩社之成立。至於之後從大陸接枝過來的根球，重點置於紀弦的「現代詩」運動，旁及覃子豪主導時期的「藍星」詩社（余光中主導時又已是另一局面），至於改弦易幟改版前的《創世紀》，恐怕只好存而不論了。在這一文裏我以不同的年限來處理各詩社，並以《笠》（1964）的成立為下限，是為了更能呈現出這段時期詩壇的主要脈絡，並且方便於敘述，詩壇上各流派的發展本來就是在時序上有所不均衡，故本章論述「藍星」及「創世紀」時，各在關節眼處停頓，好讓以後從這些關節眼處再起動。

二　從「風車」到「笠」詩社的成立

如前所述，日據時代的漢文及日文白話詩，大抵皆以寫實主義為主幹，除臺灣本土的景物及生活抒寫外，其中反帝反殖民的詩篇，反映著二〇至三〇年代全球左翼的視野，並與臺灣本土的現實相結合。然而，就在這以寫實主義為骨幹的臺灣白話詩的主流裏，在一九三三至一九三九年間卻出現了前所未有的前衛詩風的日語的「風車」詩社。「風車」詩社可說是臺灣最初的詩社，以楊熾昌（水蔭萍）為中心，包括李張瑞、林永修、丘英二等主要成員，並發行《風車》詩刊。「風車」的主要成員都往往有留日的經驗，並與日本當時興起的現代派有所交往，導入了經日本《詩與詩論》集團「中介」的「超現實主義」（surrealism）、《四季》集團「中介」的「象徵主義」（symbolism），以及高橋新吉等人「中介」的達達主義（dadaism）等現代詩潮。[7]「風車」詩人的詩篇饒有象徵，超現實、達達的趣味，打破慣常秩序，追求知性及純粹性，營造情緒的氣氛，並相當程度地與本土的時代處境及風貌景物相連接，把臺灣的白話詩首次推進前衛的詩風，加快了「白話詩」朝向「現代詩」發展的速度。

在「風車」詩人裏，其靈魂人物楊熾昌的詩風最為前衛與現代，

7　參陳明台：〈楊熾昌‧風車詩社‧日本詩潮〉，今收入其《台灣文學研究論文集》（臺北市：文史哲出版社，1997年），頁39-63。文中陳明台指出，楊熾昌以超現實主義為骨幹，而其他「風車」成員則偏向於象徵主義，並謂他們的詩作仍留有日本影響的痕跡。

也最為晦澀艱難。我在此不得不打破詩史的慣例，對其傑作〈毀傷的街〉作詳細的解讀，以見此現代詩風及其對當時的本土與現實的結合：

1 明夜
由於蒼白的驚愕
真紅的嘴唇喊出恐怖的聲音
風假裝死著　安靜的早上
我的肉體滿是血　受傷而發燒了

2 生活的示意
太陽的呼吸吹向樹木的枝椏
夜翔的月亮在不眠裏耽樂
從肉體和精神滑落下來的思維
渡過海峽　向天挑戰　在蒼白的
夜風裏　向青春的墓石
飛去

3 祭歌
祭典的樂器
好多星星的素描和 *fluer* 的舞之歌
灰色的腦漿　夢著癡呆之國的空地
潤濕在霓虹般的光脈

4 毀傷的街
署名在敗北的地表的人們
吹著口哨　空虛的貝殼

唱著古老的歷史　土地以及家屋
以及樹木　都愛*aroma*的冥想
秋蝶飛揚的傍晚啊！
唱*barcarolle*的芝姬
故鄉的愁腸好蒼白喲
（原載《台灣新聞》文藝欄，1936年5月，陳千武譯）[8]

在第一節詩裏，衝突的色調（「蒼白」與「真紅」）的相互撞擊，迸發出某種象徵意味，可以說是法國象徵主義以來色調象徵的實踐。同時，「蒼白」的驚愕、「真紅的嘴唇喊出恐怖的聲音」、「肉體滿是血受傷而發燒」，這三個蒙太奇式的使人震撼的鏡頭，就這樣突然打在讀者面前，而其產生的脈絡與原因則完全濾淨。這無寧是「超現實主義」所從事的「意象」處理及其所追求的「純粹性」。這一個恐怖的場景，卻又與中間插入的「安靜」的清晨背景產生撞擊而迴響。「風假裝死著」，暗示著它底反面的「暴風雨」終將降臨。然而，讀者要問，甚麼東西使到這悲劇性的死亡事件產生？為甚麼在詩人超現實的詩視覺裏，會把這場景疊合在一九三六年五月的臺南街道，而使到臺南街道成為毀傷的街？（按：原日詩有法文副題「Tainan *Qui Dort*」，意謂「沈睡中的臺南」。）

第二節則有另一番超現實的滋味。「思維」不再是抽象的，而是從「肉體和精神」滑落下來，寫出了在超現實與夢中所能有的原始滋

8　文中所引楊熾昌作品，皆引自陳千武譯《燃燒的臉頰》（譯者自製中日對照剪貼影印本；譯稿原登於《笠》詩刊第149期（1989年）。楊熾昌其他詩作及其詩篇，見呂興昌編訂《水蔭萍作品集》（臺南市：台南市文化中心，1995年）。至於《風車》其他成員的詩篇，則引自羊子喬、陳千武編：《廣闊的海》（臺北市：遠景出版社，1982年，《光復前台灣文學全集之10》）。

味，也就是「靈」與「肉」未二分前的原始感覺。這帶有「身體感」的「思維」渡過「海峽」橫過天空後，居然向「青春的墓石」飛去。佛洛伊德闡述的夢底「認同」（identification）機制出現了，詩人與這「青春的墓石」因「毗鄰」關係（接觸）而模稜地合而為一了。換言之，詩人在「超現實」的夢思維裏，飛越海峽走向青春的墓石，走向死亡。

第三節開首呈現出一個由祭樂器、星星的圖案、花之舞構成的富有美感的崇高的祭祀空間，但祭壇上所搬演的，卻是死亡。「腦漿」作「夢」，而其「夢」竟是「癡呆之國」的「空地」；這就把「腦漿」黏在「地面」的實況驚慄地如夢地加以呈現；而且，這「灰色的腦漿」，更「潤濕在霓虹般的光脈」（即浸濕在天上霓虹或戰火照耀下的斑斑血跡），達到一種震慄而又幾乎是耽美的乖離之境。其實，這一節和首節可以說是同一死亡事件的切割後的夢機制的重複出現，也可以說是達達主義的慣有秩序的打破。

最後一節是比較有地域感的人間世——毀傷的臺南街道。然而，這個人間世卻又帶上「冥想」色調與「芳香」的嗅覺，讓讀者感到一種猶如塗上薄薄顏料的油畫的夢感。同時，這毀傷的街更瀰漫了一份耽美的異國情調：原日文詩中用了三個法文的直接音譯：*fleur*（花）、*aroma*（芳香）、*barcarolle*（舟子之歌類的音樂）（陳千武譯詩中以原法文倒譯，深得其趣），帶來一種耽美的哀傷的詩情。這些冥想、芳香、耽美的氣氛應與詩副題所說的「睡中」的臺南相呼應。然而，在本節或全首帶有超現實的詩空間裏，最映入讀者眼簾的卻是：「署名在敗北的地表」。這點出了詩作的現實時空，是在戰爭陰影之下，為前三節中恐怖的死亡意象作了註腳。象徵、超現實、純粹性、重新切割，這些所謂「主知」的表現手法與詩想，與一般直抒胸臆的「抒情」之作大異其趣，即使與富有喻況與反諷的「抒情」之作，仍有所隔離。這前衛詩風無可避免地帶來在溝通上的某些困難，但同時在溝通成功時又獲得前所未有的震撼。綜觀全詩，就主題而言，就現實意義而言，在如前反覆閱讀之餘，我們幾乎可以確定，此詩乃是描寫在中日戰爭陰影加緊之際，臺灣本土所感到的死亡的恐懼。沈睡中的臺南街道，有星星的圖案、有花之舞、有著芳香、冥想、耽美的睡眠中的臺南街道，在戰爭陰影之下，在詩人超現實的視覺與處理之下，竟剎那間成為戰爭凌虐下的廢墟，竟成為「癡呆之國」，並且一早就「署名」為「敗北的地表」。如此說來，第二節中的飛越海峽與青春的墓石合一，應是哀傷原鄉為國捐軀的青年，甚至有飛奔中國為抗戰而犧牲的剎那的衝動。楊熾昌日後回顧其所以提倡前衛詩風，即說「我體認文學寫作技巧方法很多，寫實主義必定引發日人殘酷的文字獄，因而引進法國正在發展中的超現實主義手法來隱蔽意識的表露」[9]。換言之，即意圖用超現實的手法來逃過殖民政府的檢查。

中日戰爭的陰影及詩人的挫折確實是楊熾昌詩中的一個重要組成，根據劉紀蕙的研究，當戰爭逐步迫入殘酷的真實之境，楊熾昌的作品也隨之走入「變異與血腥的美感之中」，並認為這正是身處殖民地的臺灣人所能採取的「變異文字策略」。[10]當然，楊熾昌的前衛詩作是豐富而多面的，如〈燃燒的臉頰〉所表達的耽美而略有現代頹廢色彩的孤獨感（「秋霧／以柔軟的花瓣擁抱街燈／憎恨和愧疚／都在流動的微光裏／讓臉頰因高度的孤獨而燃燒」），如〈風邪的嘴唇〉（「在女人裸身朗爽海味的 nostalgia 慢慢地病了／……／少女呼喚著粗野的

---

9 〈楊熾昌訪問記〉，今引自陳明台〈楊識昌‧風車詩社‧日本詩潮〉，見其《台灣文學研究論集》（臺北市：文史哲出版社，1997年），頁45。今按：楊熾昌與楊逵等左翼的寫實主義筆戰時，雖說文學要遠離政治立場，其目的是避免樣板的思維與反映，避免與實生活訣別，但不等於說完全不介入現實。

10 見其〈變異之惡之必要：楊熾昌的「異常為」書寫〉，收入其《孤兒‧女神‧負面書寫》（新店市：立緒文化公司，2000年），頁190-223，引文見頁219。

本能用傷痛的嘴唇含著蒼白的果實」和〈尼姑〉(紅色 grass 的如意燈繼續在燃燒　青銅色的鐘／漂浮著冰冷的 *esprit* 尼僧院的正廳　像停車場／那麼冷靜／在紅彩子的影子裏　神像搖動了／韋陀的劍閃亮著十八羅漢騎上神虎／端端以合掌的姿態　失神而倒下去)所表達的女性底原始慾望；如〈茅夷花〉所表達的淒美驚愕的風景(「潤濕了的憂愁／咬著青胡瓜／牽著燃燒的手／彷彿在死懸崖的欄杆／／燒紅了的天空／天的手套／染上麻線球的紫 ink／沈淪在　住宿的森林」)；無論在美學上及女性禁區上都有所突破。

相對而言，李張瑞的超現實及達達主義的秩序破壞比較緩和，代之而起的是敘述架構之相對清晰及象徵手法的經營，而其在「女性」禁區上的突破，最為耀眼。其〈鏡子〉一詩，富戲劇味。清晨裏，「我放進一個鏡子」，把昨夜笫纏綿的情景冰封在鏡子裏，與今朝鏡子反映的李樹棗樹的自然世界複合，產生某種超現實的趣味，作了很不矯飾、不遮掩的表達：

天空向的早晨
我放進一個鏡子
昨晚的女人在那裏面
性慾被固定在李花
撥弄內衣也弄不出髮毛和愛情
我竟忘了早晨的問候
倚靠棗樹
鏡子覆蓋在頭上

又如其〈傳統〉一詩中，具備著一個相當完整的「出嫁」的敘事架構，並以使人震撼的象徵手法開首：

胸前繡著美麗薔薇花
女人長衫
白嫩肉體刺著媽祖紋身

中節則描述這女子與戀人在墓地、在「月蝕之夜」、在「鼓聲」（驅月蝕）中離別前的幽會（「郊外墓地偎依的二條人影靜止了」）與表露出心理掙扎的對話。末節則是描寫婚禮，而詩末又以似乎平淡但實則使人無限低迴感慨的象徵筆調作結：

第三天。找電髮院梳頭。插上金釵。戴上手鐲回娘家。
女人不喜也不悲。
由於祖先血液的逆流，面色蒼白。

又如〈這個家〉，以「寫實」與「象徵」複疊得更為妥貼的「家」的描寫開首：「即是傳下數代的磚的顏色／噎著入秋的斜陽／在院子的柚樹下追憶已死了／這個家的傳統累積著／枝椏綠色的疲倦」，而在第二節〈末節〉把柚樹下的追憶復活，屬於女人的「性」的追憶：「長衫的姑娘　就連／明朗的額也暗淡下來／（那種事、不知道嚒）／馬上說祖先不懂的語言／泛在塗上口紅的嘴唇」。在這些詩裏，達達主義慣有的晦澀與無序減到最低，而其中象徵主義中擅長的色調象徵卻非常著力。

至於林永修詩作，其象徵技巧更趨平淡，並且落實到鄉土景物的描寫上，如〈赤城遊記〉中的〈山脈地方的雨〉和〈等火車時〉兩節，都富有本土的地方色彩。此外，他筆下水手的世界，在象徵的手法下，別有一番韻致，如「那街上的燈影　那夜的那個夢……／水手感覺遠方的潮味／血管裏流動激烈的潮流／在忘卻海裏漂浮的老酒味和女人色香」(〈出航〉);又如〈白鷗從天空/向白色甲板投下白球/夢見明日的港口/年輕水手的指尖落在吉他弦上/抽著煙斗　我在甲板上散步〉(〈航行〉)。一般說來,李張瑞及林永修這些遠離超現實及達達主義,並與本土景物及生活相結合的詩篇,與鹽份地帶詩人群所代表的寫實主義風格,相距已經不遠,只是加上象徵主義的耽美、朦朧,以及色調象徵的餘韻。如果鹽份地帶的寫實主義給人硬朗的感覺,則「風車」同人相類似的詩作則是軟性的訴求。

「風車詩社」所代表的前衛詩風與現代主義,尤其是楊熾昌所代表的激進的組成部分,引起了詩壇上以寫實主義為依歸的主流的攻擊。在一九三三至一九三九年這段中日戰雲密布的時刻裏,「風車」所代表的前衛追求,很難符合當時的需要。事實上,楊熾昌的傑作〈毀傷的街〉相當晦澀困難,研究者也得反覆閱讀仔細推敲才能了悟其時代抗議的聲音,實不易引起一般讀者的共鳴;處於這艱難的年代,雖說要逃避日本殖民政府的檢查而以超現實手法隱其真義,也無法獲得要「介入」現實的詩人群的認同。

最後,《風車》詩人群確實在臺灣詩史上有其重要性,也可以說是從「白話詩」進入「現代」的導航,無論在美學上及詩想上都如此,對詩底「現代性」有所推進。然而,它並沒有在詩壇上被直接地繼承,曇花一現,故影響不大;一直到一九七〇年代末才被重新出土與受到應有的肯定。

「銀鈴會」(1942-1949)始軔於以張彥勳為主的居住於中部地區的幾位中學生,並隨著他們成長而轉變到大學生及社會人士而繼續發展。光復前書寫文字皆為日語,光復後雖仍以日語為主,但超越日語而以中文書寫者則日漸增多。嚴格來說,「銀鈴會」活動時期的詩作,並沒有超越前人的成就,但可喜的是其早期都能不為校園視野所囿,尤其後期更能與臺灣詩歌的反殖民反帝反封建的傳統接軌,同時，也漸漸建立起批評風氣，而詩學視野亦能與當時最先進的現代詩潮接軌。「銀鈴會」的重要性，是在於其所處的時代；它橫跨中日戰爭、臺灣光復、國民黨政府遷臺、以及慘痛的二二八事件，而終止於政治迫害的四六學運：銀鈴會被驅散，顧問楊逵被捕入獄。[11]換言之，他們在這最艱苦、最轉折的政治時期裏，延續了臺灣詩歌中最珍貴的寫實、批判與反抗的傳統，同時超越了書寫語言的障礙，從日文過渡到中文的書寫，並且在詩學上能與歐美及日本的現代詩潮保持接觸。最重要的是，「銀鈴會」這一群超越語言世代的詩人群，並沒有因「銀鈴會」的被驅散而輟筆，而事實地成為了光復後臺灣本土詩人的主要構成：他們之中的主要詩人如林亨泰、錦連等積極參與了雖為紀弦發起但卻是眾人同心的現代詩運動；而在本土詩人大結合的「笠」詩社裏，「銀鈴會」同仁亦為其主要構成。我們雖然無法說「笠」是「銀鈴會」的延續，但兩者密切的關係，不容忽視，事實上，現在筆者回顧一九六四年「笠」成立前本土詩人的詩歌，尤其是「笠」同仁的詩歌及詩論，仍不得不驚訝於原為「銀鈴會」同仁的特殊成就。[12]就詩史的角度而言，張彥勳、林亨泰、詹冰、錦連詩人在四十年代的詩歌與詩論，無論當時發表或未發表者，皆應視作是「銀鈴會」時期的產物；而自此至一九六四年「笠」成立前後的上述詩人

---

11 林亨泰指出，由於一九四八年前輩作家楊逵先生的出任顧問和指導，「銀鈴會」延續了戰前「反帝反封建」的台灣文學精神，而使得這個文學精神能一脈相承。見其〈銀鈴會文學觀點的探討〉(《見者之言》〔彰化市：彰化縣立文化中心，1993年〕，頁221。）就筆者的觀察，其時最能表現此傳統者，應推張彥勳。本章關於銀鈴會的史料部分，皆取自上文及其收入同書的另兩篇文章：〈銀鈴會與四六學運〉及〈跨越語言的一代的詩人們——從「銀鈴會」談起〉。

12 晚近台灣批評界對「笠」詩社早期的評論文字裏，尤其是其中的「跨越語言的一代」，都給予很高的評價。劉紀蕙〈銀鈴會與林亨泰的日本超現實與知性美學〉(新店市：立緒文化公司，2000年)，頁224-259即為一例。

的詩創作與詩論，應視為「銀鈴會」在新的政治環境以及在「現代詩」的大運動裏激盪下的延續與發展。因此，敘述「笠」的成立及其最初期，也就相當地敘述了「銀鈴會」了。隨著這一個認識，讓我們進入「笠」詩社的論述。

一九六四年成立的「笠」詩社，是成立於詩壇的低潮；其時《現代詩季刊》已停刊多年，《藍星》詩刊已有沒落之勢，而《創世紀》則無法定期按時出刊；同時《創世紀》雖對《現代詩季刊》的精神有所繼承，但卻走入了「超現實主義」而與臺灣本土空間疏離的窄門，而《藍星》則漸漸走了新古典主義的倒退性格。活躍在其詩的本土詩人的大結合而創立「笠」詩社，企圖糾正上述的偏失，在「現代詩派」已闖出來的大潮流裏向臺灣本土與寫實精神傾斜，發揮臺灣詩歌自始以來的批判與反抗精神，並以建立詩的批評自許。故「笠」之成立實有其特殊環境，而其所作的定位，無寧是勢之所趨。[13]

從目前的視野來回顧一九六四年成立的「笠」詩社，其主要成員是由「超越語言的一代」與比他們略晚的新生代構成，而「超越語言的一代」主要是原「銀鈴會」的成員以及與「銀鈴會」無涉，甚至與紀弦的「現代派」無甚淵源的陳千武（桓夫）；他們的共同點則是對日本現代詩潮有所接觸，把開放出來的現代詩視野落實到臺灣本土空間上，而各人並隨其生存經驗及性格等所趨而差異得個性清晰。新生代則有可稱為其時「現代詩派」的直接產物而富有「現代主義」精神的白萩，以及偏向寫實與浪漫結合與鄉土描述的趙天儀等。讓我們就先論原「銀鈴會」的笠詩人吧！「笠」創始詩人群中最富有理論興趣的當推林亨泰。他實際上參與了紀弦「現代詩派」理論的建構工作，

---

13 《笠》創刊啟事等資料，請參鄭炯明編：《台灣精神的崛起》（高雄市：春暉出版社，1989年）史料有關部分。

紀弦所提出的六大信條也頗有林亨泰的影子，而林亨泰對這些信條也作出了辯解與申論，並在創作上相應地作了許多實驗。放在「現代詩派」的脈絡裏來論，林亨泰所追求的詩的實驗即為「知性」與「純粹性」；首次代表這「知性」與「純粹性」的代表作，當推其一九五九年推出的〈符號詩〉十三首，而其中最為人樂道的是其〈風景 No.2〉，茲徵引如下：

防風林　的
外邊　還有
防風林　的
外邊　還有
防風林　的
外邊　還有
然而海　以及波的羅列
然而海　以及波的羅列[14]

用林亨泰的話來說，這首詩是經過「知識論」的顛覆，乃是「結構性」與「方法論」上的現代策略，讓每一個字都成為一個「存在」，並強調這並非「修辭學」的努力所能獲致。[15]也許我們可以補充說，這是對慣有的視覺的顛覆，恢復了視覺品底原始性；這是圖象性的詩行排列，打破了以「語法」（句構）為主導的慣有秩序，經由「並置」而使到每個字獲得其本身的存在。當然，這是一個打破習慣

14 為方便故，在本章裏，「笠」同仁的作品徵引自趙天儀等編《混聲合唱——「笠」詩選》（臺北市：文學台灣，1992年）。該選集以外作品的徵引，則另註出。

15 請參其〈台灣現代派運動的實質及影響〉，《見者之言》（彰化市：彰化縣立文化中心，1993年），頁289。

的「知性」活動，是一種詩「方法論」的實驗。「知性」的活動可以有各種的傾斜，而本詩中「知性」的活動顯然是要與「純粹性」相結合；這「純粹性」也是「抽象性」。同時，我們可以更補充說，這首詩帶有某種對科技文明持興奮態度的現代感，這風景是「動力」的風景，裏面含著「速度」，是在現代才有的高速的載具（就當時的場景來說，應是新興的火車或汽車吧！）裏所能經驗到的。

事實上，這「知性」與「純粹性」的成功結合，尚可見於其稍早的一九五五年發表的由春夏秋冬四節合成的〈四季之歌〉。請以〈秋〉為例：

雞，
縮著一腳在思索著。

而又紅透了雞冠。

所以，
秋已深了。

這也打破了我們慣有的「知識論」上的「認知」與「視覺」習慣。認知秋，寫秋，卻從「雞」的某一動作去捕捉。公雞喜愛縮著一隻腳閉目假寐，但詩人卻以此「閉目」為「思索」。詩裏進行的「知性」思維邏輯是：「秋」天是「思索」的季節，「思索」使人憂鬱，使人漸漸老去，而這就是「秋」。同時，在我們慣有的認知與視覺裏，秋天葉子變紅（也就是所謂「秋山紅葉」），在「知性」的思維邏輯裏，也就是在某種「毗鄰」運作的「視覺」裏，「雞冠」的「紅透」代替了「樹葉」的「變紅」；「秋」也就落腳在這「紅透了」的「雞冠」上了。這一個「知性」的，打破慣常的思維裏，其結論是理所當然的：「所以，秋已深了」。只有在「知性」思維這一角度下，我們才能夠了解並欣賞詩人用「所以」這一個邏輯詞彙。就「語法」的顛覆來說，這首詩都強用「句點」作每「節」的「結」，獲致某種並置排列的效果：如果我們把第二詩行的「句點」刪去，使第一、第二節相連而恢復為一個合乎「文法」（結構）的尋常句型，這首詩的意味就大打折扣了。

繼〈符號詩〉之後，一九六二年寫就的〈非情之歌〉組詩[16]，林亨泰又對這「知性」與「純粹性」的相結合，作更雄心勃勃的實驗。〈序詩〉以後，所含五十節都沒有題目，而僅以數目字標出。在這〈非情之歌〉裏，「黑」與「白」這兩個富有象徵意味的色調，向萬事萬物蔓延滲透、反覆對立，構成一個龐然的「知性」的、「抽象」的結構程式。由於篇幅有限，我們只能選取其中一組，以略窺其繁富。

怎樣的一種白球啊
老是在風景中迴轉
想把一個個的白晝甩掉

在這樣爍爍
時間　閃得活像玻璃
都懷有不得不笑的理由

每次閃亮

16 據林亨泰自言，〈非情之歌〉是在「笠」詩社成立前的一九六二年寫就，雖稍後才於一九六四年的《創世紀》發表。全詩五十一首，分為五組，但我們不妨把全部看作一有機組成的組詩。作者自言，一月內便寫就，可見其時其創作力之旺盛。

每次破碎

於是
他們逐漸把頭髮染白（作品第二十五）

愈凝視你　愈看不到你
巨大的黑
你罩住了我們
你凍結了我們
愈接近你　愈看不到你
遙遠的黑
已經無法走到你
已經無法觸到你

點亮了你　更看不到你

神秘的黑
轉瞬間你已躲開
轉瞬間你已告別　（作品第二十六）

在這兩兩相對裏，我們自傳統的色調暗喻始，「白」代表白天，「黑」代表黑夜，慢慢地跌進略為模糊的另一層暗喻：「白」代表「光明」，「黑」代表「黑暗」。在這傳統的隱喻的基調上，我們看到一些略帶辯證、略帶矛盾、略帶哲學意味的「知性」活動。白球代表太陽，太陽在風景中迴轉，卻說是「想把一個個的白晝甩掉」；「甩掉」這兩個字「顛覆」了我們慣常的視覺；這「顛覆」使到我們慣有的對「光明」、對「理想」的自然趨向，產生某種「模稜」、某種「困難」，而這「模稜」與「困難」正反映著生命，尤其時在特殊的時空裏的生命的某些「困難」與「挫折」。「時間　閃得活像玻璃」，帶給我們一種「理想」的「嚮往」與「興奮」，但「玻璃」的「脆弱」品質，尤其是它又立刻連到「我們都有脆弱的心」，這又不免把慣有的「理想」底「嚮往」與「興奮」削減；而「每次閃亮，每次破碎」，更陷入使人心悸的幻滅境地。在「黑」的喻況結構裏，也有著類似但不盡相同的弔詭、矛盾、與顛覆的知性活動。「黑」本身就是無明，因此愈凝視愈走近，愈無法看到它、觸及它。這當然可以看作是純「知性」的哲理思考，但也不妨把它連接到生存的境地，表達了現實底黑暗不可測，不可測到無法觸及、無法洞破。黑暗罩住、凍結了我們，意味著黑暗的現實使到我們無法認同、參與這個現實：我們只是被罩住、被凍結在那兒。那是一種因「黑暗」而帶來的生命的異化：本應活躍的生命現在卻凍結了。我「點亮了你」，本來可以帶引我們走向光明，但詩人卻不給予我們這慣有的樂觀的自然的企待，代之給我們的卻是「轉瞬間你已躲開」。綜觀所引詩例及其他未引用的詩例，我們看到全組詩的黑白相對立相激盪的結構，並且其對立與激盪的觸鬚伸入到現實的各層面，形成了一個「抽象思維」與「現實暗喻」在許多地方相覆合的詩世界。

詹冰（詹益川）與錦連（陳金蓮）皆原為「銀鈴會」的「笠」詩人。在「銀鈴會」時期的詩人群裏，他們的詩作最有實驗精神，也最有現代詩的品質。詹冰的詩，最有科學及實驗的前衛精神，從他的詩集名稱《綠血球》及《實驗室》便可知。他的詩充滿著新現代科學觀的興奮，以及對生命的樂觀與喜悅。下面是他的〈液體的早晨〉（1948年）：

液體的早晨
瞬間，
初生態的感覺，
游泳在透明體中。
毫無阻力——。

現在
讀新詩般我要讀
被玻璃紙包著的
新鮮的風景。
例如，
水藻似的相思樹下，
成了魚類的少女
搖著扇子的魚翅。

於是，
早晨的 Poesie，
好像 CO_2 的氣泡，
向著雲的世界上昇。

相對於「固體」來說，「液體」是流動而輕快，這時詩人所感覺到的早晨，就是這樣。首節很容易讓我們把它置入嬰兒在母親懷裏的狀態：初生感、游泳、透明的液體，毫無阻力。但在詹冰的筆下，子宮的世界，並不是甚麼潛意識的世界，不是甚麼原始的世界，而是充滿著流動、自由與喜悅。而「風景」不再是普通風景，而是「玻璃紙」包著的，由於這「玻璃」而風景變得「新鮮」。這「玻璃紙」除了是詩人的透亮的詩感覺外，應該也包含著詩人對「科學」的歌誦。在科學（也就是相對於無知與封建）的觀照下，事物更為明朗、更為煥然一新地呈現我們面前。「科學」感與「詩」感是融為一體。於是，遂有如「水族館」般的第三節的現代美感：相思樹下的少女和水藻中的魚類、少女搖著扇子和魚類擺動牠的魚翅兩者的相覆合。其他如一九四三年的〈五月〉（「五月，透明的血管中，／綠血球在游泳著——。／五月就是這樣的生物。」）；如一九六四年的〈金屬性的雨〉（「鳥類的交響曲是／沸騰的高錳酸鉀溶液。／心臟型的荔枝是／燦爛的血紅色結晶體。」）都企圖把「科學」與「自然」（人文）現象覆合在一起。

相對於詹冰的科學與樂觀，錦連的詩往往含攝著一種「視覺」上、「存在」上的置換，與生命的悲哀感。〈靜物〉是很好的例子：

陰沈
　太濃
　　窒息性的　固體的憂鬱

從歪斜了的桌子上
　從翻倒了的一隻茶杯的腹部
　　緩緩流出

有傳奇性的故事
　說是
　　曾經有人在此啜泣　（五十年代作品）

這首詩幾乎可說是一幅色調深沈用墨很濃的油畫。整個動作放極極慢，桌子歪斜，茶杯翻倒，茶杯的腹部慢慢流出固體的憂鬱。「腹部」這一個封閉的空間，與前面的「窒息性」相呼應；似乎，我們是處在無可逃的陰沈的液體太濃的「腹部」裏窒息著。接著卻是一個帶有抒歎、帶有隱喻的結尾：這「傳奇性」與「啜泣」逗弄著我們的思維。另外一個同樣出色的例子〈軌道〉：

被毒打而腫起來的
有兩條鐵鞭的痕跡的背上
蜈蚣在匍匐　匍匐……

臉上都是皺紋的大地癢極了

蜈蚣在匍匐
匍匐在充滿了創傷的地球的背上
匍匐到歷史將要湮沒的一天　（五十年代作品）

這首詩鏗鏘有力並且讀來有強大的壓迫感。軌道、兩條鐵鞭的痕跡、蜈蚣的匍匐，在沒有「猶如」或「是」等喻況詞的連接下，已熔鑄、烙印在一起，可謂達到隱喻修辭的極限。毒打而腫起來的有著鐵鞭的「人體」的「背」和創傷的「地球」的「背」也同鎔鑄為一體。「匍匐」反覆六次而不覺其冗贅，反而形象地表達了蜈蚣匍匐爬過的毒癢，達到了語言密度的高階。

這兩首詩都具有普遍性，表達了普遍的生命的悲哀與現實生活的奴役與痛苦。不過，當這普遍性落實到其時的時空裏，我們就無法不把它們完全割離於詩人所面臨的歷史現實，尤其是二二八事件的歷史傷痛，而進一步較為具體地歷史時空地去感受這兩首詩了。

陳千武是「笠」成立以來最具主導地位的靈魂人物。[17]他以日本殖民政府強徵的所謂「志願兵」身分於一九四三年參與太平洋戰役，與盟軍作戰及至一九四六年中才歸國。[18]由於該段時期不在島內，故與島內的詩壇活動或有所隔閡，而對五十年代初紀弦、林亨泰等人所推動的現代詩運動，也似乎沒有積極參與。然而，他對「白話詩」與「現代詩」的差別體會甚深，其「現代詩」視野與經日本「中介」的歐美前衛詩潮相接軌；由於這種自覺，其詩篇一直保持著高度的「現代感」。[19]

「笠」成立前後陳千武出版了《密林詩抄》（一九六二）及《不眠之眼》（一九六五），前者以〈雨中行〉最為出色，後者相當地寫出了陳千武特有的風格。尤其是命名為〈不眠之眼〉的一輯，有著史詩的內涵：其中有記述太平洋戰爭的〈鴿子〉（「埋設在南洋／我底死，我忘記帶回來」）；有對日殖民時期的包括禁用母語在內的各種壓迫的控訴（「哦！母親／為甚麼有「大人」的恐怖威脅我／銀色的佩刀響著冰寒的亮聲／佩刀的閃亮毫無鬼神的邪氣呀／我為甚麼害怕　害怕「大人」的腳步聲／陰天覆蓋著幼稚的心靈／黑雲懸掛在枝梢／不尋常的權勢禁止我們說母親的語言」（〈童年的詩〉）；有向歷史與祖先的追溯（「網搖晃，咱們就搖晃／網破碎，咱們就修築／花在網中，網在花中……（中略）……三百年前，我底祖先／孕育民族精神，渡過

17 林亨泰主編《笠》詩刊首年以後，即因健康等因素淡出《笠》及詩壇多年，自此《笠》即由陳千武主導。

18 見其《陳千武作品選集》（臺中市：臺中縣文學中心，1990年）所載年譜。其詩〈信鴿〉即為太平洋戰爭死亡經驗的縮影。

19 其服膺「現代詩」可見於其對台灣現代詩源流的論述。陳千武說，廣義而言，是指「具現代精神，求新表現法」的詩篇（《台灣新詩論集》〔高雄市：春暉出版社，1997年〕，頁39），而陳千武的詩似乎特別強調「詩想」、「意義」及「語言」的「原始性」。

海……。」(〈網〉)；有對殖民時期政治現實下人性扭曲的批判（「在花之臉上，在臉之花上／閃著喜怒哀樂的聚叢裏／欺壓著我的，一個臉接近來／怒放的花朵／留下妒恨的紫蕊」(〈焦土上〉)；有鬱結的中國情結（「我仍然躺著／於迷睡中摸索／伸手欲搔癢／伸右手或左手──繞於背後／（哎！我的背後在發癢）／我欲搔痛癢的地方／由一個國家／輪次一個國家／……／哎！那個地方／那個地方是／最赤紅的一個首都的膿疹××」(〈午前一刻的觸感〉)。[20]在這詩輯裏，有圖象的技巧安排、有即物與超現實的處理、有心象的經營、而其語言則是毫無裝飾而達到某種質樸的狀態。也許，最為值得注意的是，這些詩往往有著準「論說」(discourse)的身軀，而這準「論說」的身軀往往是在結構上重新處理而達到某種「戲劇化」或「逆反」的張力與美學的效應。因為有著準「論說」的身軀，故詩裏可容納歷史現實的各種素材與肌理，可免於當時「現代派」運動因追求「純粹性」而往往失去時空現實的流弊。當然，《不眠之眼》容或還有著許多粗糙的地方，但它畢竟已相當地寫出了陳千武詩的個人風格。

下面讓我們論述陳千武在這段時期中最成功也最具典範性的兩首詩，即〈雨中行〉及〈咀嚼〉：

一條蜘蛛絲　直下
二條蜘蛛絲　直下
三條蜘蛛絲　直下

---

20 所引《焦土上》(臺中市：笠詩社，1965年）的詩皆直接引自該詩集（臺中市：笠詩社，1965年)。這首都應指北京。在反共的白色恐怖的五十年代，詩人把北京稱為「膿疹」未必是其本意，即使是也無傷大雅，蓋其意乃是指北京是他靈魂深處最癢的地方，非痛抓其癢不得其快。

千萬條蜘蛛絲　直下

　　　包圍我於

——蜘蛛絲的檻中

被摔於地上的無數的蜘蛛

都來一個翻筋斗，表示一次反抗的姿勢

而以悲哀的斑紋，印上我的衣服和臉

我已沾染苦鬥的痕跡於一身

母親啊，我焦灼思家

思慕妳溫柔的手，拭去

纏繞我煩惱的雨絲——（〈雨中行〉）

〈雨中行〉有著兩個略為矛盾的喻況層面：一是兩絲／蜘蛛絲成為一個禁錮的「檻」，把作為詩中說話人的「我」包圍著、囚禁著；一是雨絲／蜘蛛絲代表的並為「我」所認同的「反抗」精神（「我已沾染苦鬥的痕跡於一身」即代表著這心理認同，詩人也在苦鬥的反抗中）。雨絲／蜘蛛代表著負面（其絲如網囚禁「我」）及正面（雨珠／蜘蛛翻筋斗反抗的姿態為「我」所鑑賞所認同）；換言之，是兩個在喻況上矛盾的「心象」覆合在一起。〈雨中行〉以唯美的圖象技巧始，卻又以母親底溫柔、善良的世界作結，使人同時獲得美感的與心靈的感動：「思慕妳溫柔的手，拭去／纏繞我煩惱的雨絲」。詹冰讚美〈雨中行〉為「高度精神的結晶」，實現了詩人「意圖拯救善良的意志與美」；陳千武認同這個觀點，並以〈雨中行〉為真正寫詩的開始。[21]誠然，要真正了解陳千武詩歌的反抗、批判精神，必須領會其反抗、批判背後的精神面貌。最後，就現實「介入」而言，〈雨中行〉雖沒有甚麼具體的現實指涉，但其所含攝的「反抗與苦鬥－悲哀－願望與安慰」程式，則含攝了一個「論說」的抽象體，並因此獲致了共鳴的普遍性與象徵性。

下面是〈咀嚼〉（一九六四年）：

> 下顎骨接觸上顎骨，就離開。把這種動作悠然不停地反覆。反覆。牙齒和牙齒之間挾著糜爛的食物。（這叫做咀嚼）。
>
> ──就是他，會很巧妙地咀嚼。不但好咀嚼，而味覺神經也很敏銳。
>
> （略第二節）
>
> 下顎骨接觸上顎骨，就離開。──不停地反覆著這種似乎優雅的動作的他。喜歡吃臭豆腐，自誇賦有銳利的味覺和敏捷的咀嚼運動的他。
>
> 坐吃了五千年歷史和遺產的精華。
>
> 坐吃了世界所有的動物，猶覺饕然的他。
>
> 在近代史上
>
> 竟吃起自己的散漫來了。

〈咀嚼〉提供了陳千武詩的另一基型。假如〈雨中行〉是從「即物」起（所「即」為雨絲直下的「雨景」），轉化為「心象」，並沿著

---

21 陳千武以「蜘蛛」為毒蜘蛛，加重「檻」所代表的日殖民時期的囚禁壓迫感。但在詹冰及筆者的閱讀裏，是否為「毒蜘蛛」實無關宏旨，而是著眼於「反抗精神」及詩結尾的溫柔與善良的生命的回歸。詹冰及陳千武的解釋，見陳千武〈我的第一首詩〉，《陳千武作品選集》（臺中市：臺中縣文化中心，1990年）。

「喻況」以發展，則〈咀嚼〉雖同樣是「即物」始（所「即」為「咀嚼」的動作），轉化為「心象」，但其發展則不沿「喻況」，而是朝「毗鄰」方向，經由最樸素的白描手法捕捉「咀嚼」動作的基型與各局部肌理，以獲致所「即」之「物」的最原始的風貌，打破了我們慣有的思維與視覺所加諸於這所「即」之物的外衣，達到去熟悉化的效果，終而獲致煥然一新的對「物」的了悟。這「白描」手法與〈雨中行〉的「喻況」手法迥異。同時，就在打破慣有視覺、去熟悉度的白描過程裏，「下顎骨接觸上顎骨，就離開。把這種動作悠然不停地反覆。反覆」，毫不著跡地達到了「反諷」的效果。在詩形上，有散文性的長句及散文詩的流動之美，而其「詩質」不因而有所削減。散文詩的長處是可以容納更多的現實指涉以獲致更迫近現實的肌理，而其「論說」的身體也可以較為完整與多姿。〈咀嚼〉就達到這個效果。這首詩始自對「咀嚼」的「即物」，蔓延為對中國「咀嚼」文化的反省與批判。它抓住了中國民族文化中的一個基型，其獲得的「普遍性」有著民族／文化的個性。[22]

如果林亨泰、詹冰、錦連、陳千武這跨越語言的一代，代表著日殖民時期本土日語詩人的延續與跨越，代表著臺灣本土詩人在日本現代詩潮洗禮下的現代主義前鋒；那麼，新生代的「笠」的白萩，就歷史的角度而言，則是這個本土現代詩根球與紀弦等人所代表的大陸現代詩根球溶匯中的廣義的現代詩大潮流裏的時代產物，也是其時耀眼的一顆新星。白萩的詩局部象徵深刻，語言洗練，特具爆破力，而其圖象詩及圖象技巧，尤為人所稱道。

---

22 本文對陳千武詩之討論，請參拙文〈論桓夫的「泛」政治詩〉，《中外文學》第17卷第5期（1989年10月），頁42-72。

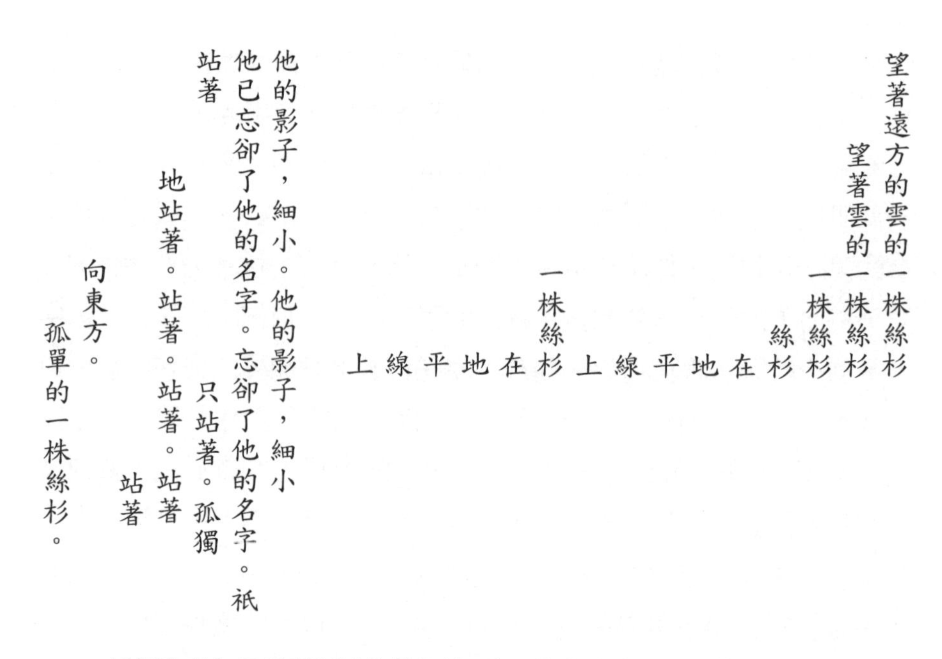

〈流浪者〉可謂是經典的圖象詩。「流浪者」與「一株絲杉」兩者若即若離：「即」時兩者彷彿互為喻況，「離」時則彷彿互為「背景」。詩行作形象化的排列，一方面產生圖象美，一方面也「模仿」出流浪者孤零零於地平線上以及到處流浪的境地。「他已忘卻了他的名字」及「向東方」等又為這圖象詩增加一份特殊的韻味。其實，圖象手法於詩中作局部應用，更能發揮其表達的功能，不致陷於純抽象純形式的流弊，下引〈秋〉及〈暴裂肚臟的樹〉兩節即為例證。

年年相同的面孔。好像
已活過幾千年的愛情。秋天
還是一樣的秋天。那些豆芽黃的
面孔被戰爭的輪追逐的腳

我們像一條鮮活的魚在敗壞

敗壞敗壞敗壞敗壞敗壞敗壞

在世界的潭裏，遠望過去的低陰的
天空像負累喘喘的孕婦的肚皮
年年相同的面孔。已經活過了幾千年
唉，那些鐵鞋在輪踐著我們希望的妻子

像一座被遺棄在路邊的屋子
我們空望著門前的路沒入遙遠的前方　（〈秋〉）

鋸齒鋸齒鋸齒鋸齒鋸齒鋸齒鋸齒鋸齒鋸齒
在黝暗的口腔中森然示威的惡狼之牙
鋸齒鋸齒鋸齒鋸齒鋸齒鋸齒鋸齒鋸齒鋸齒
這是我們的刑場，面對著前方
一排銃鎗深沉冷漠的眼，虎虎眈視
我們以一座山的靜漠停立在刑臺上
這是最後的戰爭　（〈暴裂肚臟的樹〉首節）

〈秋〉裏疊合著「秋」的前景與「戰爭」的後景，兩者的意象均不落俗套，耐人尋味。而其中圖象化的「我們像一條鮮活的魚在敗壞／敗壞敗壞敗壞敗壞敗壞敗壞」，無論在「視覺」上及「意義」上都使人震撼。「低陰的／天空像負累喘喘孕婦的肚皮」，更是深刻而意義豐富。〈暴裂肚臟的樹〉標題充滿爆炸力，刑臺上的「我們」移位為「樹」，使我們聯想到受刑人被「鋸齒」割開肚臟的恐怖；把「黝黑的口腔中森然示威的惡狼之牙」比作兩排鋸齒，並重複「鋸齒」兩個象形字排成兩列形象化出來，產生震撼的視覺效果。這兩首詩寫

「秋」寫「樹」，但在其戰爭與行刑的後景上，卻不免迴響著歷史的傷痕，迴盪著二・二八事件以來的各種高壓與迫害的餘音。

總結來說，「笠」中的跨越語言的一代，在日本現代詩潮的「中介」與基礎下，並在臺灣本土詩壇從「白話詩」走向「現代詩」的朝向裏作出了貢獻。他們的詩篇表達了與本土相連接的現代詩質與表現手法。在詩內涵上，在豐富之餘，其中一個最感人也最成功的母題，乃是他們對日殖民時期的反抗，尤其是對漢語（母語）之禁止[23]，以及對二二八歷史的傷痛及隨後的政治高壓。由於政治的禁忌，以及現代詩學的要求，往往使用喻況及濃縮的手法，並往往把具體的迫害濾去而成為抽象化與普遍化的意象。在表現手法上，除了歐美現代詩技巧的靈活挪用外，特別發揮中國象形文字的特色，在圖象詩及圖象技巧上有所發揮。這些詩人們都各有其風貌，林亨泰的「知性」及「純粹」傾向，詹冰的現代科學所開發出來的樂觀情懷與現代詩情，錦連的時代與生命底悲哀以及美學的視覺移位，桓夫的即物象徵手法以及能容納現實的「準論說」結構，都有使人激賞的成就。新生代的白荻，可以說在這群超越語言的一代所開創出來的現代詩格局上，並與當時整個詩壇的朝向現代化的大潮流裏，兼容並蓄[24]，開創出在語言上、結構上、意象處理上都相當成熟的個人風格。與「現代派」關係密切，詩風也最為前衛的新生代，在早期的「笠」同仁裏，除白萩外，尚有黃荷生及林宗源。可惜前者自《觸覺生活》出版後，幾乎是輟筆，而後者自《力的建築》（1965）成集後，不久其現代詩風即嚴重退潮。礙於篇幅，只好存而不論。至於「笠」成立之初，其他

23 日殖民時期禁用母語，為超越語言的一代共有的詩母題，其表達亦最為深刻感人。除前引陳千武詩外，尚在巫永福〈遺忘語言的鳥〉，吳瀛濤〈台灣衫〉等。

24 白荻先後參與「藍星」、「現代詩」、及「創世紀」，並且扮演著重要的角色，而在其前衛的現代詩風裏仍可看出各詩社所主詩風的痕跡。

「笠」詩人，如趙天儀、李魁賢、杜國清等，則正向內涵上臺灣鄉土寫實與浪漫抒情相結合，風格上表現明朗而前衛精神相對削減的可稱為中庸的本土詩風摸索中，其在「笠」以後發展及其產生的影響，目前就只好擱置不論了。

三　「現代派」運動與紀弦（兼覃子豪）

對於紀弦以其《現代詩》季刊為基地[25]而號召並獲得詩壇極大回應的「現代派」運動，其所含攝的本土與大陸「現代派」根球，其對其外緣的「現代詩」大趨勢的激盪與推波助瀾之功，以及紀弦所提出的發揚光大歐美新興詩派、橫的詩植、知性與純粹性之追求等六大信條，本章首節已有或詳或略的論述，不贅。同時，在這個「現代詩」大趨勢及其所含攝的「現代派」運動裏，其中「笠」創始詩人群的表現與成就，也已在第二節中詳論。本節即著眼於這「現代派」運動裏代表著大陸現代詩根球的紀弦的現代詩觀與其詩實驗，並同時及於其同輩的論戰對手「藍星」詩社的主角人物覃子豪這段期間或稍後的詩作，見其如何受到「現代派」運動的激盪，也即著眼於大陸移臺的前輩詩人。

---

25 《現代詩》為紀弦一人獨資創辦於一九五三年，於一九五六年已突破兩千份的銷路。可見它在詩壇上的影響力；也就是在這個基礎上，其號召的「現代派」運動獲得了詩壇友好的結盟支持。《現代詩》於一九五九年二十三期以後，因經濟關係改由林宗源、黃荷生接辦以來，事實上等於已經停刊，蓋以後斷續出版至一六三年而完全停刊者，其篇幅大量削減到不足道。故論者往往以一九五六年的十三期到一九六九年的二十三期為「現代派」的運動期，其前則為醞釀期，其後則為餘波而已。關於《現代詩》詩刊的討論，尤其是其中的帶有本土的前衛性格（奚密以「專」、「窮」、「狂」稱之），請參奚密〈在我們貧瘠的餐桌上——五十年代的《現代詩》季刊〉，周英雄、劉紀蕙編：《書寫台灣》（臺北市：麥田出版社，2000年）。

談到「現代派」運動，論者往往注重前述的「六大信條」，而忽略了這「六大信條」落實下來的紀弦的「現代詩」觀——這「現代詩」觀實可視作紀弦創作上實際操作的版本，並反映著當時「現代詩派」的最大公約數。請徵引其「現代詩」觀如下：

> 現代詩以「心靈」為現實中之現實，復與天地間萬事萬物相默契。批判的，內省的，現代詩重知性，避直陳與盡述，而其使用隱喻，實具有重大之作用。一反浪漫主義及其以前的詩的表現一個完整或統一的觀念，它只是一個情調，一個心象，一個直覺，或一個夢幻。它否定了邏輯，從而構成一全新的秩序。以部分暗示全體，以有限象徵無窮。叫囂使人憎厭，雄辯使人疲勞，現代詩是克制情緒的，尤其排斥的是那些日常的喜怒哀樂，刺激與衝動。又因為其境界恒得之於靜觀與冥想，所以它是沈默的詩（〈現代詩的特色〉，1956年）。[26]

我們現在回顧當時以及稍後的現代詩，我們發覺這個界定相當地綜述並倡導了當時臺灣「現代詩」的總趨勢。同時，這個界定也可以看作是西方現代詩潮「移植」到臺灣本土後所實際操作的「基型」。相較於西方現代詩潮裏的反資本主義以及隨之而來的各種叛逆甚或世紀末式的「反藝術」（指反傳統藝術的規範）態度、與之相反的對現代科學、文明的嚮往（如「未來主義」），或付諸闕如，或沒有獲得應有的強調。在這東方的移植版裏，在隱喻、心象、有限象徵無限、及靜觀上，與中國傳統詩學也未嘗不可相通，也因此最易為詩人們所接受。

26 該文收入紀弦《紀弦論現代詩》（臺中市，藍燈出版社，1970年）。引文見頁16。

在這個版本裏，在臺灣「現代詩」的發展軌道上，最重要的問題是：這個「版本」能否把「現代詩」與人們生存的特定的時空所決定的「現實」有紮實的連接？能否對這「濁」的現實及其肌理有足夠的表達？對這以「心靈」為現實中之「現實」，以「隱喻」、「心象」、「夢幻」為詩的「本質」，以所謂「詩的秩序」代替「邏輯」，這種的「主知」與「純粹性」的追求，我們有足夠的理由去懷疑它是否能充分承擔表達「生存」的現實的功能。無疑地，紀弦的「現代詩學」有其侷限與衍生的流弊。當詩人脫離生存的現實空間（臺灣本土或者整個中國）而陶醉於所謂「心靈」的現實與「心象」、「隱喻」與「詩秩序」時，甚至不自覺地以此作為逃避現實的盾牌時，這個東方版現代詩學其流弊就暴露無遺了。然而，我們回想一下一九五〇年代政治高壓的年代以及兩岸割離的狀態，要強調詩的現實性，要詩表達其時歷史的生存的現實，恐怕是有其困難的吧！

紀弦在大陸時期的現代詩觀與詩創作，與來臺後提倡的「現代派」運動及其時的詩作，關係為何？這是一個複雜尚待釐清的問題。紀弦在大陸時期與戴望舒等以法國象徵主義為主導的「現代派」淵源甚深；然而，紀弦現代詩學的另一個源頭則為其習西洋畫的專業，也就是從西方現代畫派所獲得的滋潤。紀弦自稱其東渡日本期間（一九三六年），「直接間接接觸世界詩壇與新興繪畫」，並且「大畫特畫立體與構成派的油畫，也寫了不少超現實的詩」。[27]就臺灣「現代詩」運動而言，西方前衛畫派更佔著一個明顯的角色，紀弦在前引的一九五六年的（現代詩的特色）一文裏，即把西方新興畫派與現代詩相提並論，而晚近學者也已論證一九五〇年代臺灣「現代詩」與「現代畫」

27 見紀弦：〈三十年代的路易士〉。今引自奚密《現當代詩文錄》（臺北市：聯合文學出版社，1998年），頁14-15。

的密切關係。[28]同時，紀弦《現代詩》季刊特別注重翻譯外國前衛作品，這也實際地促進了詩人們與西方及日本現代詩的直接接觸；譯詩所扮演的媒介角色，實不容忽視。[29]

綜觀紀弦大陸時期的詩作，其中若干詩篇雖有紀弦其後所倡導的「現代派」的「知性」等傾向，但其中實含有相當個人主義色彩的抒情品質，而表現上尚遺留許多直接抒情的句子。[30]事實上，「現代派」運動熱潮過後的作品，似乎也相當地恢復了他原有的抒情主義，〈狼之獨步〉即為其中之佼佼者。職是之故，最能代表其前衛現代派精神的詩篇，乃是於該運動時期所寫的現代詩篇。[31]尤其是其較長的〈存在主義〉，無論在詩內涵及詩語言，都有著「前衛」的不羈，有著「知性」與「純粹性」格局，有著「存在」的思考與理性過濾後自我的抒情：

存在主義
圖案似的
標本似的

28 詳參劉紀蕙〈超現實的視覺翻譯——重探台灣五〇年代現代詩「橫的移植」〉，《孤兒．女神．負面書寫》（新店市：立緒文化公司，2000年），頁260-298。

29 舉例來說，在刊出〈現代派六大信條〉的第十三期，自社論以後，7到13頁都是譯詩，譯有保爾．福爾，阿保里奈爾、高克多、岩佐東一郎以及英美詩人三家的詩作。見林亨泰《知者之言》，頁252。

30 關於紀弦大陸時期的詩歌，可參奚密〈我有我的歌——紀弦早期作品淺析〉，見其《現當代詩文錄》（臺北市：聯合文學出版社，1998年），頁134-152，至於其詩歌之抒情主義，雖是筆者的觀察，但從奚密文中「思鄉的流浪者」等等各種特質，亦可某程度上佐證我這個觀察。

31 紀弦及其他詩人在這段「現代派」運動時期的「前衛」及「現代主義」作品，可見張默及瘂弦主編：《六十年代詩選》（高雄市：大業出版社，1961年）。這部選集的選輯顯然地根據「前衛」及「現代」的視野，對「現代」的推廣及其流傳有積極的作用。這部選集亦有所遺漏，如陳千武、詹冰、林宗源及羅門等現代詩作，皆未列入。

一蜥蜴
夜夜，預約了一般地
出現，預約了一般地
當我為了明天的麵包以及
昨日的債務而又在辛勞地
辛勞地工作著時

平貼在我的窗的毛玻璃的
那邊，用牠的半透明的
胴體，神奇的但醜陋的
尾巴，給人以不快之感的
頭部，和有著幼稚園小朋友的人物畫風格的
四肢平貼著，
圖案似的
標本似的
這夠我欣賞的了。
在我的燈的優美的
照明之下：這存在

這小小的守宮（上帝造的）
這小小的壁虎（上帝造的）
這遠古大爬蟲的縮影、縮寫和同宗
屏息在我的窗的毛玻璃的
那邊，而時作覓食之拿手的
表演；於是許多的蚊蚋、蛾蝶和小青蟲
在牠的膨脹而呈微綠的肚子裏

消化著
　　又消化著。

噢，對啦！我是牠的戲的
觀眾，而且是牠的藝術的
喝采者，有詩為證；而牠
也從不假裝不曉得
究竟在這個芸芸眾生的大雜院裏
誰是最後熄燈就寢的一個。

故我存在——等價於上帝
蜥蜴存在——等價於上帝
一切存在——等價於上帝
而這就是我們的存在主義——不！我們的存在主義

〈存在主義〉本身是非常「知性」與「純粹性」的標題。詩中以詩行的「排列」與「重複」(「圖案似的／標本似的」;「夜夜，預約了一般地／出現，預約了一般地」;「這小小的小守宮（上帝造的）／這小小的壁虎（上帝造的）」等等)，獲致某種形式的圖象效果。「標本」有著「知性」的聯繫，把人帶進了某種「存在」的思索裏。詩人沒有「詩化」蜥蜴，並不諱言其「醜陋的尾巴，／給人以不快之感的頭部」，更不諱言其實相當令人噁心的「作覓食之拿手的／表演」:「許多的蚊蚋、蛾蝶」等「在牠的膨脹而呈微綠的肚子裏消化著」。在靜觀中，在詩人的喝采裏，這「生存」之粗鄙演出，予人一份「原始」的「存在」感。當這場景與詩人「為了明天的麵包以及／昨日的債務而又在辛勞地／辛勞地工作」並置而成為相「對等」時，便產生某程度的震撼，並獲致某種自我揶揄而且毫不自我掩飾的「存在」感。當蜥蜴及詩人兩者的「存在」都各自地被書寫之後，接著來的是一個最有趣的互動畫面：他是「牠的藝術的喝采者」，並「有詩為證」，而牠「也從不假裝不曉得」在芸芸眾生的雜院裏「誰是最後熄燈就寢的一個」。這可說是儒家的「民胞物與」精神的一個帶點「現代」，帶點「前衛」的演出。蜥蜴存在、我存在，等價於上帝，是「存在」的最高敬禮，也可以說，是非常「知性」的心靈的提升與抒情，與歐美「前衛」主義往往帶有的世紀末頹廢，迥然不同。

〈跟你們一樣〉充滿了達達主義式的語言的任意拼貼，可稱是紀弦詩中最高前衛與最高實驗色彩的詩，但似乎有點失控。[32]〈春之舞〉富超現實色彩，標本陳列室與資本主義空間的「拼貼」，以及結尾不落言詮的反諷（「她是從國立研究院標本陳列室裏逸出來的一可口的白肉……（中略）。用了鄧肯的步法／和趙飛燕的韻姿，在商業大樓前春的寧靜的廣場上……（中略）。而當她意興既寂，一念間／欣然失蹤，忘記了收回那／赫然投射在德國賀爾蒙巨型廣告牌上的／一不可消滅的黑影）；〈未濟之一〉中的「詩人」與「讀者」的「前衛」關係（「哦！觀眾／隨便你們噓或中途退出／大聲叫喊，統計學一般的沉默或用力拍手——這裏是沒有甚麼公共秩序必須維持和遵守」）和幾何象徵（「而是圓筒狀成幾何級數的那麼／爬升又跌落；而是成幾何級圓筒狀的那麼跌落／又爬升……」），在在流露出紀弦的前衛詩風。

覃子豪在論戰中雖反對「橫的移植」的說法，但亦承認有向西方前衛詩派與現代主義吸取營養之需要。似乎，在論爭中，覃子豪更意識到借助於西方當代詩潮之實效，故其詩也向這個方向傾斜；這可見

---

32 紀弦自編其《紀弦自選集》（臺北市：黎明文化公司，1978年）時，即未收入此詩。

於代表此階段的《畫廊》(1962)。代表性的詩篇，當推〈金色面具〉、〈瓶之存在〉及〈黑水仙〉。覃子豪在「序」中承認這詩集展現出其創作上的「新的動向」，對抽象「性」及「純粹性」作出實驗，而其主要追求為「存在」、為「夢」的世界。

〈金色面具〉這個詩題使人立刻聯想到法國「象徵主義」，以及「面具」後面藏著夢幻、神祕的「存在」世界：

　　　　夜深了
　　　　琴絃斷了
在燭光熄滅的一瞬，你投下森然的一瞥
　目光像兩條蝮蛇
　　　　帶著黑色的閃光
　　　　　　黑色的戰慄
自深穴中潛出，直趨幽冥
　　　你的目光依然深沉
　　　　神采依然煥發

那些龍眼核的眼睛怎能及你的深沉
你深沉的眼裏有填不滿對無名的渴望
像我，有火潛在內心，燃燒著，燃燒著
如何滿足？美給予我的心靈的感受
　　　　　　　　　　官能的狂樂

葵花一瓣瓣的開放
　又一瓣瓣的死亡
看啊！你臉上有極度的熱在燃燒

為何又泛著青銅一般冰涼的冷嘲
你是在不屑的看我？（前後略）

全詩甚長，在這徵引的詩局部裏，詩人與畫廊的〈金色面具〉在閉館後兩兩相對，跌進了某種潛意識的世界；在其中心靈／官能、深沈／煥發、開放／死亡、燃燒／冷嘲等互為「矛盾」與「對立」的東西並置在一起。「蝮蛇」的比喻，確實使人「戰慄」；「金色面具」的「森然的一瞥」確實咄咄迫人，「你」（金色面具）「我」（話中的說話人）面面相窺，詩人便無可逃於其心靈的隱密世界。〈瓶的世界〉則恰恰相反，表現了東方圓融的哲學：

瓶之存在
淨化官能的熱情，昇華為靈，而靈於感應
吸納萬有的呼吸與音籟在體中，化為律動
自在自如的
挺圓圓的腹

挺圓圓的腹
似坐著，又似立著
禪之寂然的靜坐，佛之莊嚴的肅立
似背著，又似面著
背深淵而面虛無
背虛無而臨深淵
無所不背，君臨於無視
無所不面，面面的靜觀
不是平面，是一立體
不是四方，而是圓，照應萬方（後略）

中國花瓶一直給予詩人們美學上、哲學上的沉思。首節可以看到那瓶之從「無」到「有」以及「有」(存在)以後的氣韻生動與能容的自如圓融。「挺圓圓之腹」對「自如圓融」有很好的具象化。在生命的律動、寂靜、莊嚴、禪等東方韻味之「存在」裏,我們突然給帶進某種現代的「存在」境地:「背深淵而面虛無/背虛無而臨深淵」;而這現代人的困境又似乎最終融入了籠括一切的「靜觀」與「照應萬方」的東方思緒裏。我們只引了這兩首詩的局部,通體讀來,氣魄會雄偉些。然而,無論在〈金色面具〉或〈瓶之存在〉裏,我們都遭遇到覃子豪鋪張排比的風格。由於鋪張排比,張力比較弱,而詩質也比較稀薄了些。在較短的詩篇裏,其「純粹性」與「抽象性」美感經驗,獲得較好的成就。「域外的人是一款步者/他來自域外/卻常款步於地平線上」(〈域外〉),雖沒有圖象的文字安排,確能獲致某種圖象純粹性。「我欲皈依那絕對的純粹/而我已溶入無限的明澈」(〈黑水仙〉),在本身追求純粹性的詩境裏,更溶入其詩學理念:皈依「純粹」,但不失「明澈」。這詩學詩念,或可視為其與「現代派」流弊之一的「晦澀」有所區隔。[33]

總結來說,作為「現代派」點火者的紀弦,其詩作自有其現代性及成就,其對詩壇中溫和派之激盪,可想而知;即使其對手覃子豪,其後詩作亦向「現代派」所提倡的詩風有所傾斜。同時,相隨著「現代派」運動的是一場詩壇上的大論戰。在論戰的過程裏,現代詩壇內的論戰是主知還是抒情、橫的移植還是縱的繼承等問題,也就是前衛派與溫和派的論爭,結果是各有所堅持亦各有所退讓;而在現代詩壇對外的論戰中,則打敗來自舊詩壇及保守白話詩人的挑戰,鞏固了

---

33 就對詩壇「現代派運動」及「現代詩」朝向而言,紀弦的批評文字影響或最大;然而,對一般的青年讀者或詩作者而言,覃子豪的批評文字,如《詩的解剖》等導讀的著作,反而最為流行。

「現代詩」的地位，而「現代詩」一名終而取代了慣用的「白話詩」或「新詩」。[34]

四　結語

五十年代的現代詩運動，尤其是其中最有動力的「現代派」運動，皆與歐、美、日的「前衛」與「現代主義」詩派脫離不了關係；這從前幾節的論述裏，即可窺見。現在就從比較文學的視野，略論「現代詩」發展中所含攝的「弔詭」及其「超越」作結。

從比較文學的視野來看，如果臺灣「現代詩」的發展與臺灣當時的政治、經濟、及文化等結構互為表裏或步距不過分超前，那就不會出現太大的爭議。然而，以西方「前衛」與「現代主義」精神的「現代派」運動作為其動源所在的「現代詩」發展，就必須面對「歷史」上時空落差與「詩學」上「內容」與「形式」不可分割的雙重「弔詭」上。蓋言之，歐、美、日的「前衛」及「現代」詩派是與其資本主義政經架構及其輻射出去的整個文化及社會處境有著共生的關係，並往往是對其資本主義體制的抵抗與叛逆。反觀五十年代的臺灣，尚正由農業社會慢慢轉向工業化，而資本主義的根苗也在有著相當社會主義色彩的三民主義及高壓政治的雙重控御中，而遑論中國封建體制的各種遺留；故其「現代派」運動實遠遠超越了其歷史所發展的位置。此即前謂「歷史」的弔詭。同時，在文學書寫裏，尤其是其中的詩歌，「內容」與「形式」可謂最為密切；我們是否可以僅僅「移植」或「挪用」這些「前衛」的「現代主義」的詩學理念與技巧，而

34 詳細情形請參古繼堂《台灣新詩發展史》（臺北市：文史哲出版社，1997年）第七章。

不涉及原生場域裏與其共生的屬於西方「現代」時空的詩「內容」？此即所謂「詩學」的弔詭。這裏所謂的「弔詭」，乃是指在「理論上」是不可跨越，而在「實踐上」卻又不得不硬闖關而陷於模稜的處境。

就在這「弔詭」的處境裏，五十年代的臺灣現代詩，從前兩節的論述裏，我們可以確認，它獲得了某種跨越，獲得了某種本土化，也就是獲得了可觀的成就與自己的風貌。綜觀而論，五十年代的「現代派」運動裏，歐美日各種「前衛」與「現代主義」的詩想與技巧大致上被溫和的「挪用」，而對於西方「資本主義」社會所衍生的「異化」或「疏離」（alienaton）關聯最密切的詩學理念與技巧，諸如「超現實主義」中的「自動書寫」、「達達主義」的「無義」詩學及任意切割拼合，都不予採用。這「溫和」的「挪用」態度，有助於超越歐美「前衛」／「現代主義」與本土環境的時空差錯，而有利於這外國影響的本土化與馴服化。其向「知性」與「純粹性」的傾斜，也扮演著這種功能；但對「現實」的「肌理」的表達，就不免有所侷限。同時，五十年代的詩人也重新思索了自己所採用的文學媒介，發揮了中國象意文字的特質而在圖象詩或局部圖象技巧上作了有好的實驗，有所突破。最後，特具「本土」與「時空」特質的，也是最使人震驚與耀眼的，也許要算本土詩人對二・二八事件的傑出書寫。[35]在詩傳統的繼承上，這些本土詩篇發揮了日據以來的「反抗」與「批判」精神；在詩學發展上，其繁複而深沉的「隱喻」或「象徵」手法與「知性」或「普遍性」的「心象」的有效應用，規避了檢查，並對「詩篇」的「文學」深度及「現代性」作出了貢獻。

---

35 大陸移台的詩人群未能對其最痛的兩岸隔絕作出相當的深刻書寫，是可以理解的，在反共戒嚴白色恐怖（主要針對有共產主義色彩的左翼分子）下，這一個政治禁區意謂死亡。

最後，對本文的各個下限作補充解釋。在這個時期的「現代詩」運動裏，由於「知性」及「純粹性」、及「前衛」與「現代主義」等相當地把「時」「空」擱置的美學追求下，本土與大陸移臺詩人間的「差異性」被泯滅與擱置，而出現大結合的狀況。然而，在心態上是存在著一個差異：本土詩人所有的是在「家」的感覺，而無論是大陸移台的老一輩或在大陸長大而移臺的「新生代」都有著某種「空間」的失落感。[36]故一九六四年本土詩人群大結合而成立「笠」詩社，發行《笠》詩刊，終而確立了台灣詩壇以後發展的版圖。鑑於此，本文有兩個參差的下限，就「笠」詩社詩人群而言，為一九六四年「笠」之建立；就整個詩壇而言，則為紀弦等人所主張的「現代派」運動活躍時期終結的一九五九年，而讓詩壇上的新生代（「笠」已論及故除外）如葉珊（楊牧）、鄭愁予等則置入六十年代裏論述。[37]

---

36 這不同於晚近所謂「本土」的認同的問題。在五十年代，很少台灣人會自外於中國，而大陸移台者也並非自外於台灣本土。同時，「空間」的失落感，在五十年代反共復國的大旗下，或尚不明顯，但隨著反共之無望，則日益發酵。無論如何，大陸詩人群中的「流亡」（exile）心態要等到六十年代才漸漸成形與發酵。

37 在五十年代這段時期裏，有一些不久就停筆的優秀詩人，如前衛派的方思、秀陶，及溫和派的夏菁、黃用等。他們這時期的作品，可從《六十年代詩選》（張默、瘂弦編）窺其精要。楊喚更受到當時大眾的歡迎，可惜早逝。這些詩人在六十年代裏無緣論及，並由於篇幅所限，只好在此存而不論了。

現代詩裏「現代主義」問卷及分析

一　前言

「現代主義」（Modernism）是一個很廣延的詞彙，它蓋指十九世紀末期到二十世紀中期，歐美知識界、藝術界、文學界對「現代」社會作出積極或消極的反應而在藝術上、文學上形成的各種運動及其所促成的整個霸業。[1]根據布里泊爾（Malcolm Bradhary）與麥法倫（James McFarlane）的研究，「現代主義」於一八九〇至一九三〇年最具生機；在文運上，包括了法國的象徵主義，英美的意象主義，美大利及俄國的未來主義，德國的新表現主義，以及法國的達達主義，超 現實主義等等（參其所著 *Modernism:* 1890-1930, Harmondsworth, Middlesex: Penguin, 1976）。這以歐美為發源地及中心的「現代主義」，隨著歐美霸權及其文化的向東延伸，東方諸國亦莫不受其影響。就我國而言，李金髮所從事的象徵主義、紀弦等人所帶動的現代主義，「創世紀」詩社所提倡的超現實主義，大致說來，都是「現代主義」這一個全球性的詩運的一個延伸的環節。「笠」詩社裏「跨越語言」的詩人們，其「現代主義」的洗禮，則經由日本的「現代主

1　本篇原載於《文學界》，24期，1987年，頁83-101。「問卷」本為拙著英文稿 "Modernism in Modern Poetry of Taiwan: A comparative Perspective" 而作，該英文稿已於中華民國第五屆國際比較文學會上提出，並收入大會論文集中。今收入拙著 *A Comparative Study of Reception, Lyric Genres, and Semiotic Tools: Essays in Literary Criticism* (Lewiston: Edwin Mellen Press, 2014), pp. 187-208.

義」而獲得，亦是全球性的「現代主義」的一個延伸。

當文學理論及詩篇傳入另一文化裏，其被「接受」的情形受到很多「中介」的因素：當時的文化及文學環境、政治環境、傳播人所作的選擇、傳播人翻譯的風格、接受者的個性及互相傾軋等，都使文學的「接受」(reception) 受到極大的改變，故其終於成形的「產物」，就本文而言，也就是此間的「現代主義」，會自成一格。

為了對此間現代詩裏的「現代主義」作一個廣延的、比較文學式的界定，以與全球性的「現代主義」作一對話，我對十一位詩人作了一個問卷，請他們提供這「接受」過程裏的一些脈絡。雖然收到的答案只有五份，但亦彌足珍貴。當然，答卷人所提供的資料，是屬於答案人主觀所肯定的；研究者則站在客觀的立場，或者說，站在研究者主觀所肯定的立場上，重新審視答卷人所提供的資料，與他本人所認知的客觀事實來作衡量，以符合學術研究所要求的性格。

下面是五位答卷人的回答。其後則是本人對這些答卷的初步分析。同時，本人的「問卷」則置於全文之後，視作「附錄」，以供參考。

二　「答案」存錄

問（一）：根據您當時的了解，「現代主義」這一個世界性詞彙所含攝之內容為何？並請標出及詳述您所追隨的某流派或某概念或某技巧等。

桓夫：紀弦於一九五六年在《現代詩》季刊，宣稱「現代主義」出發時，我因未有中文基礎與寫作能力，而未曾參與活動。不過，我於一九三九年開始寫（日文）詩不久，即透過日本於一九二八年創刊的詩誌《詩與詩論》，及其詩人們的作品，接受二十世紀的世界性，包括反抗性、實驗性、意識性的文學運動，並逐漸了解法國的達達主義與超現實主義，德國的表現主義或未來派運動等。

我對於日本現代詩人西脇順三郎實踐的超現實主義，北園克衛提倡的現代主義，村野四郎實踐的新即物主義，北川冬彥實踐的新現實主義，均經過一段時期的熱狂予以涉獵，其中村野四郎與北川冬彥，於戰後（光復後）交換過書信或面接之後，得到了更深入的了解。

村野四郎實踐的新即物主義 *Neue Saehlichkeit*（德），原係用於機能性、目的性的形式美為目標的建築上美術用語，在文學上排除表現主義的缺乏洞察人的歷史性、社會性的觀念與純主觀的傾向。即以即物性、客觀、冷靜的態度，寫出報導性要素強烈的作品。北川冬彥實踐的新現實主義 New Realism（英），認為所有的意識，是對外界客觀性存在之現實的反映。因而從多樣性的現實裏，找出本質或其向現象的轉化，在其運動發展的過程描寫現實。

此外我對超現實主義的技巧，也相當迷入，自己也實踐了一些。

林亨泰：我們所謂的「現代主義」是指廣義而言的，誠如「現代派的信條」中的第一條所說：它是「……包含了自波特萊爾以降一切新興詩派之精神與要素……」。我在當時所發表的任何作品，並不是為了追隨某派、某概念或者某技巧而寫的。我們之所以發動了現代派運動，只是不滿當時詩壇上自怨自艾的抒情主義與喊口號式的戰鬥文藝。「現代派的信條」中的第四條「知性的強調」、是針對「抒情主義」而發：第五條「追求詩的純粹性」，則為了排除戰鬥文藝中的「非文學要素」（即指「政治」）而言。當時加入現代派行列的有一百多位，幾乎網羅了大部分詩人。可以說，具有強烈改革意願的一次文學運動。

洛夫：概括言之，歐美的現代主義，主要包括立體主義，達達主義和超現實主義，其特徵在「要在一切藝術中培養一種對於當代現象，諸如機械、工業都市，和神經病行為的敏感」（藍波語），並主張

「對社會及一切傳統價值採取敵對態度」，其目標則在「創造一種既是徹底現代化，且又具有夢幻般氣質的藝術。」

現代主義發展到極致就是超現實主義，此一主義追求的是表現方法的大革命，即運用不受意識與理性約束的「自動語言」（automatic language），以表現人最深處的潛意識（潛意識是最混亂的，但也是最真實的）。換言之，超現實主義實乃思想與技巧的雙重解放，可使詩的本質和詩人本性得以作完全赤裸的表達。

早期我的確著迷於超現實主義的全新觀點和表現方法，但在同一時期（約一九五九年左右），我在思想上也受存在主義的衝擊和影響，使我認識到人在荒謬的現世中個人自救的能力，而逐漸培養了我深索人的存在境況，精神狀態、與人的價值和空位等重要觀點。

但日後發現，事實上「超」和「存」對我的影響絕非單行道式的輸入，而是這兩者正好呼應了我內心久已積存的動因：個人的美學旨趣（近乎莊子的一元論和自然主義），以及個人的戰亂經驗（流亡、打游擊、金門砲戰、越戰）。故不論在詩觀或實際創作上，都形成了我自己的現代主義，我自己的美學體系。

羅門：談到「現代主義」，我在〈現代詩精神的特質〉一文中，提出的重要觀點：如「自我的尋找」、「慾我與靈我的換位」、「價值觀的變化」、「理想主義受冷落」、「對傳統有所批評」、「採取新的觀物態度」、「田園向都市轉型產生新的自然觀」、「重視存在與變化的新環境」、「強調創作的現代感、前衛性與創造性」、「較偏向抽象與超現實的潛在精神表現」……等都可說是與我所理解的「現代主義」之精神意識有潛在的關聯性，同時我在創作中也的確實發覺到：

一、「現代主義」──強調對人的自我與一切內在實質存在的探討，確有助現代詩人透過現代都市文明、大自然、戰爭、死亡、與複雜的社會架構等生存層面與主題，去創造多面性、特殊性且具思想深度的意象世界。

二、「現代主義」——重視現代文明不斷展開的新生存時空環境，確有助現代詩人去調度觀物與審美的角度，並激發詩語言與藝術表現技巧產生「新能」，進入前衛性與創造性的「新區」去工作，傳達現代人新的生命信訊與美感經驗。縱然如此，我對「現代主義」的「主義」兩字，仍有意見，因為我主張詩人與藝術家必須超越「第一自然（田園）」與「第二自然（都市）兩大現實生存空間，進而去創造內心無限的「第三自然」，在「第三自然」裏，「現代」已被視為是「這一秒」同「上一秒」與「下一秒」相溶合成一整體存在的永恆時刻，具有無限的包容性。這同「現代主義」在帶有「主義」約制性下所界定的「現代」，有很大的不同。也因此「現代主義」只是我在創作思考上必須採用的素材。

基於同樣的理由，詩壇上出現西方的浪漫主義、象徵主義與超現實主義等，都得將「主義」兩字換上「精神」，因為我要的是浪漫精神的熱能與衝激力，「象徵」高度的暗示性與神秘感，「超現實」潛在的原力與原發性等多種卓越的性能與質素，視情況，使之機動性地參與到我整個有機的現代創作架構中來，呈現多元性相交互作用的效果，建立我個人獨特的現代詩風。如果在我「第三自然」的N度向量空間裏，只讓一單向性的「主義」佔用，那的確等於將創作自由廣闊的大海，縮減為一條狹小的河，或等於用鳥籠來抓鳥，不用天空來容納鳥，是有違我所持的「第三自然」創作觀點的，何況上述的那些「主義」，都是西方人發明與用舊了的創作「商標」，再去套用，豈不成了他人的代理商？如果說我究竟是以哪一種派別與主義寫詩，我只能說依我主張的「第三自然」詩觀寫詩，在這一詩觀裏，所有的「主義」在我創作時都只是待命的「素材」，我也曾為此寫了一篇「詩人與藝術家創造人類存在的「第三自然」」的文章。

楊啟：當時所知，現代主義是二十世紀知識分子尋求自我的最佳方式。我深以為傳統的創作精神和方法都不可憑藉，必須調整態度，做一個全面的探索。向內挖掘自我靈魂的礦，向外冷眼觀察工業社會的荒涼。大致說來，那就是當時我所理解的現代詩創作的道路和目標。

流派方面我幾乎未曾肯定追隨過，雖然我心目中的現代詩大師約略包括了葉慈、艾略特、里爾克、阿保里奈爾、羅渥卡，和聶魯達。這些詩人的觀念和技巧在多方面都或多或少對我產生了啟發的作用。

* * *

問（二）：您對「現代主義」上述之認識，其經由的途徑為何？當時台灣詩壇？歐美？日本？五四以來的大陸詩壇？透過理論還是詩歌？請分述之。

桓夫：日本詩壇自一九二八年創刊的《詩與詩論》開始，進入現代主義的實踐。在此以前，於一八八二年即發生所謂「新的詩」的革命。推翻了日本原有的歌與漢詩的形式，吸收泰西的Poetry，造成新文學的一圈。這種「新的詩」叫做「新體詩」，開始時大部分的作品是西歐的譯詩或意譯的翻版詩。是屬於浪漫或象徵的詩形式上的革命，未深入內容的新創作。而醞釀了三十多年，成為現代詩產生的母體。日本詩人從《詩與詩論》的創刊為轉機，進入現代主義的實踐，追求前衛精神的現代詩創作，以詩的性格、質素與「新體詩」區分得很清楚而嚴格，尤其對現代詩創作精神上的要求與技巧的運用極為嚴肅。在實踐的途徑上，求作品的創作與理論的建立，並進發展。或先有了創作，才提出理論，理論之後再有新的創作，如果反覆不斷地追求現代主義的表現，預期獲得更有前衛的作品出現。

受過上述日本現代詩壇的影響，我個人寫詩，早期也經過了一段時期從事較屬於「新體詩」型的創作，然後才慢慢接受現代主義的薰陶。當時在臺灣於一九三五至一九三八年間，出現了「風車詩社」的超現實主義，以清醒的自覺性，激烈反抗專制政治的意識，使用潛意識的比喻手法，創作自覺性、批判性濃厚的作品，留下歷史意義的腳跡。那是我開始寫詩之前的活動，對我的寫作未有任何的影響。

林亨泰：發動現代派運動的當時，由於國情的種種限制，所以有關於國外之文學思潮或文壇動態等的資訊來源幾乎等於零。然而我對於「現代主義」的了解乃淵源於中學時代的涉獵與閱讀。我中學時代所接受的仍是日本教育，所以透過日文了解了川端康成等所發起的「新感覺派」；又透過日文翻譯，知悉了法國之象徵主義、立體主義、達達主義、超現實主義、義大利的未來主義；德國的表現主義以及英美的意象派和現代主義文學，無論是理論或作品，在中學時代已有所涉獵。

而我們所推動的現代派運動並不只一味盲目地模倣西方，正如現代派信條中之第一條所述，是「有所揚棄」的。當時我所發表的〈鹹味的詩〉(《現代詩》第22期，1958年12月）一文中有如下一段，可以說明。

「文藝復興運動的歷史，完結於法蘭西。然而這一段歷史，引導我們從意大利到羅亞河畔的美麗都市。但是，文藝復興運動的開始，在很重要的意味上說，也在這法蘭西」。這是服爾特．彼得（Walter Pater）的《文藝復興運動》那本書的開頭幾句話。

然而，我們正希望著台北將成為未來的巴黎，正如巴黎已代替了過去的佛羅倫斯那樣。我們也正希望於我們後代也有這麼一本書，其開頭幾句即這麼寫著：「現代主義運動的歷史，完結於中國。然而這一段歷史，引導我們從法蘭西到美麗寶島的淡水河畔的台北。但是，現代主義運動的開始，在很重要的意味上說，也在這中國。」這不一定是夢囈吧——。

又在〈中國詩的傳統〉(《現代詩》第20期，1957年12月）一文中強調：「現代主義即中國主義」，並指出中國詩的傳統一直具備有如下的特徵：「（一）在本質上，即象徵主義。（二）在文字上，即立體主義」。

洛夫：現代主義可說是二次世界大戰後的一種世界性的，既具革命性，也具反叛性的新思潮，而五十年初期臺灣詩壇的菁英分子正是戰後的一代，且大多是被時代浪潮沖到海島來的孤兒孽子，他們的人生背負的苦難經驗，正是促使他們投入現代主義潮流的主要動力，故當時臺灣詩人對現代主義的接受是多面而複雜的，但其輸入途徑主要是透過歐美，尤其是法國文學藝術的介紹，介紹最力的有香港的《文藝新潮》，和臺灣的《現代文學》、《筆匯》、《創世紀詩刊》等（當時的《現代詩》和《藍星》倒很少作具體的介紹）。以《創世紀》為例，即有系統地介紹過波特萊爾、魏爾崙、梵樂希、里爾克、艾略特、史班德、聖約翰·樸斯、狄倫·湯瑪士等大師的理論與創作。我個人對超現實主義的認識始於翻譯，包括《文藝新潮》上布洛東、亨利·米修的詩，以及《創世紀》上許拜維艾爾的詩。不久因興趣大增，乃得廣泛閱讀有關「超」方面的原著：包括：Wallace Fowlie: *Age of Surrealism*; Anna Bala kian: *Lilerary Origins of Surrealism*; Her but Reed: *Surrealism* 並將 *Age of Surrealism* 一書之前言 “Origin of Surrealism” 一章譯成中文於《創世紀》上發表。為進一步介紹與評析「超」，我在拙著《石室之死亡》自序中曾討論到「超現實主義與詩的純粹性」，其後又寫過多篇討論「超」的論文，其中發表於《幼獅文藝》上的〈超現實主義與中國現代詩〉一文（已收入《洛夫詩論選集》），極受注目，因而自此我即被人封為中國超現實主義的領導者。

羅門：依我上述的觀點，基本上，「現代主義」是現代工業文明帶來新的生存時空處境所產生的現代特殊思想狀況。這中間，因地域性不同的文明與文化層面以及個人生命不同的感受，使「現代主義」在運作上，難免因時因地因人，而有所不同，至於我的創作思想同

「現代主義」有較明顯的關係，主要是因我一直以銳敏的內視力，對現代人與現代物質文明生存環境做深入的探索與質詢所引起。這可從我較早寫的〈現代人存在的四大困境〉、〈長期受著審判的人〉、與民國四十七年寫的那篇〈現代人的悲劇精神與現代精神〉（長達二萬字）等透視與批判現代人精神的那些論文中獲得印證。當然此外尚有一些其他的因素，譬如我接觸從西方翻譯過來的一些現代小說與現代詩，以及我個人相當喜愛的現代藝術，如繪畫、雕塑等所表現的抽象超現實與立體空間造型等觀念，同時我也曾為不少中國著名的現代畫家寫畫評，從中了解現代詩與現代藝術確有不少溝通與相互影響之處。這種種都可說是有關的原力，使我三十年來的詩創作，呈現相當強的現代感與相當顯著的「現代主義」色彩，然而更為重要的還是在我所持守的「第三自然」創作觀，具有溶解提昇轉化與再現的能力，能將存在的一切——包括田園與都市的生活空間，以及開放的「古今中外」時空觀念與已出現的各種藝術派別主義，甚至「現代主義」，都被視為材質，在創作時，一併進入永恆的一瞬間，使之溶合轉化以新的生命內涵與美感形態呈現，而達到真正創作的原意。

楊牧：主要透過臺灣所見一些書籍和雜誌（包括詩刊）才獲得的認識，尤其是二十歲以前如此。三十歲以後，又因為英文閱讀能力的進步，也透過外國書刊，尤其是歐美書刊來把握。日本對我幾乎完全沒有任何影響。

五四以來的大陸詩壇斷續殘缺。其中最好的部分在臺灣也保存住了，對我的影響並不太大。

詩歌的感染力遠遠超過理論。

* * *

問（三）：在你的詩作裏，你追隨了「現代主義」的某些面？作了某些改變？哪幾首詩最能代表你「現代主義」時期的嘗試與成就？

桓夫：正如紀弦所說：「要發揚光大地包含了自波特萊爾以降一切新興詩派之精神與要素的現代派」，我雖然在現代主義裏，透過在日本實踐的新即物主義與現代主義，特別感到興趣，但所追隨的現代主義並不限派別，可以說是廣泛的涉獵。跟我所喜歡的詩創作，不分也不限定某一詩人的作品一樣，所有「新興詩派之精神與要素」，除了耽美主義、古典主義、虛無的形式詩之外，一切都吸收，不論立體派、諷刺詩、自然、實存或超現實主義的潛意識，斷與連的手法，象徵或表現主義等等，都溶合為一爐，有意充分發揮詩的機能，貫穿深刻的批判精神而創作。

對於我在「現代主義」時期的嘗試作品來說，自己覺得比較滿意的，大多收錄在《安全島》（臺北市：笠詩刊社，1986年2月出版、《台灣詩人選集》冊4）詩集裏，其中像〈鼓手之歌〉、〈雨中行〉、〈信鴿〉、〈星星之淚〉、〈咀嚼〉、〈禱告〉、〈蓮花〉、〈鏡前〉、〈平安〉、〈野鹿〉、〈給蚊子取個榮譽的名稱吧〉、〈恕我冒昧〉、〈溪底石〉、〈銅鑼〉、〈不必、不必〉、〈窗〉、〈安全島〉、〈事件〉、〈我凝視隨風起伏的草〉、〈風箏〉、〈屋頂〉、〈蜘蛛花紋〉、〈幸福〉、〈神在哪裏〉等作品，都得到了詩壇各階層人士的好評。

林亨泰：簡單地說，從「抒情」而「主知」，從「傷感」而「批判」，從《符號詩》到《風景》，從《靈魂的初啼聲》到《爪痕集》，無一不是追尋「現代主義」（廣義）的歷程與證物。

不過，一般都認為〈風景（其二）〉是最具有現代風格的一首詩。江萌曾對此詩寫了二篇評論，即〈一首現代詩的分析〉與〈譜『風景（其二）』詩的示意〉，有了相當深入的探討。我認為這首詩的特色，即在於給視點之中注入了速度，因為正在觀看這風景的主體當時是坐在汽車上的。因此，這首詩可以說是隨著車子的速度而展現的，若沒有今日快速的交通工具，這首詩絕對無從產生的。

洛夫：不可否認，存在主義與超現實主義對我的長詩《石室之死亡》之創作，的確具有催化作用，我在自序中已有詳細說明，但批評家往往又看不出前兩者的具體影響。這正說明，《石》集中的意象雖複雜如莽林，句構多偶發性，多矛盾語法，但絕非超現實主義主張的「自動語言」。然而我寫《石》詩時，確曾接受過超現實主義的一項觀念，此即：「超」是一種人類存在的形而上的態度，它可以透過藝術形成，使我們的精神達到超越的境地。故有批評家說：《石》集既有近乎里爾克或艾略特的宗教的嚴肅性，也有類似形而上詩的辯證性。同時，在創作上我也把握到「超」的某些積極因素，如追求靈視的擴展，意象的濃縮、詩之純粹性等，這些也正是我曾在《石》集中，以及日後的《外外集》、《西貢詩抄》、《無岸之河》等詩集中加以實踐的幾個方面。然而，唯獨對自動語言，我曾多次提出批判，因我深知，潛意識可能是詩的原動力之一，但潛意識本身不是詩，唯有透過有意義的語言，詩才能作有效的表達。

我自始即視「超」為一種表現方法，最初在《石》集中實驗時，意象不夠準確，致有「混亂」之感。自我否定自動語言成詩的可能性之後，更力求意象的鮮活和精確，這就是我所謂的「修正超現實主義」，《魔歌》與《時間之傷》兩個詩集就是我的實驗成果。

近年來，由於我對中國古典詩的重新評估，我發現唐人詩中早就有超現實的傾向，不僅李商隱，李賀詩中有，甚至杜甫詩中也有，如「七星在北戶，河漢聲西流」即是例證。此外，司空圖所謂「超以象外，得其圜中」，蘇東坡所謂「反常合道」，以及嚴羽強調的「不涉理路，不落言詮」的妙悟，無不與我所主張的超現實表現手法暗合。

羅門：由於「現代主義」，較偏重於都市化的新生存環境與實況，故凡是不切實際的接受現代文明挑戰，只直接從中文系傳統語域動筆的詩人，都有點像中國水墨畫家的毛筆與水墨，一碰上都市玻璃大廈與不銹鋼的造型世界，便格格不入一樣，難怪許多「現代詩」都不「現代」。然而單向地表現「都市化」的生活經驗與精神形態，又難免與中國人心目中的田園自然情景疏離，此刻我要做的是使「現代主義」在我的「第三自然」中「解構」溶化為全面性的「現代精神」，且變成整合「都市」型與「田園」型心象活動空間的通化力；也調整我演化中的詩風——從單向對都市做深入批判的都市詩（如〈都市之死〉、〈都市的落幕式〉、〈都市的旋律〉、〈咖啡廳〉、〈流浪人〉、〈都市你要往那裏去〉、〈提〇〇七的年輕人〉、〈卡拉ＯＫ〉、〈方形的存在〉、〈迷妳裙〉、〈露背裝〉、〈摩托車〉、〈麥當勞午餐時間〉……等）擴展為「第一自然（田園）」與「第二自然（都市）」相觀照與雙向相交溶的整體存在的實覺表現（如〈窗〉、〈傘〉、〈鞋〉、〈晨起〉、〈車上〉、〈旅途感覺〉、〈海邊遊〉、〈觀海〉、〈曠野〉、〈飛在雲上三萬呎高空〉……等），並企圖創造含有古詩某些形態與神采的「新自然觀」詩作。這也或許是我在現代主義影響下的創作途徑上，所做的更進與演進，至於我較有表現，又較受批評家重視的作品，除上述的大部分詩外，尚有幾首在我作品中，似乎更具重要性的詩，如〈麥堅利堡〉、〈遙望廣九鐵路〉、〈第九日的底流〉、〈板門店38度線〉、〈火車牌手牌的幻影〉等。

「按」：本答案中提到的論文，均收集在德華出版社出版的《時空的回聲》（羅門論文選集）中。提到的詩作，均收集在《羅門詩選》（洪範出版）與羅門詩集《時空奏鳴曲》（由光復書局出版中）。

楊牧：我一方面盡力捕捉現代主義的意識與精神，一方面絕難忘懷古典之美。這或許是「某些改變」所在。

這一時期所作詩，全部收集於《楊牧詩集Ｉ：一九五六－一九七四》裏。至於何者最為代表性則非我所能夠自己分析，請原諒。

三　分析

我選擇了十一位詩人作為問卷對象，收到的答卷只有五位，這或由於沒收到問卷（我不能確定紀弦及鄭愁予是否收到），或由於工作忙碌，或由於他們以為這些研究工作應由研究者去探索，或由於不願意剖白之故。雖然答卷只有五份，但亦彌足珍貴，提供了一些閱讀上或研究上的基礎。

我選擇楊牧及鄭愁予，雖明知他們的詩與西方的現代主義及臺灣繼承、發揚的現代主義，差異較大；但我認為他們是在現代主義這一總潮流下寫作，而就其成就本身而言亦佼然可觀。我是帶點試探的意味，希望他們的答卷能提供線索，把他們的追求與現代主義連接起來，以能對臺灣現代詩裏「現代主義」作一廣延的描述。因此，楊牧的答卷是特別有意義的。楊牧在答卷中謂其詩或多或少地受到龐德、葉慈、艾略特、里爾克等人的影響，但可惜他沒有作進一步的提供。葉維廉在〈葉珊的傳說〉一文裏，曾提到葉珊可能觸及的西方傳統，提到葉慈與龐德。在我的目前初步閱讀裏，我找不到葉慈等現代詩人對楊牧的詩（到《傳說》為止）有任何重要的影響。這不打緊，楊牧的「或多或少」仍然為我們研究者提供了一些探索的可能性。

正如我所預料的，「笠」詩社裏「跨越兩種語言」的世代，其「現代主義」的獲得，是經由日本現代詩的途徑；而他們的了解是相當廣闊，這可從桓夫及林亨泰二人的答卷裏見到。桓夫的答卷特具意義，因為他所提及的村野四郎的「新即物主義」、北川冬彥的「新寫實主義」、西脇順三郎的「超現實主義」，確實提供了閱讀桓夫詩的一個穩固的基礎。

林亨泰、羅門、洛夫三人在許多文字裏提到他們與現代主義的因緣與追求，雖然他們的答卷裏，沒有超出他們在其他場合裏自己說過的，但也提供了一個一九八七年度的簡賅的回顧，較易為我們掌握。

答卷上顯示，他們對現代主義的各種潮流與理念，以兼容並蓄居多，也就是所謂「隨意取材」(ecleticism)。其好處為不囿於一，其壞處則易流於浮淺。最兼容並蓄的似乎是羅門，他只是把存在空氣中的各種理念抓起來，溶為一爐，與他心目中的現代理念連結一起。林亨泰提到他對各派別都有認識，但實際影響與接受，則沒有作進一步提供。桓夫對此比較具體；這也可看到桓夫的「反省」性格，對自己的影響來源有所留意。洛夫專攻超現實主義；誠然，在所有「前衛」運動裏，超現實主義是最晚起而最具震撼性的，但有些學者會把各種前衛運動歸於一邊，而把法國象徵主義、英美意象主義、德國表現主義等置於一邊，而稱之為道地正規的現代主義，其成就的霸業則為龐德、葉慈、艾略特、里爾克等人的詩作。

洛夫、林亨泰、羅門都在不同的層面及重點上企圖把現代詩與中國詩傳統相結合，無論他們的理論及詩作在這方面是否獲得成功，他們的努力方向是饒有意義。至於最富有「現代主義」的代表作，除楊牧婉言非其所能自我分析外，答案人都列了很多的篇名，這反映著前面所說的「隨意取材」主義，故難以明白確定代表作。比較具體的，大概是林亨泰所提出的富有前衛精神的「符號詩」及圖象詩，與羅門的都市詩。

「笠」詩社所代表的經過日本現代詩「中介」作用的現代主義，是不可避免地與不經這「中介」過程的其他詩人不一致。如何利用並超越這個日本「中介」對「笠」詩社詩人們應是一個值得考慮的課題。同時，日本對西方現代主義的介紹，應比此間泛泛的介紹要來得穩固，這也值得未經此日本「中介」者的一些參考：日本詩人如何透過歐美的現代主義而成為日本化的現代主義，其經驗是值得我們參考的。

另一個重要的「中介」因素是「翻譯」。「翻譯者」的選擇及其對原著之了解及其譯筆，都對「接受者」產生很大的影響。如果譯筆詰屈聱牙而難懂（原文也許並不難），當會影響「接受者」的接受，誤以為現代詩原就如此「深奧」，因而推波助瀾而走向此途。我對這翻譯「中介」，目前尚沒進行研究，在此僅指出其所扮演的角色。這此次答卷所能提供者，桓夫的詩或可看出「譯筆」與「接受者」詩歌「風格」的同步。我們把桓夫所譯《日本現代詩選》及桓夫的詩篇並置一起，不必作深入的分析，我們即能感到其「風格」上的雷同性。雖然在這例子裏，譯詩是出自桓夫本人之手，但我們不難推斷，「接受者」會相當地遵循「譯者」的「譯筆」，而影響著其個人語言風格，尤其是早期的模仿裏。

答卷裏充分顯示出臺灣現代詩「現代主義」的多面性，其認知、其來源、其追隨、其因變，都隨各詩人的因緣際遇與個性而有所不同。雖然答卷已統攝笠、創世紀、藍星及獨立的詩人，富有代表性，而我的分析也儘量朝向普遍性的方向，由於未能獲得各詩人的支持而寄回全部答卷，這個分析對整個「現代主義」來說仍未免是局部的。讓我把這個初步的「分析」就此打住，並在此向答案人致謝。

四　附錄：「問卷」存錄

您好：

中華民國第五屆國際比較文學會議將於本年八月十日至十四日在淡江大學舉行，為促進國際間對此間文學之認識，本人打算以英文撰寫〈臺灣現代詩裏的現代主義〉一文，以界定、評估此間既受外來影響但亦是自我成形的「現代主義」（Modernism），俾與是全球性的「現代主義」作一對話。為尋求一個廣延的「現代主義」的界定，現以一九八七年的今日及臺灣「現代主義」盛行的六十年代作為雙重座標，選定了紀弦、葉維廉、洛夫、紀弦、桓夫、林亨泰、白萩、羅門、余光中、楊牧、鄭愁予作為此間「現代主義」的形成力量，作為此次問卷的對象，而您正是其中的一員。我希望您以當事人的身分，回答下面的問卷（此份問卷是可視作通信訪問），這將對此間「現代主義」提供最寶貴的參考資料，對我的研究有莫大幫助。

為各人皆有平均的發言權，我希望每一問題的回答均以所附原稿紙為準，並希望儘量寫滿。（最多可增加篇幅一倍）敬請於收到問卷二週（最遲請勿超過三週）內寄回；同時，請讓我在此獲得您的同意，可公開此份問卷。

紀弦於《現代詩刊》上曾宣稱：「我們是有所揚棄並發揚光大地包含了自波特萊爾以降一切新興詩派之精神與要素的現代派之一羣」（1986）。這可作為研究此間「現代主義」的出發點。關傑明、唐文標事件（1972-1973），可作為此間「現代主義」的下限或分水嶺。當您回答問卷中的問題時，請注意上述的出發點及下限，回到當時的立足點。

古添洪　敬啟

一九八七年六月六日

評蕭蕭、張默編《新詩三百首》

一

一九九五年歲暮，《中外》編輯部（主編為吳潛誠）為我捎來一份禮物：評張默、蕭蕭編《新詩三百首》。[1]自想七十年代初參與「大地」詩社以來，即為臺灣詩壇斷斷續續付出一些心力，再付出一次「關懷」又何妨？再想想張默和蕭蕭這兩位詩壇編書健將，要編就這兩大冊，所付出的時間與精神，豈不更為龐大？何況在詩集不景氣的今日，推出這龐然大物，誰料到不會有振奮人心的功效？當代批評理論清楚指出，文學現象背後有著權力的架構，有「權力」就有不「平」，或無所謂「平」與「不平」，而「評」字不幸從言從平，故「書評」者，有時不免有「開罪」之處。為了避免多添詩壇恩怨，請讓筆者在此廂先「謝罪」。

二

首先，書名《新詩三百首》，在我們當今所處的文化場域裏，讓人無法不聯想到《唐詩三百首》，及其所含攝的許多含義。換言之，《新詩三百首》意謂著一本雅俗共賞可傳之久遠的選本。（按該新詩

1 臺北市：九歌出版社，1995年，上、下冊，共1348頁。本篇原載於《中外文學》，24卷10期，1996年，頁147-154。

選集編輯體例謂：清明有味，雅俗共賞）

這個「自許」甚佳，但當這「自許」由於體制及某些因素，先天註定不可能時，豈非有點那個？請讓我略述其因。《唐詩三百首》為清朝人所編，中隔宋元明三代，經過七百多年的考驗與編者、讀者的篩選，所謂歷史的淘汰是也。《唐詩三百首》的編者可以在前人的評選基礎上，依照個人的偏好，遠離唐朝當時可能有的爭執與權力架構，從容自得以選錄，亦可預料這些已經時間考驗的詩篇會久傳下去。同時，唐詩三百年間的流變以及諸詩篇在當時的政治及文化含義，在七百年以後的清朝也不免失去其重要性，都可以「擱置」，單就各詩本身的、普遍性的價值而選錄為三百之譜，並以詩體為綱領而壓為一個平面的並時系統，即有偏失及遺漏，亦無大礙。相對之下，《新詩三百首》的這兩位編者，就失去因時空距離而造成的有利環境了。《新詩三百首》編於一九九五年，而包括之詩則為一九一七至一九九五年，從新詩之始軔，新詩在臺灣的發展，到近日新詩在大陸之再興，以及臺灣本土內詩風的各種流變，這各種差異在一九九五年仍為重要、不容忽略，與《唐詩三百首》編輯環境，不可同日而語。同時，「清明有味，雅俗共賞」也無法與一九六〇年代以來的現代詩的走向及實際相吻合，而事實上選集裏某些詩篇也頗為難懂。究竟《新詩三百首》能否傳之久遠？為這本選集寫「序」的余光中，就不願為這個「傳之久遠」的信念背書，在序文近結尾處，引了王國維、蘇曼殊等人所寫的古典詩，謂所選新詩未必比這些舊詩來得感人，甚至明白說「我實在不能確定這些古典作品的傳後率必然不及新詩，更不能確定這三百首新詩全部可以傳後」（筆者按：魯迅及毛澤東的古典詩詞也受到相當重視！）。余光中更結語謂，選本只是「初審」，「終審」得讓無情的時間來決定。也許，余光中和筆者在這裏都枉費了學術的箴砭，答非所問，命名為《新詩三百首》者，囊括海內外者，取其商業價值而已。余「序」是一篇很得體的「序」，難能可貴，其傳後率倒或不弱。我對余「序」有所保留之處，乃其謂一九五〇年代以來大陸三十年無詩之評估。學界曾以膚淺的理性主義來指責歐洲中古時期為黑暗時代，而後來卻發覺中古時期亦有其豐富之處，可為殷鑑。

三

爭議比較明顯的是編輯體制問題。這點，余「序」言之頗詳。選集中「海外詩人」篇，確有可議之處。事實上，此篇中有兩個不同的組合，一誠屬海外，一卻與臺灣詩壇密不可分。去掉紀弦、鄭愁予、葉維廉、楊牧等人，如何談臺灣詩壇的形成及流變？我想這些與台灣詩壇淵源很深的所謂海外詩人，因工作或其他原因旅居海外，而被「擠出」臺灣，心裏一定難過萬分。尤其是楊牧及葉維廉將更是如此。如果余光中還滯留香港，是否也得改隸海外篇？我建議把這部分詩人一一回歸「臺灣篇」，在作者小傳中補入旅居海外便可。

更實質的問題，恐怕就是余「序」所謂的「一刀切」的問題。由於選集只收三百三十六首詩，而所收卻有兩百二十四人，結果一人一首者居多，最多者不過五首（以上據余「序」），不單無法從其中觀詩壇的流變與實況，而且除了很少數的詩人之外，大部分詩人可謂面目不清。平心而論，每個詩人最低限度要有三至五首才能見其面目。選詩一首，「鑑評」（包括小傳）甚長，或亦有失詩選的體例。同時，如余「序」所指出，除以地域及時間分篇外，選集中沒有在體制上、分類上做出努力。如果我們要幽兩位編者一默，謂該選集表面以詩為宗，而實質以人為歸，而各詩人又面目不清，戲稱為「詩壇點名錄：1995」如何？在「解構」風潮氾濫的臺灣，如果不幸有人進而「解構」一下，戲稱兩位「編」者藉選集以「收編」當代崛起中的詩人群，會不會引起大家會心微笑？蓋「編」者，「收編」也。戲謔過後，我們不妨建議把新進詩人群，都為一卷，以「附編」置於編末，挪出篇幅以讓先進詩人面目稍可辨如何？

四

從今日回顧詩壇，謂一九六〇年代的笠、創世紀、藍星三分天下，後為繼起的風起雲湧的詩社，先後如龍族、大地、陽光小集等的衝擊，這個大脈絡在今天仍有其參考上的意義。余「序」筆下某處略微偏向「藍星」傳統，而兩位編者在選詩時則又稍為袒護創世紀，這是可以理解的。

接著，讓筆者略微觸及實質的選詩部分。桓夫可說是一方宗主，代表著批判、反抗的詩傳統，富政治涵意，也有一些生活情趣甚佳的詩，卻只選了兩首，而且皆屬早期，無法窺其全貌。〈咀嚼〉為桓夫的代表作之一，殆無疑義。〈給蚊子取個榮譽的名稱吧！〉雖可讀，但若兼顧桓夫多面的詩風，仍以選錄〈媽祖的纏足〉或近期的詩作為宜。選自葉維廉的兩首，或不免引起某些猜疑。選其早期〈花開的聲音〉，是否有意藉葉維廉的學術地位為詩壇上一度晦澀的詩風背書？平心而論，「鑑評」部分並不能在這首詩的閱讀上提供多少幫助。若選〈夏之顯現〉或〈舞〉，庶幾可以用我所謂的「名理前的視境」來解讀葉維廉早期的詩風。若要為一度晦澀的詩風留下最佳的證據與版樣，以選錄洛夫的〈石室的死亡〉一、兩節為宜。事實上，我在一九七〇年代向晦澀的詩風挑戰，並非意味對這類詩的全盤否定，只是指出它底侷限與溝通的障礙。似乎，詩壇上接受批評的雅量往往不足，而零和的心態卻常在我心。選〈台灣農村駐足〉（內含八首）有它獨特的現實意義，選一兩首足已，不妨留下篇幅給葉維廉繁富的詩風。

其實，選詩甚難。譬如說，集中選取了陳黎的〈擬泰雅族民歌〉，也許在文類上（擬體）及有其題材上（可表出編者對原住民的尊重）有特別的價值。然而，〈擬泰雅族民歌〉並不很成熟，而陳黎這一兩年來在詩藝上有令人驚喜的發展，如〈不捲舌運動〉（道地的本土味）、〈一首因愛睏在輸入時按錯鍵的情詩〉（後現代的揶揄）、〈戰爭交響曲〉（象形文字的物質性及可沈思的圖象性）等（見其詩集《島嶼邊緣》，1995年12月，前有廖咸浩一篇不錯的序）。譬如說，集中選了簡政珍的〈故鄉四景（金瓜石）〉，也有其題材上特別的價值（對金礦生涯留下歷史記錄），使選集更能包羅萬有；但簡政珍也許寧願選其近期的較為老練沈著、對人生淡淡的思索的作品，亦未可料。自當代詩人選詩，方式有二，一請詩人提供作基礎，一為編者靠功力，成一家或二家之言。打聽得來的訊息，《新詩三百首》採取後者的方法居多。以《新詩三百首》龐大的工程而言，似以第一種方式為上算。所謂「文章千古事，得失寸心知」是也。此外，巫永福的〈祖國〉，仍應列入，而利玉芳在新進詩人群裏，也應有一席之地。

「鑑評」部分，包括作者小傳及風格，編者用功最深，但亦不乏可議或可精益求精之處。隨手拈來一例。陳明台〈手的觸覺〉的鑑評雖不錯，宜進一步切入關鍵之處，導引讀者閱讀。編者不妨指出，詩中用了經日本「中介」的「超現實」手法，這才能解釋雙手何以能「沈浸過肉體深處」，何以能被「狠狠割捨」。也不妨進一步指出，這是一首懷念性質的情詩，曾經給女人「纖柔的手」所「觸」過的感「覺」，表達了已超現實地內化了的「觸覺」，這樣詩中各部分的關聯才有著落。

蕭蕭「導言」有這麼一段：

> 以詩評家為對象，可以列出這樣的系譜：
> 親美系統：余光中、顏元叔、葉維廉、羅門、張漢良、羅青、簡政珍、孟樊、奚密、林燿德。

親日系統：陳千武、林亨泰、陳明台。

親法系統：覃子豪、莫渝、尹玲。

親中系統：洛夫、瘂弦、張默、李瑞騰、渡也、游喚、白靈。

親台系統：陳芳明、李敏勇。

面對這個「簡易」的所謂「系譜」，不免使人有點驚惶失措。現代詩是「橫的移植」這句名言，無論在詩論上創作上都有某程度的真實。就臺灣詩壇而言，是籠罩在西方現代主義之中，其初頗受法國象徵主義、超現實主義、英美意象主義、及稍後的美國新批評的影響——自五四以來的西方浪漫主義影響亦不容忽視。與日本詩壇關係較深的詩人群，其對現代主義各流派之接受則往往經過日本的「中介」。一九七〇年代中葉以來，則頗受結構主義以來各當代思潮與理論的影響，現在還餘波蕩漾。所謂「橫的移植」，即使就個人而言，也往往不陷於西方某一流派，而是某種混聲，而其「接受」往往是魯迅所謂的「拿來」主義的取其所需，而對原理論的了解，甚或幾度轉折，有時不免會有海市蜃樓的況味。重要的是，外來衝擊的激情過後，這衝擊慢慢為本土的中國詩學所回應、所吸納。這複雜的「接受」過程，可說已是比較文學界的一般知識。而在心靈上，詩人們都是以原鄉、以本土為歸宿吧！葉維廉及洛夫在中國本土化是很好的例子。不過，《選集》的讀者倒不必隨「導言」中這「簡易」系譜無心的誤導而起舞，因為同樣的蕭蕭，在「鑑評」部分，對上述有關詩人的詩學與詩風，有較為多面的描述，矯正了這綱領式的書寫。

五

「清明有味，雅俗共賞」。我對這個選詩標準的反應是憂喜參半。喜的是自一九七〇年代以來，當時包括「大地」詩社以內的新生代所提出的走出晦澀詩風的呼聲，終於獲得認同與落實（按：筆者當時在《大地》詩刊發表的一篇評論，就叫作〈從夢魘到清明〉）。然而，「清明」與「晦澀」應在辯證的關係上來了解，而最近臺灣詩壇的走向，又似乎過分「清明」。也許，晦澀與清明，文言與白話，繁縟與簡練，都必須在詩創作上，在詩人群裏，永無止境的辯證與延異，詩語言才能成長並發揮其淋漓盡致的表義功能。

《新詩三百首》表面上選詩繁複而多樣，但仔細看來，還是「同質性」遠高於「異質性」。這話怎解？不妨從始自一九七〇年代臺灣詩壇上「純詩」的爭論說起。譬如說，李弦（林豐楙）當時以中國古典詩為基礎，提出王（維）孟（浩然）乎？杜（甫）韓（愈）乎？神韻乎？肌理乎？的詢問（《大地》第11期，1974年）。從我目前的角度而言，就是「純」詩乎？「濁」詩乎？在英美詩傳統上，美國新批評的主要人物韋倫（Robert Penn Warren）所提「純詩」（pure poetry）與「濁詩」（impure poetry）的差別特具意義。「純詩」朝向清純，排斥了概念、意義、知性意象、不諧和的面、邏輯的結構、現實的細節、語調的繁複、及反調等，「濁詩」則為其反面。推而廣之，就臺灣詩壇而言，傾向於 sentimental 的濫情、意象的單純、剎那的感覺與意念、以唯美為依歸的喻況與巧思等，為「純」詩的傾向，而反抗、批判、講求論說的結構、現實的社會性等則為「濁」的傾向。在「純詩」為主導的臺灣詩壇，喚起「濁詩」的傾向，正代表著昔日《大地》的基本立場。隨著當時新生代詩人的興起，詩的「濁」方向在詩壇上獲得了某程度的注意與耕耘，但還是很不足夠。同時，這個「濁」方向，並沒有如「濁」的承諾把「現實」的「濁」充分掌握，以致稍後所產生的政治性、社會性的詩篇，往往與意識型態、極簡易的零和思維相結合，而其所謂美學，不過是來個「隱喻」或「巧思」，來掩蓋貧瘠的情緒與思維而已。職是之故，我在一九八五至一九八六年間寫就一系列的《詩學隨筆》（原載《笠》，後收入本人詩集《歸來》附錄，1986年）重提詩的清濁，謂有些詩的形式甚清，語言省淨一致，意象玲瓏剔透，有些則甚濁，眾音並起，但卻粗鄙得宜。有些詩的內容甚清，對人間的指涉單純，有些則甚濁，把現實的諸面與複雜性都納入詩篇裏。就中國詩傳統而言，王維的〈辛夷塢〉等自然詩甚清，杜甫的〈石壕吏〉等帶有現實性的詩篇則甚濁。就英美詩傳統而言，詩之清可以「意象主義」的短詩篇為代表，詩之濁可以艾略特的〈荒原〉為典範。同時，更指出清濁的互為辯證關係，當詩壇上一再重複簡易的意識型態與零和思維時，這些原有「濁」傾向的詩篇也不免淪為另一種「純」詩了。《新詩三百首》中，我特別喜歡的「濁」詩或「濁」詩質的詩篇，是魯迅的〈復仇〉，艾青的〈雪落在中國的大地上〉、賴和的〈南國哀歌〉、桓夫的〈咀嚼〉、洛夫的〈雨中過辛亥隧道〉、林燿德的〈蚵女寫真〉、林群盛的〈那棟大廈啊！〉、紀弦的〈狼之獨步〉、北島的〈回答〉。事實上，魯迅散文詩集《野草》，以「撒旦」的「濁」詩質為骨髓，〈死火〉及〈墓碣文〉都有著震撼的「濁」詩質。據我的觀察，「濁」詩有很大的潛力與發展空間，尚待開拓。「濁」詩要籠攝「現實」底粗糙的肌理、「現實」底「濁」質與重感、「現實」底不斷衍化、雜揉又互為辯證、延異的變易。其美學架構超越了形式主義所津津樂道的語言的姿式與物質性，進一步建立「論說」的身軀與姿式；把「非詩的」（也就是對詩抵抗最烈的）現實與知識納入詩中而不失為詩，而現實與知識仍以其真實的震撼宛然存在。我們詩壇上的「濁」詩或有「濁」傾向的詩篇，是否已達到這個境地？筆者最近讀到兩首使我眼睛為之一亮的「濁」詩：一為大陸詩人周良沛的〈誤點〉（《笠》第189期，1995年10月）、一是林燿德的〈馬桶〉（《中外文學》第284期，1996年1月；

該期特輯為《當代台灣詩人新作展》)。周良沛的〈誤點〉，以其雄渾的詩風及量的堆積，立刻給人感受到大陸龐大的人口可及生活的壓力。林燿德的〈馬桶〉更有著解構、顛覆、內外反摺等後現代精神，可稱為臺灣詩壇「濁」詩的壓卷之作。這兩首詩都超過了《新詩三百首》編輯時的時間下限了。

臺灣詩壇「純詩」的成就，粲然可觀，但「濁」詩則有待開拓，而開拓時期難免糟粕尚存；要有不斷的耕耘與積聚、耐心的等待，才能有「濁」詩高峰的出現。「詩選」既為一種「典律化」，不妨給予「濁」詩更多的支持，這是筆者特別提出，而寄望於詩壇從事「詩選」的詩壇工作者。在「純詩」為主導並不免因熟習化而漸失其感動力的當今臺灣詩壇，「濁」詩不啻是一個突破侷限的缺口。

七

《新詩三百首》游走於學術與江湖之間，擺盪於詩壇流變的呈現與商業價值之間，尤其是因為篇幅及體制所限，難以兩得其宜，這是可理解的。編纂兩大冊新詩，本身就值得肯定；我們寄望它能為低迷的現代詩市場，帶來生機，進而引起讀者購買個人的詩集或其他選集，那麼，《新詩三百首》可能有的各種缺失，都在讀者多讀各家、多品嚐、多自評斷下煙消雲散了。再版或延後到〇〇〇年擴大為世紀版時，不妨重新定位、選錄、編排、修訂，傳之久遠的機會就會增多。

第四輯　散論

我對臺灣文學的一些觀感

據我個人的體驗，《文學界》其實很開放，沒有太深的門戶之見。[1]《文學界》未能獲得支持而充分發展，是與目前臺灣文學界整個結構相表裏，也許真是無可奈何的事。無論如何，《文學界》諸文學同仁為文學所付出的無條件的奉獻，是值得敬佩的。

我對臺灣文學界人士接觸不多，但整個的印象是有時有點「夜郎自大」的狀況。這種情形可能一方面由於經濟「暴發戶」的心態已不自覺地移到文化及文學上，一方面也由於「封閉」及各種特殊心理作祟。我覺得臺灣的文學應該向大陸的文學多作觀摩。向外國文學學習很容易因未能了解其原土壤而引起誤導，但與大陸文學相接觸與觀摩，由於同文同種而同根生，應該不致引起上面可說的偏差，變成半個「假洋鬼子」。開宗明義，我把大陸文學和臺灣文學看作是中國文學的重要局部，誰強誰弱就要看大家的發展與將來的評估，並沒有甚麼本幹枝葉之必然差別，就猶如我把臺灣及大陸看作中國的兩個主要局部一樣。

我對臺灣文學的印象是：「思想性」不夠。在臺灣六十年代所提倡的現代主義，其所提倡的所謂「知性」，恐怕只是吊在半空中氣泡般的假象而已。我一直認為「文學」是「文化」的一個環節，我看不

---

1 原載於《文學界》，1989年。

出甚麼理由一定要把「文學」弄到美啊，飄飄然呀，感動呀才是「文學」。我這樣的措辭當然「矯枉過正」，我只是看到臺灣文學這一個「偏向」（而這個偏向是與整個第三世界文學所處的政治、文化環境與國家意識形態機器不可分割），不免大聲「撻伐」。經過這麼長久的摸索，我們大家大概都會體認到文學是「知性」與「感性」高度的辯證。在文學裏，美學性與現實性、清與濁，相長相剋而形成無窮的張力。無論如何，我這裏只想很簡單的質問：我們從臺灣文學的閱讀裏獲得了甚麼「思想」的震撼？我們從事文學工作的同仁究竟有多深的「思想」的腦袋？多真誠與多高尚的「道德」情操？

對我而言，臺灣的現代詩是「地位未定」。有時，覺得蠻不錯，有時，卻覺得簡直是胡言亂語。為甚麼會有這種「複合」的反應呢？也許因為臺灣詩裏只是技巧的搬弄，只是語言的歧異安排，沒有「內容」的支撐。所謂「意象」與「隱喻」的經營，有時不免是「亂視」症下的產品。當我們「約束」一下我們給臺灣現代詩裏的感性語言及花招所引起的一些可能有的美感或情緒的反應，當我們的「知性」站起來要求某種回應與滿足時，我們的「知性」所碰到的只是一片「空白」！這是我個人的一些閱讀經驗。

小說在閱讀上歧異性不太大。整個的印象是，就鄉土文學而言，臺灣小說寫實的層次過於表面，或者只表達了一個架構而缺乏血肉。把「小說」與「現實」並置一起，我們都不免覺得小說裏的世界太簡單化了。如此，我們能從小說裏獲得甚麼呢？我特別推崇的小說家有兩個。無庸諱言，根據我上面的立場，其中一個實可謂呼之欲出，那就是陳映真。他的〈萬商帝君〉可說是鄉土文學上的一個霸業，為我們的社會結構提供了一個倒影、一個反省。他在〈山路〉、〈鈴鐺花〉、〈趙南棟〉等短篇裏「出土」了埋藏在泥土裏的「五十年代」的「社會主義者」，為我們目前大家所沈醉的後資本主義下的消費文明，搖起一些「叛逆」的聲音。但真正最使我震撼的不是陳映真而是施明正。當他的〈紅鼻子〉在《臺灣文藝》發表的時候，就像一顆明星在夜空裏誕生一樣，使我驚訝。我告訴自己，我看到了一個文學巨匠的誕生。我打電話給李敏勇，托他代表我向施明正致意，請他把這系列寫下去。這次我生平第一次做這樣的事。但可惜系列沒有寫下去；並且，我心目中的要誕生的文學巨匠夭折了。施明正去世時，我適在德國慕尼黑開比較文學會議。我後悔那時沒有直接打電話給施明正，我這個判斷或有差錯但絕對忠於良心的評論者的致意，應該也是創作者小小的安慰吧！在我的心目中，陳映真與施明正（他們的政治觀點與人道觀點是否完全不同呢？也許是，也許不是）是最富有魄力的作家，有機會成為世界一流的文學工作者。但一夭折，一又因投身於社會文化工作而未能專事寫作，但我們又怎麼能怪責陳映真不專事寫作呢！在這麼一個年代！唉！

《文學界》促成了葉石濤《臺灣文學史大綱》的寫作與出版；雖說與學術著作尚有距離，缺乏立論而引用資料又濫無選擇，但總算是一個始步。如果《文學界》再出發，我建議出版施明正的小說集作為第一砲，作為一個文學巨匠早夭的緬懷。（一九八九年二月六日蛇年首日）

迎記號學大師薛備奧來華

薛備奧教授（Thomas Sebeok），是國際上記號學（semiotics）的主要領導人物。他是美國印地安納大學記號學與語言學研究中心主任，是國際性的《記號學期刊》（*Semiotica*）主編，並且主編印大出版的一系列記號學叢書。薛教授著作等身，他的專門研究範疇是生物記號學，研究生物的資訊交流及表義過程，並努力把這些研究推進生化的領域，賦予其自然科學的基礎。

今明兩天，薛教授應中央研究院及臺灣大學之邀，來華作兩場演講，以促進此間對記號學的了解。這篇譯文是根據薛教授的英文原稿譯寫而成，其中作了一些省略，以免太專門化，並在行文上作了小小的改變，以符合一般讀者的需要；這些都已蒙薛教授授權。如有不周或錯誤之處，筆者當自負文責。[1]

記號學乃是當代新興而頗富前景的一種學術，其研究範疇為各種記號系統（人類的語言即為記號系統之一），其終究目的或在解開「人」作為一文化動物之謎。如《記號學期刊》的稿約所言，記號學的研究態度以科學為依歸；當然，科學不免仍是一個很廣涵的詞彙。

薛教授這篇文章，貌似艱深，實則趣味無窮。在充滿懷疑與悲觀的二十世紀，這篇文章的立論倒是暖人心腑的。在進化的長河裏，人

---

1 此譯文即為〈生命流域——資訊和語言和宇宙之進化同步〉。此譯文及本篇引介發表於《聯合報．聯合副刊》，1985年7月29日。

類充滿著前景，而每一個體則有其心志之自由以創造其現實。「參與性的宇宙」一概念，除了加強我們對生態環境的愛護外，不啻為我們傳統的「民胞物與」的胸懷作了一種科學的支持。就筆者有興趣的文學理論而言，倒又另有啟發；地球上各層面的有機結構頗類似「結構主義」的基本模式，而「參與性的觀察」則不啻為「讀者反應理論」從最底層填上了一塊基石。

記號學模式一些轉向的回顧與思考

對瑟許（Ferdinand De Saussure）及普爾斯（C. S. Peirce）而言，記號學（semiotics）（按：何秀煌首度中譯為「記號學」，此即本人中譯之所本；又韓國及日本皆譯作「記號學」）皆只是一個構想中／開墾中的領域與訓練。瑟許所提供的是結構語言學視野的模式，故又稱為「結構記號學」（structural semiotics），而普爾斯所提供者則為哲學或現象學的視野，以人類意識所能辨識到的「存在」底三種狀態或調子為始點。瑟許的結構語言學模式乃是一個「二元對立」的模式，並以「相異」（difference）及記號具（signifier）與「記號義」相連的「武斷性」為「記號」表義或衍義（signification）之所賴。普爾斯的現象記號學模式，則是一個「三元」模式，以「記號」底三主體或要元（「記號」、其「對象」、其出現於人類心智上的「中介調停記號」）互為「中介」的記號底「表義或衍義行為」（*semiosis*）為骨髓，並進而規畫、細分各種三分或三元的範疇。這記號學兩大傳統可謂耳熟聞詳；但我們這裏有兩個問題值得思考。其一，儘管瑟許及普爾斯皆自言他們的記號學只是一個構想中、開墾中的領域與訓練，然而，儘管經過許多學者的努力，似乎，我們還沒有看到足以與之抗衡的新模式。其二，我們對這兩個模式（「二元對立」與「三元中介」）如何選擇？其利弊與開拓能力如何？他們是否可以相容，還是必然排斥？這些問題總得要面對。

在我們思考這些問題以前，我們不妨回顧一下這兩個模式的應用與發揮的情形。瑟許的二元對立模式在雅克慎（Roman Jakobson）（語言學、詩學）、李維史陀（Claude Levi-Strauss）（人類學）、巴爾特（Roland Barthes）（神話、衣著等非語言領域）、洛德曼（Jurij Lotman）（書篇理論）手裏，或做了很好的修正、或做了很好的發揮，或融入了其他如「規範功能」、「資訊容量」等理念而更豐富。

當然，每個學術視野都有他的用力之處與限制，就塞許的「二元對立」模式本身所能開放出來的能源而言，我想已經相當耗盡，其成就亦有目共睹。

就這個「二元對立」模式在德希達（Derrida）的「解構主義」裏獲得了最根本的理性批判，也同時（筆者願意說）獲得了再生的契機。其「延義」（diffrance）一理念，未嘗不是塞許「二元對立」模式所賴的「相異」（difference）原理的動力的、活著的、與時空連接的再生體。就這個角度而言，「二元對立」模式進入了一個嶄新的境地。

相對而言，普爾斯的三元中介模式就似乎沒有這麼幸運了。儘管普爾斯不斷為學界所提到，並且有許多專門的論述，但往往更多的只是對爾斯系統的整理、重述、與不同重點的提倡而已。從普爾斯生前學界對其「實用嚒主義」中科學與實驗主義一面的強調、到三〇年代對其「記號學」的強調、到對其「記號學」中「肖象性」的強調、到晚近對其「三元中介」模式、記號衍義（*semiosis*）的強調，以及對其「實用嚒主義」全域的關照，普爾斯的真正精神與全面貌才呈現在大部分的學界面前。在普爾斯豐富的記號學遺產裏，現在回顧起來，似乎只有其「肖象性」獲得了較好的應用與發揮：雅克慎（Roman Jakobson）在語言學與詩學上（尤其是其語音象徵）以及薛備奧（Thomas Sebeok）在一般記號學上及生物記號學的開創即為其佼佼者。對於其三元中介模式及記號衍義行為一概念則似乎只有在艾諾

（Umberto Eco）的「書篇理論」裏有深刻的運用。筆者則近年來在建構中西某些抒情詩類以及某些中西文學影響或接受研究時，都以其三元中介模式為通篇架構；但顯然應用粗淺，僅在山水詩中主客的互動發揮得較深入。換言之，普爾斯的三元中介模式應尚有很大的開拓與應用的空間。

結構主義以來，思想界的努力方向之一即為打破其「二元論」的格局。從「二元」到「三元」，多了一個「中介」的「第三者」，視野就迥然不同，可活動、移轉、變化，與模稜的空間就大多了。杜鐸洛夫（Tzretan Todorov）以語言學上語音、語法、語意之三分而建構其文類模式，新馬克思主義如沙特（Jean-Paul Sartre）、阿圖塞（Louis Althusser）等以不同的形式在經典的「上下層建築」裏插入了作為第三者的「中介」「mediation」，以充實這個空間喻況，以解釋複雜的結構關係。最引起我興趣的是首度提出「意識」與「潛意識」相對待的佛洛伊德（Sigmund Freud），其對主體的認知卻採取了三元論：「原我」（id），「自我」（ego）、與「超越我」（super ego）的三位一體。其繼承者並同時把其理論推向記號學方向的拉岡（Jacques Lacan），其最廣延的範疇竟然仍是一個三元論：「想像的」（The Imaginary）、「語言符號的」（The Symbolic）、與「真實的」（The Real）三範疇，雖然其中含攝著許多二元對立（如「我」與「他者」的對立）的範疇。這讓我們體會到「三元」中介模式實是一個很廣泛應用的模式，能開放出來一個更為複雜、更有解釋能力的視野；我們同時也體會到「三元」模式裏可以容納許多「二元」的局部，也就是「三元」的視野裏可以容納「二元思維」的運作——事實上，普爾斯的三元中介模式裏，「記號」三分為「肖象記號」（icon）、「武斷俗成記號」（symbol）、「指標記號」（index），而這三大記號範疇之區別則僅就「記號具」與「記號義」的「二元」雙邊關係而界定。

在此我們就順勢移向另一轉向，一個似乎尚沒有完全被認知、被歸為正規的記號學領域的轉向——這就是佛洛伊德與拉岡的精神分析學。佛洛伊德的夢機制、象徵、溜嘴的語言無不與「記號表義」這一課題息息相關，而拉岡關於「語言符號」（The Symbolic）對「主體」各種制約的論述，以及其謂「潛意識結構有如語言」的名言，都有著豐富的記號學旨趣。目前雖不乏把佛洛伊德與拉岡納入其論說範疇的記號學論著，但大致上學界仍把「精神分析學」與「記號學」看作兩個不同的研究領域與學術訓練。無論瑟許或普爾斯的記號學，都假設（或從）一個通性的穩定的意識或心智出發，並且信任心智與記號的表義與衍義能力（普爾斯理論中的「習慣」與「模稜」對此並不構成根本的改變），可稱之為正面的（positive）、一般的（general）記號學。然而，佛洛伊德與拉岡的精神分析學卻對記號使用者的「主體」與「記號」本身都有所置疑，對其不穩定性著墨甚深，並且「主體」與「記號」的主從關係甚至認為有所逆轉。相對於瑟許、普爾斯的記號學傳統，佛洛伊德與拉岡的精神分析學，當歸為記號學的一支時，實可稱為「負面記號學」——「負面」乃是辯證中的「negation」之意。這是一個極大的「轉向」，其中必須探索與推進者有二。其一，如何把佛洛伊德與拉岡的「精神分析學」與「記號學」做更好的連接，也就是如何把前者更推進記號學的領域，並且試從其中探索出有別於瑟許、普爾斯的新的通體的記號學模式。其二，探索「精神分析記號學」（負面記號學）與瑟許、普爾斯所代表的「一般記號學」（正面記號學）的關係。這一個合流將為人類的主體及記號的正反面與繁富帶來更好的認識。

最後，也許有人置疑：在目前後結構、後現代的學術視野與生存情境裏，「模式」這個概念還有容身之地嗎？我會反問說，我們是否要回到「前結構主義」的學術情境呢？讓我們一齊來思考吧！

中國芭蕾觀後

——藝術形式的本土化

西方的藝術形式能否在東方的土壤生根而本土化？[1]從這次大陸芭蕾舞團的演出看來，答案似乎是傾向於樂觀的。

「芭蕾」這一個西方舞蹈形式，在這次演出裏，終於能與一些觸及中國傳統文化原型的「敘事體」相當地結合，以表達屬於中國的藝術特質與精神面。舉例說來，蔣祖慧改編的〈祝福〉，與李承祥、王世琦編導的〈林黛玉〉，前者表達了一份封建憂鬱與人道精神，後者重造了中國女性自傷、自持、與感性的世界，都能在「芭蕾」的形式裏，獲得淋漓盡致的發揮。在這些「中國芭蕾」裏，我們仍能隱約辨識到一些屬於中國傳統劇場與舞蹈的質素：在原屬「芭蕾」底雍容華貴、開合明朗的舞式裏，我們看到「弧度迂迴而深」、身段更為「屈折柔順」的姿式，以及較為「含蓄」與「不經意」的舞蹈，整個「舞蹈空間」顯得「內旋」而「徐緩」，表達了屬於東方的鬱結與感性特質。不過，值得注意的是，整個感性的、鬱結的內心世界與舞蹈世界，在整個舞蹈過程裏，經由一些「舒展」、「平和」的舞姿而「釋放」出來，「舒解」出來。職是之故，總體氣氛與主題還是積極、樂觀的。當然，不庸諱言，一些過分「樂觀積極」的舞步，也有時出現，產生不諧和的感覺。

---

1 本篇原載《中國時報・人間副刊》，1992年11月2日。

假如我們遵循雅克慎（Roman Jakobson）等記號學學者的看法，以為「對等原理」（principle of equivalence）貫通了諸種藝術形式；那麼，西方的「芭蕾」，無論是在編劇及舞式上，由於著重「對位」及其他結構上的經營，趨向於較為明朗的「二元對立」（binary opposition）形式，而「中國芭蕾」所表達的對等原理，則有「剛柔並濟」、「陰陽闔闢」的品質，在「對等」裏有「圓融」之感。換言之，「中國芭蕾」藝術形式之成立，有賴於中國傳統之美學。

在大陸芭蕾舞的發展上，從這次的演出，我們很清楚看到很大的改變。〈祝福〉與〈林黛玉〉二劇代表了近期（八十年代以來）的對「個人」與「內心」的著重，與前期的〈紅色娘子軍〉與〈白毛女〉（六十年代）異趣。如果我們願意借用 Earl Miner 教授用來討論詩歌的兩個批評概念，前期的大陸芭蕾可謂屬於「公我的模式」（public mode），與集體的規範及意識合流，而近期則傾向於「私我的模式」，朝向於個人心靈之隱密世界，而舞者所擔任的「詮釋」功能，也大大提高。在這次主舞者高水準的演出裏，我們幾乎可以感覺到，舞者不是「表演」給「觀眾」看，而是自足的自我的表達。

誠然，文化各單元是互相關聯於為時空所界定的「記號場域」（semiosphere）裏，大陸在各方面的繼承與變易，也正「喻況」地從「中國芭蕾」這一舞蹈形式的演變裏表露出來。

臺灣現／當代詩史書寫研討會緣起

——我們正在撰寫一部眾音並起的臺灣詩史

撰寫臺灣現代詩歌史一直是全國詩壇和學界所一再呼籲要完成的事，今天在世新大學召開的一個開創性的研討會就是為完成此一重大使命。研討會乃是要透過集體的努力來撰寫一本臺灣現代詩史，為臺灣詩壇做見證。[1]我們這本臺灣詩史是以詩發展為主軸的「縱主幹線」以及眾多的「特殊橫切面」交叉構成，以求呈現臺灣詩史多元的全貌。簡言之，我們正在撰寫的是一本開放的、眾音並起的臺灣詩史。研討會的各篇縱橫綱領性論文題目，先由古添洪起稿，經由陳鵬翔、余崇生、李豐楙增定決行，然後共同議決邀請最恰當的學者來撰寫十幾個橫切面（當然也有自動願意加入撰寫者在內）。這是過去所有研討會從未有過的嘗試，我們為此感到高興，並衷心感謝參與者的共襄盛舉。

縱幹線分日據時代、五〇年代「現代派」運動、六〇年代的現代主義（含「超現實」風潮）、七〇年代中葉以來向「鄉土寫實、明朗」傾斜的現代主義，以及八〇年代中葉「後現代」激盪迄今的詩歌，依次由余崇生、古添洪、陳鵬翔、李豐楙、孟樊執筆。諸橫切面包羅豐富，為此次研討會的重點。特別值得一提的是，我們有臺灣現

---

1 原載《聯合報・聯合副刊》，2001年10月20日（按：研討會已於2001年10月20日於世新大學舉行，並出版研討會論文集）。

代詩「美學／詩學」的面向（由簡政珍執筆）；有作為「詩史延伸面」的外來「影響」面向（由古添洪執筆）；有愛情、山水等「傳統詩類」在現代詩的「延續」面向（由余崇生執筆）；有「生態詩」的「本土論述」面向（由曾珍珍執筆）；還有對大陸學者所撰寫的詩史的評估專論（由游喚執筆）等，不一而足。特別值得高興的是：詩史裏的「原住民」面向由正在撰寫有關博士論文的原住民董恕明執筆。

本詩史的另一特色是：絕大部分的撰稿人同時擁有學者與詩人的雙重身分。因此，這部詩史既是學術立場的觀察，也同時是處身於詩壇內部的觀察，故實非僅置身「局外」的學者或僅置身於「局內」的詩人所能單獨達到者。

臺灣本土新詩自二〇年代初發軔以來，經過長久的努力耕耘，終於獲得了可觀的成就，而發展過程裏也與世界詩潮保持著某種若即若離的接觸。我們在撰寫這部詩史時是抱著兢兢業業的戒懼心情。我們要求撰稿人對一向流行的、主流的論述與視野加以反省，根據原始的資料與拉出了距離的西元二〇〇〇年的歷史視野，重新作客觀的、有見解的論述；並且儘量提供詩例以佐證，並增加其可讀性。透過縱橫的交錯以及不同學術與創作背景的撰稿群，我們期待這部集體寫作的詩史是一部視野開放的眾音並起的臺灣現代詩史。當然，這不可能是唯一的臺灣現代詩史；我們也歡迎更多的不同版本的台灣詩史出現。

〈銅門、文蘭一帶太魯閣族人個體敘述專輯〉引言

無論泰雅族（Atayal）與其傳統亞族賽德克族群（Seediq），或賽德克族與其傳統亞族太魯閣（Truku）族群的關係，確是千絲萬縷，糾纏不清，形成了一個人類學、族群政治、與生存現實相纏結的爭論性的場域。[1]根據在地族人廖守臣的人類學經典著作與視野，泰雅族內含兩個亞族，即泰雅亞族與賽德克亞族，而賽德克亞族因部分族人東遷，形成西賽德克與東賽德克。而東賽德克則又含有三個族群，即口碑來自Truku Truwan的太魯閣／德魯固／托魯閣族群（Truku），口碑來自Teusay Truwan的托賽族群（Teusay）和口碑來自Tgdaya Truwan的巴雷巴奧族群（Tgdaya），他們都來自南投信義鄉一帶。（廖守臣：《泰雅族東賽克群的部落遷徙與分佈》，臺北市：中央研究院民族所，1977年，頁198-199）。在太魯閣族正名運動裏，其主要論述堅稱太魯閣族自古以來都是獨立的族群，並強調其語言、風俗、紋面樣式、生活習慣等，皆與泰雅族有所區隔；而持傳統人類學視野者，則以為其差異乃源於族群遷移與隔離久遠之故，東賽德克遷徙與

1 原題：〈草根性的太魯閣族人個體敘述——銅門、文蘭村落隨機訪談：寫在前面〉。原載*Qmpahan*（慈濟大學英美系學生系刊），第6期（2012年）。

東部花蓮一帶已有三百年之譜。太魯閣族雖於二〇〇四年正名成功，學術上的爭論仍繼續，而東賽德克含攝三個亞組群，而今獨以太魯閣為族名，論者以為不免有族群霸凌之嫌（請參金尚德《知識、權力、部落地圖：「太魯閣族傳統領域土地調查」的社會學分析》（花蓮縣：東華大學族群關係與文化研究所碩士論文，2006年）及九日羿・吉宏《太魯閣族部落史與祭儀樂舞傳記》（臺北市：中華民國臺灣原住民族文化發展協會，山海文化雜誌，2011年）。

平心而論，這離合的關係，恐難釐清，族群不可能是單一的，往往是混合的。以聚合觀之，整體為混合的大族群，而以分離觀之，則其中擁有個別的族群，而分離更牽涉到族群政治、生活現實、與利益的糾葛。我們不是這方面的專業人士，就讓這個族群離合的關係繼續成為學術上的爭論場域吧！

上述三本學術著作內容豐富，對太魯閣族群各議題已有充分的論述。這些論述的前身，雖然也是源於場地調查、訪談的個別資料，但由於學術上的要求，歸納、分析的結果，必然指向於「群體」，「群體」的記憶、習俗、生活規範等。我們本次的作業，卻試圖反其道而行之，重點在個體的實際情形，以「個體敘述」（individual narrative）的形式呈現，以顯現在族群中含有的個體的差異性。這也許能作為以「群體」為導向的、以歸納為方法的學術視野的修正與微調。

這次草根性的田野訪談，訪問部落中的長者，略有隨機而行的特質。由於是隨機訪談，固有四次之多，而每次對象不同。恩馬・尤道（許有祥；銅蘭鐵匠店）是服務中心介紹的，陽明山（迷妳銅刀店）是預先計畫的，而其中的Bagi是誤打誤撞的，Mingling Baya，則是當地熱心人士介紹的。也許由於我們的運氣，受訪者都往往有特殊的生命歷程，故其個體敘述也歧異多姿。也許，當我們離開了「群體」的視野，自然就發覺「個體」的多姿與殊異。在文化的發展裏，「同質性」（homogeneity）和「異質性」（heterogeneity）一直為其發展的互為辯證的動力，「群體」的敘述偏向「同質性」，而「個體」的敘述則偏「異質性」。也許，在目前以「群體」敘述為絕對主導的研究場域裏，這「個體敘述」是新階段族群探討的可能開端。

〈兒童文學專輯〉引言

我們目前的文類，大多是從西方引進過來的，兒童文學是其中一個例子，我們的文化傳統裏應該也是有兒童文學的，想想，我們父母親難道不會對小孩子唱點兒歌說點故事嗎？[1]古早的兒童文學應該是存在於口傳文學裏，就我所記得的，可能只在廣東流行的三字童歌「月光光，照地堂，年三十，摘檳榔，檳榔香，……」。

我們臺灣的，「天烏烏，欲落雨，阿公仔攑鋤頭欲掘芋掘啊掘，掘啊掘，掘著一尾旋鰡鮎，伊呀蝦就真正趣味／阿公仔欲煮鹹，阿媽仔欲煮汫，兩个相拍摒破鼎，摒破鼎／伊呀蝦就弄當七當唱，哇哈哈，哇哈哈」，也應該屬於兒童文學，其實，兒童文學不應該只侷限於文學的定義，它有哲學的元素也是可以的。本來舊日的傳統裏文史哲不可分，我們會問《三字經》算不算兒童文學呢。「人之初，性本善，性相近，習相遠，……」，我們想不到兒童文學早就進入了我們的詩塾與家庭教育裏，那都是值得自豪的事啊！

從西方的傳統裏，nursing songs（兒歌），和 bed time stories（床邊故事），已是耳熟能詳的，這裏就不細贅。《格林童話》及《天方夜譚》是其中佼佼者。就英國文學來說，William Blake 的 *Songs of Innocence* 也可歸類在兒童文學類。晚近，英國已故桂冠詩人 Ted Hughes（休

1 古添洪老師口述，曾琬湞、陳怡靜書寫；原載 *Qmpahan*（慈濟大學英美系學生系刊），第7期（2013年）。

斯），對兒童文學心血投入不少，創作帶有科幻性質的小說類的 *Iron Giant*，他的兒童詩更是出色。本專輯選了兩首，譯為中文。

從上面看來，兒童文學往往是成人的創作。這其中面臨一個問題，創作者要降低到兒童的層面來書寫，還是在創作裏提高兒童的文學素質？在我看來，西方的兒童文學往往是朝向後者，富有創意文學性質很高，也因而引起兒童的閱讀興趣，*Harry Potter* 是一個很好的例子。內容不淺，但英美的兒童裏閱讀上不成困難，這是使我感到稍微驚訝的事；Ted Hughes 的兒童詩更是如此，兒童文學與非兒童文學的界線已經有點重疊了。我個人比較同意他們的觀點，兒童文學應該有點困難度，才引起閱讀的興趣與效果。從這個角度來說，我們臺灣的兒童文學往往傾向於前者，也就是降低到兒童的水平，以為這樣子兒童才能了解與閱讀。事實上，這證明是錯誤的，因為臺灣的兒童文學、藝術與內容水平都比較低，引不起兒童讀者的興趣。

兒童文學的發展，往往是與兒童在家庭與社會的地位息息相關。地位高，對兒童文學的需求就比較高，促進了兒童文學的發展。

在目前重視兒童文學氛圍裏，無論是家庭或是學校都鼓勵兒童們創作，於是我們也有了屬於兒童創作的兒童文學。以後與成人的兒童文學的創作是怎麼的關係呢？如何發展呢？我稍微擔心的是，兒童在閱讀大人創作的兒童文學之際，不知不覺模仿他們的風格，喪失自己的個性與文學訴求。

本系裏，我們有「兒童文學與製作課」，我們挑選了學生製作的兩本兒童學創作的繪本，可謂文圖並茂。同時，系裏有「文學創作坊」，在他們創作裏，有兩首屬於兒童文學性質，我們也放在這裏。最後，在「翻譯學概論與習作」課，同學翻譯了洪建全基金會網站上的一篇敘述體性質的兒童文學，放入其中，使得本輯更加完整的風貌呈現。

嘉年華、記號場域、與慶典狂文化

——對李豐楙教授論文的述評

我現在要從兩面來討論李豐楙教授的論文〈由常入非常：中國節目慶典中的狂文化〉，即把李文及洛德曼（Yuri Lotman）的「記號場域」（semiosphere）理論及百克丁（M. M. Bakhtin）的「嘉年華」（carnival）理論並讀，互為印證、闡發、質詢。[1]

洛德曼的記號學有著「有機論」的傾向，雖然這有機論已結構主義化、記號學化。其在其主要著作《藝術書篇的結構》（*The Structure of the Artistic Text*, Ann Arbor: University of Machigan Press, 1977）的結語說，詩篇是一個組織特殊有機體，如此繁富，使得神經機械學者回過頭來檢視有生命的組織時有所啟發。這個有機體論，在其近著《心之宇宙》（*Universe of the Mind: A Semiotic Theory of Culture*, Bloomington: Indiana University Press, 1990）裏，更進一步落實於其「記號場域」一概念裏。「記號場域」一概念是援用自Vernadsky所提出的「生物場域」（biosphere）一概念。「記號場域」是各個記號系統共存並功能化的一個空間；此空間既為文化底發展所形成，亦為文化發展的條件。故記號場域實等同於文化場域。換言之，每一文化單元皆在其所處的「記號場域」裏運作，而這「記號場域」對這運作的各個單元產生一

1 本篇原載《中外文學》第22卷第3期《第十七屆全國比較文學會議論文專號》，1993年8月，頁116-154。本篇與李文同時刊於該專號。

個有機的統攝的力量。「記號場域」內的基本結構乃是「異質」（heterogeneity）原則及「不均衡」（asymmetry）原則。因其互為性質不同，互為不均衡，故場域內得以互動並發揮其個別及有機之功能。

李文為我們指述了一個與自然節奏（包括人底自然節奏）最為吻合的慶典圖，代表了傳統及今的一個迹近天人合一的有機活動，讓我們看到了傳統農業社會裏的「文化場域」，對在大地上活動的人群產生一種「記號場域」所擁有的「從上決定」（over-determination）的力量。「記號場域」裏的「異質性」及「不均衡性」，在李文中雖沒有明白指出，但實暗含於李文中「常與非常」、工作與休息」、「聖與俗」、「狂與不狂」等相對組裏；這些「相對組」不單是異質，也應是不均衡的。當然，這天人合一式的「記號場域」應該與現代臺灣工業社會裏應有的「記號場域」不同，而李文也涉及各慶典在今日臺灣社會的延續情形，給我們的感覺是：我們臺灣目前的「記號場域」尚沒有脫離這一個農業的「記號場域」。也許，我們永遠無法完全脫離，因為人不可能完全脫離了「自然」及人底「自然」品質。

李文的論述主軸是建立在「常」與「非常」上，而「常」有「經常」、「常態」之義，這點與「記號場域」裏「不均衡」原則中所含攝的「中心」（center）與「邊際」（periphery）同趣。特別有興趣的是，李文觸及「常」與「非常」的逆轉；雖然慶典中的「非常」在「記號場域」裏被視為「邊際」，但當其運作而舉國若狂時，這「非常」已成為當下之「常」，這「邊際」已成為了此時之「中心」。事實上，李文行文裏，相當地表達出兩者「常」與「非常」的互賴性、甚或模糊性，已某程度地「擺脫」了「二元對立」這一個侷促的思想模式。最後，由於李文及傳統陰陽圖之啟發，由於「記號場域」底「從上決定」這一有機原則之啟發，筆者願意指出，這「常」與「非常」必然在一個「記號場域」裏進行，而並非各自為界、截然對立的二元在一個「沒有邊界」的「空間」上進行；換言之，是在某特定的時空「有周邊的」的「記號場域」裏進出，而「常」與「非常」的品質及其互盪的最遠周邊，是為此「記號場域」所決定。讓我們回顧一下傳統的陰陽圖☯。「陰」與「陽」是在一個有「邊」的場域內進行，曲線代表其「互盪」，而黑點及白點，則代表陽中有陰，陰中有陽。這傳統中的陰陽圖，由於書寫的習慣，以平面圖表達，而事實上，應該是「多面空間化」的幾何構圖才得本真：各異類的品質，在不均衡的對待下互盪，互揉合。

李文中慶典裏的「狂」文化，當然讓我們想到西方的嘉年華，想到百克丁的嘉年華理論。百克丁首先指出，嘉年華是慶典性質的、綜合性的、場面熱鬧的出行活動。這個定義幾乎完全吻合於李文中的慶典活動。在百克丁的理論裏，也相當地強調「常」與「非常」的分際；在嘉年華慶典裏，慣常的秩序與生活被懸擱，人與人的接觸變為自由而熟絡，原有的高卑貴賤的人際關係被懸擱，使到人際間原有的許多界限被打破，神聖與瀆聖並行，遂有各種褻瀆的行為，包括嘉年華式的瀆聖、淫穢、仿諷等。其中最顯著的嘉年華之嘲諷式的「加冕」與「除冕」，含攝著生死盛衰更易無常的世界觀及對現實的嘲弄。而百克丁也提到嘉年華會的「空間」：由廣場而及毗鄰的街道。這點與李文中所提及的慶典活動，由廟而及街道同趣。最後，百克丁說，「嘉年華會屬於全民眾」（“Carnival belongs to the whole People”）與李文中所說的「舉國若狂」相若。百克丁指出，嘉年華文化是希臘、羅馬、中世紀歐洲人民生活的一個局部，成為其正統文化外的第二文化，深深地影響著文學及其他文化結構。（以上據其所著 *Problms of Dostoevsky's Poetics*, Minneapols: University of Minnesota, 1984, pp.122-132）。同時，百克丁強調並發揮了嘉年式的「哄笑」（Carnival Laughter）：此「哄笑」是慶典式的，是屬於全民的，而其義則模稜，既歡娛復嘲弄，既首肯復否定，既壓抑復更活。嘉年華沒法用「休閑」、「作息」來充分解釋，而是有著更高的目標，嘉年華文化是打破尊卑、隔閡的理想世界的表達，是一個合群、自由、平等與富庶（conmunity, freedom, equality and abundance）的烏托邦世界。（以上據其*Rabelais and His Would*, Bloomington: Indiana University Press, pp. 5-15）。

從上述，可見西方的嘉年華慶典與李文中所提及的中國慶典活動中的「狂文化」，大致相若。不過，李文相當地著重其宗教之本質與源頭，此點實有賴於李教授所作田野研究，這也是李文價值之一。同時，李文亦可說對百克丁嘉年華理論提出一些置疑或補正。其一，百克丁認為嘉年華活動中，高卑貴賤之階級被懸擱云云。然而，從舉辦慶典活動的組織層面來看，根據李文，活動組織中的人事安排反映著社區的尊卑身分。職是之故，參與者獲得的階級的泯滅感覺，未免有「假象」之嫌；蓋就其組織層面而言，不啻是對原有社區的社會階級之再肯定與再鞏固。其二，百克丁認為在嘉年華會裏，沒有參與者與旁觀者之分（*Robelais*, 7）。但李文一開頭便引出子貢的例子：舉國皆狂而子貢獨不解其樂，而李文認為應有很多的子貢的，這頗使人深思。我們是否可以「解構」一下百克丁的說法，認為百克丁如此說帶有一種個人的抒情，一種寫作時的情感移入？其三：百克丁認為用「休息」或「作息」來解釋嘉年華的精神，無法充分，而強調了正統文化中的「壓抑」及嘉年華文化中的「反擊」，而李文則強調了「作」與「息」的關係，充分採用了勞動的觀點，用「息」來解釋慶典活動。當然，中國的節日慶典活動的嘉年華色彩當與西方者有別（我們看目前巴西每年舉行的嘉年華會與臺灣本土各慶典活動一比較便知），李氏之強調「作息」而百克丁之強調「離經叛逆」的一面，應各有所據，各符其實。有趣的是，百克丁更進一步把這「離經叛逆」加以逆轉，稱之為「烏托邦」式的世界的表達：合群、自由、平等、與富庶。筆者認為，經過「逆轉」後的「不常」，可能散發出烏托邦的光芒，但從「書寫」行為無可避免地帶上「書寫者」的「主體性」這一角度而言，我們是否可以說，這嘉年華理論已帶上了百克丁本人理想的假托，是他身處的社會主義國家的一個「應該如此」？是對其生存「現實」的「匱乏」（lack）的一個反映？換言之，筆者不願意像百克丁那樣進一步把這些與「常」或「官方」相對的嘉年華文化看作是我們理想世界的表達，而僅止於李文中「文化」（calture）與「自然」（nature）相對立的解釋層面，並願然更進一步援用佛洛伊德的文化理論（見其所著 *Civilization and It's Discontents*, New York: Norton, 1961），而認為嘉年華的「狂」文化是對「文化」底「約束」的「不滿足」，而非理想世界的表達。

理論・應用・「解」的詩想

——對簡政珍教授論文的述評

一

我很高興讀到簡政珍的〈當代詩的當代性省思〉一文，對後現代理論的套用及臺灣現代詩的後現代策略，作了一些鞭辟入裏的反省。這些反省，無論會引起怎樣的正反的爭議，其「提出」可謂得其時宜，因為這些學術潮流及詩創作傾向，在此間已進行了頗有一段時光，不妨聽停看，作一些批評性的討論。[1]

我在下面的兩則裏，將對理論的應用及臺灣現代詩，提出一些陳述，與簡文或相呼應、或相違背，作為對簡文的一個回應。

二

理論的建構，無論它是多麼依賴邏輯及其他思維方法，無論它如何力求科學化、抽象化與普遍化，它無法脫離其建構時的時空性、建構者的主體性，而遑論其所賴以建構的資料及素材所含攝的殊異性。猶有甚者，當理論建構完成的一刻，建構時所演出的生命與活動，也隨著消耗殆盡，而走向另一個身分，一個權威、教條僵硬的身分，儼

1 本篇原載《中外文學》第23卷第3期《第十八屆全國比較文學會議論文專號》，1994年8月，頁35-37。本篇與簡文同時刊於該期。

然成為真理或通則的化身。當研究者應用（如果是「套用」，那就更可怕了）這些理論來詮釋與闡發文學或文化現象時，如果沒有這份自覺，更容易加深了這權威、教條僵硬的傾向。馬克思主義的應用就是一個使人深省的例子。馬克思逝世不久，其理論追隨者正嚴重地犯了這傾向，以至恩格斯不得不在其公開信札裏解縛一下，呼籲人們必須重新面對歷史，研究歷史，研究該社會成形的實在狀況與條件，並謂馬克思與他本人所努力指陳者，不外是說歷史的最根本的決定因素乃是生活本身，實際的生活本身，以挽救這「理論」教條化的唯心傾向。從這個立場來說，簡文依Baudrillard而作的指陳，謂「引介者表象在推廣理論，實際上是使理論縮減，其中纖細深邃的內涵已消失」，是值得深思的。

從上述的視野來看，理論的應用確實有其「先天性」的遺憾，而減少其流弊則有待於應用者的自覺，在應用過程裏回復理論建構時的活力與生機。從另一個方面來說，理論的應用又幾乎是無可避免。從「中介」（mediation）的視野來看，主體（人）與客體（世界）的接觸，必賴於「中介」，即使我們不採取二元對立的模式，謂主體是客體的局部構成而客體為主體所統攝，亦復如是。我們（主體）總是要靠某種理念甚或理念架構（可擴而及諸意志及情感架構）去認知、體會、回應他者及世界（客體）。「理論」不過是一套有系統性的「理念架構」而已。俄國記號學，把語言及文學視為「規範系統」（modelling system），可謂一語中的，雖然「規範」與「系統」這兩個概念，在後現代的情境裏略嫌過度強勢。誠然，除非我們通過「禪悟」，否則「中介」不可避免，即使「棒」與「喝」也是「中介」哩！

理論與文學或文化現象，誠然是「異質」的東西，西方理論與我們東方的世界誠然是「異質」的；不單是「異質」，而且是「不均衡」哩！那麼，這個「西方」理論「東土」應用，豈非削足就履不可！豈非強兩者之難不可？究其實則不然。洛德曼（Jurij Lotman）說得好，在一個文化場域（semiosphere）裏，其動力即來自這場域裏的異質性及不均衡性，否則，就成為死寂的均衡了。理論之應用於實際文學或文化現象，可視為一文化場域內有活力的運作吧！

沿著普爾斯（C. S. Peirce）的記號中介模式，我們不妨說，理論之應用於文學或文化現象，三者互動下的活動，缺一不可，而某一方的獨特品質都決定著這整個三連一的活動。簡政珍在文中觀察到理論應用的一些流弊，有其先天性的，也有後天的，其得失可在這三者的互動過程裏去尋求，而得失的責任則應由應用者來承擔。

簡政珍以縱橫二軸的互動，也就是「無所不在的永恆時間」和「一個暫時存在的當代時間」的互動，來決定「人的存在」及其「當代性」，這個說法非常有意思。我想，上引簡文的陳述裏，應該隱含著海德格（Martin Heidegger）「時間」等同「存在」的含義吧！不過，簡政珍把「無所不在的永恆時間」與「存在」，稱之為長存的「本質」；我想與其稱之為「本質」，不如稱之為歷久常新到當今仍活在批評家、詩人們心目中的文化與文學的「典制」（institution），因為先驗的所謂「本質」在當代裏已遭到嚴重的置疑了。我尚記得，在加大（UCSD）留學時，馬庫色（Herbert Marcuse）的名著《美學向度》（*Aesthetic Dimension*）於一九七八年英文版剛出爐不久，班上的教授就請他到課堂上接受「挑戰」，大家都不約而同地對他所採用的「超越」（Transcendental）一概念與詞彙表示置疑。

簡政珍把詩的「本質」界定為「跳躍思維」，把「當代性」界定為「苦澀的笑聲」。如果我們回顧一下自浪漫主義以來對詩的看法，如華滋華斯的感情的橫溢、雪萊的詩人如立法者、濟慈的負面能力，艾略特（T. S. Eliot）的客體投射與傳統、俄國形構主義的「語言底材質」的發揮及「視覺」的喚醒、美國新批評中韋倫（Warren）鞭笞

「純詩」而提倡詩的「濁」性、雅克愼（Roman Jakobson）的語言六面模式、艾誥（Umberto Eco）詩篇的多重架構、洛德曼的詩歌為二度規範功能，以及在文化及哲學上德希達（Jacques Derrida）所開放的「解構」的世界，我們恐怕不得不對簡政珍的詩歌理念有所保留吧！我上述近乎學究式的推砌，其用意不外是讓我們重認「詩篇」所含攝的驚人的複合性，無論在內容上、表達上、功能上皆如此。

簡政珍埋怨說，相當多的批評家和詩人，以後現代理論所列舉的「標籤」作為應有的「標準」，而成為這些「標準」的奴隸，而忘卻後現代的精神在於反標準和本質。這頗值得我們反省與深思。筆者曾經提出「解」的詩想，更鑒於詩人有時未免把個人的「錯覺」與「胡言」奉為「詩篇」，故指出我們所謂的詩篇都「不免」是詖辭淫辭邪辭遁辭；如果詩人有此「解構」自覺，則思過半耳。（見拙著詩集《歸來》所附〈詩學隨筆〉）。我想，比諸簡政珍，我對臺灣的現代詩有著更多的保留吧！

版權法的置疑：作者、創意，與所謂侵權

——對孫小玉教授論文的述評

一

孫小玉教授在〈創意的反諷——版權中的作者〉一文中分析了版權法中「作者」、「創意」、「侵權」等要元，並指出版權法中所含攝的定義，衡諸於「文學」領域的實際情形，顯然有所不足。[1]這個論述方向，表陳了法律論述與文學論述的差異，值得肯定。然而，孫教授在行文裏，似乎把美國憲法的條文、版權法的條文、以及版權法學者的闡述，放在同一層面來論述，使人不免有所困惑。同時，孫教授文中的開頭，富有當代理論的態勢，但及至論述「創意」等文學內涵時，則又回到十九世紀初的理念，使人略有不解。孫教授最「驚人」的策略，是把版權法中 “it need only be original” 的 “original” 一詞，故意譯解為「創意」，藉此與文學論述掛鈎，而得以對版權法「創意」一詞，及其連帶的「作者」的定義之貧乏，大事鞭笞。但究諸原文，版權法所謂的 “original”，是在其下所界定的 “with-out copying” 和不是 “plagiarized copy of another's effort” 上。也許，把孫教授的批評策略拿開，孫教授的論述要旨乃是：版權法所要求的是不

---

1 本篇原載《中外文學》第24卷第3期《文學、法律、詮釋》專輯（上）：第十九屆全國比較文學會議論文。1995年8月，頁19-21。本文與譯文同刊於該期。

「拷貝」、不「剽竊」的 original，而文學的所要求的是「原創性」（originality）、創意的 original。而 “original” 一詞在版權法論述中與文學論述中含義的差異度，正反映著兩個論述世界的不同。下面筆者打算就作者、創意、授權這三項，以略異於孫教授的敘述方式出發，作為對孫教授論文間接的討論。

二

版權法中的「作者」（author）是指作為一個生命個體的人，就猶如我們指〈蜀道難〉的作者是李白，是指作為一個生命個體的李白。版權法中的「作者」，似乎與柏拉圖以來把詩人作為一個 “maker” 的觀念相同：「作者」就是一個作品的 “maker”。當代中文的「作者」一詞，與這詩人作為 “maker” 一觀念或亦有淵源。在上述兩個層面上，法律論述（版權法）與文學論述（廣義的文學批評），並無多大差異。但當版權法對「作者」作進一步界定時，其界定點則是「作者」與其「作品」的商用價值關係；當文學論述對「作者」作深一層的界定時，其界定點則是「作者」與「作品」內在的自身關係，「作者」的「作品」與其他「作者」、其他「作品」的關係（當代文學理論者如布思（Wayne Booth），巴爾特（Roland Barthes），德希達（Jacques Derrida），都對這些面提供了嶄新的視界）。在這些層面上，版權法與文學論述可說是漸行漸遠了。然而，版權法必須面對這個問題，否則，就無法處理「侵權」的問題。

三

版權法中明載能登記版權的作品，只要 “it need only be original”，

而 “original” 的定義，是採取負面列表的方式來陳述，也就是 “without copying” 與 “not a plagiarized copy of another’s effort” 便可，即「不」是從別人那邊「拷貝」或「剽竊」便是 “original”。這個「負面」界定的 “original”，與前面「作者」作為一個 “maker” 相呼應，故版權法中 “original” 的定義很簡單：這個作品是這個「作者」「做」的，不是拷貝或剽竊的。這與文學上的「創意」或「原創性」無關。然而，孫小玉教授把「版權法」的 “original” 譯、解為「創意」或「原創性」，乃是策略性的「誤解」，而這「誤解」更能暴露出「版權法」未能顧及文學作品具「創意」的內涵，未能顧及「作者」與「非異化」（非商業化）的定義。巴爾特（Barthes）曾說，「作者乃是勞苦者，他營造他的語句（即使為靈感所趨也是如此）；並且，機能地為其勞動、為其作品吸納進去。」（“Authors and Writers”, *Critical Essays*, Evanston: Northwestern University Press, 1972, p.144）「作者」與「作品」是處在一個「非異化」的內在關係。版權法的「作者」有權威，只是有權威處理他作品的版權，而這處理往往是經濟效益的，而文學批評論述中的「作者」，其所著重顯然與「版權」無涉，即使「作者」本人所著重的，也未必是經濟效益的「版權」問題，而是他與他的「作品」不容「異化」的關係。不幸的是，「版權法」的經濟效益，使這「非異化」的關係，不免蒙上陰影。「版權」出售後，其作品便成為「異化」了的產品，在市場（包括無市場）上任人操縱。

四

如孫教授所指出，版權法只要求註冊的作品是 “original” 便可，而對 “original” 的界定甚寬，但在「侵權」的審核上，又顯得分外嚴格，造成了兩者之間的迸裂，其真正的難處，筆者以為在於「版權法」的法律論述裏，並沒有對文學這一個記號系統有深入的了解，而遑論據此以作出有實質性的侵權認定。當然，如果按當代文學理論的觀照，「仿冒」或「侵權」的認定，本身也許就是一種「謬誤」。我們不妨想想巴爾特在 *S／Z* 的說法，作者的主體不過是五種語碼的餘波所橫過的空間而已。我們不妨想想德希達的高論，「書寫」只是不斷的徵引，只是過去的留痕與餘響而已。那麼，又如何能界定所謂抄襲、剽竊呢！誠如孫教授所言，在後現代及電腦等新媒體裏，這「侵權」認定，更是雪上加霜。然而，筆者願意反諷地說，這個「侵權」界定的不可能，反而是人類一大喜訊，因為它似乎要逆轉而帶來一個新視點：資訊，就像陽光與空氣，為人類所共享。

附錄

附錄

古添洪教授訪談錄

——單德興、王智明訪談

單德興、王智明按：為整理臺灣英美文學與比較文學的建制發展，我們兩人採取口述歷史的方式，於二〇〇九至二〇一二年間，與數位在一九七〇年代推動比較文學發展的學者進行深度的訪談。比較文學研究的先行者之一的古添洪老師，自然是不可錯過的受訪對象。（訪問日期：二〇一〇年七月一日。地點：金華街太來生活館）

單：古老師，很高興今天能夠跟您這位比較文學前輩訪談。您也是我的學長，早我七年進臺大。讀大學時我只曉得您的大名，拜讀《中外文學》和其他期刊上的大作以及您自己撰寫與編輯的專書，也閱讀您的詩作，等到入行之後較有接觸。今天很高興有這個機會訪問您，請您談談英美文學以及比較文學在臺灣發展的一些情況。

古：我為今天訪談特別做了一些準備。我想提出一個觀點：那就是要討論一個從事文學研究的人，要了解他，就得要了解他對文學本身究竟有沒有興趣，這是非常重要的。這個人的成長經驗裏有沒有文化背景也是一個重要的問題。所以，我大概先從這兩點來談。就文化背景來說，我家的文化背景可說是零。父親沒受甚麼學校教育，不識字、不能看書。所以我完全靠我自己讀書，產生對文學的興趣。用臺灣的話來說，從中學開始，我是一個喜愛文學的文藝青年（笑）。其中兩點可以談的，一個是我從小就喜歡作文，喜歡寫東西。第二點是高中時我參加了香港出版的最重要的學生刊物《中國學生週報》在澳門的通訊組。雖然刊物叫做《中國學生週報》，事實上裏面的作者群也包括臺灣有名的作家，如朱西甯、余光中等。我們通訊組另有自己的刊物，刊名記不起來了。我是通訊組刊物編輯之一。我們刊物每個月（或者兩個月？記不清楚了）出兩大頁四版的鉛印刊物，或由郵寄或透過各校通訊組成員發到各中學。版面內容裏包括澳門的各種文教消息，文藝版、幽默性的〈逍遙遊〉版，以及報導性的專題主版。其中，澳門的圖書館專題訪查、漁民生活的專題報導等，都是我本人去採訪寫成的。還有我也在文藝版面上發表創作。所以這個背景對於我的成長，不論是文學創作還是人文關懷，都很重要。

我當時念的是粵華中學，從一九五七到一九六三年。來臺灣以前在香港待了一年。粵華中學有中文部及英文部，我唸的是中文部，中文部學生比較多來臺灣留學，每年約有十來個。

單：你來臺灣時，是到僑大先修班，還是直接進了師大？

古：那個時候考得差的學生才會到僑大先修班，或是希望考到非常好的大學或醫學院的學生，才會寧願先讀一年的先修班再考試。我來以前經過考試，在香港考的。那時候中華民國的政府設有僑委會，跟港澳之間的關係是非常密切的。

當時我想高中畢業以後到大陸去唸書。但是我爸爸不肯，因為那時候大陸非常窮，連飯都沒得吃，所以不可能讓我去。所以我就決定去香港工作，因為我在澳門不易找到工作。不過，到香港工作要簽證，怎麼個簽法呢？我們想出了一個方法：先考香港的學校，然後用學生簽證去工作。那個時候香港有三所正規的大學，一個是香港大學，一個是香港中文大學，第三個是香港浸會大學。前兩所大學的報名費很高，浸會的報名費則比較便宜，所以我選擇報考浸會大學的土木工程系，心想唸土木出來有飯可以吃（笑）。考上以後，我就問學校：「我可不可以改讀英文系？」學校說看我成績可以改念英文系。但是我到了香港以後，發覺不行，因為沒有錢讀書。不過已經有簽證了嘛，我就憑浸會大學的錄取單及成績，到某私立書院改讀會計，因為會計是可以生活的專業（笑）。讀了四個月半之後，又發覺不行，因為我和會計格格不入。所以我下學期又依樣畫葫蘆，轉校念外文系。那個學校叫「清華書院」，它的校長很有名，是熊式一，民初的翻譯家。他的英國發音很迷人，英文表達非常優雅，可惜我只讀了一個學期就離開了。因為生活得還是不快樂，所以我就決定要考試到臺灣來。那時候我只填了三個志願，第一個是師大國文系，第二個是師大英語系，第三個是師大藝術系。我以第一志願進去師大國文系以後，才知道大家都不願意念國文系，系裏氣氛沈悶啊（笑）。這令我很驚訝，因為對我來說它是第一志願。不過，唸師大有個很特別的優勢，因為那個時候香港只承認，或是半承認師大。師大的畢業生可以到香港教書，薪水是很高的。別的學校不行，所以唸師大有好處的（笑）。除了有公費可用之外，還可以回去香港教書。

單：在師大國文系四年有沒有甚麼特別的收穫？

古：由於我從小就愛好中國古典樂曲——粵曲，所以我的古典修養不輸人，還比當時同班的同學高一些，很快就可以進入狀況。所以我在師大，在古典文學獲得的東西並沒有很豐富，因為我本身的基礎已經可以了。我獲得真正有價值的東西是文字學、文法、文字聲韻、訓詁學那一套東西，而且很喜歡。我知道有一些作家，包括王文興老師和同輩的李永平，他們都希望在文字上創新。這是很重要的。所以說任何一個有意研究古典文學的人，如果連文字都看不懂，原始定義本身不能深入，沒有文字學基礎是不行的。所以我對文字的應用、了解，蠻得力於我文字學這部分的修養（亦即傳統的小學），當然還有修辭學。子學方面也有一些收穫，對儒家、老莊、韓非子、墨子、淮南子都有些體會。對了，我想起了謝冰瑩老師的新文藝課，提供了我寫作的機會。事實上，當時師大校園的文藝氣氛很濃，學生刊物甚多，有《師大青年》、《崑崙》、《噴泉》，這個文藝氛圍是我極其懷念的，也是我創作及文學經驗得以成長的契機。

另一個很重要的養分來自於我旁聽英語系的課。早期主要是聽李達三老師的英國文學史，還有余光中老師的英詩。不過，我聽得不是很懂，因為沒有背景，而且我對歷史的興趣不是很高，而他全部都用英文講課，比較吃力（笑），也沒有全程聽，所以幾乎沒有印象。不過，余光中老師的課我是全程聽的。

余光中老師講的英詩基本上是現代主義以前為主，大部分是經典的詩歌、抒情詩。余老師的口才很好，可以引起我們的興趣，讓我領略到古典的詩情與藝術表現。一個很特別的場景，余老師當時寫了一篇散文叫〈食花的怪客〉。那篇散文我印象很深。因為有一次講課是在草坪上進行，他講英詩時提到他的那篇散文。草坪上有些花朵，感覺很好，又是春天，這個感覺在我記憶裏是很美好的一刻。那個草坪現在不存在了，當時草坪很大，就在圖書館旁邊，老師講〈食花的怪客〉，希臘羅馬的古典詩情，彷彿重活眼前，真是讓我如癡如醉。

不過，真正對我影響很大的是顏元叔老師，他在師大開現代詩，我每次都去上課，風雨無阻。我真的好佩服顏老師，因為是他導引我進入現代詩的殿堂，畢竟傳統的詩跟我們生活的相關性很低，而顏老師的立場一向有社會批評的傾向，對社會很關心，也使得文學與社會現況接連起來。在文學批評上，顏老師提倡的方向雖是新批評的方向，但強調現代性與美國新批評大師 Robert Warren 所倡導的與「純詩」(pure poetry) 相反的「濁詩」(impure poetry)，要有社會現實的成分。從他的講解裏，真的可以得到很多東西。

王：上課用甚麼樣的教材呢？

古：我記得。顏老師所用課本，好像名叫 Modern Verse 的詩選本。記得是綠色的書面。余老師用的課本叫做 Golden Treasury ...（按：應是 Francis Turner Palgrave 編的 *Golden Treasury of English Verse*）

古：這是余光中老師的教材，很漂亮的一本書，精裝、硬皮的。上、下二冊。

單：那在師大國文系修了哪些課？我曉得師大有些老師是從大陸過來的，像是林尹等等，好像屬於特定的學派傳承。

古：我沒有給林尹教過。他好像只教研究所。不過我上了魯實先的課。我覺得他是天才，狂人的個性。他的文字學是無話可說。講一個魯實先令人懷念的故事。他說他從大陸逃到香港的時候，走投無路，幾乎想自殺，常在碼頭水邊徘徊。後來不知道怎麼的來了臺灣。

上課的時候，他教文字學，大教室滿滿的，臺大也好多人來聽。即使開夜間部的課也是一樣，總是滿滿的。但是他的話沒有人聽得懂（笑），只有很少學生聽得懂。每天聽，等於是聽方言一樣，得一點一點慢慢拼湊起來。有些人很厲害，我只聽得懂百分之二十、三十、五十，有些學生很得意，可以聽懂百分之八十、一百。我就借這些同學的筆記來抄。魯老師講解金文、甲骨文，但把六經、《說文解字》等連在一起談。他有時候晚上會開《史記》，以文章結構及文字訓詁為重點，也是滿座，晚點到就沒有位置了。他會談一點文章結構，分析每個字詞，簡直沒話可說。雖然我沒能聽得清楚，但是感染了那個氣氛。

文學史還是用傳統的教材，用劉大杰寫的標準版本《中國文學發展史》。目前來講，這本書還是一個提供基本架構的好教材。還有一本書值得談的話，那是陳望道的《修辭學發凡》。我看得津津有味，覺得蠻好。我認為這是修辭學重要的著作。如果我沒記錯，《共產黨宣言》是陳望道親自翻的。這些書都是禁書，名字都去掉了，只有學生書局在賣。

單：那在輔大的經驗呢？

古：在輔大，我修過張秀亞老師的文藝創作，也上了王靜芝老師的詩經。王老師對我有一定的幫助，他是我的指導老師。我上過課的老師們很有名，除了王老師外，還有孔德成和陳新雄，後者是做聲韻學的。我的碩士論文是王老師指導，寫好了後就交給老師，我以為這樣就解決了，結果他請屈萬里老師來考。屈老師一看說不行，這個不是論文，不能考，打回票，重新來過。我說好，重新來過。所以我寫了兩篇碩士論文。第二篇是評註方面的，題為「〈國風〉解題」，是符合中文系標準的東西。前一篇論文是〈國風〉藝術風格及意識的綜合研究，乃是純文學性的研究，但是當時大家不能接受，認為我只有自己的見解，沒有研究。在第二篇「〈國風〉解題」裏，我把歷代重要的〈國風〉有關的註解都整理出來，再加上我的見解。我前面忘了提葉慶炳老師。他在輔大開文學專題的課。他的研究方法是把文學史的脈絡、版本、考據合為一體。這方面我跟他學了點東西，因為以前沒有接觸過這種考據式的、歷史方向的文學研究法。葉慶炳老師對我也是蠻喜歡。我能夠進臺大，很感謝葉慶炳老師的提攜。

王：您在輔大畢業後就去唸了臺大外文所的比較文學博士班？當時想過直接出國留學嗎？

古：我本來不知道臺大有博士班，碩士畢業之後才知道，然後才開始準備。我這個人是不會亂闖的，我要自己準備夠了才去做，我不希望冒冒失失的。雖然我相信我的文學能力沒有問題，我的中文文學底子應該可以接受這個挑戰。唯一的問題是我的英文不夠好，所以我花了一點時間來加強我的英文，特別是寫跟說兩方面。所以請了一位碩士家教白珍小姐，那時候我在德明商專專任，每個禮拜寫一篇文章，坐車到輔大找家教上課。她是文科類的碩士（目前她在美國某大學任教，教授文學課程），水準比較高，每個禮拜教我一兩個小時，我們都用英文對談，談我的文章與如何修改我的文章。這樣搞了一年後，我才去考臺大的博士班。那個時候我也出版了我的詩集、散文集。出版了以後我拿給顏元叔看，他說：「唐朝的溫卷？」（笑）所以，我有這個背景，並在葉慶炳老師的推薦下進了臺大。（按：唐朝仕子，應考前往往設法把詩作呈交主考官指教，以表現其才華，博取主考官之賞識，是謂「溫卷」)。

那時候念臺大博士班，備受禮遇，連考試都是非常禮遇。考試的時候我記得是朱立民老師、顏元叔老師、還有一兩位我沒有把握，很可能是教戲劇的胡耀恆老師。顏元叔老師親自倒一杯可樂給我，還跟我說「不要緊張」(笑)。我們用英文對談，問問題，有些時候也針鋒相對。另外講一個寫論文前的資格考，那也是全球沒有的事。我們要考三科到五科，系上給我們一個大題目。我們從下午或早上進去系辦報到，就在圖書館二樓的會議室裏考試。考試時也可以借書來看，圖書館就在旁邊，隨時可以拿書。

古：所以那時候我們隨時拿書。不知道從早上還是下午，應該是早上。你知道考到晚上幾點嗎？深夜三點多走的。所以每人拿著打字機離開校園的時候，校警過來說：「你們幹甚麼？偷東西？」(笑）我們跟他講我們剛考完試，他很驚訝。這樣的考試方法大概也是破天荒的。

單：你剛剛提到入學時候只有口試，我後來入學考時還有筆試。請問在臺大那些年的修課狀況如何？

古：臺大比較文學博士班最大的兩個功臣是顏元叔老師跟朱立民老師。比較文學在臺灣能夠這樣發展跟他們兩個人的個性、學養和人文氣質有關。其次是葉慶炳老師跟李達三老師；我們屬於學生輩的，沒有他們，比較文學不可能發展起來。我考臺大的時候，顏元叔老師說：「古添洪你的背景這個樣子，要入學有條件。」甚麼條件？「大學部最重要的課：英國文學史、美國文學史、文學理論必須重新學過。」我說：「可以。沒問題。」所以我那時候是同時修博士班和大學部的課。那是非常累人的。所以廖朝陽、曾珍珍他們都是我的同班同學。他們那時候在大學部，我在博士班（笑）。那時候曾珍珍是《大學新聞》的主編，向我邀稿，我就給她稿子。那時候我不怎麼認識曾珍珍和廖朝陽，只知道有這幾個人。回想起來，奚密等人都在那邊，人才輩出。但是當時我不認識他們，沒有印象。那時候，顏元叔老師教文學史的前段（一年），朱立民老師教後段（一年），共兩年。林耀福老師教美國文學史（一年），文學理論好像是開在博士班。

單：是誰開的？侯健老師還是……？

古：不是。是一個對一個的。是施友忠。

單：他回來客座的那一年？

古：對。那時候真的很多客座老師，涂經詒老師你聽過沒有？他開的課是文學批評專題。所以我三年裏面修了這些課。第一年修施友忠老師的課。我們讀了重要的古典文學理論，就是貝特（Walter Jackson Bate）編的 *Criticism: The Major Texts* 那本，整本讀完。所以我古典文學理論的基礎是建立在施老師的課上，每天都要報告。好像是一對一的樣子。報告重點，評論一下，補充一下，所以是一篇篇精讀。我那本書還在，但現在已讀爛了。

單：我讀的雙葉印的藍色封面。

古：顏色我搞不清楚（笑）。有很多版本，發行了很多次，不同時間不同版樣。我們是紅色的。

古：藍色是後來的。所以這些課對我來說收穫是很大的，因為除了詩以外，我沒有基礎。顏元叔老師、朱立民老師都教得很好。林耀福老師的美國文學史也講得很好，施友忠老師也是，講課非常深入。由於三門最主要的科目都是由真正資深的老師來教，所以我的基礎是蠻穩固的。後來接觸最多的是葉維廉老師，是因為他的關係我才會到 UC San Diego。

我先講一下我跟他背景之間的關係。不避諱的說，他是蠻欣賞我的。我們的共通點是創作和廣東背景。他是香港過來的。因為這樣的關係，我們交往比較密切。這個共通點使得我們的溝通比較容易。博士班要求是寫英文論文的，每個科目要寫十五到二十頁的論文，英文我寫得不是很好，但是我用中文重寫後，文章更豐富，立刻就可以發表。所以給老師的印象很好。在這種情況之下，葉老師就說：「古添洪你要不要到 San Diego 去念，我那邊全部給你安排好？」我心裏本來想只要去一年，但是因為某些原因，就沒有回來，一直等到拿了學位才回來。大概是特殊的緣分。所以我比較親近且欣賞的比較文學學者，還是葉維廉老師。在他那一輩的學者裏，我認為沒有人能夠跟他比。葉老師有一個好處，他會放手讓我們做，不會綁住你說：「你要跟著我。」很少老師這樣子。綁住學生的老師很討厭，你是他的學生，就要說「師承⋯⋯」。葉老師不會，他收的學生都有一定的水平，每個人都有獨立的研究能力，不必跟著他，每個人都很自由。所以我們說啟發，還有自由，是非常好的。還有一個共同點，因為 UC San Diego，包括葉維廉老師，是很注重理論的，所以幾乎所有從那兒出來的學生都以理論作為最重要的基礎。

王：您在 UCSD 博士論文的題目是甚麼？當時題目是怎麼決定的？有沒有受到政治社會事件或脈絡的影響？還是本來就想好了要處理某個問題？

古：這個問題問得很好。因為自己的背景，我在 UCSD，儘量選修英美文學的課，因為怕基礎不夠穩。在 UCSD 是這樣的，它強調跨學科研究。所以研究生分成五組：比較文學、英美文學、法國文學、西班牙文學、德國文學。我是比較文學組。比較文學組的重點是理論課，是以文學理論為主的。在美國，比較文學跟英美文學的差別，是前者重在理論，後者重在文本，大概是這樣。因為我的出身背景，我修了很多英美的課，所以我的理論反而不是很強。課程蠻重的，而且我們又當教學助理，所以花了不少時間。自學是最重要的。就比較文學本身，除了跟葉老師上課學習、看他的書以外，我本身沒有其他的資源，只有一點中國文學理論，還有英美文學的東西，所以，只能摸索。再補充一點，第一年我在 UCSD 受到優待，除了有獎學金之外，還免學費，這是我爭取來的，以後的學生去也免了學費。在那一年暑假，我說 UCSD 的中文書太少了，我想去加州柏克萊大學看看書。系裏說好：「好，你申請獎學金。」系裏給我飛機票和一個月生活費到柏克萊的圖書館做研究。這是很優待研究生的（笑）。這在臺灣是不可能的事。

單：那個階段，鄭樹森、周英雄，還有你等人都在那裏。那好像是結構主義風行的時候。

古：對。我當時對結構主義有點了解，這個沒有問題。結構主義以外的東西那時候還沒有流行。那時候學到的除了結構主義以外，馬克思主義也讀了一點，其他新的東西還沒有出來。大概就是結構主義和馬克思主義。

單：馬克思主義是詹明信（Fredric Jameson）在那邊開始的？

古：是的。不過很可惜，我去了以後，詹明信隔年就離開了，好像去了哈佛的樣子。所以我的馬克思主義是另外一位老師教的，名字我忘了。不過這位老師也是蠻好的。在這方面我不只修一個老師的課，還修了其他老師的課。我講兩個故事。記不清是一九七六還是一九七九年，馬庫色（Herbert Marcuse）的《美學向度》（*Aesthetic Dimension*）剛出版，薄薄的一本。我們正在上馬克思主義的課，要讀這一本。可是學生都不買他的書，想要直接挑戰馬庫色。他是哲學系的教授。聽說他的《單向度的人》（*One Dimensional Man*）出版的時候影響很大，連計程車司機都會買一本來看（笑）。真假不曉得。所以那時候課上要讀剛出版的這本 *Aesthetic Dimension*，我們老師就請馬庫色到班上來接受挑戰。重點是，馬庫色在《美學向度》裏，提到超越範疇（transcendental category），要超越歷史原有的思想侷限，班上同學就問這有可能嗎？要馬庫色接受這個挑戰。因為太久了，他怎麼回答我不記得了。但是，班上一些比較激進的學生就會問些尖銳的問題。這是我第一次看到馬庫色，他講話聲音蠻雄渾的，很有精神。

第二件比較好玩的事是伊戈頓（Terry Eagleton）來我們學校演講。伊戈頓的東西，那時候我的印象不是很佩服。他當時剛出版一本關於文學與意識型態的書。他來我們學校演講，聽眾坐得滿滿的，連走廊上都是人，我發覺可能是因為他長得英俊一點的關係（笑）。所以說我覺得這個世界不公平（笑）。不過後來伊戈頓著作變深刻豐富了，寫了馬克思以外的各現代學術的導論與評論，使人刮目相看。我覺得在國外聽演講真是一種享受。還有兩場演講我印象非常深刻，一場是科學性的演講，一個布朗大學的教教晚上來演講。他用電腦投影機在大樓爬滿藤蔓的牆壁上投影來做數學演講：問說，四度空間怎麼畫？三度空間很容易畫，四度空間怎麼畫？以前畫得很辛苦，就用電腦打出來告訴你怎麼處理。那時候我就看到好多人坐在那兒聽，我也坐下來看，我喜歡科學的東西。四度空間是把時間加進去的意思，畫面才會流動起來。下達一個指令，每一個平面變成立體，再下達一個指令，就變成四度空間，所以整個畫面是流動的。我的感覺是生命在原初的湧動、不斷地湧動的感覺。晚上的時候看到這個，好感動。這個演講是別開生面的。另外一場演講是校外老師來應徵系裏的教職。系裏老師們對應徵者就不客氣了，講完就問問題。剛開始這個人蠻客氣地回答，後來發覺對方的問題不太客氣、蠻尖銳的，他也放開了。我現在記不起內容了，針鋒相對，各有各的學術視野與專業，真是知性的一大享受。我很少聽到那麼好的、針鋒相對的狀況。相對之下，我參加很多比較文學會的學術報告後的討論，多是皮毛的，很表面的，這很可惜。

王：當時美國社會的狀況對你有甚麼影響嗎？

古：提一個，有畫面為證的，很好笑的事情。我在 UCSD 的時候，第一年還第二年忘記了，我當助教，教作文，帶十五個學生，每個禮拜來我那邊改一篇文章，每次半小時。有個女學生跟我說：「我們過幾天有一個抗議活動，你可不可以來參與？我們學生會去，你能不能跟其他同學一起來？」我說：「甚麼抗議活動？」她說：「三 K 黨的候選人來到校園來做競選演講，所以我們學生會決定給他難看？

老師你要不要來玩一玩？」我說好啊，沒問題。大概是十二點，還沒有開始的時候，在演講臺前的大草地上已經開始活動了，有人開始彈吉他，氣氛都起來了。學生上去演講，罵，開始兇啊。候選人演講的時候，我們就走到前面，靠近演講臺，不過繩子圍住不能再進去，我們就走到繩子的前端。我看到那個女學生，她平常蠻斯文的，可是那天中午很狂熱，手舉起來說 "Go Home. Go Home."。丟雞蛋啊甚麼的。我後來就體會人進入政治的狂熱以後，會變得跟平常人不一樣。這個後來影響到我對政治參與不太熱衷。看到我學生，不只一兩個學生，跟以前完全不一樣，他們的樣子讓我覺得好驚訝。我說有畫面為證，因為翌日當地報紙（還是校內報紙？）刊登了這段新聞，並附有相當大幅的畫面，而我就在裏面。

還有一個故事。大概是我在 San Diego 的第一年吧，當時非常懷念臺灣的國片。有一個從我們臺灣過來的數學系留學生跟我比較熟。他就說：「古添洪，你要不要到市區看免費的中國電影？」我說好啊，就去了。去了一個小地方。電影放映前，有幾個外國人就唱歌。你知道他們唱甚麼歌？如果沒記錯的話，他們唱的是「東方紅」，用英文唱的，很狂熱。唱完才開始放電影。不是免費給你看，要你先接受洗腦一下（笑）。電影的內容我倒忘了。可見大陸、美國、全世界左派的老毛路線的影響是存在的。

單：就比較文學方面，你覺得 UCSD 和臺大的訓練有甚麼不同？

古：這個問題蠻大的，因為這是很久之前的事，記憶不是很深刻了。臺大的課程大致上是看老師的狀況開課，課程蠻多的。我們是比較文學博士班，顧名思義，所有博士班的課都與比較文學有關係。方光珞老師開的是比較戲劇，施友忠老師教的是比較理論，葉維廉老師教的是比較詩歌。就我記憶所及，是有這些專門的比較課程，其他是專題的課程。所有的課程完全是建立在中西比較文學範疇之上來安排的。在 UCSD 不一樣，重點不是中西，而是全球性的，基本上以理論為主。課不會開很多，國外的每一門課的學分是蠻珍貴的，所以不會開很多課，但是要求很高。

單：您這裏提供的這篇有關比較文學的論文發表在《中外文學》，但您寫稿的時候人應該還在加州，可見與臺灣這邊的關係還是蠻密切的。您剛剛提到當時臺大博士班的氣氛、師生的感情，好像很有熱情。能不能再談談當時的氣氛？因為等到我進臺大的時候，那個氣氛大概已經不在了（笑）。我覺得那個感覺很難得。

古：噢，真的，我們那時候，老師與學生都對中西比較文學、對比較文學博士班，非常熱心、投入。老師們對同學都很關心、親切。同學間的互動，也很熱絡。幾乎每年都有客座教授回來。整個氣氛真的起來了。想想，我上施友忠老師、袁鶴翔老師的課，都是到他們的學人宿舍裏上的（方光珞老師的課好像也是！）。

我想我可以說一下中西比較文學氣氛蓬勃的狀況。就我個人而言，我的第三年，也就是一九七六年，我們出版《比較文學的墾拓在臺灣》的時候，比較文學已經逐漸成熟了。那時候《淡江評論》已經出版了五年，《中外文學》已經創辦了二年，「比較文學學會」創辦了四年。我是臺大博士班第三屆，又讀了三年，所以比較文學博士班應已成立五年左右。五年內比較文學研究已經是很蓬勃的狀況。專業刊物出版的時候不可能是沒落的時期。我和陳鵬翔合編的《比較文學的墾拓在臺灣》這本書出版的時候，我只是一個博士生。這也可以作為氣氛蓬勃的一個指標。究竟為甚麼這本書能夠獲得三民書局的青睞，我真的不是挺清楚，也許這些是新興的學術，引起出版社的投資興趣。對了，我想起來了，很可能是師大國文系邱燮友老師的幫忙。那時，邱老師與我們一起在「大地詩社」打拚。邱老師原是我大一的導師（我寫詩就是因為邱老師上課發表其新詩創作引起的興趣），跟三民書局有相當的關係。可能是因為這層關係才獲得這個資源、機會的。另外一個對我出版有幫助的人，是出版人林洋慈先生，當時他剛出來創業，正經營驚聲文化出版社，並創立國家書局（含出版社），所以找到我們來出書，我和陳鵬翔兄那時都在那裏出書。

王：古老師，不知道您在《中外文學》裏的那篇文章〈中西比較文學：範疇、方法與精神〉發表後，有沒有其他學者回應？

單：因為您是回應李達三教授的文章，所以我們好奇有沒有人回應您的文章？

古：這點要了解本人的個性（笑）。我在資訊的敏感度上應該是最差的，所以有沒有人回應我完全不知道。不過，大陸開始從事比較文學研究的時候，是有注意到我那本書《比較文學的墾拓在臺灣》，還有《比較文學．現代詩》裏的東西。我估計也會提到這篇文章。因為它提供了臺灣的比較文學界當時的一些脈絡，所以或許大陸學者會注意到，但是恐怕沒有正式的回應文章。因為那時候的氣氛並沒有正式回應文章這種習慣。

王：我會這麼問是因為這篇文章提出了不少具挑戰性的說法。例如在結尾，您提到了「買辦」這個說法來理解臺灣的比較文學研究。

單：或是「輸入輸出」。

王：對。我覺得這樣的說法在那個時代氛圍內是可以理解的，但是比較好奇的是在當時學界是否有這樣的共識？還是在這個問題上針鋒相對？

古：應該是沒有甚麼共識。這篇文章基本上，除了前面的歸納以外，後面的東西是以我個人的看法為主。我的文章分幾個部分，那個部分屬於我個人的想法，其實那只是順帶一提的東西，不是最重要的，應該是這樣吧！

王：不過，我記得後來顏元叔老師也有一系列的文章提出了類似的批評，我記得是《中外文學》二十週年的紀念專刊。他有一個說法是「一切從反西方開始」。從我們後輩的角度來看，很想知道這些想法的轉變。

古：這一點，我也許有意識或無意識的，應該是無意識多一點，接受了顏老師的觀點。這個觀點也與我個人的生命追尋是一致的，包括我自己的作品，或是以文化批評為主的東西。所以，我非常注重我們的文化，生活在英美文化、英語文化之下的問題。我是很強烈地感受到這個問題。這個必須回溯到我在澳門長大、生活的場景。因為澳門是殖民地，雖然我沒有感受到實質的殖民地的壓迫感，但它究竟是個殖民地，這個微妙的感覺是很奇怪的。所以我中學畢業以後才會來臺灣念書，從沒有想到國外去。我是在很意外的狀況下才到國外去。

在國外的五年我幾乎沒有創作。葉老師開玩笑說我是老古董（笑）。我有非常古董的一面，也有非常開放的一面。比較文學最重要的是不能有本位主義。可惜的是，我看到很多比較文學學者在生活上、處世待人上、學術競爭上，非常本位主義。這代表他們完全沒有吸收到這個學科裏的真精神。這兩者是有辯證關係的。

在臺灣來說，我們確實長久以來生活在英美文化的陰影之下。像以前年輕的時候講 YMCA，之後講麥當勞。整個氣氛對我來說是有問題的。這是可以連接到剛才講的「輸出輸入」的問題。我們過去接收西方的輸入有幾個階段，基本上都是好的。第一個階段是唐朝接受佛學，這個主要是好的。因為接收的環境不一樣，我們不是在被侵略、門戶被迫開放，外文化強制進來的狀況下，而是去取西經，去取人家豐富的文化，所以不一樣。第二個階段是清末民初：嚴復這些人透過翻譯，把西方重要的人文經典與思想引介到中國，像是《富國論》、《群己權界論》等等。他譯的都是經典、是西方人文思想的精髓，為往後的維新鋪路。廣義來說這是維新，基本上，嚴復就是維新的，他介紹西方精華的東西來改變社會。但是我們目前所接受的西方不大一樣，它是一種表面文化，譬如說吃西餐。我常看到我們沒有自己的服裝，都是牛仔褲，這是很荒謬的事，為甚麼都是牛仔褲？這個是很不可思議的東西。越來越變這個樣子。越來越單面化。以前女生穿長裙，現在全部都是牛仔褲，你看這是不可接受的東西。

王：女兒要反對了（笑）。（按：古添洪教授的兩位女兒在場旁聽）

古：就文化的角度來說，我們沒有自己的服裝，甚至不會打招呼，要用「hi！」打招呼。沒辦法。顏元叔老師提到一個重要的觀點，我覺得影響蠻大的。他提到葉慈（William Butler Yeats）的一首詩（按：即 "Crazy Jane Talks with the Bishop"），批評詩中的思想，說不見得這樣才是對的。這對我的影響蠻深刻的。所以說我以後都跟學生講：「你讀文學作品，記得不要回到柏拉圖的模仿論，而要進行批判性的反思？是滌清（catharsis），不是模仿（mimesis）。作家的作品是他個人特殊的生命、特殊的經驗而引發的。這特殊的生命經驗是在特定的時空裏決定的，沒有辦法模仿的。」作家的個性跟你不一樣的，講難聽點，作家的個性有時候是不太正常的，因為很多人都發瘋了。他的深刻就寫在作品裏，不見得行為上我們要這樣。

王：這個蠻有趣的。不知道能不能請古老師把這個想法接連上「闡發研究」這個觀念？您在文章裏提到比較文學中國學派需要做的，或者說當時在做的就是「闡發研究」。「闡發」在某個意義上是借西方的東西來闡發中國的東西。您剛剛談的是一方面是要去除中國的本位主義，一方面又覺得需要某種程度的輸入，這個部分能不能請您再多談一點？

古：我當時講輸入輸出的時候，用的是一個很粗俗的比喻，我們輸入化妝品等等時，對增進精神方面沒有補助，只有花錢而已。同樣的東西，假如我們進來的都是好東西，沒有說不要輸入。所以我相信當代的文學理論，往往也是文化理論，它的價值是無話可說的。我舉一個例子來說，是一段軼事。有一次跟姚一葦老師聊天，姚老師說有時候有些人會遺憾，為甚麼現在這個時代不可能出現像白先勇、王文興、陳若曦那一輩那麼好的作家。他的答覆是：「因為我們有潛能的作家都搞文學理論去了。」

王：您同意這個說法嗎？

古：同意一半。就實際經驗來說，確實是如此。另一方面，那時候他們沒有這麼有吸引力的文學理論來吸引他們。如果他們也是同樣年輕，有這麼多理論吸引他們的時候，也許他們也會不太一樣。可能生存環境有關係。我們跟他們有十年的差距，我們的文化環境太安逸，時代的衝擊比較小。陳若曦，她的時代衝擊大家了解嘛，到美國念書，然後在文革時期回去了大陸。白先勇的背景大家也了解。這些人的背景當然跟我們不一樣。王文興的部分我就比較不了解，可能他的個性比較自由主義一點。高壓的政府體制造成很大的反叛，形諸於他的作品等等。這都與個人的時代背景有關。我們沒有這種特殊的背景，所以就從事文學理論，不過我是真正喜歡文學。我講我從小是文藝青年，從小就寫作。進大學的時候不知道甚麼是文學研究，後來才知道原來這個研究是這樣。反正不知道怎麼回事。我只是喜歡文學，一步一步不知不覺地移到這個地方來，這個背景和那些前輩是很不一樣的。可能白先勇等人在大學時期就是很出色的文藝青年，很喜歡創作。所以他們不可能會往文學理論研究的路上去。搞不好即使理論出現了，他們也會排斥，而不會輕易被吸引過去。所以，除了我及少數人以外，其他人恐怕沒有那麼多文藝青年的成分。這是影響蠻關鍵的東西。我一直強調，有沒有這個東西是有差別的，因為這是文學經驗的問題。後來我在學術上有些建樹後就開始創作。曾珍珍、廖咸浩等人也是一樣，都希望寫作，李有成也是。本來會創作的，但是學術壓力嘛，沒辦法，等比較沒壓力的時候才又回來創作。但我是一直在這兩個世界裏同時存在，所以我兩方面都不太成功（笑）。

單：兩方面都成功啊！

王：的確。您從事研究之餘依然保有文藝青年的成分。您覺得到底比較文學，起碼就教學來講，能提供給學生甚麼樣的養份，今天又負擔了甚麼重要的任務？剛剛您提到世代差異，反映在寫作與研究上。您覺得從今天這個位置上來看，作為一個老師也好，實踐者也罷，就建制上來說，比較文學應該扮演甚麼樣角色？

古：我離開師大的前兩、三年才有機會在大學部開「比較文學與文化研究」課程。我認為，比較文學要有當代文學理論的基礎。至於授課內容，可參考我在師大比較文學課的課程大綱。首先，我在師大教書是很快樂的，因為學生對我的認同、專心聽的程度非常高，所以我非常高興。事實上那時候教的兩個學生，最近還和我聯絡。一個碩士畢業了，剛考進博士班，另一個正準備出國念博士班。他們兩個表示對上我課的感覺很好。當時，另有個女同學跟我說，她每個禮拜都期待我的課。我的課是排在週五最後兩節。這我聽了也很感動。文學理論的效果在哪裏呢？在吸引學生修課的時候，我常說：身為現代人必須懂得當代文學理論，因為這個已經是當代的文化財產，大家共通的語言。雖說外面的或市面上流行的有關當代文學與文化的詞彙與理念往往有錯誤，有時粗俗而偏頗，但是你知道其根源和脈絡的話，自己就了解他的原意，不會被誤導；事實上，有了當代文學或文化理論及比較文學的素養，對事情的了解也會比較深刻，能從不同的角度看事情。這是我在課堂上常常強調的：理論不僅僅是文本詮釋的、學術的，而是讓我們透過不同的理論與視野，去閱讀、去體會、去了解我們生活的現實。我覺得西方的理論非常好，很迷人，有時候讀起來比看小說更有趣味。周英雄學長跟我開玩笑說，「睡不著的時候，拿理論來看，不到十分鐘就睡著了。」我剛好相反，看這種書是不會睡著的，半夜兩三點都睡不著，會越看越興奮，因為有學到東西。其他作品我反而不會興奮，因為沒有甚麼好東西。看一半覺得後面沒甚麼好東西了，沒甚麼好看了。

對於文本解釋，我對西方學者運用理論作文本詮釋時，大概會有這樣兩個感想：第一個是我懂時，則未免普通，第二個是我不懂時，我真的懷疑其新創解釋是否可以信賴、是否有說服力，有點像猜謎的感覺。西方有詮釋學（hermeneutics）的傳統。詮釋學最早的定義是對聖經的解釋，因為聖經的意義是很豐富、很隱密的。所以詮釋跟原來的東西是有差距的。在這個傳統之初，詮釋學的作業就是尋聖經裏的隱義。但誰會知道原意是甚麼呢？當然，自當代「反面詮釋學」（negative hermanutics）或「現象學詮釋學（phenomenological hermanutics）以來，強調意義與詮釋的不穩定性，情況就不一樣了。我想，我們這裏的學者，也大致有這樣情形吧！

王：聽起來您對闡發研究這二十、三十年來的表現還有一些保留？

古：不完全是。重點是文本本身以及引用甚麼樣的理論。作品是甚麼樣子、應用者主體的豐富性，理論的豐富性，以及他對作品理解的程度，都會影響闡發研究的好壞。如果理論本身不豐富，那麼如何應用的問題就很大。所以深刻了解理論是一個必要條件。作品也是一樣，不了解作品，哪能談甚麼理論呢？有些中文系學生問我，我要念比較文學。我第一個問題就是：「你的中國文學底子好不好？」。中國文學修養普通的話，我說就不要去了。所以說「文本」的了解夠不夠、深不深入，都跟研究者本身的語言能力與敏感程度相關。對語言不敏感的人是沒辦法讀文學作品的。對文學的傳統、象徵等各種東西，不了解、不敏感，是不可能讀文學的。專業不夠就不能做比較研究、闡發研究。第三點是研究者本身的闡發才具。對理論與文本兩者的了解都很深入，不等於能夠做出很好的研究。寫論文就像藝術創作、像做菜一樣，要每個東西都炒得剛剛好，不能亂炒，火候不能太過或不足。所以本身的能力，不只是閱讀和語言能力，更是自身把這兩個東西連在一起的才能。所以闡發研究的前提是程度，能建立在這三個基礎上（基礎穩固）的研究大概都不會太差。假如說這篇論文是篇闡發性的論文，假如這三項能力都只有六十分的水平，那加起來會是多少分？（笑）假如三個都是八十分，加起來分數怎麼樣？當然就不一樣囉，會好很多，因為有加乘效果。

所以這方面的研究最好能夠這樣。文學批評不能只說這個文字有問題，那個理論用錯了。在想法上有不認同的地方，必須能夠清楚地指出來，這樣的批評才會真正有價值。因為文學研究需要累積，像科學一樣。哪裏不對要說出來，不要戴個帽子說，我提倡的詮釋法就是為西方文學理論做註解或詮釋；那樣只是讓西方的理論蓋住，讓真正的批評不見了。你甚至可以挑戰、質詢：說「哪裏理論有問題？哪裏怎麼樣？你說給我聽。」要批評沒問題，但是要具體，這樣才有切蹉、改進的可能。詮釋法就是要呈現文本的優異處。應用（而不是套用）理論的好處就是：「這個作品不這樣看，這些特點與優點看不出來啊！」好的詮釋就要能寫到這個樣子。好的詮釋自然會給人一種平心靜氣、順理成章的感覺。看別人的詮釋，真有缺點，說出來就好了，說完以後，可能說錯，可能說對，而作者也可能更正啊！當然每個人作的詮釋不可能是完美的。詮釋跟翻譯一樣，沒有完美的翻譯，自然也就沒有完美的詮釋。我在這裏大概是這樣的解釋。

單：能不能請您多講一講？因為在中文世界裏介紹結構主義，尤其是記號學，您扮演相當重要的角色。現在回顧起來，您能不能談談當時的情況與引介進來之後在中文學界所發揮的影響？

古：第一個先講我怎麼進入這個領域的。我在 UCSD 五年，對我來說，有點辜負了這個環境與機會，我的表現並不如應有的期待。回顧起來，我輔大兩年，也沒有甚麼表現。在 San Diego 五年，嚴格來說，也沒甚麼表現。因為我進入記號學起步太晚，如果早兩、三年的話，畢業時或許就不是這樣了。對我來說，這是蠻可惜的一件事。

為甚麼會進入記號學呢？這是一個機緣，因為我在臺大博士班寫了一篇關於蘭森（John Crowe Ransom）的文章，也用中文發表了。在國外自然希望多找一點資料。多讀了資料之後，我發覺蘭森應用了「icon」的觀點，而其觀點來自於 Charles Morris 談記號學基礎那本論著（即其 *Writings on the General Theory of Signs*）。再追蹤下去，就追蹤到普爾斯（Charles Sanders Peirce）。我先解釋一下為甚麼我的書名是「普」爾斯，而不是皮爾斯，因為正確的發音不是念 Pe，是念 per的音。所以翻作普爾斯。我有一個老同學看到我翻譯成普爾斯就說：「古添洪你是內行，因為發音是對的。」（笑）。那時候才進入記號學。記號學有幾個傳統：一個是索緒爾（Ferdinand de Saussure）的傳統，這個傳統我早知道了，所以吸引力不是很大。進入到雅克慎的時候，興趣就來了。但是因為那時平常很忙，沒有時間坐下來思考，把這些貫通起來。那時候開始看所有羅蘭．巴特（Roland Barthes）的東西時，都是只是粗略的看，不夠仔細。所以當時是在一個粗略的閱讀基礎上來寫博士論文的。

我的博士論文寫的是 Semotics and Chinese Poetic Model 這個概念。材料是中國文學，方法則是西方的記號學理論，包括索緒爾與普爾斯的傳統，但是基本上是以雅克慎的傳統為主來討論中國文學。我寫完的時候，對這個領域的了解還是很粗略。也許對雅克慎的東西熟了一些，但是其他部分是粗略的。回來臺北之後，時間就多了很多了，甚麼原因我也搞不清楚。可能是這樣，我必需要上課。教學相長是很重要的，必須看得通透才來上課嘛，我那時上課不需要學生報告（因為我不覺得學生有能力對這些理論作有意義的報告），往往是一起讀，解釋，讓他們理解。所以我不懂不行，必須開始精讀。那是一整年的課，一學期記號學，一學期結構主義。這樣的教法當然不能不熟。開始授課與精讀後，記號學我就不只講普爾斯，還講到艾誥（Umberto Eco）、巴特，與洛德曼（Jurij Lotman）等人的理論。所以《記號詩學》這本書是我備課、上課講解累積下來的。當時葉維廉老師在東大圖書公司主編一套比較文學叢書系列。他要我寫一本，我就寫了一本《記號詩學》。第一部分是寫理論，第二部分是透過理論去閱讀中國古典文學的文本。這樣一章一章，也寫得蠻快的，在一九八四年出版。當時，比較文學界，就國外來說，對當代的新理論並不是立刻就接受的。譬如說我一九八八年去國際比較文學年會在加拿大愛德蒙頓市（Edmonton, Alberta）開會的時候，領風騷的理論才是艾誥與洛德曼，但是我一九八四年的書已經介紹他們了。我的介紹也不算太膚淺。想想，我在一九八四年《記號詩學》年專著裏分章論介了艾誥與洛德曼，而一九八八年比較文學年會裏這兩人才成為主要人物，很多的論文都引用他們的理論，但是我早就引用了。

單：您文章有提到比較文學在臺灣跟大陸發展的情況，臺灣是在外文系，大陸是在中文系。您這篇很含蓄地提到，「在臺灣因為某些因素，中文系的學者淡出了中西比較文學的領域，這是令人遺憾的事。」我記得張靜二老師在《中外文學》的文章上也提到，隔了幾年就看出來，中文系的學者逐漸離開，您個人身處其中的，覺得因素在哪？

古：我想張靜二會比較清楚，因為當時我在國外，不在國內。只能純粹猜測，不過感覺是侯健老師對比較文學沒有興趣，雖然他也是我的老師，在我博三的時候修他的比較小說，但是我覺得他對比較文學……，興趣不是太強烈。這個情況之下，我猜想，因為顏元叔能夠推廣比較文學是因為葉慶炳跟其他老師的支持。假如葉慶炳跟侯健的關係不是那麼密切的時候，我想可能會產生一些問題。另外一個可能是，中文系教授葉嘉瑩曾經跟顏元叔有過爭論，對顏老師所用美國新批評的方法，有所質疑，這很可能也造成了些負面的效果。

單：跟顏元叔的筆戰，可能從您的角度來評論會更公平些，因為您有中文系的背景。後來我念比較文學博士班的時候，中文系出身的學生就比較少了。就我所知，早期他們好像比較希望有一個中文系、一個外文系背景的學生進來。但是後來發覺越來越不容易，或許一個原因是學術建制的問題，畢竟比較文學博士班是設在外文系，所以博士論文要用英文寫，一些中文系出身的學生就沒有繼續念了。不曉得這是不是關鍵因素。

古：對，語言方面的跨越是蠻困難的，所以不是很好念。如果我沒有這樣特殊的因緣，恐怕真的念不好比較文學。除非是學後來輔大的博士班，論文可以用中文寫，不然確實有困難。所以這也牽涉到學程設計的問題。

單：對，學程設計相當重要。我們相差幾年，我那時候的客座教授很少，到後來老師也不多。比方說侯健老師教我們比較小說、比較批評，胡耀恆老師教比較戲劇，他那時候當系主任，公務繁忙。王建元老師教比較詩歌，袁鶴翔老師教中西思想史等。我們還到中文系和中文所補修一些課。以我們那時候的情況來講，會覺得自己在臺灣的眼界比較狹窄。

古：我想這是會的。我覺得 San Diego 給我的東西不全是課本的東西，氣氛比較重要。在臺灣恐怕很難。讀書的機會很多，教學相長的機會也很大，但是整個氣氛恐怕不太一樣。

王：接著這個討論，想請您談談「比較文學中國學派」這個說法。不知道你們當時在發展中國學派這個概念的時候，有沒有思考或想像的模範，或往前去追溯歷史？比方說，像吳宓、梅光迪這些早年的中國比較文學學者？還是對應著西方，特別是法國派跟美國派的脈絡？比方說，李達三的說法，他覺得法國派也好，美國派也好，都太西方中心主義了，所以他覺得需要有一個中國學派的視野來促成比較文學真正的國際化。我覺得他的說法跟您們後來在談闡發研究，想像中國學派的方法不盡相同。所以想請古老師談一談這些問題？

古：我還是從個人的經驗來談這個問題，因為每個人的經驗都不一樣。我還是強調，比較文學的中國轉向，廣義來說就是中國學派或中國視野，應該在顏元叔老師、朱立民老師心中都有這個概念。顏元叔老師的背景我比較了解，朱立民的背景我比較不了解。[1]然而，朱

1　關於朱立民老師的背景，可參考單德興、李有成和張力的《朱立民先生口述紀錄》（臺北市：中央研究院近代史研究所，1996年）。

老師的博士論文是寫十九世紀末，美國的通俗期刊 *Overland Monthly* 上的中國形象。那個時期的期刊，我平時是不會看的，是因為朱老師的關係，在 UCSD 時才去翻翻。UCSD 總圖書館有完整收藏，一本本，好大本，好大冊。所以他是很關心華人在國外弱勢的處境。那時，我當助教，也會印一兩篇給學生讀讀，讓他們寫報告（笑）。在這個背景之下，加上顏元叔老師的背景，我想他們一定都有這個想法，關心中國人的東西，中國人的形象。李達三老師是外國人嘛，又在臺灣教書，對中國的東西也很有興趣，譬如說神話、民俗傳說等等。所以我們可以猜測這三個人的心目中都有所謂中國學派的雛形。

第二點，「中國學派」是在我的《比較文學的墾拓在臺灣》一書的〈序〉裏提到的。寫序言的時候，總是處在一個賣賣東西的狀態，要寫得吸引人。我寫文章一向是一氣呵成，很少修改的。不會在後面一個一個字斟酌。有些對我的批評太挑剔，因為我只是比較隨意的用詞。闡發研究我那時候講得很大聲：「不妨大膽宣言說，這援用西方文學理論與方法加以考驗、調整以用之於中國文學的研究，是比較文學的中國派。」[2]很多人都忘掉中間的這幾個詞（「考驗、調整」），這不可以忘掉（笑）。應該這麼說，西方的文學理論與方法是中國派裏面的一個重要元素，是目前臺灣中西比較文學的一個面向。如我書裏的另一段話所說的，中國派應該是法國派、美國派兩個學派的調整跟兼容並蓄，強調文化、以理論作文本闡發等等。這才是個比較完整的內容。把西方的理論運用到中國文學作品的詮釋與研究，只是闡發研究的一個元素。這是一個描述性的詞語，而不是規範性的。

---

2 見古添洪、陳慧樺編著：《比較文學的墾拓在臺灣》（臺北市：東大圖書公司，1985年），頁2。

前面這一段其實只講了一半，我文章後面還有一段話：「以上諸論文，雖或未能盡善盡美，但卻實實在在地提供了許多研究中國文學的新途徑。我們寄望以後的論文能以中國文學研究作試驗場，對西方的理論與方法有所修訂，並寄望能以中國的文學觀點，如神韻、肌理、風骨等，對西方文學作一重估。這就是本書所要揭張的比較文學中的中國派。」[3]重點是雙向的闡發，不是單向的。這才是中西比較文學研究的新的途徑。

理論上來說，這包括前面所說的「輸出輸入」文化的問題，如何調節兩方、兼容並蓄等等，這些是理論的層面。實際的層面就是這樣的。當《記號詩學》出現的時候，我闡釋的文本的還是中國文學。只有到寫最新這本書《不廢中西萬古流》（2005）的時候，我才把研究的內容擴展至中西詩歌、山水詩。所以我是根據我做的研究，不斷來改變、不斷調整的。

王：我還想追問一個問題。您剛剛念的那一段有提到一句話是：「是基於目前的新途徑」。那麼舊的途徑是甚麼？

古：你這個也是挑字的問法。讓我這麼說，在這篇文章以前，我們多多少少還是有一些廣義的、粗略一點的、點點滴滴的比較文學，往往是把東西文本或概念放在一起的狀況，但是都很隨意的。我的作法是把西方理論來對作品做更深入一點的詮釋。我那時候並沒有提及前輩大家，譬如說錢鍾書，我並沒有去尋找或批評典範的意思。我可能看到一兩篇很粗略的比較。比如說，以張心滄教授的演講來舉例。

3　《比較文學的墾拓在臺灣》，頁4。

很久以前，應該是我讀大學的時候，我去聽了他在師大的演講。印象中他開頭用兩個花瓶來做比喻，來談比較的問題。我覺得他談的比較的方法與實例是比較粗略的，倒不如有系統的、甚至以整套的西方理論為基礎來作比較研究。第二點，我所謂「新」是相對於「舊」的比較方法，是相對於我看到的我這本選集《比較文學的墾殖在臺灣》出來以前的比較文學研究。以前的是比較粗略，只是東西拉在一起比一比。我指的是這個。我現在想起來，也可能是指目前所進行的這些研究，並沒有用西方的文學理論來研究中國的東西。這個跟漢學不太一樣，漢學並沒有從事東西方比較的研究。這可能是個觀點的問題。例如李達三是西方人，自然有一個西方的觀點來看待事情，不必再強調西方的東西。不像我們這邊，亞里斯多德、柏拉圖等等，所有理論都明顯地呈現出不同於中國批評理念的東西，並且可以讓你閱讀中國文本時，拿來利用、操作。情況不一樣。

王：這可能不是一個很正確的評斷，但是您說的聽起來很像是胡適早年「一切以西方重估」的說法……。

古：不對，完全不一樣。你看，以你「一切以西方重估」的話來說，我的話完全不一樣。我只是用西方的理論，用在調整、選擇、評論等等，目地是闡發，把好的東西產生出來。這跟你說的差太遠了，如果混在一起，難怪會挨罵。環境不一樣嘛。失之毫釐，差之千里，不只是千里、萬里都不一定。這是完全不一樣的東西。闡發就是把好東西呈現出來。舉一個簡單的例子，我常常跟學生講，艾山斯坦（Sergei Eisenstein）講蒙太奇，說「吠」這個字就是蒙太奇的呈現。左旁就是犬，再一個口，就是「吠」，「狗叫」，蒙太奇就是這樣。中國人怎麼知道形聲字可以產生意義？可是電影運鏡產生意義就是這樣。用兩個鏡頭重疊去產生意義。這裏有西方的中文詮釋在裏面，這就是廣義的闡發法。美國詩人龐德（Ezra Pond）談中國文字的故事大家都清楚，我就不說了。艾略特（T. S. Eliot）在 "Burnt Norton" 一詩談時間（過去、現在、未來揉在一起）的觀念的時候，就用了個花瓶的比喻。他說「語言與樂音流動在時間之流中，而歸宗於靜止，而只有經由形式，才能達到這靜止，像中國的花瓶，永遠流動在靜止中」。這是艾略特對中國花瓶的詮釋。而在我現在的再詮釋裏，時間就像是隻靜止的中國花瓶，是永恆的美，因為藝術形式就是美。艾略特以後，你看中國花瓶就會看到這個樣子，中國花瓶是流動中靜止的美，可以把現在、過去、未來融在一起；詩歌與音樂像一個永遠旋轉在靜止之中的中國花瓶。所以等於說，他是用屬於他個人、但同時是西方的視野，來詮釋中國花瓶的美，永遠旋轉、永遠靜止。過去、現在、未來就融為一體。你能這樣子看中國花瓶？沒有艾略特能夠看到這個樣子嗎？不可能。所以基本上，談闡發，如果問到我內心最深的地方，原始的源頭，就是我讀到這部分西方一流詩人、藝術家所闡發的東方藝術，讓我了解到闡發的定義就是把裏面的精神，本國人看不到的精神闡述發揚出來。這也是很特殊的西方人才能看的到，不是艾略特可以找到嗎？不是龐德可以找到嗎？這種人才能看到這個東西，這回到我剛剛所說的，闡發是三方面的東西，如果本身沒有能力的話，是不能夠闡發的。

單：您當初開始研究比較文學，包括在臺灣念博士班的時候，比較文學正興盛，而且整個學術界的氣氛，包括期刊、比較文學研究所、國際會議等等，都是如火如荼地在進行。但是現在已經盛世不再。不曉得以您身為前行者的眼光來看，有沒有甚麼期許或者覺得失望的地方？你們開創那麼好的局面，後來沒能接續發展。

古：這個東西，也許牽涉到權力結構的問題。我講一些我認為可能不對，但是比較可以引發思考的問題。以前臺大外文系有比較文學博士師資、英美文學博士師資。師大也是一樣。現在一個比較文學博士和一個英美文學博士求職的話，很可能讀英美文學的人會取得工作的機會。所以整個傾向英美文學，這是我看到的其中一點。第二點，比較文學基本上需要兩種學養，如果有個很高深的英美文學學養，我個人評估，他要研究中國文學，獲得相當的深度是沒有問題的，只要他夠謙虛，不說中國文學不值得看。即令是出國留學，英國的訓練跟美國的訓練也不一樣。所以我們必須慢慢了解到比較文學有兩個不同的專業（中文和英文）在競爭。假如說中文系的同仁來跨界做比較文學時，專業夠不夠深的問題就會出現。如果只是覺得比較文學好玩、比較前進，或者說有些所謂的英語情結、外國情結，這種情況下來學比較文學的話，那就不太可取了。

以前臺灣在整個全球中文學界裏是很強的，現在大陸開放，他們追上來以後，我們的中文學界怎麼樣，就很難說了。老一輩凋零，新一輩出來以後夠不夠強，我不敢講，因為我資訊比較弱，我不太清楚有多強。也許新一輩往往接受過西方文學理論的訓練，會又好一些。很多中文系的朋友都看過我的書，很多人喜歡，不喜歡的也有，但那沒關係。我只是說很多資源都在。這方面是一個優勢，但是我講過，深入了解一個理論是很難的，不透過原文很難懂。這個情況下，當他們對外國理論沒有了解時，他們的深刻度就會被質疑。原來中國文學的深刻度自然也很重要。如果兩個都不好，做比較文學當然困難一點。長遠來說，我們的基礎比大陸要好。我現在給你們兩份資料，一九八六年大陸出版了一本《比較文學年鑑》，一九八四年也出過一本《比較文學論》，是黑龍江出的。這本書距離我的書沒幾年，但是他們已經提到中國派，引用還蠻具體。這本《比較文學論》，主要是回顧他們的東西，談到比較文學在臺灣和西方發展的部分，比較粗淺。一九八六年北大出這個年鑑的時候，從最早期的發展一路寫下來，我們在臺灣的努力已經是中西比較文學基礎的一部分了。為甚麼大陸發展那麼快？因為比較文學是大陸重點發展的科目，有國家政策和預算的支持。這個情況之下，他們還不到十年，就已經全部繼承過來。但在過去那個時間點，我們是絕對優勢。

他們一方面人多，二方面很用功。不講別的，他們用功程度是我們沒辦法比的。而且我們有一個缺點，眼中只有英美，沒有歐洲，我們最大的缺點在沒有歐洲。我們不能只講美國和英國，講點法國也是好的。可是現在連歐洲都不講，這個不行。我們的學術體制的問題很大，眼中只有英美。現在的問題不只是我們怎麼跟大陸競爭的問題，更是學術思考與眼界怎麼重新出發的問題。

其實現在的困境也是一個很好的契機。甚麼意思呢？以前我們跟中文系的學者溝通是很困難的，因為他們沒有外語的背景，也沒有西方文學及理論的背景，所以很難溝通，只好兩個一直教不同的東西。現在年輕的中文系學者都有西方文學理論的基礎，有相當多的中文專業，這個情況下是可以溝通的。有一個新的契機是中文系的年輕學者已經不是舊日的學者，只有中文專業，而是有相當程度的西方文學理論的專業。雖然西洋文學的專業不夠，但是學理論，透過翻譯還是可以的，要比沒有好一點。如果能補充西方文學的東西，打好這個西方基礎，就做闡發研究而言，也已經夠了，因為他們處理的不是西方的文本而是中國文學的文本、臺灣文學的文本，有西方的理論就可以了。我們的外文學者的西方理論比較夠。所以如何能夠深化西方理論的訓練、怎麼系統化地來合作，這樣也許可以把比較文學的風氣再提振起來。不過，最近輔大的比較文學所好像關掉了……

單：是，今年八月的事。

古：很可惜。不過振興比較文學的契機仍是存在的。我們不應該總是請外文系的教授，也許是兩個系的教授共同來，一個教前半，一個教後半，不是一起上課，而是共同上課，比較不同的題目等等。這會是個好作法，就怕沒法落實。或許可以讓中文系來主導，先跟中文系建立起適當的關係，由中文系主導來開比較文學的課程。不過到中文系的老師也需要有西方文學背景的學者，來跟外文系學者合作，在博士班、碩士班，甚至大學部共同開課。這從學院的角度來看，應該是做得到的。這在外文系好像反而比較難做到。我看外文系有排他性，不曉得甚麼原因，我覺得蠻遺憾的。因為外文系本來是開放的，最初也沒有比較文學，外國也是開放的，比較文學更要開放嘛。但是後來發覺好像排他性蠻大的，刊物也是一樣，不同派別、不同理論吵得一塌糊塗，我覺得很驚訝，怎麼不能容納不同觀點呢？不曉得甚麼原因，可能是競爭太強，太激進了。我們應該多學點中國文化裏面的溫柔敦厚。中國東西是很溫柔敦厚的，我們翻譯佛學，翻譯西方的東西、都是很開放的。為甚麼偏偏念外文的看起來不是那麼開放？你看論文審查就知道，非我族類非我方向都有點被遺棄，這個不是很好。

單：上次在東華大學召開的會議之後[4]，您也提到新的契機，我

4 這裏指的是2010年3月26日-27日由國立東華大學中國語文學系主辦的「文學形式與傳播路徑：第四屆文學傳播與接受國際學術研討會」。

那時候還是中華民國比較文學學會的理事長，回來之後就試著聯繫不同學門的同仁。中文系我沒特別試，因為中文系太廣了。我先試著聯繫臺文系所，透過學會發信給全國臺文系所，如果是我認識的系主任，甚至用私人信件聯繫，希望他們的老師、學生來加入學會等等。我還特別提到，比較文學當年在臺灣是中文系跟外文系合力弄起來的，非常蓬勃，現在臺文所是臺灣的顯學了，能不能藉機再擴大、提振一下？發出信之後，只有一個學校的系主任回信說她會鼓勵研究生參加，會費由系上支付。到頭來全部只有一位老師加入。

古：在我的了解裏，臺灣文學的研究者有一種欲望，就是希望把臺灣文學呈現給全世界看。所以跟比較文學理論直接接軌，這是很好的東西。為甚麼不願意？這完全超過我的想像。最初，臺文所的建立就是要推廣臺灣文學給世界認識，如果目的只是在臺灣本土認識的話，這種觀點就太狹窄了，而且意識型態的用心也太強了。如果透過比較文學研究能讓全世界都知道臺灣文學的話，透過比較文學的途徑來發音，這應該是很好的契機。

話說回來，以前中文系也不敢開放給外文系，因為怕造成排擠效應。所以基本上中文系裏面不會請外文系出身的學者。像我這種人去中文系找工作也不見得容易找到。原因在哪？進來以後開新的課程，會使傳統的漢學、傳統的中國文學專業感到不安。假如我去中文系開課，我講的詩絕對跟他們講的不一樣，這或許會形成某種內部的緊張關係。我個人的理解是這樣，這是鞏固專業領域的問題。就臺文所建立的目的而言，就是普及臺灣文學，讓本土的人知道，給全世界知道。他們回應的冷漠，我覺得好驚訝。他們似乎不怎樣使用當代西方文學理論，這當然首先與他們的學術訓練有關。也許，當代理論進去以後，如解構主義、文化研究、第三世界論述等，本土論述裏的意識型態面向必然會受到挑戰，會跟臺文所原來的立場產生衝突。事實上，當代理論往往是解構的、批評性的。這樣的立場進到任何領域裏，該領域的權威性和價值立刻會受到很大的挑戰。被置疑、甚或解構掉以後，情況就不一樣了，所以這樣觀點就不是這麼安全，這麼穩定了。某個程度上，中文系也是這樣，面對的是一個敢不敢對詮釋權開放的問題。

王：謝謝古老師，這是非常有意思的討論。

古：謝謝你們。

文學研究叢書·文學理論叢刊 0801004

比較文學與臺灣文本閱讀

作　　者　古添洪
責任編輯　蔡雅如
特約校對　林秋芬

發 行 人　陳滿銘
總 經 理　梁錦興
總 編 輯　陳滿銘
副總編輯　張晏瑞
編 輯 所　萬卷樓圖書股份有限公司
排　　版　林曉敏
印　　刷　晟齊實業有限公司
封面設計　斐類設計工作室

發　　行　萬卷樓圖書股份有限公司
臺北市羅斯福路二段 41 號 6 樓之 3
電話 (02)23216565
傳真 (02)23218698
電郵 SERVICE@WANJUAN.COM.TW
大陸經銷　廈門外圖臺灣書店有限公司
電郵 JKB188@188.COM

ISBN 978-957-739-975-5
2016 年 1 月初版
定價：新臺幣 520 元

如何購買本書：
1. 劃撥購書，請透過以下郵政劃撥帳號：
帳號：15624015
戶名：萬卷樓圖書股份有限公司
2. 轉帳購書，請透過以下帳戶
合作金庫銀行 古亭分行
戶名：萬卷樓圖書股份有限公司
帳號：0877717092596
3. 網路購書，請透過萬卷樓網站
網址 WWW.WANJUAN.COM.TW
大量購書，請直接聯繫我們，將有專人為您服務。客服：(02)23216565 分機 10
如有缺頁、破損或裝訂錯誤，請寄回更換
 Printed in Taiwan

國家圖書館出版品預行編目資料
比較文學與臺灣文本閱讀 / 古添洪著. -- 初版. -- 臺北市 : 萬卷樓, 2016.1
面 ; 公分. -- (文學研究叢書. 文學理論叢刊)
ISBN 978-957-739-975-5(平裝)
1.比較文學 2.臺灣文學 3.文集
819.07　　104022728